toutes ces choses belles et précieuses

REBECCA YARROS

Traduit de l'anglais
par Diane Garo

City
Roman

Retrouvez tous les titres City Éditions :

www.city-editions.com

Publié pour la première fois aux États-Unis sous le titre *Great and Precious Things* par Amara, une marque d'Entangled Publishing, LLC.
Couverture : D.R.

ISBN : 978-2-8246-2939-1
Code Hachette : 82 9092 2
Collection dirigée par Christian English & Frédéric Thibaud
Catalogues et manuscrits : city-editions.com

Dépôt légal : Juin 2025

Pour mon père, qui ne m'a jamais laissée tomber. Je t'aime, papa.

1
Camden

Mes poumons me brûlèrent lorsque j'inspirai profondément, à la recherche d'un oxygène qui leur manquait cruellement. Mes doigts me démangeaient de tirer sur la cigarette que j'avais jetée six ans plus tôt. L'altitude m'avait toujours fait cet effet, du moins pour la respiration.

L'envie de fumer ? Un cadeau d'Alba, Colorado, 649 habitants. C'était du moins ce que proclamait le panneau que j'avais croisé environ un kilomètre plus tôt. Mais je ne pouvais pas vraiment me fier à un panneau qui n'avait pas bougé depuis ma naissance – le *statu quo* était la norme dans ma ville natale.

Rien n'avait changé depuis mon départ, ce qui faisait le charme d'Alba. Loin des routes pavées, c'était la ville fantôme la mieux préservée du Colorado, et les touristes qui envahissaient ses rues en été faisaient vivre la petite ville tout au long de l'hiver. Les chiffres défilaient sur la pompe à essence tandis que je m'étirais face au soleil de fin d'après-midi et aux sommets enneigés qui me surplombaient. Je tentai de réveiller des muscles éprouvés par le trajet depuis la Caroline du Nord. La morsure de la brise de mars me tira de ma torpeur, et j'accueillis ses doigts glacés sur ma peau exposée. Ce n'était vraiment pas un temps à mettre un t-shirt à trois mille mètres d'altitude.

Une exclamation attira mon attention et je me tournai vers le minivan qui s'était arrêté derrière ma Jeep une minute plus tôt. Une blonde portant des lunettes de soleil trop grandes pour son visage et un manteau d'hiver bouffant me regardait fixement, un pied sur le béton et l'autre à l'intérieur de son véhicule, comme si quelqu'un avait appuyé sur pause pendant qu'elle sortait.

Je baissai les bras et mon t-shirt redescendit, recouvrant la bande de ventre tatouée qu'elle fixait sans doute.

Elle secoua la tête et commença à faire le plein. Au moins, elle n'avait pas fait le signe de croix et ne s'était pas éloignée.

Soit elle avait emménagé à Alba au cours des dix dernières années, soit ma réputation s'était estompée durant mon séjour à l'armée. Peut-être que la population d'Alba m'avait oubliée.

Je terminai mon plein et entrai dans la petite boutique pour prendre une boisson. Dieu seul savait ce que papa aurait dans son réfrigérateur.

La porte se referma derrière moi dans un tintement de clochettes et je saluai d'un signe de tête l'homme âgé appuyé sur le comptoir. Apparemment, M. Williamson tenait toujours la station-service. Ses sourcils argentés et broussailleux se soulevèrent lorsqu'il m'adressa un petit sourire. Puis il marqua un temps d'arrêt et son sourire s'effaça. Il cligna des yeux, confus. Quand il les plissa, je sus qu'il m'avait reconnu. *Ma réputation semble bel et bien intacte.*

Je m'empressai d'aller prendre quelques bouteilles d'eau – il y avait peu de choix – et les apportai à la caisse.

Les yeux du vieil homme ne cessaient de passer de mes mains aux bouteilles pendant qu'il les scannait, comme si je comptais les voler ou quelque chose du genre. On pouvait me reprocher beaucoup de choses, mais pas d'être un voleur.

La clochette retentit à nouveau et Williamson se détendit.

— Bonjour, lieutenant Hall, salua-t-il son nouveau client.

Formidable.

Je ne pris pas la peine de tourner la tête. Ce vieil homme têtu et moralisateur détestait mon…

— Putain de merde. Cam ?

Ce n'était pas Tim Hall qui portait l'insigne, mais son fils, Gideon.

Gid resta bouche bée, ses yeux marron clair écarquillés par le choc. Il avait la même expression la fois où Xander nous avait poussés dans les vestiaires des filles, à l'automne de notre première année. Je n'avais jamais trouvé le moyen de remercier mon frère pour sa tentative de bizutage – et personne n'aurait cru que Xander s'abaisserait à ça. Après tout, il était le bon garçon.

— Je ne savais pas que les policiers avaient le droit de jurer en portant l'uniforme.

Je lui jetai un coup d'œil rapide. Contrairement à son père, Gid n'arborait pas encore de ventre à bière.

— Contrairement aux soldats ? rétorqua-t-il.

— En fait, ça nous apporte des points bonus, et en plus, je ne porte plus l'uniforme.

Plus depuis dix-sept jours.

— Ton père sait que tu as volé son insigne ?

— Sérieusement ? Est-ce que le tien…

Il soupira.

— Et merde, aucune repartie !

Il éclata de rire et je l'imitais.

— C'est bon de te voir !

Il me serra dans ses bras en une accolade virile, son insigne s'enfonçant dans ma poitrine.

— Toi aussi.

Je souris quand nous nous séparâmes.

— En fait, tu es peut-être la seule personne que je suis content de voir.

— Oh, arrête. Et M. Williamson, alors ?

Gid regarda par-dessus mon épaule et grimaça devant l'expression qu'il dut voir sur le visage de Williamson.

— D'accord, peut-être pas lui.

— Il n'en a jamais rien eu à faire de moi.

Je haussai les épaules, conscient qu'il pouvait m'entendre.

— Il faut dire que la dernière fois que tu es venu, tu as jeté quelqu'un par la fenêtre.

Gid fit un signe vers la vitre qui avait été remplacée depuis longtemps.

— Pfiu, ça remonte à combien de temps ? Quatre ans ?

— Six, répondis-je automatiquement.

J'avais de vagues souvenirs de cette nuit-là, mais la date était encore claire dans mon esprit.

— Six ans. Déjà.

L'expression de Gideon s'assombrit. Il venait sans doute de se souvenir de la raison de ma présence à Alba, la dernière fois. Les funérailles de Sullivan.

Le chagrin menaça de remonter à la surface et de voler ce qui restait d'oxygène dans mes poumons, mais je le repoussai pour la millionième fois depuis que nous avions mis Sully en terre.

Je pouvais encore entendre son rire…

— Tu comptes payer ces bouteilles, Camden ? demanda M. Williamson.

— Oui, monsieur, répondis-je, reconnaissant pour son interruption, et je me retournai vers le comptoir pour régler.

Je vis l'éclair de surprise sur le visage de Williamson devant mon ton, et lorsque je le remerciai en prenant le sac et en m'écartant du comptoir.

— Ce truc va te tuer, dis-je à Gideon alors qu'il achetait un pack de six sodas.

— On croirait entendre Julie, mec, marmonna-t-il en tendant sa carte. Un homme ne peut pas boire en paix ?

C'était drôle. J'avais plus souri en quelques minutes que durant le mois passé.

— Comment vont Julie et les enfants ?

— Ils me poussent à boire.

Il leva son soda en l'air.

— Non, vraiment, ils sont géniaux. Julie est infirmière maintenant, ce que tu saurais si tu avais enfin rejoint le monde des réseaux sociaux.

— Non, merci. Je n'en vois pas l'intérêt.

Gideon remercia M. Williamson et nous sortîmes.

— L'intérêt ? Je ne sais pas. Rester en contact avec ton meilleur ami ?

— C'est à ça que servent les e-mails. Les réseaux sociaux sont faits pour les gens qui ont besoin de comparer leurs vies. Leurs maisons, leurs vacances, leurs réalisations. Je ne vois pas non plus de raison de me tenir sous mon porche avec un porte-voix pour annoncer ce que j'ai mangé au dîner.

— En parlant de dîner, tu restes combien de temps en ville ? demanda-t-il alors que nous faisions une pause entre ma Jeep et sa voiture de police défraîchie. Julie serait ravie de te recevoir.

— Je reste pour de bon, répondis-je avant que les mots se coincent dans ma gorge.

Il cligna des yeux.

— Oui, j'ai aussi du mal à l'assimiler.

Je jetai un coup d'œil vers les montagnes entre lesquelles Alba était nichée. Des montagnes que j'avais juré de ne plus jamais revoir.

— Tu as quitté l'armée ? Je pensais que tu y ferais toute ta carrière.

Moi aussi. Un deuil de plus à faire.

— Officier Malone ? grésilla une voix de femme à la radio.

— Marilyn Lakewood s'occupe toujours du dispatching ? Elle a quoi, soixante-dix ans ?

— Soixante-dix-sept, corrigea Gideon. Et avant que tu ne me le demandes, Scott Malone a vingt-cinq ans et est un sacré emmerdeur.

— Tu t'attendais à quoi de la part du fils du maire ?

— Le fils du maire ? Quand est-ce que tu as parlé pour la dernière fois à…

— Officier Malone ? répéta Marilyn, son agacement faisant monter sa voix dans les aigus.

— Tu dois répondre ?

Je désignai la radio qu'il avait sur l'épaule.

— Malone doit s'en occuper, marmonna-t-il en secouant la tête. C'est probablement Genevieve Dawson qui se plaint à nouveau de la présence du chat des Livingston dans son jardin. Si c'est grave, Marilyn m'appellera. Maintenant, raconte-moi. Quand est-ce que tu es arrivé ? Tu es de retour pour de bon ? Genre, tu emménages ici ? L'endroit que tu appelais le « trou du cul du »…

— Xander m'a appelé.

Je l'interrompis avec cette demi-vérité avant qu'il ne puisse me rappeler l'autre raison pour laquelle j'avais juré de ne jamais remettre les pieds ici.

— Comme ça faisait six ans, j'ai répondu.

— Ton père, dit doucement Gideon.

— Mon père.

Une compréhension tacite passa entre nous.

— Gideon Hall ! brailla Marilyn dans la radio.

— Lieutenant, murmura-t-il en levant les yeux au ciel avant de répondre.

— Oui, Marilyn ?

— Puisque l'enfant prodige ne répond pas, il semble que Dorothy Powers ait encore perdu Arthur Daniels. Elle s'est réveillée de sa sieste, et il était parti.

Mon estomac s'enfonça et mon regard se porta sur la montagne. D'après Xander, notre père faussait compagnie à son infirmière à domicile quelques fois par semaine, mais il ne s'éloignait jamais vraiment de la maison. Le fait que Dorothy Powers soit plus âgée que lui et aurait probablement eu besoin de sa propre infirmière n'aidait pas.

— Je me mets en route. Appelez l'équipe de recherche habituelle.

Gideon croisa mon regard, puis retira sa main de la radio.

— Mon père.

Jusqu'où avait-il pu aller ?

— C'est la deuxième fois ce mois-ci.

Ses lèvres s'amincirent.

— Je vais passer au poste récupérer le 4 × 4. Je n'arriverai pas jusque chez toi avec la voiture.

— Viens avec moi. Je vais te monter là-haut, ordonnai-je au lieu de proposer, trop impatient d'agir.

Ma Jeep était surélevée et dotée de pneus massifs, d'un moteur V-8 et d'une puissance suffisante pour survivre à l'apocalypse. Même la route menant à la maison de mon père n'était pas si dangereuse à cette époque de l'année.

Il accepta et, une minute plus tard, nous nous engagions sur Gold Creek Drive, l'artère principale de la ville – pas besoin de feux rouges, mais les motoneiges pouvaient servir.

— Tu es parti quand ?

— Il y a six ans.

Je lui lançai un regard perplexe. Ne venais-je pas de répondre à cette question ?

— Non, je veux dire aujourd'hui. Quand est-ce que tu as quitté la maison ? Dorothy était réveillée ? Et ton père ?

Il était déjà en train de scroller sur son téléphone portable.

— J'aimerais pouvoir te résumer mes faits et gestes dans les moindres détails, mais je ne suis pas encore rentré à la maison.

Je fis un signe vers la banquette arrière de la Rubicon quatre portes.

— Tu viens littéralement d'arriver en ville ?

Il aperçut les sacs et les cartons qui avaient été mes seuls compagnons pendant les trois mille kilomètres de route.

— Ouaip, répondis-je alors que nous passions devant le dernier bâtiment des années 1950 à Alba.

Nous franchîmes le pont qui enjambait les dix mètres de large de Rowan Creek, et la chaussée enneigée s'arrêta, marquant notre entrée dans la capsule temporelle qui entourait Alba.

— J'ai pensé que ce serait bien de faire le plein. Quelqu'un m'a dit un jour qu'il était plus facile de fuir les flics avec un réservoir rempli.

La grande rue apparut sur ma gauche. Des bâtiments en bois avec des toits en métal bordaient les deux côtés du chemin de terre qui se remplirait de touristes dans les mois à venir, tous désireux de découvrir une véritable ville minière du vieil Ouest des années 1890.

— On a bien grandi. Et ne m'oblige pas à te poursuivre. Cet engin est impressionnant. Je devrais peut-être dire à Julie que j'ai trouvé le cadeau d'anniversaire idéal.

— Pourquoi pas, si tu achètes un escabeau avec.

Nous tournâmes vers la propriété Hamilton. Les subventions pour la préservation étaient épuisées, et la neige s'accumulait à l'ombre contre des structures qui avaient depuis longtemps perdu leur toit, leurs fenêtres ou leurs murs.

— Oh, ça va, hein. Tout le monde ne mesure pas un mètre quatre-vingt-dix.

— Tout est question de génétique. Au moins, on devrait repérer mon père plus facilement.

— Il a toujours été facile à retrouver, mais Cam… ç'a empiré, me dit Gideon alors que nous nous engagions sur Rose Rowan Road et que nous commencions à gagner en altitude. Les dernières fois que je l'ai vu, soit il ne savait pas qui j'étais, soit il pensait que j'étais mon père.

Mes mains se crispèrent sur le volant.

— Xander a atteint ses limites. Il m'a dit en gros de revenir, sinon notre père serait transféré dans une maison de retraite à Buena Vista. Ce qui irait à l'encontre de ce qu'il voulait : « Ta mère est morte dans cette maison et j'y mourrai aussi. »

— Accroche-toi à ça.

Il brandit le téléphone devant lui.

— Madame Powers. Oui, c'est Gideon.

Il marqua une pause, frottant la peau au-dessus de son nez.

— Je sais. Oui, je sais. Nous allons le retrouver, nous avons des hommes sur le coup… Oh, elle est là ? Tant mieux. Ça va bien nous aider. Nous sommes à environ quatre minutes.

Je pris le dernier virage avant la propriété de mon père et poussai un juron en découvrant l'état du chemin. Au printemps, l'eau de ruissellement rendait toujours l'accès difficile, mais il semblait ne pas avoir été entretenu depuis des années. La route en tôle ondulée, qui se trouvait sans aucun doute sous la neige tassée, était assez facile à réparer, mais les profondes ornières creusées par la mini-rivière qui rongeait actuellement le côté droit de la route allaient demander de gros efforts.

Bien sûr, j'avais déjà vu des routes bien pires en Afghanistan ou dans d'autres endroits où je n'étais pas censé me trouver, mais il s'agissait de ma putain d'allée.

Gideon raccrocha tandis que je m'arrêtais pour passer la Jeep en quatre roues motrices.

— Comment Dorothy arrive à monter ici tous les jours ? demandai-je alors que nous commencions l'ascension.

La Jeep s'ébranla avec suffisamment de force pour faire bouger les cartons à l'arrière, et Gideon s'arc-bouta à l'arceau de sécurité alors que nous prenions un virage ombragé et glacé. Cet endroit était toujours le dernier à fondre.

— Elle passe par la propriété des Bradley. Tu sais que l'allée du juge est toujours dégagée.

Leur terrain était adjacent au nôtre, mais cela aurait ajouté dix minutes de route, et je n'étais pas d'humeur à faire du tourisme… ou à voir les Bradley.

S'il y avait une personne au monde qui avait le droit de me haïr plus que je ne me haïssais moi-même, c'était bien…

Un éclair bleu dans mon rétroviseur attira mon attention. Gideon se retourna.

— Xander, répondit-il à ma question tacite. C'est son pick-up.

— Ça promet.

— Peur du comité d'accueil ? fit-il.

Je l'ignorai lorsque nous franchîmes le dernier virage et que nous entrâmes dans la clairière. Je n'y étais retourné qu'une seule fois au cours des dix dernières années, mais je voyais ce paysage presque chaque nuit dans mes rêves.

Le soleil couchant se reflétait sur les fenêtres de la maison où j'avais grandi, la peignant d'une lumière pittoresque égalant la majesté du pic qui se dressait juste derrière elle.

Mon père avait toujours plaisanté en affirmant qu'il était plus sûr d'élever sa famille à l'orée de la forêt, là où les incendies étaient moins risqués.

Personnellement, j'avais toujours pensé qu'il prenait un plaisir pervers à vivre en marge, là où il y avait à peine assez d'oxygène pour que quoi que ce soit pousse.

Je garai la Jeep, coupai le moteur, puis j'attrapai mon manteau qui était tombé par terre derrière moi.

Le temps que Xander se gare à côté, j'étais sorti de la Jeep et j'avais enfilé et zippé ma veste North Face noire. J'aurais aimé porter mon gilet en Kevlar. J'aurais préféré encaisser des balles plutôt que de l'affronter, lui ou notre père, d'ailleurs.

— Je… euh… vais y aller, dit maladroitement Gideon avant de me laisser dans la cour.

J'entendis la porte de la maison s'ouvrir et se refermer en même temps que la portière de la voiture de Xander.

Il passa devant son pick-up flambant neuf et s'arrêta brusquement, ses mains s'arrêtant sur la fermeture éclair de son manteau.

Toute une vie de souvenirs m'assaillit – les bons, les mauvais et les pires. À peu près dans cet ordre.

Il passa une main dans ses cheveux blonds parfaits façon Ken et inspira profondément.

— Camden.

— Alexander.

Je tripotai le bord de ma casquette. Nous avions tous les deux des tics nerveux.

Il n'avait pas beaucoup changé. Les mêmes yeux bleus. Toujours aussi maigre. Le cadeau génétique de mon père. Mon opposé en tout point.

Il secoua la tête comme s'il avait du mal à trouver ses mots, et au lieu d'énumérer toutes les façons dont j'avais laissé tomber notre famille, il traversa le granit décomposé de l'allée et m'enlaça.

— Je suis tellement content que tu sois rentré.

Ses mots pénétrèrent plus profondément dans ma chair que n'importe quelle insulte. Je m'étais préparé à en recevoir. Mais la façon dont il se détacha de moi, serra mes bras ballants et me sourit – les lèvres pincées et les sourcils froncés, luttant contre des émotions que je n'étais plus capable d'éprouver – me laissa totalement sans défense.

Il éclata d'un rire chargé de six années d'absence.

— Tu es balèze. Qu'est-ce qu'ils vous donnent à manger, chez les Delta ? Et qu'est-ce que c'est que ça ?

Il fit un signe vers ma barbe de trois jours en reculant.

— On nous appelle les Bérets vert, rectifiai-je avec un sourire forcé alors que mon estomac se déchirait.

— Ouais, ouais… Les gars comme moi qui ne sont jamais allés sur le terrain ne peuvent pas faire la différence.

Ses yeux parcoururent mes traits, comme s'il essayait de les mémoriser avant que je ne disparaisse… à nouveau.

— Mon Dieu, Cam. Je suis tellement…

La nausée me tenaillait tandis que mon estomac se transformait en un gouffre béant de regrets et de culpabilité.

Il sourit, révélant des dents d'un blanc immaculé et un bonheur que je n'étais pas sûr d'avoir jamais connu.

— Je suis tellement content que tu sois rentré.

— Tu l'as déjà dit.

J'avais envie de vomir. Comment pouvait-il être aussi gentil avec moi ?

— C'est la vérité.

Il me donna une tape sur l'épaule.

— Que dirais-tu d'aller chercher papa ?

— Tu n'as pas l'air trop inquiet.

— Si, mais même s'il lui est déjà arrivé d'oublier mon nom, il ne s'est jamais perdu dans la nature. On doit juste le retrouver avant que les températures ne chutent.

J'acquiesçai et il se tourna vers la maison. Il faisait aux alentours de zéro degré, mais on allait atteindre des températures négatives dans l'heure suivant le coucher du soleil.

— Jolie Jeep, au fait. Elle te va bien, me lança-t-il par-dessus son épaule.

Je fermai les yeux et j'inspirai par le nez, cherchant à ravaler la bile qui montait. C'était comme si mon corps était incapable d'encaisser physiquement toutes ces émotions.

Bien sûr, il m'avait pardonné. Bien sûr, il m'accueillait à bras ouverts. Bien sûr, il n'y avait pas de malice dans ses yeux, juste un amour total. Il n'avait pas besoin de me reprocher tous mes défauts. Il avait toujours été un exemple, me montrant sans cesse que je ne serais jamais à sa hauteur.

Au moment où je reprenais le contrôle, il se tourna vers moi.

— Tout va bien ?

Sa voix témoignait de son inquiétude.

— Oui, mentis-je.

Parce que c'était l'une des choses pour lesquelles j'excellais.

— C'est l'altitude ?

— Quelque chose comme ça.

— Assure-toi de boire suffisamment d'eau, me rappela-t-il, gardant un sourcil levé jusqu'à ce que j'acquiesce, avant de monter les marches du perron.

Son sourcil était coupé en deux par la première imperfection que j'aie jamais vue sur le visage de Xander – une cicatrice qui n'existait pas la dernière fois. Une cicatrice fine et courte qui me donna envie de rendre mon repas dans l'allée.

La cicatrice que je lui avais faite lorsque je l'avais fait passer à travers la fenêtre de M. Williamson.

Xander était à la moitié des marches lorsque la porte d'entrée s'ouvrit à la volée. Gideon sortit de la maison en courant.

— Il a une arme, cria-t-il.

Xander se figea, pivotant pour regarder Gideon dévaler les marches vers moi.

— Quoi ?

Je dévisageai Gid, attendant qu'il rectifie cette déclaration aberrante.

— Il a le fusil de chasse ! Dorothy vient de me le dire. On a des équipes de recherche qui arrivent par chez les Bradley.

Gid passa en trombe devant moi, parlant déjà dans la radio sur son épaule.

— Comment papa a-t-il eu accès au fusil de chasse ? grognai-je à l'intention de Xander.

— Je…

Il secoua la tête.

— Je pensais les avoir tous enfermés dans le coffre-fort. J'ai caché la clé et tout le reste.

— Dans la buanderie ? demanda Dorothy en arrivant sous le porche, tenant un flacon d'assouplissant familier et défraîchi.

Le temps avait apparemment décidé qu'il n'avait pas de prise sur Mme Powers, car elle n'avait pas changé d'un iota au cours des dix années qui s'étaient écoulées depuis mon enrôlement. Ses cheveux avaient la même teinte argentée et lui arrivaient au menton. Elle portait le même manteau d'hiver vert.

— Oui, juste au-dessus de…

Xander soupira, fermant les yeux, et termina :

— Juste au-dessus de l'assouplissant qu'il refuse d'utiliser.

— C'est l'assouplissant que j'ai trouvé dans le hall d'entrée ? demanda-t-elle en lui lançant un regard de reproche.

— Sûrement.

Un muscle se contracta dans sa mâchoire.

— Dis-moi que tu as stocké les munitions à part.

Dis-moi que tu te souviens au moins de ça après trois années dans l'armée.

Xander blêmit.

Formidable.

— Trouvons-le avant qu'il ne tue quelqu'un.

Je retournai à la Jeep. Curieusement, je me sentais plus à l'aise à l'idée de gérer des armes à feu que des retrouvailles gênantes.

Je laissai tomber mon manteau, grimpai sur la Jeep et ouvris le verrou du coffre que j'avais fixé sur le toit pour le voyage à travers le pays. Vendre à peu près tout ce que je possédais m'avait semblé logique à l'époque, mais j'avais gardé quelques objets pour des raisons sur lesquelles je n'avais pas voulu m'attarder.

— Qu'est-ce qu'on va faire ? demanda Xander en me regardant.

— Qu'est-ce que tu veux dire ?

Je trouvai ce que je cherchais et refermai le coffre, puis je sautai par terre, atterrissant devant Xander, dont les yeux étaient plus grands que mes phares.

Deux autres pick-up et l'APD entrèrent dans l'allée et se garèrent.

— Je veux dire…

Xander regarda les nouveaux arrivants qui parlaient à Gideon, puis baissa la voix en se retournant vers moi.

— Qu'est-ce qu'on va faire ? Il a le fusil et ne sait pas qui je suis environ soixante-quinze pour cent du temps.

Un poids réconfortant se lova dans ma poitrine tandis que je m'habillais pour l'occasion avant de fermer ma veste et d'attacher mes bottes.

— On va aller chercher papa.

Je fouillai dans ma boîte à gants, pris rapidement ma frontale et une lampe torche, puis je les fourrai dans mes poches, m'arrêtant juste le temps de ranger le petit fou blanc en onyx à côté de mon manuel de conduite pour ne pas perdre la pièce d'échecs. Nous avions probablement encore une heure de jour devant nous, mais si je me trompais, il faudrait plus que ça pour couvrir les nombreux hectares que possédait notre père. Et encore, ça impliquait qu'il soit resté sur la propriété.

— Tu ne crois pas qu'on devrait laisser Gideon et la police s'en occuper ? demanda Xander à voix basse.

Je regardai Gideon et les quatre autres officiers qui composaient l'APD – la police d'Alba. Ils étaient tous équipés d'armes de poing. Ils me regardaient d'un air noir. Je ne pouvais pas leur en vouloir. Au moins trois de ces types m'avaient passé les menottes à un moment ou à un autre.

— Tu me demandes si je vais laisser des hommes armés retrouver notre père, qui a sa propre arme ?

Je n'attendis pas la réponse de Xander et me mis en marche vers la section nord de la propriété.

— Attends !

Xander m'agrippa le coude et je me crispai, me rappelant au moins une douzaine de fois de ne pas le frapper pour m'avoir touché sans me prévenir.

— Lâche-moi.

Mon ton dut le blesser car il ôta vivement sa main.

— Il y a des règles, Cam. Un règlement. Ils savent gérer ce genre de situation. La dernière chose dont on a besoin, c'est que tu t'enflammes.

Et voilà, la condescendance que Xander manifestait lorsqu'il pensait que les vingt-cinq mois qu'il avait de plus que moi lui donnaient le droit de me donner des ordres. Il n'optait jamais pour une coupe franche pour arriver à ses fins. Il se contentait de scier votre volonté avec ce bord légèrement dentelé jusqu'à ce que vous soyez trop abîmé pour lui tenir tête.

Je préférais l'approche plus directe du couteau de boucher.

— Toi et tes règles. Tu me dis que s'il pointe ce fusil de chasse sur eux, ils n'appuieront pas sur la gâchette ?

Xander s'esclaffa.

— Arrête, tu connais les gars.

— Tu es prêt à parier la vie de papa sur cette brute de vingt-cinq ans qui ne prend pas la peine de répondre à sa radio et qui a ouvert l'étui de son arme au moins quatre fois depuis qu'ils ont commencé à parler ? Moi non. Je sais où il est, et j'arriverai avant eux.

Xander tourna la tête vers le petit groupe de Gideon, et je m'élançai sur la piste de légères empreintes qui disparaîtraient dès que nous atteindrions l'herbe de la montagne. Elles étaient plus que suffisantes pour savoir où mon père se dirigeait. L'altitude se faisait sentir et je réprimai un juron. Il ne me faudrait que quelques jours pour m'y faire, mais je n'avais pas quelques jours devant moi.

— Où allez-vous ? lança Gideon.

— Retrouver papa ! répondit Xander, débordant d'assurance.

Je levai les yeux au ciel devant la façade qu'il présentait en public, mais je ne m'arrêtai pas.

Il me rattrapa vite et se cala sur mon pas, à côté de moi, alors que nous restions dans les zones où la neige avait déjà fondu. Nos foulées étaient les mêmes. Elles l'avaient toujours été. Nous faisions la même taille, mais j'avais une bonne vingtaine de kilos de muscles de plus que lui.

— J'espère que tu sais ce que tu fais, dit-il alors que les traces disparaissaient.

— Oui.

Mon regard parcourut les environs, à la recherche d'un signe indiquant que notre père était venu par là.

— Sérieusement, tu penses savoir où il est ?

— Depuis combien de temps il a cette bouteille d'assouplissant ? demandai-je alors que le granit crissait sous mes pieds.

Au moins, il ne neigeait pas.

— Des années.

Xander haussa les épaules.

— Ouais. Au moins une décennie. Paula Bradley l'a apporté quand il est tombé malade cette année-là, tu te rappelles ? J'ai essayé d'aider avec le linge.

— Comment tu te souviens de ça ?

— J'ai la chance d'avoir une excellente mémoire.

Je me tournai vers la partie de la propriété où Sullivan était enterré.

— Crois-moi, il y a des choses que j'aimerais oublier. Tu te rappelles pourquoi il ne voulait pas l'utiliser ?

Nous franchîmes une pente et commençâmes à redescendre vers l'orée des arbres, en gardant le sommet en vue sur notre droite pendant que nous traversions une section couverte de neige.

— Je me souviens déjà à peine que Mme Bradley l'avait apporté.

— Il ne l'a pas laissée l'utiliser, mais il a refusé de le jeter, essayai-je de le lui rappeler.

Xander me jeta un regard désemparé.

— Il est parfumé à la lavande, répondis-je à ma propre question.

Xander aspira une bouffée d'air.

— Maman.

— Maman, confirmai-je alors que nous atteignions la limite des arbres et que nous commencions à marcher à travers les pins.

À l'ombre, la température chutait drastiquement.

— Mais elle est enterrée à l'autre bout de la propriété avec…

— Ce n'est pas là qu'il va quand elle lui manque. Même s'il n'a jamais admis qu'elle lui manquait.

L'admettre aurait représenté une faiblesse, et Arthur Daniels était tout sauf faible.

— Le ravin.

— Oui.

Nous traversâmes la forêt qui couvrait cette partie de la propriété et débouchâmes dans une clairière que je ne connaissais que trop bien.

Je jurai sous cape lorsqu'elle apparut.

— Oh non, murmura Xander.

Oh non n'était pas vraiment à la hauteur de la scène sous nos yeux. Mon cœur s'arrêta à mi-battement, puis se remit à battre à tout rompre, diffusant des torrents d'adrénaline dans mon système. Papa se tenait à une trentaine de mètres sur notre gauche, au milieu de la clairière, le fusil braqué vers la seule personne au monde que j'espérais ne jamais revoir.

J'aurais reconnu cette silhouette entre mille, cette épaisse tresse châtaine, ce profil avec une légère bosse sur le nez. Bon sang, j'étais là le jour où elle se l'était cassé quand nous étions enfants. C'était moi qui l'avais transportée hors de la mine.

Elle se tenait à une quinzaine de mètres devant nous, les mains tendues, mais elle ne reculait pas devant le fusil à double canon pointé droit sur sa poitrine. Reculer n'avait jamais été dans sa nature, et si sa ténacité m'avait toujours intrigué, je maudissais en ce moment même sa stupide obstination.

Willow Bradley allait se faire tirer dessus. La Willow de Sullivan.

Tu dois m'aider, Sully. J'envoyai cette pensée mentalement plutôt que de la prononcer, sachant que Xander ne comprendrait pas.

— Enfonce-toi parmi les arbres jusqu'à ce que tu arrives derrière lui. Dès que je te donne le signal, éloigne cette arme de lui, murmurai-je à Xander, ne laissant aucune place à l'argumentation.

— Quel signal ?

— Crois-moi, tu le sauras.

— Il ne te reconnaîtra pas. Il va te tirer dessus, chuchota-t-il.

— Mieux vaut moi qu'elle. La mort ne m'a jamais fait peur.

D'aussi loin que je me souvienne, nous avions toujours joué au jeu du chat et de la souris, et un jour, il faudrait bien que je perde. C'était aussi simple que cela.

Si je devais mourir aujourd'hui, qu'il en soit ainsi. Je me mis en route.

2

Willow

Réfléchis, Willow. Réfléchis.

C'était M. Daniels. Je le connaissais depuis toujours. Alzheimer ou pas, il n'y avait aucune chance qu'il me tire dessus, pas vrai ?

Sauf qu'il y avait un élément troublant : il n'avait aucune idée de qui j'étais. Oh, et il avait un fusil de chasse pointé sur ma poitrine. Pas rassurant non plus.

— Monsieur Daniels, essayai-je encore, gardant une voix douce. C'est moi. C'est Willow. J'habite à côté, vous vous souvenez ?

Si l'on considérait qu'un kilomètre de distance était « à côté ».

La brise ramena une mèche de cheveux sur mon visage, mais je n'osai pas la glisser sous mon bonnet. Le soleil s'était couché quelques minutes plus tôt et la nuit tombait déjà. Et s'il ne me voyait pas ?

— Silence ! s'écria-t-il en agitant le fusil.

Ses yeux étaient hagards, mais pas mauvais. Il ne me reconnaissait tout simplement pas, pas plus qu'il ne se souvenait des circonstances qui l'avaient conduit jusque-là.

Je poussai un hoquet de stupeur, mon cœur bondissant dans ma gorge. Et s'il appuyait sur la gâchette ? Et si le coup partait la prochaine fois qu'il agitait l'arme comme ça ?

Nous étions à sept cents mètres de la maison des Daniels et à mille mètres au-dessus de celle de mes parents. Mon portable était dans ma poche, mais j'avais l'impression qu'il me tirerait dessus si je tentais de l'attraper. À cette distance, je serais morte avant qu'ils ne puissent m'emmener à l'hôpital… s'ils me trouvaient.

Au moins, il y avait des gens qui le cherchaient en ce moment. Ils accourraient en entendant des coups de feu.

— Il y a des couguars par ici, vous savez, cracha-t-il.

Comme celui qui avait massacré sa femme quinze ans plus tôt au même endroit.

— Qu'est-ce que vous faites là ? Vous êtes sur une propriété privée !

Je ne pris pas la peine de contester ce point, puisque techniquement, c'était vrai. Mais Dorothy m'avait appelée, en panique, et j'étais immédiatement partie à la recherche de M. Daniels, comme je l'avais fait plusieurs fois au cours du mois précédent. Mais l'arme… ça, c'était inattendu.

— Je sais qu'il y a des couguars, lui dis-je avec un léger tremblement dans la voix. Vous m'avez appris ce qu'il fallait faire si jamais j'en croisais un.

J'avais sept ans lorsqu'il nous avait pris à part, Sullivan et moi, pour nous donner des cours. Naturellement, Cam avait joué le rôle du couguar pendant qu'Alexander observait la scène en nous jugeant sans dire un mot.

Cam. Ma poitrine se resserra comme à chaque fois qu'il me traversait l'esprit, même malgré le danger présent. Peut-être à cause du danger.

— Je ne vous connais pas ! Arrêtez de mentir ! Que voulez-vous ? Que faites-vous sur mes terres ? Allez-vous-en !

Il agita son arme devant moi.

— D'accord, dis-je en hochant la tête et en reculant d'un pas.

— Ne bougez pas ! hurla-t-il, sa voix montant dans les aigus. Taisez-vous !

Je me figeai immédiatement. Il s'enfonçait de plus en plus dans la démence, et mon esprit cessa de lutter contre la possibilité qu'il me tire dessus, mes muscles se bloquant dans une acceptation paralysante.

Un mouvement sur ma gauche attira mon attention et je tournai la tête de quelques centimètres. J'aperçus la silhouette d'un homme à quelques mètres, s'approchant les mains en l'air. Qui était-ce ? D'où venait-il ?

Je ne pouvais pas distinguer son visage sous sa casquette de baseball, mais il était massif, éclipsant mon mètre soixante lorsqu'il se plaça entre M. Daniels et moi. Son dos musclé me masquait la scène.

Je ne le reconnaissais pas – ce qui était étrange, étant donné que nous n'étions qu'une douzaine à chercher M. Daniels – mais il y avait quelque chose de familier dans sa posture, feignant la soumission, mais débordant d'une vive énergie. J'eus la soudaine impression improbable que ce type était plus dangereux que le fusil chargé pointé sur lui. Du moins, je supposai qu'il était chargé. Si ce n'était pas le cas, ça ferait une histoire drôle – ou pas tant que ça – à raconter plus tard à Charity.

Même si mon père accusait ma sœur d'être impétueuse, Charity n'avait jamais été menacée par un fusil de chasse.

— Qu'est-ce que c'est ? Qui êtes-vous ? Combien êtes-vous ? demanda M. Daniels, paniqué.

Les épaules en face de moi se levèrent comme s'il s'apprêtait à…

— Non, taisez-vous ! Ce ne sont que des mensonges ! Vous autres voleurs de concessions, vous êtes tous des menteurs !

Il passait vraiment du coq à l'âne.

L'homme recula vers moi, passa sa main autour de ma taille et me rapprocha de lui. Je me crispai, même si la violation de mon espace personnel n'était rien comparée au fusil de chasse pointé sur nous. Son bras était un étau, me clouant sur place avec une force désinvolte. Comme en première année, quand… Je chassai ces pensées.

Ce n'est pas le moment.

— Faites attention, dis-je à voix basse à l'étranger. Il est atteint de la maladie d'Alzheimer. Il ne sait pas ce qu'il fait.

Il me serra plus fort dans son dos, et une odeur de menthe et de pin m'envahit tandis qu'il commençait à se déplacer par petits mouvements pour que je tourne le dos aux arbres et non au ravin. Cette odeur… Je la connaissais.

— Nous ne sommes que des randonneurs, dit-il lentement à M. Daniels, à voix basse.

La prise de conscience s'abattit sur moi avec la force d'une avalanche, me coupant le souffle. Mes yeux se fermèrent tandis que j'étais traversée par un flot de souvenirs, espérant désespérément que ce n'était pas moi qui avais des hallucinations.

— Cam, chuchotai-je, posant mon front dans son dos en agrippant son manteau.

— Tout va bien, Willow ? demanda-t-il, si doucement que j'aurais opté pour la théorie de l'hallucination si je n'avais pas senti sa voix profonde gronder dans sa poitrine.

J'acquiesçai. Le tissu de son manteau était doux contre ma peau. Peut-être que M. Daniels avait déjà appuyé sur la gâchette. Peut-être que je n'avais pas ressenti l'impact. Peut-être qu'il m'avait tuée sur le coup. C'était la seule explication logique à la présence de Cam.

Parce que Camden Daniels avait juré que la seule façon pour lui de revenir à Alba serait dans un cercueil. Mais il semblait si réel. Si solide. Il avait exactement la même odeur que dans mes souvenirs. Et si j'étais vraiment morte, ne seraient-ce pas les bras de Sullivan qui m'entoureraient ?

Pas ceux de Cam. Ça ne pourrait jamais être Cam. Pas pour moi.

Je suivis l'exemple quasi imperceptible de Cam qui nous éloignait de son père.

Cam ne pouvait pas être là. Il n'était pas revenu depuis des années. Et il ne pouvait certainement pas arrêter une balle. Mais un sentiment de sécurité m'envahit tout de même. Peu importait que le reste du monde le considère comme une menace – Cam avait toujours été mon refuge improbable, même s'il méritait jusqu'à la dernière parcelle de sa réputation. Il m'avait protégée pour la simple raison que j'avais été des leurs toute ma vie.

La fille qui traînait avec les Daniels.

L'adolescente naïve qui était restée au pays lorsque les trois frères étaient partis à la guerre.

La femme qui s'était effondrée lorsque deux seulement étaient rentrés. Cam était peut-être là, mais un seul faux pas, et nous serions tous les deux enterrés à côté de Sullivan.

— Arrêtez de bouger ou je tire ! cria M. Daniels et Cam obéit. Videz vos poches ! J'espère que vous ne m'avez rien volé !

— Je vais te lâcher, et je veux que tu retournes lentement dans les bois et que tu te tires d'ici, m'ordonna doucement Cam.

J'entendis vaguement le marmonnement agité de M. Daniels.

— Je ne peux pas te laisser ici, protestai-je.

— Pour une fois dans ta vie, écoute-moi, Pika. J'essaie de te sauver. Alexander arrive derrière papa, et des renforts sont en route, mais tu dois partir.

En entendant ce surnom, une boule se lova dans ma gorge, si grosse que je ne parvins pas à la chasser même en déglutissant.

— Il ne te reconnaît pas, Cam. Il va tirer. Ça fait six ans qu'il ne t'a pas vu. Il ne me reconnaît même pas, et je le vois presque tous les jours.

— Il se souviendra de moi.

— Oui, c'est ce que je pensais aussi, jusqu'à ce qu'il pointe un fusil sur moi, espèce d'idiot têtu.

— Qu'est-ce que c'était ? murmura-t-il. J'ai cru entendre un couinement, mais mon manteau a dû l'étouffer.

En toute autre circonstance, je l'aurais pincé pour me venger.

— Il ne se souviendra pas de toi, et tu ne feras que l'agiter encore plus en essayant de lui rappeler qui tu es.

Le marmonnement de M. Daniels s'amplifia jusqu'à ce qu'il se remette à crier.

— Vous êtes des intrus, vous essayez de voler ce qui m'appartient ! Vous ne l'aurez pas ! Vous ne pouvez pas…

Les battements de cœur de Cam restaient calmes et rythmés, sa respiration profonde et régulière. Si je n'avais pas eu Arthur Daniels sous les yeux, je n'aurais jamais cru qu'une arme était pointée sur nous.

— Vous ne l'aurez pas !

Un coup de feu retentit et des oiseaux s'éparpillèrent dans les bois derrière moi. Je me figeai, ma poigne se resserrant sur le manteau de Cam.

Sa main s'étala sur le bas de mon dos.

— Cam ! chuchotai-je aussi fort que j'osai.

S'il était blessé…

S'il était revenu pour être enterré… Je ne survivrais pas à l'enterrement d'un autre Daniels. Je me penchai pour voir comment il allait, mais la poigne de Cam se resserra, m'emprisonnant fermement derrière lui.

— Je vais bien, répondit-il tout aussi calmement. Il a visé le ciel.

— Je suppose qu'au moins on sait qu'il est chargé.

Mon cœur tambourinait contre mes côtes, la peur recouvrant ma langue d'un goût amer et métallique.

— Tu vois toujours le bon côté des choses.

Le coin de mes lèvres se retroussa légèrement.

— Il reste une cartouche dedans. Rappelle-toi ce que j'ai dit. Retourne lentement vers les bois.

— Non, rétorquai-je.

— Si, répliqua-t-il, et sa main disparut de mon dos. Maintenant, Willow.

De la glace se répandit dans mes veines.

Il fit un pas en avant et je laissai le tissu de son manteau glisser entre mes mains, me séparant de quelques centimètres de Cam.

— Papa, l'appela Cam. J'aurais juré que tu m'avais dit de ne jamais pointer une arme sur une jolie fille.

Je restai paralysée, regardant Cam avancer comme si son père n'avait pas un fusil pointé sur sa poitrine.

— Quoi ? s'étrangla M. Daniels. Je ne suis pas votre… Qui êtes-vous ? Que voulez-vous ?

Son ton s'était adouci. Si Cam parvenait à le convaincre, ils pourraient tous les deux s'en sortir. Mais les chances que cela se produise étaient si faibles qu'elles ne valaient presque pas la peine d'être mentionnées.

— C'est moi, papa. Camden. Et tu avais l'air prêt à tirer sur Willow, alors je me suis dit que je devais intervenir. Tu ne veux pas blesser Willow, n'est-ce pas ? La petite Willow ? Notre voisine ?

— Willow ? Qui est…

Plus Camden avançait, plus son père m'apparaissait. Je devais m'en aller, retourner dans les bois pour que tout ça ne soit pas vain, mais l'idée de le laisser seul face à son père était tout simplement insoutenable.

Sullivan était seul, à la fin. Je n'avais pas pu être là. Je n'avais pas pu le tenir. Je n'avais pas pu écarter ses cheveux de ses yeux une dernière fois.

Je ne quitterais pas Cam.

— Allez, papa. Pose ton arme. On va rentrer à la maison, et je vais te préparer du poulet comme maman le faisait, d'accord ?

Cam gardait les bras tendus, les paumes vers son père.

— Quittez mes terres ! Vous ne les aurez pas !

Un nouveau coup de feu éclata, et je hurlai quand le corps de Cam vola en arrière, atterrissant par terre avec un bruit sourd et écœurant.

— Non !

Le mot s'était échappé de ma gorge et je sprintai sur le terrain inégal jusqu'à l'endroit où Cam était allongé sur une parcelle d'herbe brunie par l'hiver.

— Willow ! s'écria Xander derrière son père, agrippant déjà le fusil de chasse.

— Appelle les secours !

Je lui adressai un bref coup d'œil tandis que mes genoux heurtaient le sol impitoyable à côté de Cam. Comment allions-nous le faire descendre de la montagne ? Un hélicoptère pourrait-il atterrir ici ?

Sa veste était déchiquetée, de minuscules plumes se répandaient sur sa poitrine et s'envolaient dans le vent.

Mais elles n'étaient pas rouges. Pas encore. L'herbe à côté de lui non plus. Mais il faisait déjà si sombre.

J'attrapai son manteau, mais son dos se cambra, et je scrutai son visage souffrant – comme ce visage m'avait manqué ! – puis je le pris entre mes mains sans réfléchir. J'aperçus du mouvement du coin de l'œil. Les autres étaient arrivés. Trop tard. Toujours trop tard.

— Je suis là, lui dis-je, plongeant mon regard dans ses yeux si sombres qu'ils m'engloutirent tout entière. Tout va bien se passer, promis-je alors que je n'en avais pas le droit, m'efforçant d'adopter un ton optimiste avec un hochement de tête exagéré et un sourire tremblant. Les secours arrivent.

Les yeux écarquillés, il luttait pour respirer.

Sa peur était palpable lorsque son regard descendit le long de mon corps et examina frénétiquement mon manteau blanc.

— Je vais bien. Je n'ai pas été touchée. Toi si, lui dis-je.

Quelle imbécile. Comme si ça pouvait le réconforter.

— Je dois évaluer la gravité des dégâts.

Ses mains se tendirent entre nous, fouillant dans son manteau.

Je reculai d'un bond, écartant doucement ses mains.

— Laisse-moi faire.

Il va bien. Il va bien. Il va bien. Tu ne peux pas le prendre lui, aussi. Tu comprends ? Tu as pris Sullivan. Tu n'auras pas Cam.

Les poumons de Cam sifflèrent lorsque le premier filet d'air se fraya un chemin jusqu'à eux. Mes yeux se tournèrent vers les siens. Il me regardait, les sourcils légèrement froncés alors qu'il luttait pour avoir plus d'air.

J'ouvris la fermeture éclair de son manteau d'un seul coup et me préparai à ce qu'il y avait dessous.

— Bon sang, Cam ! jura Gideon en s'agenouillant de l'autre côté de Cam.

— Arthur lui a tiré dessus.

Mes mains tremblantes ouvrirent son manteau, révélant une étendue de tissu sombre avec plusieurs trous là où la chevrotine l'avait touché. Où était le sang ?

— Il fait trop sombre ! Je ne vois rien !

— Je vais… bien, dit Cam dans un souffle rauque.

Gideon alluma sa lampe de poche.

— Tais-toi, ordonnai-je. Cet abruti n'est même pas capable de dire qu'on lui a…

La lumière éclaira la poitrine de Cam et accrocha de petits morceaux de métal brillant, comme une constellation solitaire dans un ciel par ailleurs sombre.

— Attends. Quoi ?

— Oh putain !

Gideon éclata de rire, agitant sa lampe de poche au passage, tout en regardant par-dessus son épaule.

— Il va bien !

— J'ai… dit… que j'allais bien, grogna Cam.

— Comment c'est possible ? On t'a tiré dessus…

Et je voyais les balles, la chevrotine. Défiant toute logique, je plongeai mon doigt dans un minuscule trou et je sentis du métal froid. Je laissai mes doigts glisser le long du torse dur – trop dur – de Cam.

— Pika, arrête.

Cam saisit ma main, puis l'aplatit, pressant ma paume contre la surface anormalement dure de sa poitrine.

— Je vais bien. J'ai juste eu le souffle coupé.

Il lâcha ma main et défit un clip près de son épaule et un autre à son côté. Le velcro se détacha. Un gigantesque morceau de… *Qu'est-ce que c'est que ça ?*

— Joli. Quel niveau ? demanda Gideon en faisant un signe de tête vers un gilet pare-balles qui tomba par terre, laissant apparaître le t-shirt Black Flag de Cam.

Son t-shirt très propre, très blanc, très intact.

Je clignai des yeux à deux reprises pour convaincre mon cerveau que mes yeux me disaient la vérité et que ce n'était pas le fruit de mon imagination désespérée. Il n'y avait pas d'impact de balle. Pas de sang. Aucun dégât.

— Niveau quatre, dit Cam, sa voix retrouvant toute sa force.

Il passa la main sur sa poitrine et son abdomen, puis poussa un soupir de soulagement, laissant sa tête retomber par terre.

— Sympa. Et tu l'as toujours sur toi ?

— C'est l'avantage d'avoir toutes ses affaires dans sa voiture, répondit Cam avec un sourire en coin.

— Tu te tenais prêt au cas où ton père te tirerait dessus sans faire exprès ? se moqua Gid.

— Quelque chose comme ça.

Cam grimaça en se redressant.

— Tu vas bien.

Mes fesses heurtèrent les semelles impitoyables de mes chaussures de randonnée lorsque je retombai en arrière, accroupie. Les voix derrière moi me faisaient l'effet d'un bruit blanc même lorsqu'elles forcirent. Tout bourdonnait dans ma tête, sauf le fait que Cam n'était pas blessé, ne saignait pas et n'était pas mourant.

— J'ai déjà dit que j'allais bien.

Il tira sur son t-shirt et jeta un coup d'œil sur son torse par son col.

— Je vais probablement avoir un méchant bleu, mais il fait trop sombre pour voir.

— Je dis simplement que c'est une bonne chose que tu aies été là, dit une voix à ma gauche. La façon dont tu as éloigné cette arme de lui était… c'était héroïque, Xander.

Le sergent Acosta entra dans mon champ de vision, tapant dans le dos de Xander. Les deux hommes avaient le même âge, mais Acosta avait l'air bien plus à l'aise avec son arme de poing que Xander avec le fusil d'Arthur.

— Je n'ai rien fait, rétorqua Xander en s'abaissant au niveau des yeux de Cam. Tout le mérite revient à Cam. Tu vas bien ? demanda-t-il après avoir jeté un coup d'œil au gilet pare-balles.

Cam acquiesça et se releva.

— Si on peut parler de « mérite » sachant que j'ai tellement aggravé la situation que mon propre père m'a tiré dessus.

Acosta éclata de rire, et mes ongles s'enfoncèrent dans mes paumes.

J'ouvris la bouche pour expliquer à Acosta que Cam m'avait probablement sauvé la vie, mais un mouvement de tête de Cam dans ma direction me fit la refermer. Il s'était toujours satisfait que les autres pensent le pire de lui, et visiblement, rien n'avait changé.

— Ramenons-le à la maison, dit Cam à personne en particulier, en remettant son gilet en place et en regardant droit devant lui.

Son ton était celui que j'avais souvent entendu en grandissant : il mettait fin à la conversation, me faisant comprendre qu'il s'était désengagé de tout ce qui aurait pu le toucher émotionnellement.

Le danger passé, je l'observai avidement. Il était plus massif – pas plus grand, bien sûr, mais plus épais, plus robuste – et il en allait de même pour sa présence. Il y avait en lui quelque chose qui n'existait pas lorsqu'il avait quitté Alba dix ans plus tôt, et ces murs impénétrables qu'il avait érigés semblaient encore plus impossibles à franchir. Mais ses yeux… Ils portaient le même chagrin que les miens lorsque je l'avais vu pour la dernière fois.

Xander et lui avancèrent, s'arrêtant sans doute pour discuter de leur père tandis qu'Art était avec le capitaine Hall pour un rapide examen. M. Daniels secouait la tête, comme s'il essayait de comprendre la situation.

La mort de Mme Daniels avait été tragique. Il avait été déchirant d'enterrer Sullivan neuf ans plus tard. Mais regarder l'état d'Arthur Daniels empirer ces deux dernières années, c'était comme enterrer un morceau de lui à la fois, et c'était de la torture.

— On ne te voit pas beaucoup en ville, Willow. Tu t'amuses toujours avec tes peintures ? demanda Robbie Acosta en me souriant alors que Gideon rejoignait les frères Daniels.

— Tu prétends toujours qu'il y a assez de crimes ici pour justifier ton travail ? rétorquai-je d'un ton doux-amer.

Mon activité de graphiste me permettait d'être plus qu'à l'aise financièrement, mais personne n'en tenait compte. C'était toujours la peinture – ou son absence – que les gens tenaient à évoquer.

Il était sans doute plus amusant pour eux de s'attaquer à ce qu'ils percevaient comme mes failles plutôt que d'examiner les leurs.

— Houlà, houlà.

Robbie leva les mains comme s'il était en état d'arrestation, à l'instar de Cam lorsqu'il était apparu devant moi.

— Range tes griffes, Willow. Je te taquine.

— Ouais. Bah je ne suis pas d'humeur.

J'étais concentrée sur le dos de Cam. Une douleur trop familière me serrait ma poitrine. Quand était-il rentré ? Combien de temps allait-il rester ? Qu'allait-il briser cette fois-ci, ou plutôt *qui* allait-il briser ?

— Tu devrais sortir plus souvent, surtout si ta seule interaction de longue date, c'est avec un homme atteint de démence et un fusil chargé, dit Robbie, sa voix montant dans les aigus – je ne l'avais jamais entendu ainsi au lycée – tout en se frottant la nuque. Je pourrais peut-être t'inviter à dîner ?

— Quoi ? lui demandai-je, la tête penchée sur le côté en signe de réelle confusion. Tu veux m'inviter à dîner ?

— Ouais.

Il haussa les épaules avec un sourire penaud.

— Je ne suis pas ton style, dis-je lentement en secouant la tête.

Il avait toujours préféré les reines du bal de promo, qui perfectionnaient leur maquillage depuis le collège. Les filles de Buena Vista, où nous allions à l'école, coiffées comme des poupées et instagrammables. J'avais vingt-cinq ans et je n'avais même pas de compte Instagram personnel… ni d'intérêt pour Robbie.

— Tu es célibataire. Je suis célibataire. Alors pourquoi pas ?

— Bien sûr, si les humains étaient une espèce en voie de disparition ou quelque chose du genre.

Je regrettai immédiatement mes paroles effrontées lorsqu'il détourna le regard.

— Tu sais qu'il y a une vie en dehors d'Alba, Robbie. Tu peux sortir avec des filles d'ailleurs, maintenant.

— C'est vrai, admit-il en grimaçant. Oh non, c'est peut-être encore trop tôt ? Merde, j'ai été con…

— Quoi, de m'inviter à sortir après qu'Art Daniels a pointé une arme sur moi ?

Il cligna des yeux.

— Non, je veux dire, peut-être que tu n'es pas encore prête à sortir avec quelqu'un…

Il haussa les sourcils.

Sérieusement ?

— Oh. Non ça va, vraiment. Sullivan me manque, bien sûr, mais ça fait six ans.

Le temps passait plus lentement dans les petites villes, visiblement. Mon chagrin s'était estompé pendant mes années d'université, mais tout le monde ici se comportait comme si nous l'avions enterré la semaine dernière.

Je suppose que j'étais toujours censée être traumatisée.

— Je vois. C'est bien que tu restes forte, dit-il en me donnant une tape dans le dos avant de répondre à une convocation du groupe à la lisière de la forêt.

Il faisait trop sombre pour distinguer qui ils étaient, mais j'aurais parié que c'étaient les mêmes que d'habitude, sans mon père. S'il avait été là, il aurait pété les plombs.

Xander se dirigea vers M. Daniels, et je me retrouvai aux côtés de Cam, comme un million de fois auparavant.

— Je n'arrive toujours pas à croire que tu es là, dis-je sans réfléchir.

Il faut vraiment que j'active mon filtre.

— Moi non plus.

Ses yeux restaient fixés sur Xander et son père.

— Qu'est-ce que tu faisais ici ? demanda-t-il vivement.

— Je cherchais ton père.

Je n'aimais pas son ton.

— Eh bien, tu l'as trouvé.

— J'aide tout le temps pour les recherches. J'ai l'habitude.

Un muscle de sa mâchoire se contracta.

— Et combien de fois a-t-il pointé une arme sur toi ?

Son regard se porta lentement sur le mien, et l'obscurité fut soudain plus que jamais une bénédiction. J'en voyais assez dans ses yeux pour savoir qu'il était furieux.

— Jamais. Je suis sûre que Xander mettra les armes sous clé et que ça ne se reproduira plus.

Cam s'esclaffa.

— Sérieusement… Il aurait pu te tirer dessus.

— Eh bien, il *t'a* tiré dessus.

Je donnai un petit coup dans son gilet pare-balles. L'ombre d'un sourire passa sur ses lèvres et je faillis brandir le poing en signe de victoire.

— On dirait qu'il est prêt à y aller, fit remarquer Cam tandis que M. Daniels repoussait le bras que Gideon lui proposait pour l'aider à traverser le terrain accidenté.

— Toujours aussi têtu, grommela-t-il en voyant son père s'approcher.

— Ça doit être dans les gènes. Ou alors tu ne te rappelles pas que je t'ai prévenu qu'il ne se souviendrait pas de toi ? le taquinai-je, essayant de détendre l'atmosphère.

Cam préférait toujours transformer la douleur en quelque chose de risible. Même si ça n'avait rien de drôle.

— Si je me souviens de lui ? intervint M. Daniels, s'arrêtant juste devant Cam.

Il ne mesurait que quelques centimètres de moins que son fils, mais il avait une présence qui le rendait plus grand que nature.

— Je t'ai tiré dessus.

— En effet.

Hormis son poing droit serré, Cam ne montrait aucune émotion. Je suppose que ça n'avait pas changé non plus.

— Art, dit le capitaine Hall en donnant une tape sur l'épaule de M. Daniels. Ce n'est pas forcément évident avec cette obscurité, mais c'est…

— Je sais exactement de qui il s'agit, fulmina M. Daniels.

Je me préparai mentalement à ce que cet épisode de démence allait nous offrir.

Cam haussa un sourcil tandis que M. Daniels lui jetait un regard noir.

— C'est le fils de pute qui a tué mon Sullivan.

J'eus un hoquet de stupeur et, par réflexe, je m'approchai suffisamment de Cam pour frôler son bras. Il aurait tout aussi bien pu être une statue au vu des réactions qu'il manifestait.

— M. Daniels…

— Je ne sais pas ce que tu fais ici, mais tu peux repartir, me coupa-t-il, rejetant ainsi le fils qu'il n'avait pas vu depuis six ans.

Puis il tourna le dos à Cam et se dirigea vers la lisière des arbres, le capitaine Hall à ses côtés.

— Cam, appela Xander à voix basse.

Ce qu'il vit dans les yeux de Cam le poussa à secouer la tête et à s'éloigner, à la suite de son père.

— Je suis vraiment désolée. Il ne sait pas ce qu'il dit, murmurai-je malgré la boule qui obstruait ma gorge.

— Bien sûr que si. Et il a raison.

Il me regarda avec un sourire en coin et des yeux vides qui me renvoyèrent directement au lycée. Il avait toujours été capable de mettre un million de kilomètres entre nous – entre lui et n'importe qui – d'un seul regard.

— Je t'avais dit qu'il se souviendrait de moi.

Il se dirigea vers sa famille.

— Cam ! criai-je dans une tentative désespérée de le garder près de moi juste un peu plus longtemps – le Camden qui s'était avancé devant l'arme de son père pour me protéger.

Mais sa transformation en Camden froid et sans états d'âme était déjà en cours.

— Rentre chez toi, Willow.

Elle était désormais complète.

Je le regardai disparaître parmi les arbres, réprimant l'envie qui me démangeait de le suivre. Nous étions loin du retour idyllique auquel je m'étais stupidement permis de fantasmer au fil des ans.

Mais il était là. Il était rentré.

Et je voulais désespérément savoir pourquoi.

3
Camden

J'avais été naïf de penser qu'il pourrait s'écouler un jour ou deux avant que quelqu'un ne mentionne la mort de Sullivan ou le rôle que j'y avais joué.

J'avais à peine passé vingt minutes en compagnie de mon père, et il m'avait déjà tiré dessus et accusé de fratricide. *Home sweet home.*

Le silence me tint compagnie pendant que nous redescendions vers la maison, nos lampes de poche et nos frontales se balançant en chemin. Nous étions onze ; Acosta avait raccompagné Willow chez elle.

Willow. Je fis taire la petite voix dans ma tête. Non, je n'irais pas dans cette direction.

Mais le soulagement dans sa voix quand elle avait murmuré mon nom et s'était serrée contre moi… Elle ne me détestait pas. Je méritais sa haine, son dégoût absolu, et au lieu de ça, elle m'avait fait confiance comme si les six dernières années n'avaient jamais existé.

— Je pense qu'il est assez proche de la lucidité en ce moment, dit Gideon en s'installant à côté de moi. Tu pourrais aller lui parler.

— Je pense qu'il était presque lucide près du ravin, et non, merci. Il se débrouille très bien avec Xander là-haut.

Je sautai le fossé d'un mètre qui abritait un ruisseau printanier. Tout me revenait facilement, la mémoire musculaire me guidant là où la lumière faisait défaut. Si seulement je m'étais souvenu d'échanger ma casquette contre quelque chose qui me couvrait mes oreilles avant de partir à la recherche de papa…

— Tu penses honnêtement qu'il aurait tiré…

Gideon grogna, puis s'ébroua à en juger par le bruit.

— Bon sang, attends-moi. Tu es resté une vraie chèvre de montagne !

Il souffla, trottinant pour me rattraper.

— Non, je ne pense pas qu'il m'aurait tiré dessus s'il m'avait reconnu, répondis-je à sa question – et à la mienne. Il l'aurait certainement envisagé. Je parie qu'il l'a imaginé des tas de fois alors qu'il était parfaitement lucide.

— Sacré retour au bercail, grommela Gideon lorsque la maison apparut à travers la clairière.

— Pourquoi penses-tu que je suis resté si longtemps à l'écart ?

— Parce que tu savais qu'il te tirerait dessus à vue ?

Il enfonça son épaule dans la mienne et je me crispai pendant une milliseconde. C'était un geste assez familier de la part de Gid, mais plus personne ne s'approchait aussi près de moi sans y être directement invité.

— Quelque chose comme ça.

Mes yeux se portèrent vers le nord, comme s'ils pouvaient traverser la crête sombre et boisée jusqu'au bosquet de trembles où Sullivan reposait à côté de ma mère et de mon oncle Cal.

— Tu vas reprendre tes marques. Tu peux toujours venir travailler avec moi à l'APD !

Ses dents brillaient dans la pénombre.

— La dernière fois que j'ai vérifié, vous étiez déjà cinq pour notre petite ville, et je ne m'appelle pas Hall, donc mes chances sont pratiquement nulles.

— Crétin, marmonna Gideon entre deux toux feintes.

— Je n'ai jamais prétendu être autre chose.

Je n'étais pas populaire. J'étais le fils antipathique. Le pestiféré. Le mouton noir. Tout ce qu'il y avait de plus cliché, comparé à la perfection agaçante de Xander. J'avais cessé de m'en préoccuper vingt ans plus tôt et j'avais simplement décidé de l'accepter. Le fait de s'en foutre conférait un certain pouvoir.

Les lumières brillaient aux fenêtres de la maison lorsque nous arrivâmes dans ce qui était autrefois le jardin où maman passait ses matinées. Les plantes jadis luxuriantes avaient pratiquement disparu – ne survivant que grâce aux graines de l'année précédente – ou avaient été envahies par l'herbe des montagnes.

Mon père avait dit que c'était de la folie de créer un jardin si près de la forêt. Ma mère avait levé les yeux au ciel et l'avait fait quand même.

Nous contournâmes la maison et je notai les endroits où le revêtement s'était décollé. Les gouttières s'affaissaient et le système d'évacuation des eaux était défaillant, à en croire les petits canyons qui naissaient au niveau des descentes.

Dorothy rejoignit mon père sous le porche et tous deux disparurent dans la maison tandis que le capitaine Hall et Xander parlaient au pied des marches.

— Ça n'a pas l'air d'être une conversation agréable, fit remarquer Gideon alors que nous approchions de ma Jeep.

J'ouvris la portière passager et me mis en t-shirt malgré la température glaciale. Je jetai le gilet pare-balles sur le siège. Lorsque j'avais décidé de conserver mon équipement personnel, c'était en raison d'un attachement inexplicable, et non parce que je pensais que j'aurais encore besoin de l'utiliser.

J'enfilai mon manteau abîmé et nous nous dirigeâmes vers Xander.

— Ça ne doit pas se reproduire, disait le capitaine Hall, réprimandant mon frère, et son ton ne me plut pas.

— Ça n'arrivera plus. Je n'aurais jamais pensé qu'il trouverait la clé. Mes excuses les plus sincères.

La bouche de Xander était pincée, ce qui était son état d'agacement ultime face à un représentant de l'autorité.

Je pris place à côté de lui tandis que Gideon arrivait au niveau de son père.

— Je respecte ce que tu as fait, Alexander. Vraiment.

Son front se plissa en une expression qui aurait pu paraître inquiète si la lumière du porche n'avait pas baigné la moitié de son visage dans une pénombre qui lui donnait des airs de méchant du Far West.

Ce type devrait sérieusement enlever son chapeau de cow-boy.

— Merci, répondit Xander. On va aller vérifier comment…

— Mais le temps est venu de le placer dans ce centre d'aide à la vie autonome à Buena Vista, l'interrompit le capitaine Hall de cette voix moralement supérieure qui m'avait toujours conduit à faire le contraire de ce qu'il exigeait.

— C'est pour ça que je suis là.

Je croisai les bras.

— Et c'est bon de te voir, Camden. Vraiment. On s'ennuie ici quand tu ne détruis pas tout. Qu'est-ce que tu connais au fait de prendre soin de ton père ? Combien de temps dure ta permission ? Que se passera-t-il quand tu retourneras là où tu vis ?

Gideon déglutit, son regard passa de son père à moi, mais il ne bougea pas et ne réagit pas comme il l'aurait fait autrefois. Certaines choses avaient visiblement changé.

— Je ne suis pas en permission. Je suis rentré pour de bon. Xander m'a appelé, et je suis venu.

D'où ma Jeep pleine à craquer, crétin.

— OK, alors tu es revenu depuis cinq minutes et ton père t'a tiré dessus. Est-ce que ça donne l'impression qu'il peut vivre seul ?

Il haussa les sourcils et se pencha légèrement en avant. Ce genre d'intimidation n'avait pas fonctionné sur moi en une décennie et ça n'était pas près de changer. Mais je ne comptais pas non plus entrer dans son petit jeu.

— Xander avait besoin que je rentre, et c'est ce que j'ai fait. Nous allons faciliter la vie de notre père, et nous allons le faire en famille. Merci d'avoir mis en place cette équipe de recherche. De nous avoir aidés à le ramener à la maison. On va prendre les choses en main à partir de maintenant.

Il plissa les yeux.

— Écoute, fiston. Tu n'as aucune idée de ce que c'est…

— Je ne suis pas votre fils.

Ma voix devint létale, entrant dans cet espace que je réservais aux moments où j'avais besoin de ne pas appuyer sur la gâchette.

— Et c'est vrai. Je ne sais pas, mais Xander oui. Si vous voulez bien nous excuser, nous allons entrer. Gid, ça ira pour le retour ?

— Oui, pas de problème. Capitaine, on y va.

En m'assurant que Xander était avec moi, j'entrepris de monter les marches du perron.

— Camden, lança le capitaine Hall.

Nous nous retournâmes d'un même mouvement.

— Rends-moi service et évite les ennuis pendant que tu es là. Je n'aimerais pas voir quelqu'un d'autre passer à travers une fenêtre.

Xander se raidit à côté de moi.

J'avais tué des hommes plus misérables au cours de ma carrière. Meilleurs aussi. Son commentaire avait eu l'effet escompté – la colère contractait mes muscles, prête à jaillir.

— Passez une bonne nuit, capitaine, dit Xander en posant une main sur mon épaule, l'autre tenant toujours le fusil.

Évidemment qu'il allait apaiser ce connard. Évidemment qu'il allait se retrancher à l'endroit où il était censé se trouver, l'endroit où tout était sûr et où chacun connaissait son rôle.

Le rôle de Xander était de préserver la paix. Le mien avait toujours été de faire la guerre.

— Merci, monsieur le Maire, répondit Hall.

Je serrai la mâchoire pour l'empêcher de tomber.

Les deux Hall nous adressèrent des signes de tête qui signifiaient des choses différentes et montèrent dans leur SUV.

Nous restâmes là en silence, épaule contre épaule, comme les sentinelles involontaires que nous étions devenues, gardant l'homme qui n'avait jamais fait la même chose pour nous. Quelques instants plus tard, les hommes de l'équipe de recherche et la police s'étant dispersés, il ne restait plus qu'une voiture que je ne reconnaissais pas dans l'allée.

— Alors… « monsieur le Maire », hein ? demandai-je à mon frère alors que nous nous tournions pour monter le reste des marches.

Il haussa les épaules.

— Sérieusement ? Tu n'es pas assez malhonnête ni assez avide de pouvoir pour être un politicien. Crois-moi, j'en ai rencontré beaucoup.

— Il est possible de servir sans ambition présidentielle, tu sais. Je suis heureux là où je suis. Et ce n'est pas comme si nous étions une métropole en pleine effervescence.

Il leva les yeux et ouvrit la porte d'entrée.

— Sauf en été.

Je marquai une pause, mon regard se portant sur le tapis sous mes pieds. J'avais juré de ne plus jamais le franchir.

— Oui, ces cinquante mille visiteurs qui débarquent ont tendance à compliquer les choses, mais ces revenus permettent à la ville de fonctionner le reste de l'année, alors je dirais que c'est un échange équitable. Tu comptes entrer ou tu pensais dormir sous le porche ?

Je ne reviendrai jamais à Alba.

Je ne quitterai jamais l'armée.

Je ne laisserai plus jamais papa me faire des reproches.

Je ne poserai plus jamais les yeux sur Willow Bradley.

Par rapport à la dernière promesse que je m'étais faite, franchir ce seuil était du gâteau.

J'avançai, m'efforçant de faire preuve de bon sens. Après tout, comment pouvais-je aider mon père si je n'entrais pas dans la maison ?

Xander ferma la porte derrière moi et je restai dans l'entrée, observant les changements dans la maison où j'avais grandi. Ma maison. Elle l'avait été du vivant de ma mère. Peu à peu, ce sentiment avait quitté les murs comme l'eau s'écoulant de la lente fuite de la salle de bains de l'étage. Nous avions tous été trop distraits par d'autres choses pour prendre une clé à molette. L'amour s'était écoulé en un filet régulier que nous avions laissé goutter par pure apathie.

Sullivan s'en souciait.

Sullivan était mort et avait emporté les derniers battements de cœur de ce cadavre de maison.

— Je vais remettre ça dans le coffre.

Xander désigna le fusil de chasse.

— Il a encore la clé ?

— Il me l'a remise quand on a quitté la clairière. Tu sais, il n'est plus lucide qu'environ cinquante pour cent du temps. Tu devrais aller lui parler pendant qu'il est vraiment… lui.

— OK.

Parce que le vrai lui était une crème.

Xander bondit dans l'escalier et disparut sur le palier. J'enlevai mes chaussures par habitude et les posai contre le mur.

Comment suis-je censée garder le sol propre si vous insistez pour me rapporter la moitié de la montagne sous vos chaussures ?

Je souris à ce souvenir avant que mes yeux ne s'arrêtent sur le tapis au bout du couloir qui cachait la tache de sang que nous n'avions jamais réussi à effacer du parquet. L'endroit où mon père était resté assis, tenant ma mère alors qu'elle se vidait de son sang après l'attaque du cougar. Elle l'avait supplié de rester avec elle, de la laisser mourir là où ils avaient fait leur vie.

Il avait respecté son souhait et avait dit que c'était un miracle qu'elle ait tenu le temps qu'il la ramène à la maison, qu'elle n'aurait jamais pu descendre la montagne jusqu'à l'hôpital.

Il avait raison.

— Oh mon Dieu. Camden ? C'est vraiment toi ?

Je me levai. Dans le couloir, Hope Bradley, la mère de Willow, me regardait avec stupéfaction.

Encore une personne qui avait le droit de me détester. *Formidable.*

Sa lèvre tremblait, ses yeux étaient humides, et il me fallut tout ce que j'avais en moi pour ne pas mettre la porte d'entrée entre nous alors qu'elle se dirigeait rapidement vers moi.

— Tu…

Elle secoua la tête et m'adressa un sourire larmoyant.

— Tu es exactement comme dans mon souvenir. Je ne savais pas que tu étais en ville !

— Je viens d'arriver, lui dis-je en enfonçant mes mains dans mes poches.

— Oh ! Willow est au courant ? Je parie qu'elle serait ravie de te voir.

Cette gentillesse dans ses yeux noisette – si semblable à celle de Willow – faillit me faire perdre mes moyens. Ce n'était pas pour rien qu'elle était la meilleure amie de ma mère.

— Oui, je l'ai vue il y a une heure.

Qu'est-ce qui pouvait bien prendre autant de temps à Xander là-haut ?

— Oh, tant mieux ! Elle est toujours la première à se précipiter à sa recherche quand Art décide d'aller faire un tour.

Un pli se creusa entre ses sourcils lorsqu'elle examina mon manteau. Des plumes blanches sortaient des trous laissés par les plombs.

— Dans quoi diable t'es-tu fourré, Cam ?

— Hope, je serai prête dans une seconde, dit Dorothy en traversant le couloir et en se dirigeant vers la cuisine.

— Je la ramène chez elle, expliqua Mme Bradley. Ça me permet de vérifier qu'Art a tout ce dont il a besoin et d'offrir un peu de répit à Xander. Je suis ravie que tu sois là ! Tu restes combien de temps ?

— Je suis de retour pour de bon.

Les mots avaient un goût de citron sur ma langue.

Elle joignit les mains.

— Vraiment ? C'est la meilleure nouvelle de la semaine !

Ses yeux se posèrent à nouveau sur mon manteau et elle secoua la tête.

— Mais tu devrais peut-être acheter un nouveau manteau.

— Je suis prête, dit Dorothy en sortant de la cuisine.

— Cam, j'ai donné ses médicaments à ton père. Tu pourrais peut-être dormir dans la chambre d'Art pour que Xander puisse rester chez lui ce soir ? Ce garçon est usé jusqu'à l'os. Oh, et comment te sens-tu après tout ça… ?

Elle faisait comme si ma dernière visite ne remontait pas à des années. Comme si j'avais quitté la maison au milieu de la conversation et que nous la reprenions simplement.

— Tout ça quoi ? demanda Hope.

— Ce garçon s'est fait tirer dessus en sauvant ta fille ; c'est du moins ce qu'Art vient de me dire.

Dorothy passa devant nous pour aller chercher son manteau sur le portemanteau près de la porte.

— On t'a tiré dessus ?

Elle se concentra sur un trou dans ma veste.

— Et Willow ?

Son regard paniqué croisa à nouveau le mien.

— Elle va bien, lui assurai-je.

C'était la seule issue acceptable.

— Parce que tu étais là, fit remarquer Xander en descendant l'escalier.

Parfait timing. Je lui lançai un regard noir, mais ça n'empêcha pas mon frère d'ouvrir la bouche.

— Cam s'est interposé entre eux, même avec cette arme pointée sur sa poitrine.

Xander rayonnait comme un parent fier.

Bon sang. J'étais en enfer. Et connaissant Hope, elle verrait clair en moi.

— Tu t'es… Il avait un…

Hope cligna des yeux et se retourna vers le salon quand mon père entra dans le couloir.

— Tu as pointé une arme sur ma fille ?

— Les griffes sont sorties, murmura Xander.

— Parce que tu ne pouvais pas te taire, rétorquai-je.

— Comme si toute la ville n'allait pas être au courant d'ici demain matin, se moqua-t-il.

— Qu'est-ce que tu fais ici ? s'écria mon père en pointant son doigt dans ma direction.

— Tu as pointé une arme sur ma Willow ? répéta Hope en s'approchant du visage de papa.

— Je ne savais pas que c'était Willow, et je m'excuse sincèrement, lui dit-il à voix basse, avant de reporter son venin sur moi, comme d'habitude.

— Explique-toi.

— Papa, c'est Camden. Tu te souviens ? Il était au ravin avec nous tout à l'heure. Il est rentré à la maison, dit Xander lentement, comme s'il parlait à un enfant… ou à un homme qui ne se souvenait plus de qui il était la moitié du temps.

— Je sais qui c'est, Alexander. Que fais-tu chez moi, Camden ?

Hope sursauta et recula.

— Je suis là pour t'aider, lui dis-je de la voix la plus calme possible, rassemblant toutes mes émotions et les mettant dans une boîte, comme je le faisais en mission.

— Toi ? Le garçon qui a juré de ne plus jamais franchir le seuil de ma porte ? Le garçon qui a brûlé le dortoir par ennui ? Le garçon qui n'est revenu ici qu'une fois au cours des dix dernières années, et seulement pour enterrer son frère ? Tu es venu ici pour m'aider ?

Le garçon que j'avais été aurait pleuré.

L'adolescent que j'étais à l'époque l'aurait insulté et se serait enfui.

L'homme que j'étais à présent resta là et encaissa le coup parce que j'étais enfin assez fort pour le faire.

— Papa ! intervint Xander, s'avançant d'un pas. Arrête ! Tu ne sais pas ce que tu dis.

— Je sais exactement ce que je dis. C'est à cause de lui que Sullivan n'est plus là. C'est à cause de lui que ta fille – il regarda Hope – a enterré l'amour de sa vie à l'âge de dix-neuf ans. C'est à cause de lui que tout part en vrille.

— Art, tu sais que ce n'est pas vrai, dit Hope à voix basse.

— Il a donné l'ordre qui a tué Sullivan.

Mon souffle se bloqua lorsque les yeux bleus de mon père croisèrent les miens. Je ne pouvais pas le nier. C'était la vérité.

— Je ne savais pas que… commençai-je.

— Tu l'as fait tuer ! Tu ne dormiras pas sous mon toit. Tu n'es pas le bienvenu ici. Sors.

Mon estomac se transforma en plomb.

— Papa ! Non ! cria Xander.

Il n'y avait aucune pitié dans les yeux de mon père, aucune concession, et aucune chance qu'il change d'avis… mais c'était lui qui m'avait demandé de venir. Il ne s'en souvenait pas ? Rien à faire. Au diable tout ça. Il ne m'écouterait jamais. Il s'était fait son avis dès qu'il avait lu le rapport que Xander avait promis de ne pas lui montrer.

Je tournai les talons et sortis de la maison, laissant la porte moustiquaire claquer derrière moi. Des pierres se plantèrent dans mes pieds lorsque je regagnai l'allée. Merde. J'avais laissé mes bottes à l'intérieur. Peu importe. J'avais dix autres paires de chaussures dans la Jeep. Je trouverais un hôtel…

— Cam ! me cria Xander alors que j'arrivais à la Jeep.

Je montai dedans, mais il atteignit la portière avant que je puisse la fermer. Un trousseau de clés s'entrechoquait entre ses doigts tendus, mais je gardai le regard fixé droit devant moi, refusant de voir l'inévitable pitié dans ses yeux.

— Viens chez moi. Ça lui passera. Je te le promets.

Il avait fait la même promesse lorsque l'humeur dans la maison ne s'était pas améliorée six mois après l'enterrement de maman. L'optimisme de Xander n'était qu'un énorme tas de mensonges qu'il se racontait pour mieux avaler toute cette merde.

— Non, répondis-je.

Le dernier endroit où je voulais être, c'était dans la maison du maire Daniels, en train de salir sa vie parfaite. Je ne savais même pas où il vivait.

— Allez, me supplia-t-il. J'ai HBO.

— Je ne regarde pas beaucoup la télévision.

— Tu es toujours aussi têtu, marmonna-t-il en fouillant dans sa poche.

Il en sortit un autre trousseau de clés, celui-ci avec l'étalon des Denver Broncos des années 1980 sur le porte-clé.

— Alors, va au moins jusqu'à la maison d'oncle Cal. Techniquement, il te l'a laissée, donc c'est chez toi.

Oncle Cal. La seule personne sur laquelle j'avais pu m'appuyer. Le seul qui ait jamais compris la rage qui semblait toujours mijoter en moi.

Xander agita les clés.

— Allez. Ne va pas à l'hôtel. Aucun des sites touristiques de la région n'est encore ouvert, et il faut quarante-cinq minutes de route pour retourner à Buena Vista. L'électricité fonctionne toujours là-haut, et il y a l'eau courante. Je vérifie tous les mois. Je n'ai pas fait la poussière ou quoi que ce soit d'autre, et ce n'est pas le Four Seasons, mais c'est chez toi. Fais-le pour moi, s'il te plaît. Je ne peux pas te regarder partir et attendre encore six ans pour voir si tu reviendras.

— Je ne quitte pas l'État, pour l'amour du ciel. Juste la maison de papa, promis-je.

Je n'avais pas l'intention de revenir quand j'étais parti la dernière fois. Nous le savions tous les deux. Je ne pouvais pas lui reprocher cette pointe d'inquiétude dans sa voix. Je pris donc les clés et il poussa un soupir de soulagement.

— Je viendrai te voir demain.

— Ça va aller. Et toi ?

Je fis un signe vers la maison.

— Je sais que tu as besoin d'une pause.

— J'en prendrai une quand papa aura retrouvé ses esprits.

Ah ah. Comme si ça allait arriver.

— Écoute, fit-il, sa voix s'adoucissant, on sait tous que tu n'as pas tué Sullivan. Papa a juste…

Il secoua la tête.

— J'ai donné l'ordre. J'aurais tout aussi bien pu appuyer sur la détente, dis-je à voix basse en fixant le porche.

Notre équipe avait été appelée pour soutenir un avant-poste sous le feu de l'ennemi, et quand notre hélicoptère avait réussi à atterrir, l'enfer s'était déchaîné. J'avais reçu l'ordre de me diriger vers une brèche dans les défenses avec les soldats disponibles.

— Tu as relayé les ordres. C'est tout.

— J'ai choisi un chef d'escouade pour renforcer le côté de l'avant-poste qui subissait les tirs les plus nourris, rectifiai-je. Ce sergent a pris son escouade et a obéi.

Nous avions divisé ce qui restait du peloton en deux. J'aurais pu choisir le sergent à ma droite. Au lieu de ça, j'avais pris celui qui se trouvait à ma gauche et je m'étais dirigé vers le mur avec ses soldats.

— Sullivan faisait partie de cette escouade.

— Tu l'ignorais.

Il secoua la tête avec insistance.

— Tu ne pouvais pas le savoir. J'ai lu le rapport. Tu n'aurais pas pu le voir au milieu d'une telle pagaille.

Lorsque j'avais reconnu Sully, il était trop tard. Mes mains se crispèrent sur le volant. Il avait été abattu à trois mètres de moi.

Si j'avais choisi le gars de droite, Sullivan serait encore en vie. C'était là que mon père avait cessé d'écouter.

— Il faut que j'y aille.

— Le chemin de derrière est toujours ouvert, dit-il.

Lorsqu'il devint évident que je n'allais pas répondre, il marmonna quelque chose à propos de mon entêtement et ferma la portière.

J'attendis qu'il recule, puis je démarrai. Au lieu de reprendre la route vers Alba, je suivis le chemin de terre qui s'effaçait vers l'ouest, mettant la Jeep en mode quatre roues motrices et longeant la limite de la propriété des Bradley pendant quelques minutes jusqu'à ce que je grimpe la crête suivante et que je tourne vers le nord.

Je passai le portail rouillé ouvert et traversai le domaine de mon oncle Cal. Il était probablement à moi, maintenant, à en croire les taxes foncières que j'avais payées. Pourtant, j'avais toujours l'impression d'être chez lui. Il était mort l'année avant Sullivan, et j'étais déployé à ce moment-là. Je n'avais pas pu enterrer l'homme que j'avais aimé plus que mon propre père.

Quelques minutes plus tard, je me garai.

À la lumière du jour, j'aurais vu ce qu'il restait des ruines des sources d'eau chaude en bas de la ligne de crête et le sommet de la mine abandonnée de la Rose Rowan en contrebas. Mais vu le spectacle qu'offraient mes phares, c'était peut-être une bonne chose qu'il fasse nuit.

La végétation avait envahi la vaste maison de plain-pied, et il manquait tellement de bardeaux au toit qu'il ressemblait plus au fantôme de ce qu'il avait été. L'oncle Cal avait ajouté des pièces à sa guise, donnant à la maison un aspect non symétrique et éclectique que j'avais toujours aimé quand j'étais enfant. Maintenant que j'étais adulte, cela signifiait simplement qu'il y avait une tonne de toiture à réparer. Je ne pouvais qu'espérer que les panneaux solaires avaient mieux tenu.

Cela allait représenter un travail énorme, mais au moins je n'aurais pas à dormir en gilet pare-balles. On ne pouvait pas en dire autant dans la maison où j'avais grandi.

Je sortis de la Jeep et me dirigeai vers la porte d'entrée, m'arrêtant devant le porche. Je traçai du pouce les marques que l'oncle Cal avait gravées sur la pierre verticale, indiquant le nom de la maison.

— Elbe, répétai-je en secouant la tête avec un petit rire devant cette plaisanterie qu'aucun membre de notre famille n'avait jamais remarquée. L'île de Napoléon.

Je suppose que j'étais bien exilé à présent.

Comment diable étais-je censé accomplir la seule chose que mon père m'avait demandée s'il refusait de me parler ?

4

Willow

Mon téléphone portable émit un signal d'alerte – quelqu'un passait la porte d'entrée – et une vidéo se lança automatiquement. Je descendis mon casque autour de mon cou, réduisant ainsi au silence l'album des Banners que j'écoutais, et vis ma meilleure amie sur l'écran, jonglant avec des cafés à emporter et la clé de ma maison.

Plus qu'une heure avant de terminer ce projet pour Vaughn Holdings, mais quelque chose me disait que j'étais sur le point de prendre un retard important. Thea ne venait jamais sans raison, et j'avais l'impression que cette raison s'appelait Cam.

— Willow ? appela Thea.

— Dans mon bureau !

Je dis mentalement adieu à ma productivité et posai mon casque sur le bureau en verre.

— Te voilà !

Elle m'offrit un sourire plus lumineux que le soleil du matin et un gobelet de café d'Alba Perks.

Je la remerciai, pris une gorgée de moka chocolaté et j'attendis de savoir pourquoi elle était passée de si bonne heure. Elle aimait se rendre à son studio de yoga avant neuf heures, même hors saison.

— J'espérais que tu serais chez toi.

Ses sourcils se haussèrent sur ses yeux bleu clair.

— Euh… Il est huit heures et demie, un mardi, donc je travaille. Où pensais-tu que je puisse être ?

Je pris une gorgée du savoureux moka, me demandant combien de temps il lui faudrait pour parler de lui.

— Oh, je ne sais pas… chez les Daniels ? demanda-t-elle avec une innocence feinte, en soufflant la vapeur qui s'échappait du couvercle de son gobelet.

Ça n'avait pas pris longtemps.

— Très bien, qu'est-ce que tu as entendu dire ?

Je me penchai en arrière dans mon fauteuil de bureau tandis qu'elle posait ses fesses sur mon bureau. Les ragots ne me manquaient pas lorsque j'étais à l'université, mais Thea m'avait manqué chaque jour que j'avais passé à Rutgers.

— Je sais que j'ai déposé Jacob à l'école maternelle et que d'autres mamans ont raconté des histoires fascinantes sur un homme très sexy, très tatoué et à l'allure d'un Daniels, qui s'est arrêté à la station-service avant de partir pour la montagne. Tu ne saurais pas quelque chose à ce sujet, par hasard, n'est-ce pas ?

Ses yeux bleus pétillaient tandis qu'elle penchait la tête.

— Pourquoi diable saurais-je qui s'arrête pour faire le plein ?

— Oh, allez. Julie Hall déposait Sawyer avant d'aller à l'hôpital, et elle a dit…

Mon téléphone portable m'alerta d'une autre entrée, et un coup d'œil rapide m'informa que c'était ma mère.

Travaillez à domicile, qu'ils disaient... Ce sera amusant et productif...

— Maman ! Il y a des limites ! lançai-je dans le couloir.

— Thea ! Quel plaisir de te voir !

Ma mère ignora mon commentaire, son sourire radieux m'envoyant des signaux d'alarme. Qu'est-ce qu'elle faisait là ?

— Maman, sérieusement ? Je croyais qu'on avait déjà discuté du fait que la clé ne devait servir qu'en cas d'urgence ?

Le fait que j'aie déménagé l'année dernière avait mis à l'épreuve la nature envahissante de ma mère, mais je savais qu'elle le faisait par amour. Elle était dans son élément quand elle avait quelqu'un sur qui s'acharner – et dernièrement, ce quelqu'un, c'était moi.

— Eh bien, tu es tellement grognon quand je t'interromps dans ton travail, alors je me suis dit que j'allais entrer et voir si tu étais là avant de t'embêter.

Je ne relevai pas le manque de logique de cette déclaration.

— Je vois. Maman, qu'est-ce qu'il y a ? Je sais que tu n'as pas fait tout ce chemin juste pour voir si j'étais à la maison. Tu aurais pu t'en assurer en me passant un coup de fil.

Elle déplaça un tote bag surchargé sur son épaule.

— Est-ce un crime de vouloir voir ma fille ? Tu es partie pendant quatre ans. Je dois encore m'habituer au fait que tu sois de retour. Je suis tellement ravie que mes deux filles soient rentrées à la maison.

Son ton était si exagéré que je faillis m'étouffer avec sa douceur sirupeuse.

— Mais j'ai besoin d'une faveur de la part de l'une d'entre vous.

— On sait toutes les deux que Charity dort, alors crache le morceau ! dis-je en riant.

Sans doute ma sœur aînée était-elle retournée se coucher après avoir emmené Rose à l'école. Elle travaillait généralement jusqu'à la fermeture de son bar, puisqu'elle habitait juste au-dessus.

Ma mère me rendit son sourire, reflétant le mien, et posa le sac sur le fauteuil violet de mon bureau. Lorsque j'avais acheté ce que j'appelais affectueusement l'Avant-poste, j'avais repeint tous les murs et toutes les boiseries en blanc, et j'avais décoré l'endroit avec des touches de couleurs vives que je pouvais facilement changer quand l'envie me prenait. L'école d'art m'avait permis d'apprécier l'influence des couleurs sur l'humeur, et après avoir perdu Sullivan… eh bien, j'avais eu besoin de beaucoup de couleurs. Je me contentais à présent de quelques touches çà et là.

— Tu as raison, nous savons toutes les deux que Charity dort encore, alors j'ai pensé que tu pourrais apporter quelques affaires à Camden pour moi.

— Ah ah ! Je savais que tu savais !

Thea sauta de mon bureau, faisant vaciller mon écran.

Je stabilisai le moniteur qui coûtait plus cher que ce que j'avais gagné durant ma première année de travail et soupirai en jetant un coup d'œil à la tour d'onyx qui trônait à côté. Cette petite pièce d'échecs avait plus de valeur que tous mes appareils électroniques.

— Oui, je le savais, dis-je à Thea.

— Pourquoi tu ne peux pas le faire toi-même, maman ? La maison des Daniels est bien plus proche de chez toi que de chez moi.

Je m'étais efforcée de ne pas penser à Cam depuis le moment où je m'étais réveillée ce matin-là. Mais il avait surgi dans mon esprit… toutes les minutes environ. Mon plan ne fonctionnait pas très bien. Je ne pouvais pas m'en empêcher. Il était parti presque dix ans. Son retour devait forcément faire surgir des pensées… des sentiments.

— Parce qu'il n'est pas chez les Daniels. Il est chez Cal. Enfin ce n'est plus chez Cal. C'est chez lui, tu sais, termina ma mère en hochant la tête.

— Il est chez Cal ? demandai-je calmement.

Il s'y était toujours senti plus à l'aise quand il était enfant – comme nous tous d'ailleurs – mais ce n'était pas comme si cet endroit avait été suffisamment récuré pour être à nouveau habitable.

— Art… Il a été difficile la nuit dernière, comme tu le sais.

Ma mère me jeta un regard qui me fit comprendre qu'on l'avait informée de ce qui s'était passé au ravin.

Cam venait de rentrer chez lui et Art l'avait mis à la porte ? C'était la seule explication pour qu'il loge chez Cal. Mes yeux furent attirés par l'immense baie vitrée de mon bureau qui donnait sur la ligne de crête à l'est, et mon cœur se mit à tambouriner contre mes côtes, comme s'il s'efforçait de voyager sans moi. S'il était chez Cal, cela signifiait qu'il y avait moins de deux kilomètres entre nos deux maisons. Pendant dix ans, il avait été à des milliers de kilomètres, parfois à l'autre bout du monde, et à présent il était assez proche pour que je lui rende visite en marchant rapidement. Si j'osais… ce qui n'arriverait jamais, bien sûr. Parce que j'étais peut-être stupide, mais pas masochiste.

— Willow ?

Ma mère me tira de mes pensées. Toujours là, mais jamais présente. C'était ce que disait affectueusement mon père lorsque mes pensées dérivaient, dans mon enfance. Il ne trouvait pas cette qualité aussi enchanteresse à présent que j'étais adulte.

— Désolée, m'excusai-je par habitude.

— Alors, pourquoi ne pas aller le voir toi-même ?

Ma mère grimaça.

— Eh bien, j'ai ses bottes… C'est une longue histoire, mais j'étais là quand ça s'est passé, alors j'ai pensé qu'il serait un peu gêné de me voir.

— Alors qu'il sera ravi de *me* voir ?

Je penchai la tête.

— Tu sais qu'il ne me supporte pas.

L'aversion de Cam à mon égard était le secret le moins bien gardé de tout Alba. Ici, les commérages circulaient vite. Même lorsque j'étais avec Sully, Cam avait eu du mal à tolérer ma présence les derniers mois avant qu'il ne parte à l'armée et encore, c'était parce qu'il n'avait pas vraiment eu le choix. Il n'en avait pas toujours été ainsi, mais c'était ainsi que nous nous étions quittés.

— Bien sûr, et c'est pour ça qu'il s'est mis entre un fusil chargé et toi, répliqua ma mère.

Hum… elle était fâchée que je ne l'aie pas mise au courant la veille au soir.

— Il a fait quoi ? s'écria Thea, le son se répercutant sur les murs nus.

— On se calme, marmonnai-je. Il portait un gilet pare-balles.

Même si je l'ignorais, sur le coup. Quand j'avais cru que des balles avaient transpercé sa poitrine… Je ne voulais plus jamais ressentir ça. Quant à ce que j'avais éprouvé, je ne comptais pas m'y attarder non plus.

— Pas sur sa tête, rétorqua ma mère.

— Qui tenait l'arme ?

À présent, c'était Thea qui me regardait.

— Arthur Daniels, expliqua ma mère. Ne t'inquiète pas, Xander l'a mise sous clé. Mais tu ne peux pas me dire que ce garçon te déteste alors qu'il a risqué sa vie pour toi.

Mon esprit dériva vers son parfum de menthe et de pin. Son bras serré autour de ma taille. La façon dont il m'avait ordonné de partir, avant que son père ne lui tire dessus… et après. Heureuse de savoir qu'il demeurait une contradiction ambulante.

Je soupirai, appuyant ma tête contre le haut dossier de ma chaise. Une chose que j'avais apprise sur Camden, c'était que ma présence pouvait lui être insupportable, mais qu'il ne resterait jamais là à me regarder souffrir.

— Je n'ai jamais parlé de haine. Il a sans doute fait ça parce qu'il vous adore. Depuis toujours. Et je suis sûre qu'il éprouve une sorte de responsabilité par rapport à la mort de Sullivan.

Ma mère et Thea détournèrent les yeux, comme d'habitude.

— J'ai le droit de prononcer son nom. Vous aussi. Ça ne me fera pas plus de mal.

Bien sûr, je souffrais toujours de sa perte, mais pas autant qu'avant. La première année, j'avais eu l'impression qu'on m'avait tiré en pleine poitrine. Je ne pouvais pas respirer, je ne pouvais pas dormir. Les minutes me semblaient interminables.

À présent, c'était comme une vieille blessure au genou qui faisait mal par mauvais temps. Je savais qu'elle pouvait refaire surface à tout moment lorsque les conditions étaient réunies, mais elle ne me consumait que dans de rares moments. Ça faisait des années que je m'étais reconstruite. Malheureusement, aucun habitant d'Alba n'avait reçu le message. J'étais guérie. Ils me traitaient toujours comme si je risquais de me dissoudre dans une flaque de larmes à tout moment.

— On sait, dit doucement ma mère avec un sourire triste. On est juste… inquiets.

Les lèvres de Thea formèrent une fine ligne et elle acquiesça. Sully avait été le meilleur ami de son mari, et Pat avait eu autant de mal que moi à faire son deuil.

Mais personne n'avait souffert comme Camden. J'avais su d'un seul coup d'œil à l'enterrement que Cam avait été irrémédiablement brisé par ce qui était arrivé à Sullivan.

— Alors ses bottes sont dans le sac ?

Je remis le sujet sur le tapis pour éviter le tsunami de chagrin qui menaçait de s'abattre sur la pièce.

— Oui. Et d'autres choses dont il pourrait avoir besoin. Ça te dérangerait d'y jeter un coup d'œil ? Ce serait formidable. Et je sais que vous ne vous entendez pas particulièrement bien, même si c'était le cas avant.

Elle adorait me rappeler qu'à un moment donné, j'avais été attachée aux Daniels comme une siamoise. Surtout à Cam.

— C'est juste que…

Devant mon silence, elle poursuivit.

— Je sais que ce n'est pas mon garçon, mais si Lillian était là…

Elle secoua la tête, incapable de continuer.

— Je m'en charge, acceptai-je, sachant que ça la soulagerait et peut-être moi aussi. Si je me dépêche, je peux être de retour pour dix heures et finir ça.

— Oh, je dois aller au studio ! s'écria Thea comme si elle venait de remarquer l'heure. J'ai un cours à dix heures pour lequel je dois me préparer.

— Les affaires vont bien ? demanda ma mère.

Lancer une nouvelle activité à Alba semblait toujours risqué. Certes, la saison – les mois d'été – apportait son lot d'opportunités, mais tout ralentissait en automne, et l'hiver était carrément mort avant qu'une faible activité ne reprenne au printemps. C'était l'une des raisons pour lesquelles les jeunes partaient.

— Pas mal ! On a établi un partenariat avec le petit hôtel de Mount Princeton, qui nous envoie des clients. Aujourd'hui, c'est un enterrement de vie de jeune fille ! conclut Thea d'un ton surexcité.

L'expression de ma mère changea. C'était imperceptible, mais pas pour moi. C'était un pincement au cœur qu'elle avait appris à camoufler au fil des ans, mais il était néanmoins présent.

D'une certaine manière, la perte de Sullivan avait été plus difficile pour elle que pour moi. J'avais perdu l'homme que j'aimais, celui avec qui j'avais prévu de passer ma vie.

Elle avait dit adieu à son rêve d'avoir un petit-enfant en lequel elle se verrait, elle ainsi que Lillian. C'était comme si elle avait perdu sa meilleure amie une nouvelle fois, combiné au deuil de ce qu'elle considérait comme mon avenir.

Je le voyais planer tout le temps dans notre petite ville, le spectre du « et si ». Les futurs dont les parents rêvaient pour leurs enfants se réalisaient rarement ici, et les ensevelir exigeait un millier d'enterrements impromptus au cours d'une vie. Le passé pouvait être enterré et vous pouviez avancer. Mais les espoirs et les rêves d'avenir qui ne se concrétisaient jamais ? C'étaient eux qui continuaient à vous hanter.

Ma mère cligna des yeux pour s'extraire à son dernier deuil en date.

— C'est super, Thea. Je suis fière de toi. Et si je te raccompagnais ? Comme ça, tu pourras me raconter comment va Jacob. J'adore voir sa petite bouille en ville.

Thea accepta, puis me serra fort dans ses bras.

— Appelle-moi. Je ne plaisante pas. Je veux tout savoir.

Elle recula et me lança le même regard que devant la porte des casiers au lycée.

— Je te le promets.

— Oh, et, Willow, si tu as quelque chose que Cam pourrait trouver… utile, pourquoi ne pas le lui apporter en même temps ? suggéra ma mère. Il dit qu'il est de retour pour de bon, alors il pourrait en avoir besoin.

Mon visage s'embrasa.

— D'accord. J'y penserai. À plus tard.

Je me forçai à sourire et les raccompagnai jusqu'à la porte d'entrée.

Après l'avoir refermée derrière elles, je m'appuyai contre le bois de chêne et fis de mon mieux pour respirer comme une personne normale un jour normal.

Et s'il tirait des conclusions hâtives ? Et si je m'exposais à une bonne dose de ridicule et à ce regard froid et cruel ? Ma mère savait très bien ce que j'avais stocké dans ma chambre d'amis, alors ne valait-il pas mieux que je le lui donne avant qu'elle ne dévoile accidentellement mon secret à Cam ? La seule chose plus embarrassante que ce que je m'apprêtais à faire serait qu'il débarque et l'exige lui-même.

Je faisais ça maintenant pour m'épargner une humiliation supplémentaire… pas parce que je voulais bêtement le voir. C'était du moins ce dont j'essayais de me convaincre.

Mes pieds nus arpentèrent le plancher chauffé par le soleil de ma petite maison, passant par le salon, la salle à manger et la cuisine qui ne formaient qu'une seule pièce, puis par mon bureau, avant de revenir vers les deux chambres, dont une seule était occupée.

Mes parents avaient construit l'Avant-poste l'été où j'avais décidé de ne pas aller à l'université. L'été où j'avais décidé de rester et d'attendre le retour de Sullivan après son déploiement. Les chambres d'hôtes étaient très répandues dans la région, mais les petites maisons de vacances l'étaient encore plus. Ils l'avaient louée pendant quelques années avant que ma mère ne décide que la location n'était pas faite pour elle, et à présent, c'était chez moi. Enfin, dans trois cent quarante-huit mensualités, ce serait le cas.

J'ouvris la chambre d'amis et soupirai en voyant ce qu'elle renfermait.

— Arrête de faire ta poule mouillée, me réprimandai-je.

J'enfilai ensuite mes chaussures, attachai mes cheveux en un chignon désordonné et me mis au travail.

Une demi-heure plus tard, mon SUV gravissait le dernier tronçon du chemin enneigé qui menait à la maison de Cal. La Jeep noire de Camden était garée dans l'allée, ses pneus et la partie inférieure de la carrosserie couverts de boue.

Je garai ma voiture et coupai le contact, et avant de comprendre ce qui se passait, je me retrouvai à frapper à sa porte d'entrée.

Une simple minute s'écoula avant qu'il n'ouvre. Il était vraiment plus baraqué que lorsqu'il était parti ; mon esprit ne l'avait pas bien assimilé la veille. Sa stature m'aurait intimidée si je ne le connaissais pas si bien.

Camden pouvait m'ouvrir en deux émotionnellement avec quelques paroles, mais je me sentais pleinement en sécurité avec lui, et ce depuis toujours. Curieusement, j'étais probablement la seule personne à Alba à pouvoir dire ça.

— Qu'est-ce que tu fais là, Willow ? J'essayais de faire fonctionner le Scout.

Sa voix était plus rauque et il avait laissé pousser sa barbe. Voilà qui expliquait les traces de graisse sur la chemise blanche qui moulait sa carrure musclée et le jean qui dévoilait ses hanches divines.

Arrête ça. C'est Cam.

— Je voulais t'apporter quelques petites choses, dis-je en montrant le sac que j'avais en bandoulière. Je peux entrer une minute ?

Je vis l'hésitation dans ses yeux sombres avant qu'il n'acquiesce et ne recule, me laissant entrer.

La maison était telle que dans mon souvenir : un hommage éclectique à l'homme qui l'avait construite lors de ses passages entre deux déplacements professionnels. Le bois lisse de l'entrée menait à des murs peints dans des tons chaleureux, avec des œuvres d'art exotiques encadrées par des poutres apparentes en bois de récupération.

Un sourire retroussa les coins de mes lèvres tandis que je jetai un coup d'œil autour de moi.

— Quoi ? demanda Cam.

Répondre « rien » l'aurait irrité, aussi je préférai être honnête.

— Je me disais que Cal avait des années d'avance en matière de récupération. Il aurait été un vrai hipster aujourd'hui.

Il cligna des yeux, et je sentis ma nuque s'embraser.

— Tu sais, parce que les hipsters font tout avant que ce soit cool ? ajoutai-je, espérant atténuer la maladresse de ma plaisanterie.

Échec.

— Sûrement.

Il me regarda avec insistance et je me raclai la gorge.

— Ma mère m'a demandé de passer t'apporter ça.

Voyant qu'il ne comptait pas prendre le sac, j'enlevai mes chaussures, contournai sa silhouette massive et me dirigeai vers la cuisine. J'avais passé presque autant de temps que Cal dans cette maison, dans ma jeunesse, aussi je la connaissais par cœur. Lorsque j'atteignis la table artisanale, je posai le sac dessus et en vidai le contenu.

Les cookies faits maison prirent d'assaut la table, suivis de muffins et de *banana bread* en quantité telle que ma mère s'attendait visiblement à devoir nourrir une petite armée.

— Je suppose qu'elle a cuisiné hier soir, marmonnai-je avant de poser ses chaussures par terre.

Ses yeux se posèrent sur les bottes avant de croiser les miens. L'air était si tendu entre nous que j'aurais pu y accrocher mon linge. Je détestais sa façon de ne parler que lorsqu'il m'avait rendue folle d'interrogations. Je détestais le fait qu'il ait toujours su exactement comment m'atteindre. Je détestais me demander ce qui se passait dans sa tête alors que j'exprimais si souvent ce qui traversait la mienne.

— Alors tu vas rester ? demandai-je, brisant le contact visuel pour observer les lignes familières de la cuisine.

Elle était poussiéreuse par endroits, notamment dans les fissures du dosseret posé à la main, qui représentait les montagnes qui nous entouraient à l'aide de morceaux de granit soigneusement choisis.

— Il semblerait bien. Remercie ta mère pour moi.

J'ignorai sa réponse bourrue et laissai traîner ma paume sur la maçonnerie.

— J'ai toujours aimé cette pièce.

— Pas étonnant, puisque c'est toi qui l'as faite.

Mon regard se porta sur le sien. Il s'en souvenait ? Il n'avait pas vraiment été dans les parages, ce dernier été.

— J'ai juste aidé.

Je haussai les épaules.

— Si tu le dis.

— Merci. Pour hier. Tu m'as sauvé la vie.

Je marquai une pause entre chaque phrase, espérant qu'il me réponde.

— La rumeur dit que tu vas rester.

— Depuis quand tu écoutes les rumeurs ?

— C'est vrai ?

S'il comptait ignorer ma question, alors j'allais aussi ignorer la sienne.

— Oui, je vais rester dans le coin.

Il croisa les bras sur son torse, attirant mon attention sur les tatouages qui ornaient sa peau depuis ses poignets jusqu'à ses manches courtes.

Son avant-bras gauche représentait des pins et des trembles abritant un ruisseau sinueux qui formait une étendue d'eau juste au-dessus de son coude – un bassin que je connaissais. Les sources d'eau chaude à cheval entre les propriétés de nos parents – qui étaient désormais les nôtres.

— À quoi tu penses ? demanda-t-il, comme il le faisait toujours.

La plupart des gens se contentaient de me laisser vivre dans ma tête ou essayaient de me ramener à la conversation. Cam me demandait toujours ce que je pensais, et je le laissais faire, même s'il se moquait généralement de moi après.

Peut-être que j'étais masochiste.

— J'ai toujours pensé que tu étais parti et que tu nous avais oubliés.

Mon doigt traça légèrement le contour des sources, sa peau douce et chaude sous la mienne, puis s'arrêta sur le tatouage de la structure abandonnée d'où nous avions l'habitude de sauter quand nous étions enfants.

— Mais tu nous as emmenés avec toi.

Où avait-il trouvé ce dessin ? Savait-il que c'était le mien ?

Son odeur me frappa, et je m'aperçus à quel point j'étais proche de lui. Je le touchais vraiment. J'eus un mouvement de recul et sentis mes joues s'embraser jusqu'à mes oreilles.

Il ne dit rien, ne bougea même pas. Il resta là comme le mur de briques qu'il était, ne laissant rien transparaître, mais au moins il ne se moqua pas de moi.

— J'ai apporté d'autres choses. Je vais aller les chercher dans la voiture et ensuite je m'en vais.

— Besoin d'aide pour les transporter ?

L'idée qu'il puisse voir tout ce qu'il y avait dans ma voiture me poussa à chercher une issue.

— Oh, non. Retourne à ton Scout. Il n'y a qu'un ou deux cartons. Je vais m'en sortir. Tu n'auras pas besoin de me raccompagner quand j'aurai fini.

Il plissa les yeux, mais finit par acquiescer.

— Comme tu veux. Je serai au garage si tu changes d'avis.

Il se dirigea vers le garage, qui s'ouvrait sur le côté est de la maison, et je remis mes chaussures pour sortir par la porte d'entrée. Même si la porte du garage était ouverte, il ne devait pas voir la collection que je m'apprêtais à transporter.

Le bon air vivifiant remplit mes poumons et le contraste avec l'intérieur me fit prendre conscience à quel point la maison avait besoin d'être aérée et nettoyée en profondeur. Depuis combien de temps était-elle inhabitée ? C'était déjà le cas avant la mort de Sullivan.

Je fis un voyage après l'autre, de ma voiture au hall d'entrée, poussant d'abord les cartons contre le mur, puis les empilant jusqu'à ce que j'aie déposé tout ce que j'avais apporté.

L'horloge de grand-père sonna et un sourire se dessina sur mes lèvres. J'adorais cette horloge. « Je l'ai fait faire en Allemagne », m'avait dit Cal avant de me montrer comment la remonter.

Mes pieds me guidèrent vers ma pièce préférée de la maison, la bibliothèque. La poussière scintillait dans l'air, soulignée par la lumière qui entrait par la rangée de fenêtres plus hautes que moi. Des rangées de livres étaient alignées le long des murs, s'élevant vers le plafond en piles et en lignes désorganisées. C'était un véritable débordement de couleurs, de livres de poche et de couvertures en cuir, mais si la poussière recouvrait le sol, les étagères et l'échiquier vide dans le coin en étaient exempts.

Camden n'était dans la maison que depuis une nuit et avait déjà enlevé les draps que Sullivan et moi avions découpés pour couvrir les livres et les meubles lorsque Cal était décédé. Ce jour avec Sullivan, si proche de son enrôlement, aurait dû être un souvenir clé de cet endroit, celui qui me serrait le cœur, mais ce n'était pas le cas.

C'était le son de la voix de Cam, plus légère et plus aiguë, qui lisait à haute voix pendant que je peignais dans le coin sur le petit chevalet que Cal laissait toujours à mon intention. J'avais les mains occupées et l'esprit en paix, rempli des histoires des autres et de la voix de Cam.

Je pris un titre sur l'étagère, notant les passages surlignés en plusieurs couleurs au moment où Cam me rejoignait.

— Désolée, je me suis laissée distraire, lui dis-je en fronçant le nez.

— Je vois ça.

Il regarda la pièce et je ne pus m'empêcher de me demander s'il se souvenait des mêmes choses que moi.

Il s'approcha, ses bottes claquant sur le sol, et je me reprochai mon manque de savoir-vivre.

— Désolée, j'ai oublié d'enlever mes chaussures après mon dernier trajet.

Il s'esclaffa.

— C'était la règle de nos parents. Pas la mienne, comme tu peux le voir.

Il me prit le livre des mains et me surprit en ne le remettant pas en place, mais en regardant sa couverture.

— *À l'est d'Éden*. Bon choix.

— Steinbeck, commentai-je.

— C'est ce qui est écrit.

Un coin de sa bouche se releva légèrement.

— « Il y a plus de beauté dans la vérité, même si c'est une horrible beauté. »

La citation s'échappa naturellement de ses lèvres.

— Tu as toujours eu une bonne mémoire des livres.

C'était un euphémisme. Il se souvenait de répliques et de détails que la plupart des gens survolaient et oubliaient.

— C'est l'un de mes préférés. Et puis, les livres, c'est facile, dit-il en haussant les épaules. Ils exposent leur vérité en noir et blanc. C'est probablement la raison pour laquelle papa ne les aimait pas. Il préférait inventer ses propres histoires pour qu'elles soient conformes à ce qu'il croyait.

— Les gens sont plus difficiles, approuvai-je. Tu vas vraiment bien ? Il t'a quand même tiré dessus.

J'avais posé la question qui me taraudait depuis la veille au soir.

— Je me porte comme un charme.

Il souleva sa chemise avec un petit sourire suffisant, révélant des kilomètres d'abdominaux jusqu'aux tatouages qui commençaient le long de son flanc et couvraient sa poitrine. Au centre, juste sous ses pectoraux, la peau était rouge, parsemée d'une série d'ecchymoses d'un violet profond.

— Tu vois ?

— Cam, chuchotai-je en me rapprochant.

Il recula et laissa tomber sa chemise, cessant de sourire.

— Aucun souci.

— Je ne m'inquiétais pas pour toi physiquement, marmonnai-je dans son dos alors qu'il quittait la bibliothèque, mais je savais que c'était la seule réponse que j'obtiendrais.

Cam vous dirait qu'il allait bien même s'il se vidait de son sang.

— Waouh, combien de cartons tu as apportés ? demanda-t-il en arrivant dans l'entrée.

Et merde. J'aurais déjà dû être loin. Je ne voulais pas le voir quand il découvrirait ce que son père avait fait. Ce que j'avais fait.

— Hum. Quelques-uns.

Je traversai l'entrée au pas de course pendant qu'il ouvrait un carton au hasard.

— C'est mon maillot de foot.

Je m'arrêtai, la main sur la poignée de la porte. J'avais presque réussi à m'échapper.

— Oui, dis-je à voix basse.

Me reprochant ma stupidité, je me retournai vers lui.

Ses sourcils se rapprochèrent en signe de confusion tandis qu'il fouillait dans le carton.

— Mes trophées, mes chaussures…

Il releva la tête et ses yeux croisèrent les miens.

— Ça vient de ma chambre.

J'acquiesçai.

— Mais…

Il secoua la tête.

— Mais Xander a dit que papa avait tout emballé et jeté après…

Il s'interrompit.

— Après la mort de Sullivan, terminai-je pour lui.

— Tu savais ?

À présent, c'était lui qui hochait la tête.

— Xander m'a appelée ce soir-là et m'a dit ce que ton père avait fait. Il a dit qu'il avait tout laissé au pied de l'allée pour que ça parte aux ordures.

Je me concentrai sur les cartons, détachant mes yeux de ce regard trop intense pour être soutenu bien longtemps.

— J'ai attendu minuit pour que personne ne me voie, puis j'ai conduit jusqu'ici et j'ai tout pris.

— Tu as tout pris…

— Ça se voit, non ?

Ma poitrine se resserra. Il fallait que je sorte d'ici, il fallait mettre un terme à ce moment humiliant.

— Willow.

Je secouai la tête et ouvris la porte.

Une large paume apparut au-dessus de moi, fermant la porte et me saisissant par le côté.

— Willow, regarde-moi.

Lentement, mes yeux remontèrent le long de sa chemise, sur les lignes souples de sa gorge et le long de ses lèvres jusqu'à ce que je trouve ses yeux sombres braqués sur moi. Ses yeux m'avaient toujours fait perdre la tête. Les gens qui ne le connaissaient pas bien disaient qu'ils n'avaient pas d'âme, et je haussais les épaules en les laissant penser ce qu'ils voulaient. Ces yeux étaient si pleins, déjà saturés de toutes les émotions qu'il ne montrait jamais, qu'il n'y avait tout simplement pas de place pour des couleurs plus claires.

— Pourquoi tu as fait ça ? Pourquoi tu es sortie de ton lit au milieu de la nuit pour sauver mes affaires ? En t'opposant à nos deux pères ?

— Parce que Sullivan l'aurait fait pour toi.

Il recula, la crispation de sa bouche témoignant de sa douleur.

— Merci, dit-il enfin, la voix basse et profonde.

Je hochai la tête, puis j'ouvris la porte et me retirai dans ma voiture, laissant Cam dans l'entrée avec les cartons de son enfance.

Je n'avais jamais menti à Cam, pas une seule fois. Je n'avais jamais pu le faire quand ses yeux me regardaient. Et je ne l'avais pas fait non plus à l'instant… pas vraiment. Je lui avais simplement avoué la plus facile des deux vérités.

Oui, Sullivan l'aurait fait pour lui. Il était comme ça.

Mais je ne l'avais pas fait uniquement pour Sullivan. J'avais quitté la maison de mes parents en douce et j'avais rempli ma voiture de tous ces cartons pour une raison que Camden n'admettrait jamais.

Sullivan l'aurait peut-être fait pour Cam, mais même dans nos pires moments, Camden l'aurait fait pour moi.

J'étais presque arrivée quand je songeai que je ne savais toujours pas pourquoi Cam était rentré. Mais s'il restait dans les parages, ma petite existence tranquille risquait bien d'être secouée comme une boule à neige si je ne parvenais pas à garder mes sentiments pour moi.

5

Camden

— Gouttières, murmurai-je en écrivant le mot dans le carnet que j'avais apporté. Revêtement.

Je me tenais devant la maison de mon père depuis vingt bonnes minutes, dressant la liste de toutes les rénovations nécessaires et remettant à plus tard le moment de frapper.

Pour ma défense, cela faisait moins de quarante-huit heures qu'il m'avait mis à la porte. Mais j'avais abandonné la vie que je m'étais faite pour être là, ce qui signifiait que je ne pouvais pas vraiment rester dans mon coin à panser mes plaies si je voulais faire avancer les choses.

— Remplacer la rampe d'escalier.

Un autre élément à ajouter à la liste.

La porte d'entrée grinça et mes doigts s'arrêtèrent sur le dernier mot.

— J'ai vu beaucoup de choses dans ma vie, dit Dorothy depuis le porche, ses pas lourds s'approchant du bas des marches. Mais je n'ai jamais vu un homme aussi grand essayer de se cacher derrière un carnet aussi petit.

— Je ne me cache pas, rectifiai-je en terminant. J'évite la confrontation.

— Hum hum.

Elle croisa les bras et me regarda d'un air entendu.

— Je vois que tu as récupéré tes chaussures.

— Oui. Grâce à Willow.

Grâce à elle, j'avais récupéré bien plus que mes chaussures.

— Pourquoi ne pas entrer ? Je suis sûre que tu trouveras de quoi compléter ta liste.

— Il m'a mis dehors.

— Et pourtant, te voilà.

Je n'avais jamais gagné une confrontation contre Dorothy Powers, et quelque chose me disait que ce n'était pas encore aujourd'hui que ça se produirait.

— Je ne veux pas le contrarier, admis-je. Je suis rentré à la maison pour l'aider, pas pour le mettre dans tous ses états.

— Il ne sait pas qui il est aujourd'hui, alors je ne pense pas qu'il se préoccupe de ta présence. En plus, on est mercredi, et Walter Robinson est là pour l'occuper. Maintenant, entre dans cette maison.

Elle me fit signe de monter les marches comme si j'avais huit ans.

J'obtempérai.

— Comment va Walt ? demandai-je alors qu'elle me conduisait vers la porte d'entrée.

— Têtu, avec des opinions bien arrêtées, et bruyant.

— Il n'a pas changé, donc.

J'ôtai mes chaussures et les alignai contre le mur, me promettant de ne pas les oublier cette fois-ci.

— Les gens ne changent généralement pas sans raison valable, et le Seigneur n'en a jamais donné à Walter, c'est certain. En plus, il est toujours aussi beau, c'est vraiment injuste. Maintenant, allons te chercher quelque chose à boire et discutons un peu.

Je suivis Dorothy dans le couloir où j'avais fait mes premiers pas, m'arrêtant lorsque je remarquai les photos de fin d'études de Xander et de Sullivan accrochées dans le couloir.

Il y avait un rectangle de peinture plus foncée de la taille d'un cadre à l'endroit où le mien avait été accroché. Pas besoin de me demander où il était passé. Je l'avais trouvée plus tôt dans la journée dans l'un des cartons que Willow avait récupérés, avec mes affaires de bébé, où ma mère avait gardé ma première mèche de cheveux, mes dents, toutes ces choses.

Willow, qui n'avait jamais enfreint une seule règle de sa vie à moins que je ne l'y pousse, avait sauvé mon enfance de la destruction. Une petite étincelle de… je ne sais quoi s'alluma dans ma poitrine à cette pensée, et je l'éteignis rapidement, la repoussant le plus loin possible. Willow était tellement intouchable qu'elle ne figurait même pas sur la liste des intouchables. Elle relevait du domaine de l'impensable.

Et pourtant, j'étais là… en train d'y réfléchir.

— Alors, tu viens ? demanda Dorothy depuis la cuisine.

— Oui, madame.

Je jetai un coup d'œil vers le salon, où j'entendis le rire endiablé de Walter, puis je me dirigeai vers la cuisine.

Les placards en cerisier de ma mère avaient été décolorés par endroits par le soleil, et le papier peint pomme qu'elle avait accroché se décollait dans les coins, mais pour le reste, tout était exactement pareil.

— Café ? proposa Dorothy, en désignant le café fumant dans la vieille cafetière.

— Non, merci.

Je tirai la chaise la plus proche du mur et m'assis à table.

— Comme tu voudras.

Elle se servit une tasse et s'assit en face de moi.

— Ce qui s'est passé avec ton père – et son arme – est malheureux.

— C'est un euphémisme.

Je posai mon carnet sur la table, couvrant la tache sur le bois – j'y avais renversé le dissolvant de ma mère vingt ans plus tôt.

— Je dirais bien que je suis désolée, mais si je m'excusais pour chaque chose déplacée que ton père a faite ou dite, je ne me tairais jamais.

Elle haussa les épaules, puis but une gorgée.

Les coins de mes lèvres se retroussèrent.

— Tu es plus drôle que dans mes souvenirs.

— J'ai toujours été aussi drôle. Tu n'as jamais été assez mûr pour l'apprécier.

— Je n'étais pas assez mûr pour apprécier beaucoup de choses.

Cet aveu était facile, car je ne l'avais jamais blessée par mes actes. Mais la probabilité que je le dise à mon père ? À Xander ? À Willow ? Je n'étais pas encore assez mûr pour ça.

Dorothy haussa les sourcils.

— Et maintenant, tu es là pour nous aider.

— En effet.

Elle hocha lentement la tête, m'évaluant d'une manière qui me fit ôter mes coudes de la table.

— Très bien.

Un nœud se dénoua dans ma poitrine, allégeant un fardeau que je n'avais pas eu conscience de porter.

— Dis-moi ce dont il a besoin.

J'enclenchai le stylo et ouvris le carnet à une nouvelle page.

— Ce que je peux faire et ce qu'il ne me laissera pas faire.

Dorothy sourit et commença.

Il avait besoin d'une infirmière de nuit, car il risquait de me mettre dehors à tout moment et Xander méritait de dormir chez lui. Elle pouvait gérer la journée, mais embaucher quelqu'un pour prendre le relais était aussi une bonne idée.

Je déglutis en pensant que mon père avait besoin d'une assistance permanente.

— J'ai donné à Xander une liste de noms suggérés par le docteur Sanderson, mais il a dit que c'était trop cher.

Mon stylo se figea en l'air et je levai les yeux vers Dorothy. J'avais dû mal comprendre.

— Je sais.

Elle agita la main.

À moins que mon père ne se soit mis à dépenser sans compter au cours des dix dernières années, il était peu probable qu'il n'ait pas les moyens de se l'offrir. Nous étions conscients, en grandissant, du confort financier de notre famille et avions appris à dépenser de manière responsable pour que cela ne diminue pas.

— Je vais en parler à Xander, dis-je en hochant sèchement la tête.

Dorothy poursuivit, et ma petite liste ne fut plus si petite que ça.

— Xander fait de son mieux, m'assura-t-elle. Ce garçon est un saint.

— C'est certain.

La culpabilité me tordit l'estomac, mais je parvins à hocher la tête. La sainteté de Xander n'était pas une nouveauté pour moi.

Je venais d'écrire sa dernière recommandation quand les voix de Walter et de mon père se rapprochèrent.

— Merci, dis-je à Dorothy en me levant rapidement.

— … et tu sais qu'il n'y a rien à dire…

Les sourcils de Walter remontèrent vers la racine de ses cheveux poivre et sel.

— Bienvenue à la maison, dit-il doucement en me tendant la main.

Dorothy avait raison, Walter n'avait pas beaucoup vieilli. Sa peau sombre n'était pas ridée, à l'exception des rides d'expression au coin de ses yeux marron, toujours aussi souriants.

— Merci, répondis-je en lui serrant la main.

Il se tenait entre la sortie et moi. La fenêtre de la cuisine semblait ainsi être une bonne option si ce n'était la chute de dix mètres en contrebas. Maudit sous-sol aménagé.

— Il a bonne mine, pas vrai, Walt ? demanda mon père en donnant une tape dans le dos de son meilleur ami.

Nous nous retournâmes tous les deux pour le regarder, stupéfaits.

Le sourire de mon père s'élargit tandis qu'il soutenait mon regard.

— Il est si jeune et si accompli. Un homme dont on peut être fier.

— C'est certain, acquiesça Walt.

J'arrêtai de respirer, comme si le simple fait d'inspirer risquait de faire éclater la petite bulle de cet instant suspendu.

— Je suis surpris de te voir ici, poursuivit mon père.

— Je suis juste passé voir si tu avais besoin de quelque chose, dis-je prudemment.

Son sourire s'adoucit.

— Brave garçon. Dorothy, pourquoi diable ne m'as-tu pas dit que Rich était rentré de l'université ?

L'air quitta ma poitrine comme un ballon dégonflé. Rich avait dix ans de plus que moi et possédait le seul atelier de carrosserie d'Alba. Ce qui voulait dire que non seulement mon père ne savait pas qui j'étais, mais qu'il ne savait pas non plus en quelle année nous étions.

— Art, commença Walter en baissant le ton.

Je croisai son regard et secouai la tête. Ça n'en valait pas la peine. Les épaules de Walter s'affaissèrent, mais il acquiesça.

— Je ne sais jamais vraiment ce qu'il fabrique.

Dorothy me donna une tape dans le dos en se dirigeant vers mon père.

— Il allait rentrer chez lui.

Comprenant l'allusion, je récupérai le carnet et me dirigeai vers la porte. De toute façon, je ne pouvais pas questionner papa sur le message vocal pour l'heure. J'avais besoin qu'il soit lucide et qu'il ne me déteste pas. Je me serai contenté de l'un ou l'autre à ce moment-là.

— Ça fait vraiment plaisir de te voir, me dit mon père avec un sourire chaleureux.

Pendant cette milliseconde, je me laissai aller à croire qu'il me parlait vraiment. Que je lui avais manqué et qu'il voulait que je rentre à la maison.

— Toi aussi.

Je sortis rapidement, attrapai mes chaussures et les enfilai sous le porche en m'asseyant sur les marches. La porte s'ouvrit et se referma derrière moi alors que je finissais de mettre la deuxième.

— Ça n'a pas dû être facile, dit Walter en s'asseyant à côté de moi et en posant ses avant-bras sur ses genoux.

— Quelle partie ? Le fait qu'il ne sache pas qui j'étais ? Ou qu'il soit heureux de me voir ?

Je regardai, au-delà de l'allée, la trouée dans les pins où l'on apercevait les montagnes.

— Tout va bien.

Il me regarda en soupirant.

— Tu sais, je pense que même si on est des adultes, ça n'a pas d'importance. Il y a toujours une part de nous qui recherche l'acceptation de notre père, son approbation. Même si on refuse de l'admettre, même si on essaie de lutter, ça fait toujours mal quand on ne l'obtient pas.

— J'ai renoncé il y a longtemps, Walt.

— Malgré tout, je suis content que tu sois là, Cam.

— Ça fait au moins une personne.

— Art aussi est content. Il ne le montre simplement pas toujours.

— Il m'a littéralement tiré dessus avant-hier.

Ma poitrine se serra.

Il grimaça.

— Je vois, eh bien…

Ses yeux rencontrèrent les miens.

— Honnêtement, je ne sais pas quoi dire.

— Ce n'est rien.

Je me levai, savourant la fraîcheur de l'air à mesure que le vent se levait.

— Je préfère qu'il me traite comme il l'a fait à l'instant. Ce sera plus facile de l'aider si je n'ai pas à esquiver les balles.

— Il est assez irrégulier ces jours-ci, je ne vais pas te mentir. La moitié du temps que je passe là-haut, il sait qui je suis, mais confond l'année, comme tu viens de le voir.

— Et le reste du temps ?

— Ces jours-là sont plus difficiles. Si quelqu'un m'avait dit, il y a dix ans, qu'Arthur Daniels perdrait la tête à cause d'une forme précoce d'Alzheimer, je lui aurais ri au nez. Il n'y avait pas aussi têtu ni volontaire que lui.

Il y avait beaucoup de choses qui s'étaient passées au cours de cette décennie que je n'aurais pas crues possible. Perdre Sullivan figurait en tête de liste.

— Comment va Simon ? demandai-je, essayant de me souvenir de mes manières et de changer de sujet en même temps.

Walt sourit.

— Ce garçon, c'est quelque chose. Il exerce en droit de la famille à Buena Vista maintenant.

— C'est super. Tu as de quoi être fier.

Simon avait toujours été du genre à aller droit au but, d'après mes souvenirs.

— Toi aussi, Cam. C'est ce que je veux dire. Il a fallu beaucoup d'efforts pour revenir.

J'acquiesçai et je brandis mon carnet.

— Je pense que je vais m'y atteler. Enfin… on verra ce qu'il me laissera faire.

— Tu as besoin de quelque chose ? Je doute que ton père ou Alexander te l'aient demandé.

— Je suis bien chez Cal. Enfin je suppose que ce n'est plus chez Cal. C'est chez moi.

Je m'y étais toujours senti plus chez moi qu'ici, mais c'était bizarre sans Cal.

— Si tu changes d'avis, si tu as besoin d'un travail ou quoi que ce soit, fais-moi signe. Ce n'est pas toujours facile de revenir dans cette ville. Crois-moi, je le sais.

Il se leva et rentra ses pouces dans les passants de son jean.

— Merci pour la proposition.

J'avais de bonnes économies, donc je n'étais pas encore inquiet. Mais j'appréciai la proposition, sachant que le bon peuple d'Alba ne verrait pas d'un bon œil que Walter m'offre un emploi au Rowan Inn, étant donné qu'il s'agissait du plus grand hôtel d'Alba. D'un autre côté, il n'y avait pas beaucoup d'offres d'emploi pour un ingénieur civil dans la région.

— Et tu devrais venir à la réunion de la Société historique la semaine prochaine, insista-t-il. Je sais que tu n'étais pas intéressé quand tu étais plus jeune, et bien sûr Alexander vote pour ton père, mais rien ne rappelle plus à Alba que tu es un local que de te présenter à une de ces réunions. C'est juste une idée.

Xander votait à la place de papa ? De quoi d'autre s'occupait-il ?

Je prenais un risque en ouvrant la bouche, mais Walter était le meilleur ami de mon père depuis qu'ils étaient enfants, alors il finirait par le savoir de toute façon.

— Xander s'occupe aussi des soins médicaux de papa ?

La peau entre ses sourcils se fronça.

— Oui. Il détient sa procuration médicale. Pourquoi ?

— J'essaie juste de me familiariser avec le terrain. Et j'ai quelques questions.

Mon pouce frotta le dos en toile de mon carnet.

— Alexander l'emmène à tous ses rendez-vous, mais maintenant que tu es rentré, je suis sûr qu'il serait soulagé de partager cette tâche avec toi. Ça pourrait lui libérer un peu de temps. Tu es rentré pour de bon, à ce que j'ai compris ?

— Il semblerait bien. Je ne peux pas vraiment l'aider si je ne suis pas là, qu'il le veuille ou non.

— C'est logique.

J'avais remonté les manches de ma chemise et il jeta un coup d'œil à mes bras tatoués.

— Un conseil ?

Je ne répondis pas. Je n'en avais pas besoin. Walter allait me le donner même si je n'en voulais pas.

— Je sais que je ne suis pas ton père, ni même ton oncle, mais faisons comme si tu te souciais de ce que je pense. Évite les ennuis, Camden.

Si sa voix n'avait pas été si douce, je me serais moqué.

Mes muscles se raidirent, mais je soutins son regard pendant qu'il continuait.

— Je sais que tu es un homme bon, pas par rapport à celui que tu étais ado, mais parce que ce garçon téméraire est devenu un homme qui est revenu lorsque sa famille l'a appelé. Tu savais ce qui t'attendait compte tenu de ce qui s'est passé lors de ta dernière visite, et ça en dit long sur ta personnalité, sur qui tu es aujourd'hui. Mais certains habitants de la ville, notamment la famille Hall, ne voudront rien entendre. Il compte encore toutes les casseroles que tu as accumulées il y a dix ans, si l'on en croit ce qu'il a dit ce matin chez Earl. Il cherche la première raison de te mettre sous les verrous ou de te jeter dehors.

L'avertissement était étrangement touchant, même si l'adolescent qui sommeillait en moi avait envie de le lui rétorquer de s'occuper de ses affaires.

— Vous vous retrouvez toujours chez Earl ?

Ce vieux salon de coiffure était le lieu par excellence de tous les commérages, davantage encore que chez Ivy.

— Tu n'as pas remarqué que rien ne change ici ?

Il sourit.

— Si, je commence à le voir.

Je descendis les marches et me retournai lorsque j'atteignis le capot de la Jeep.

— Et merci. Pour la mise en garde.

Il haussa légèrement les sourcils.

— Il n'y a pas de quoi. Et si tu as besoin de quoi que ce soit, tu sais où me trouver. Mais ne me fais plus payer de caution, d'accord ?

Ses lèvres se retroussèrent dans une tentative infructueuse de garder un air impassible.

— Hé, ça n'est arrivé qu'une fois. Deux, si on compte la fois où…

— Je la compte. Comme tout le monde. C'est bon de te voir, Camden.

Je pinçai les lèvres et lui adressai un signe de tête. Puis je me tirai de là.

***

— Quand j'ai dit « il faut qu'on se voie », je ne voulais pas dire qu'il fallait que ce soit ce soir ou au bar, dis-je à Xander alors que nous étions installés à la table du fond du Mother Lode, le seul bar d'Alba, quelques jours plus tard. C'est samedi soir. Je suis sûr que tu as mieux à faire que de traîner avec ton petit frère.

Xander s'adossa à son siège et desserra sa cravate, sa veste de costume déjà drapée sur le dossier de la chaise.

— Je ne t'ai pas vu depuis des années. Normal que je saute sur l'occasion de dîner avec toi deux fois la même semaine.

— Tu aurais pu passer chez Bigg's. Ses hamburgers m'ont tellement manqué.

— On pourra en prendre demain si tu veux. Ce n'est plus comme si le temps nous était compté, pas vrai ?

— C'est vrai.

Parce que je n'allais plus jamais quitter cette petite tranche d'anachronisme.

— Êtes-vous sûr de pouvoir aller au bar, monsieur le Maire ?

Au moins vingt personnes faisaient de leur mieux pour ne pas avoir l'air de nous regarder.

L'une de ces personnes était Tim Hall, qui ne prit pas la peine de cacher son regard noir. Au moins, le juke-box diffusait une sélection de rock des années 1980, rendant le bar suffisamment bruyant pour que nos paroles ne soient pas un sujet de commérage.

Xander rit, ce qui attira encore plus de regards.

— Ce n'est pas comme si j'étais le maire de New York. En plus, ça me rend accessible. C'est du moins ce que je me dis.

Je secouai la tête.

— Un vrai politicien.

— Je maintiens la paix depuis ta naissance, alors pourquoi ne pas le faire professionnellement ?

Il sirota la bouteille de bière issue d'une microbrasserie.

— Tu attends de te faire à l'altitude ? demanda-t-il en désignant mon verre d'eau.

— Non.

Je regardai les glaçons bouger en agitant mon verre.

— Je ne bois plus.

Les yeux de Xander s'écarquillèrent.

— Depuis quand ?

— Depuis le jour où on a enterré Sullivan.

Il tressaillit et posa la bouteille sur la table.

— Parce que… Parce que de mauvaises choses arrivent quand je bois, et pour être honnête, je suis trop doué pour tuer des gens pour me permettre de perdre le contrôle. Regarde ce que je t'ai fait.

Je frottai mon sourcil et sa bouche se pinça.

— Je ne t'ai jamais dit à quel point j'étais désolé. Comme je le regrette.

Comme je me sentais malade à chaque fois que je voyais la cicatrice.

— Arrête. Ce n'est pas ta faute.

Xander secoua la tête et se pencha en avant, gardant notre conversation privée au milieu de ce bar bruyant.

— Je t'ai attrapé par l'épaule. Je savais à quel point tu étais perturbé depuis l'Afghanistan. Je le savais. Tu as réagi. C'était ma faute. Pas la tienne.

— J'étais en train de tabasser Oscar Hudgens dans le rayon snacks de la station-service. Tu m'as arrêté, et je t'ai jeté par une foutue fenêtre.

Je resserrai ma prise sur mon verre.

— Ne justifie pas ma connerie.

— Oscar le méritait.

Il haussa les épaules et baissa la voix.

— J'ai entendu ce qu'il a dit à propos de Willow, par rapport au fait que Sully était parti.

La rage, aussi troublante que familière, contracta ma mâchoire pendant un moment, et j'inspirai par le nez, notant qu'Oscar était assis au bar. Même toutes ces années plus tard, j'avais envie de lui frapper la tête contre le bar. Contrairement à l'époque, j'avais appris à contrôler mon tempérament… en grande partie.

Willow était la seule femme pour laquelle j'avais pris des coups. Cette nuit-là n'avait pas été la première.

— Je ne pense pas que je me serais arrêté, admis-je et je retournai ma casquette de baseball pour qu'il puisse voir mes yeux.

Pour qu'il voie que je le pensais.

— Je sais.

L'ongle de son pouce se glissa sous l'étiquette de la bière.

— Tu sais que ce bar appartient à Charity maintenant ?

— Je l'ignorais, répondis-je, reconnaissant qu'il ait changé de sujet.

Il fit un signe de tête en direction du bar. Je me penchai sur la gauche et vis une jolie brune qui parlait à notre serveuse.

— Je n'aurais jamais cru voir arriver le jour où la fille du juge Noah Bradley serait propriétaire de cet endroit. Est-ce qu'il a fait une crise cardiaque ?

— Non, répondit Xander. Mais il ne lui parle pas beaucoup. Pas depuis la naissance de Rose, je crois. Tout ça s'est passé pendant mon absence. Tu sais comment il se comporte quand il est convaincu de sa supériorité morale.

— Je plains ses filles – et sa petite-fille –, marmonnai-je.

La nouvelle de la grossesse de Charity était tombée juste avant que je parte pour la base, frappant la ville comme une machette, divisant la population entre l'équipe Charity et l'équipe Noah. Personne n'avait pris le parti de Gabe, qui avait abandonné son amour de lycée et son enfant à naître pendant quelques années.

Je frottai mes doigts, comme s'ils tenaient encore cette petite tour d'onyx que j'avais laissée sur le rebord de la fenêtre de Willow cette nuit-là pour qu'elle ne la rate pas. Non pas qu'elle ait eu besoin de moi quand elle avait Sullivan. Elle avait été bien mieux lotie.

— Les pères, soupira Xander et prenant une nouvelle gorgée de bière.

— En parlant de pères, intervins-je, mais je fus interrompu par notre serveuse qui nous apportait nos œufs et notre bacon.

— Merci, Jenny, dit Xander à la jeune femme, qui semblait avoir cinq ans de moins que moi.

Elle me lança un regard furtif et je la remerciai, ce qui me valut un sourire timide.

— Tu as quelqu'un ? demanda Xander alors qu'elle s'éloignait, en se déhanchant clairement.

— Non, dis-je en salant mes œufs.

Bon sang, j'adorais prendre un petit déjeuner au *diner*.

— Et je ne cherche pas. Et toi ?

Il sourit à ses œufs.

— En quelque sorte. Elle vit près de l'hôtel. Rien de sérieux pour l'instant. Alors, tu parlais des pères ?

Il avala une bouchée.

Doué pour changer de sujet.

— Oui, ça va te paraître bizarre, mais je me demandais si papa t'avait parlé de ses directives anticipées.

Xander s'arrêta en pleine bouchée et déglutit, me regardant bizarrement.

— Qu'est-ce que tu veux dire ?

— Je veux dire qu'il m'a parlé d'un NPR.

Le sigle était là, craché sur la surface brillante de la table en bois, où il trônait entre nous, aussi lourd qu'un éléphant.

— Un ordre de ne pas réanimer ?

— Ouais.

— Je croyais que tu avais dit qu'il ne savait pas qui tu étais quand tu es passé.

Il fronça les sourcils.

— Il m'a laissé un message vocal il y a environ un mois.

Xander se redressa, abandonnant son repas.

— Il t'a laissé un message vocal.

— Oui. Pour être honnête, c'est ce qui m'a amené ici. Je sais qu'il était grand temps que je rentre à la maison pour t'aider, mais c'était la première fois qu'il m'appelait en six ans.

Son expression ne changea pas. Pas même un muscle ne tressaillit.

— Et il t'a demandé un NPR. Dans un message vocal.

Je sortis mon téléphone portable de la poche arrière de mon jean et je fis défiler les messages jusqu'à ma boîte vocale. J'appuyai ensuite sur le message sauvegardé et sur le haut-parleur, le mettant entre nous.

« Camden. C'est ton père. Je ne sais même plus où tu es. Ce n'est pas facile à dire, mais tu dois revenir. Alexander est accablé. Il prend tellement de choses en charge pour moi, pour la ville… Tu le connais. Je me perds un peu plus chaque jour, et ça le tire vers le bas. Ton frère a besoin de toi. Il est si bon, mais si têtu. Il voit le monde en noir et blanc, sans nuances. Pas comme toi. Je veux un NPR, Camden. Alexander pense que ça signifie que je suis prêt à mourir, et ce n'est pas de ça qu'il s'agit. Je continuerai à vivre aussi longtemps que Dieu le voudra, mais s'Il m'appelle à rentrer auprès de ta mère, auprès de Sullivan, alors je ne veux pas être retenu ici par des mesures extraordinaires. Je mérite de faire ce choix. Tu es le seul qu'Alexander écoutera et… »

Fin du message vocal.

Xander cligna des yeux et prit mon téléphone, cherchant sans doute la deuxième partie du message.

— C'est tout, dis-je quand il me le rendit.

— Il ne peut pas…

Xander hésita, secoua la tête.

— Il n'a aucune idée de ce qu'il demande. Il n'est probablement même pas lucide dans ce message.

Il se replongea dans ses œufs.

— Il demande un NPR. Est-ce qu'il en a un ? demandai-je en me penchant en avant.

— Bien sûr que non, il n'en a pas, s'emporta Xander. Tu crois que je veux enterrer notre père ? Il a cinquante-huit ans.

Merde. Ç'allait être beaucoup plus difficile que je ne l'avais pensé au départ.

— Est-ce qu'il t'en a parlé ?

— Bien sûr.

Il agita sa fourchette.

— En passant quelques fois, mais c'était toujours quand il était déprimé, et je ne vais pas aider notre père à se suicider.

Il pointa la fourchette dans ma direction.

— Ce n'est pas ce qu'il demande.

Je gardai un ton aussi calme que possible et je vis ses joues s'empourprer.

— C'est assez proche.

— Même si c'était le cas, c'est lui qui le demande. C'est sa vie. Son corps. Sa décision. Le fait que tu aies sa procuration médicale signifie que tu es le seul à pouvoir légalement le faire pour lui.

Comment Xander pourrait-il aller à l'encontre de ce que notre père voulait manifestement ?

— Oui. C'est vrai. Et je dis non, Camden. Il n'obtiendra pas de NPR.

— En quoi est-ce ton choix ?

Mon ton devint plus froid.

— Parce que papa a fait en sorte que ce soit mon choix à la minute où il a signé cette maudite procuration.

La fourchette heurta son assiette.

— Écoute, je suis vraiment content que tu sois rentré. Tu m'as manqué et on a besoin de toi. Mais hors de question que tu me dises de tuer notre père une semaine après ton arrivée en ville pour un message vocal. Tu ne sais même pas s'il était lucide quand il l'a laissé.

— Ce n'est pas ce que j'ai dit.

Il voyait les choses en noir et blanc, comme l'avait souligné notre père.

— On dirait bien que si.

Le muscle de sa mâchoire se fléchit.

Une décennie dans l'armée m'avait appris quand il fallait battre en retraite. C'était le moment.

— Je veux juste honorer les souhaits de papa, dis-je doucement. Laisse tomber.

— Et j'essaie juste de lui montrer que les bons jours valent la peine d'être vécus. Il n'a été diagnostiqué que depuis deux ans, et les jours où il est suffisamment lucide pour prendre conscience de ce qui se passe sont dévastateurs pour lui. Il apprend à gérer ça. Nous le faisons tous les deux.

Et pas moi ? J'avais peut-être perdu ce droit lorsque j'avais ramené notre petit frère à la maison dans une boîte.

Je commençai à manger pour m'occuper la bouche et Xander en fit autant.

Quelques minutes plus tard, Willow entra. Elle se débarrassa de son manteau, le jetant à sa sœur derrière le bar, et j'arrêtai de mâcher. De respirer. De penser.

Sa chemise rose à manches longues épousait toutes les courbes de son corps, tandis que son jean moulait un peu trop bien ses fesses. Ses cheveux tombaient dans son dos en vagues douces, toutes leurs couleurs, de l'acajou à l'ambre, captant la lumière lorsqu'elle se déplaçait.

Qu'est-ce qui me prenait de remarquer ses maudits cheveux ? Mais je mourais d'envie d'y enfouir mes doigts, de les enrouler autour de mes paumes et de la rapprocher de moi.

Et ce sourire…

Je ramenai mon regard sur mon assiette. *Ne pense pas* à elle *comme ça.* Si j'avais pu me faire un doigt d'honneur, je l'aurais fait. M'interdire de l'imaginer sous moi était une chose, faire en sorte que mon esprit coopère en était une autre.

C'était Willow, pour l'amour de Dieu. La Willow qui avait grandi sous mes yeux. Celle qui passait ses étés à nager dans les sources d'eau chaude entre nos maisons. Celle qui avait appliqué une poche de glace sur mon visage meurtri de douze ans après mon premier combat remporté. Le combat qu'elle avait tenté d'interrompre, se mettant entre Scott Malone et moi. Il la harcelait comme le petit con pourri gâté qu'il était. La Willow qui m'avait laissé dormir sur son sol un an plus tard, la nuit où ma mère était morte, liant ses doigts aux miens lorsqu'elle m'avait entendu pleurer.

La Willow qui était tombée amoureuse de mon petit frère l'été de ses dix-sept ans.

Ce fait éclipsait tous les autres : elle appartenait à Sullivan.

— Alors, tu envisages de venir à la réunion de la Société historique ? On aurait bien besoin de ton opinion et de ton expertise, dit Xander, rompant le silence.

— Quand ai-je déjà eu une expertise que tu pourrais trouver utile ? répliquai-je.

— Tu es ingénieur civil, non ?

— C'est ce que dit mon diplôme.

Le diplôme que j'avais mis huit ans à obtenir, entre les déploiements et les opérations qui m'avaient permis d'acquérir une tonne d'expérience du monde réel.

— Alors tu es l'homme le plus utile d'Alba.

Il inclina sa bière vers moi en une sorte de salut.

— Je ne sais pas si tu as remarqué, mais nous avons quelques bâtiments qui ne sont pas tout à fait conformes aux normes.

Il marqua une pause.

— Tu sais, parce qu'ils ont été construits dans les années 1880 ?

Willow s'assit au bar et Oscar Hudgens se pencha si loin sur son tabouret que je crus que la gravité pourrait me rendre service.

— Cam ? dit Xander.

— Ouais.

Je reportai mon attention sur mon frère.

— Je viendrai.

— Parfait. Oh, regarde, Jonathan Young vient de s'asseoir.

Il fit un signe de tête en direction d'une autre table.

— Donne-moi une seconde, tu veux bien ? J'ai besoin de son aide pour un vote du conseil.

J'acquiesçai. Plus ou moins. Alexander disparut alors qu'Oscar descendait péniblement de son tabouret de bar et se dirigeait vers Willow.

Je traversai le bar avant que ma tête ne puisse s'y opposer.

— Salut, Charity, une chance que je puisse payer l'addition avant que mon parfait grand frère n'essaie de me devancer ? demandai-je en me penchant sur le tabouret vacant à côté de Willow.

— Cam ! Il me semblait bien que c'était toi ! Bien sûr, donne-moi juste une seconde pour aller chercher Jenny.

Charity m'offrit un sourire radieux.

— Merci.

Elle alla chercher notre serveuse, et je me tournai vers Willow, qui me regardait déjà.

Je soutins son regard silencieux et interrogateur pendant que le juke-box changeait de morceau.

— Willow Bradley, bredouilla Oscar. Tu es… Waouh. Cam ?

Les mots d'Oscar s'embrouillèrent.

Je pivotai, une vague de pitié m'envahissant. Il avait l'air en piteux état.

— Tu es rentré.

Il oscilla vers moi.

— Apparemment.

— Bien.

Il pivota, mettant toutes ses forces dans le coup de poing qui arriva étonnamment vite pour quelqu'un d'aussi ivre.

J'aurais pu l'arrêter. Au lieu de ça, je laissai son poing me percuter.

6

Willow

Mon cœur s'emballa quand Oscar balança son poing. La tête de Cam partit sur le côté.

Ce bruit sourd d'un poing contre un visage était un son que j'espérais ne jamais plus entendre. Ironiquement, je ne l'avais jamais entendu qu'en présence de Camden Daniels.

Mais en général, c'était Cam qui donnait les coups, et non l'inverse.

— Ça fait six ans que j'attends de faire ça, s'écria Oscar en pointant son doigt dans la direction de Cam et en oscillant.

— Et je l'ai probablement mérité, admit Cam en se redressant. Mais c'est le seul auquel tu auras le droit.

Il ne se frotta pas la joue pour voir s'il y avait du sang. Il se mit simplement sur le côté, entre Oscar et moi.

Les chaises grincèrent contre le parquet tandis que des personnes se levaient, et je vis Tim Hall qui se dirigeait vers nous, sans doute à la recherche de la première excuse pour arrêter Cam. Je me levai, mais Xander arriva le premier.

— Hé, ce n'est pas lui qui a donné le coup de poing.

Xander se mit en travers du chemin de Tim.

— Ah non ? demanda Oscar et je me déplaçai pour voir ce qui se passait.

Il voulut à nouveau frapper Cam, mais sous les exclamations de la foule, Cam saisit le poing d'Oscar, arrêtant son coup avant qu'il n'atteigne sa cible.

Bon sang, Cam était rapide.

Tandis qu'Oscar restait bouche bée, je saisis la main libre de Cam.

— Viens avec moi.

Il me regarda avec un sourire amusé.

— Maintenant.

Je lui jetai un regard lourd de sens.

Son sourire en coin s'estompa et je l'entraînai derrière le bar, dans l'arrière-salle de Mother Lode, notant le signe de tête de Charity en direction de l'étage et acquiesçant. En ce moment, Cam devait être loin des yeux et des pensées de Tim Hall.

Je saluai Marie, la cuisinière, mais je ne m'arrêtai pas, entraînant Cam à travers la cuisine et la réserve jusqu'à ce que nous atteignions l'escalier menant chez Charity. Après les avoir grimpés, je déverrouillai sa porte avec mon code à quatre chiffres et conduisis Cam dans l'appartement, en fermant derrière nous.

— Rose est endormie à l'étage, alors ne fais pas de grabuge, le prévins-je.

— Qui diable dit encore « grabuge » ?

Je lui lançai un autre regard noir et le conduisis à travers le salon, la salle à manger et la cuisine, allumant au fur et à mesure.

— Assieds-toi, ordonnai-je en montrant la table de la cuisine.

Il obtempéra.

Ce qui suffit à m'abasourdir pendant une bonne seconde ou deux. Je ne me souvenais pas de la dernière fois que Camden avait fait ce que je lui avais demandé… probablement parce que ça n'était jamais arrivé.

— Et maintenant ? demanda-t-il, me défiant de ses yeux sombres.

Je fis volte-face, puis j'ouvris le congélateur de Charity et en sortis la poche de glace de Rose. C'était une licorne mince avec un tissu fin et une crinière pailletée, portant une poche de glace dans le ventre. Fermant la porte du congélateur, je me retournai vers Cam, grimaçant devant la marque rouge qui fleurissait sur sa joue.

Cam ne se plaignit pas lorsque je plaçai la licorne sur son visage.

— Ne bouge plus.

Il s'exécuta.

— Ce n'est pas si grave. Je me suis tourné et je n'ai pas pris son poing de plein fouet. Sa bague ne m'a même pas coupé.

— Comment tu le sais ? demandai-je en soulevant un coin de la licorne pour m'assurer qu'Oscar n'avait pas abîmé la peau de Cam avec son anneau. Ce n'est pas comme si tu avais fait une pause pour te regarder dans le miroir.

— J'ai été suffisamment impliqué dans des combats au corps à corps pour savoir quand ma peau se fend, répondit-il d'un air blasé.

— C'est réconfortant, marmonnai-je, constatant qu'il avait raison.

La peau était intacte.

— Pourquoi tu ne lui as pas rendu son coup ? Personne n'aurait pu t'en vouloir.

D'accord, c'était un mensonge. Hall aurait rejeté la responsabilité sur Cam. Peu importait qu'Oscar ait frappé en premier.

— Je ne donnerai pas à Tim Hall une raison de me chasser de la ville. Il faudra bien plus qu'un coup de poing d'Oscar pour me provoquer, d'autant plus que je ne me sens pas de taille à répondre à des accusations d'homicide involontaire.

Je cherchai sur son visage le moindre indice montrant qu'il plaisantait, mais je n'en trouvai pas.

— Tu penses pouvoir tuer un homme à mains nues ?

Il haussa légèrement les sourcils.

— Je ne le pense pas. Je le sais. Je ne suis plus l'enfant que j'étais lorsque je suis parti d'ici il y a dix ans, Willow.

Il y avait dans ses yeux une expérience que j'avais envie de comprendre et que je voulais désespérément ignorer à la fois. Pendant que j'étais à l'école des beaux-arts pour apprendre la beauté, Cam était à la guerre.

— C'est évident. Le Cam que je connaissais aurait donné le premier coup de poing et n'aurait jamais regardé en arrière.

Laissant les autres nettoyer l'inévitable désordre.

Il passa sa main là où la mienne s'attardait sur la licorne.

— Je suis toujours le Cam que tu as connu, mais pas celui que les autres pensaient connaître. Le même Cam, qui prend de meilleures décisions.

Le contact avait été si bref que je me demandai si je ne l'avais pas imaginé.

Cam pencha la tête sur le côté.

— Rose est debout.

— Quoi ? Comment tu…

Avant que je puisse terminer ma question sur ses talents effrayants, ma nièce de neuf ans fit irruption dans la cuisine, vêtue d'un pyjama Taylor Swift.

— Tante Willow ? demanda-t-elle, ses grands yeux marron bien trop alertes pour une enfant qui venait de se réveiller.

Ses boucles châtaines étaient encore tressées en parfaites nattes lisses.

— Salut, Rosie. Désolée d'avoir fait du bruit.

Je jetai un coup d'œil à l'horloge. Il était vingt heures trente. Charity avait dû la mettre au lit avant de descendre au bar.

Rosie tourna la tête vers Cam et ouvrit de grands yeux.

— Oh ! Bonjour ! Tu es qui, toi ? demanda-t-elle.

— Camden Daniels. Ravi de faire ta connaissance, Rosie.

Sa voix s'adoucit, ce qui m'attendrit.

— Moi aussi, répondit-elle se tournant vers moi pour être rassurée.

— Cam est un ami d'enfance. Il a grandi à côté de chez ta mère et moi.

— Comme le maire Daniels ?

Elle jeta un nouveau coup d'œil à Cam.

— Oui, c'est mon grand frère, répondit Cam.

— Oh. Je l'aime bien !

— Comme tout le monde.

— On t'emprunte juste ta licorne, dis-je à Rose en ouvrant les bras.

Elle me serra très fort dans ses bras.

— Tu as besoin de quelque chose ? demandai-je avant de déposer un baiser sur le sommet de sa tête.

— Non. J'ai entendu le bip de la porte et j'ai cru que c'était maman.

— Elle est toujours en bas, mais je pense qu'elle est juste passée vérifier deux-trois choses. Elle ne travaille pas ce soir. Tu veux que j'aille la chercher ?

Elle secoua sa tête contre ma poitrine.

— Non, ça va. Je t'aime, tante Willow.

Elle me serra très fort.

— Je t'aime, Rose.

— Merci de me laisser emprunter ta licorne, lui dit Cam en retirant la poche de glace de son visage.

Rose plissa le nez.

— De rien… et tu devrais probablement la remettre.

Elle hocha la tête en signe d'encouragement.

— Ça va laisser des traces, finit-elle sur un ton si proche de celui de Charity que je ne pus m'empêcher de rire.

— Je vais suivre ton conseil.

Cam remit immédiatement la licorne sur son visage.

Je la lâchai, et elle adressa un signe de tête timide à Cam avant de remonter dans sa chambre.

— Charity n'amène jamais d'hommes ici, alors tu as probablement donné à Rose le choc de sa vie, lui dis-je en m'appuyant sur le plan de travail. Même quand Gabe vient la chercher pour son droit de visite, Charity le fait attendre en bas. On ne peut pas le lui reprocher. Il n'est réapparu que lorsque Rose avait deux ans.

— Elle ne va pas être furieuse que tu aies fait monter un homme ?

— Tu n'es pas un homme.

Je haussai les épaules, puis je ris devant son expression blessée.

— Je veux dire, tu es… toi. Tu es notre ami, pas n'importe quel homme. D'ailleurs, Charity m'a donné le feu vert pour te faire monter.

Je m'empressai d'ajouter cette dernière partie, espérant ainsi arrêter de m'enfoncer.

— C'est pour ça qu'elle a acheté le bar ? Pour pouvoir vivre au-dessus ? demanda-t-il, ses yeux balayant les dessins accrochés au réfrigérateur vieux de vingt ans.

— Exactement. Elle a utilisé l'héritage de notre grand-père. Quand Rose est née, Charity et papa ne se parlaient pas vraiment. Maman et moi l'avons soutenue, mais elle voulait s'en sortir seule. On se chargeait du baby-sitting, mais elle a installé l'alarme, relié les caméras à son téléphone portable et tout le reste, pour pouvoir s'occuper de ses affaires en bas pendant que Rose dormait, tout en passant ses journées avec elle.

— Je comprends, dit-il en regardant la caméra dans le coin de la cuisine. Le besoin de se débrouiller seul.

— Tu es aussi têtu qu'elle.

Je secouai la tête.

— Tu sais comment on est, nous autres brebis galeuses. Quand tu refuses de prendre le même chemin que tout le monde, il faut te frayer le tien.

— C'est comme ça que tu nous décrirais ?

J'appuyai mes mains sur le plan de travail et sautai pour m'asseoir sur le bord.

Il ignora ma question et me demanda :

— Comment tu as utilisé ta part de l'héritage ?

— Pourquoi tu as rejeté le chemin tracé ? rétorquai-je en croisant les bras sur ma poitrine.

Il m'observa un instant et je retins mon souffle, la tension montant en moi tandis qu'il réfléchissait à sa réponse. Qu'il décidait quels aspects de sa personnalité il était prêt à partager avec moi.

Il adorait me laisser dans l'expectative, inversant nos rôles si fréquemment que je ne savais jamais à quoi m'attendre. Je n'avais jamais su si c'était pour me déstabiliser ou parce qu'il ne savait vraiment pas non plus.

— Charity l'a fait par amour. D'abord pour Gabe, puis pour Rose. Mais pourquoi as-tu rejeté ce chemin ? insistai-je.

— C'est le chemin qui m'a rejeté, déclara-t-il à voix basse. Il ne voulait pas de moi, alors j'ai décidé de ne pas vouloir de lui.

Je ravalai la boule dans ma gorge, mon esprit s'emballant en pensant à toutes les situations auxquelles il pourrait appliquer cette philosophie et me demandant combien de fois son dédain avait masqué son désir.

— Et toi. L'héritage ?

— J'ai fait une école d'art. Il m'a fallu environ six mois après la mort de Sully pour comprendre que *je* n'étais pas morte et que, peu importait combien de temps j'attendrais à Alba, il ne reviendrait pas.

Je rompis le contact visuel. Cam y verrait-il la même trahison que mon père ?

— Les plans qu'on avait faits pour partir ensemble à l'université une fois ses trois ans terminés n'avaient donc plus d'importance. J'ai dû faire le point sur ce que je pensais être mon avenir sans lui et me poser une question impossible.

— Quelle part de ce plan reflétait tes choix et quelle partie ceux de Sullivan ?

La question de Cam ramena mon regard vers le sien.

Mon cœur battait la chamade, ma langue était lourde et je refusais de dire les mots que je n'avais jamais pu prononcer auparavant.

— Oui, admis-je finalement, ce mot emportant six longues années de culpabilité lorsqu'il quitta mes lèvres. Et j'ai découvert à quel point j'avais renoncé à mes désirs dans l'intérêt d'une relation facile. Et c'était facile – avec Sullivan, en tout cas. Je ne veux pas que tu penses que ce n'était pas le cas. Ou qu'il n'a pas été bon avec moi.

— Ce n'est pas ce que je pense.

— D'accord. Tant mieux.

Les doigts tremblants, je replaçai mes cheveux derrière mes oreilles.

— Parce qu'on était heureux, et je pense que j'aurais pu être heureuse en suivant notre plan. Aller à Boulder. Puis peut-être à l'école de droit. Puis revenir ici. J'aurais pu être heureuse… lâchai-je dans un murmure peu convaincant.

— Mais tu n'aurais pas été toi-même.

Son regard racla instantanément des couches de mon vernis soigneusement entretenu.

— Ou peut-être que c'était vraiment moi, et que c'est la réalité alternative qui est du grand n'importe quoi.

Il se releva, emplissant la pièce de plus que sa carrure massive. Cam était une présence que les murs ne pouvaient contenir. Je n'étais pas sûre qu'il puisse être contenu par quoi que ce soit.

— La fille qui peignait des fresques sur les ruines des sources thermales n'aurait pas été heureuse. Peut-être satisfaite, mais pas heureuse. Il y a une différence, Willow. Et j'aime à penser que Sullivan aurait fini par s'en rendre compte, et que tu serais quand même allée à l'école des beaux-arts.

Je secouai la tête.

— Sully n'a jamais voulu faire de vagues. Si Alexander était le bon garçon et que tu étais le rebelle, alors il était celui qui voulait simplement éviter le conflit. Il aurait suivi le plan de papa. C'était le plus facile, et c'était si facile de l'aimer.

J'avais simplement compris ces dernières années que ce n'était pas le véritable amour, celui des livres et des chansons que j'aimais, un amour dévorant, passionné, qui englobait tout. Mais cette vérité ne quitterait jamais mes lèvres. Je la laisserais s'envenimer et pourrir à l'intérieur de moi avant d'admettre une telle chose.

— C'était facile de l'aimer, pour toutes ces raisons et bien d'autres encore, acquiesça Cam. Mais ça n'explique pas pourquoi tu as dû utiliser ton héritage pour aller à l'université.

— Mon père pensait que j'étais encore sous le choc de la mort de Sully. Que j'étais irrationnelle et que je m'opposais à ce qu'il considérait comme un plan logique et acceptable. En réalité, j'essayais d'honorer mon premier rêve, puisque j'avais perdu le dernier. J'essayais de comprendre qui j'étais sans Sullivan.

Et sans toi. Même si j'avais perdu Cam des années auparavant, lorsqu'il était parti à la base.

— Papa a refusé de payer, ce qui ne m'a pas dérangée. C'était son argent, après tout. Mais une fois que j'ai vu sa décision pour ce qu'elle était – son besoin de me contrôler parce qu'il avait perdu ce contrôle sur Charity –, j'ai payé de ma poche.

— Tu as tracé ton propre chemin.

Il s'approcha de moi sans me toucher.

— Pendant quatre ans. J'ai appris, j'ai vécu et j'ai même eu des rendez-vous, même si personne à Alba ne me croirait.

J'inspirai profondément, prenant mon courage à deux mains.

— Est-ce que tu me détestes ?

— Quoi ?

— Pour avoir tourné la page.

Il fronça les sourcils.

— Non. Bien sûr que non. Comment peux-tu penser ça ?

Il s'appuya contre le plan de travail à côté de moi, rompant ainsi le contact visuel.

— Xander a été déçu quand je le lui ai dit à Noël. Son regard… C'était comme si j'avais trompé Sully. Et honnêtement, c'est vraiment l'impression que j'ai eue avec ce premier rencard.

— Willow, tu ne peux pas tromper quelqu'un qui est mort.

Son regard se posa sur le sol.

— Je le sais maintenant. Il m'a fallu quelques années pour le comprendre, mais j'ai fini par y arriver. Mais à chaque fois que je rentrais pendant les vacances, j'avais l'impression d'être allée de l'avant, alors que la ville restait bloquée dans le passé. Et je comprends. Vraiment. Le changement est littéralement le pire ennemi d'Alba. Les gens de cette ville me feraient encore porter du noir s'ils avaient leur mot à dire, pleurer devant un sanctuaire pour Sullivan.

— Et pourtant tu es revenue.

— C'est chez moi, ici.

Je me retournai pour le regarder.

— Et toi aussi, tu es rentré. *Pourquoi ?*

Il croisa mon regard et déplaça la poche de glace sur sa joue.

— Je suis rentré à la maison parce que papa m'a laissé un message vocal disant que Xander ne voulait pas lui accorder de NPR et qu'il avait besoin de mon aide. Ensuite, il m'a tiré dessus, m'a mis dehors et a oublié qui j'étais – tout ça en l'espace de quarante-huit heures –, donc je ne suis pas vraiment sûr de savoir à quels moments il était lucide.

— Cam, chuchotai-je.

Le poids de ce qu'il avait affronté tomba dans mon estomac comme une pierre. La simple idée de perdre mon père et de me disputer avec Charity à ce sujet me donnait la nausée.

— Mais tu as choisi de revenir… Pourquoi ? Pour t'installer et faire quoi ? Te marier avec un homme qui ne sera jamais à la hauteur de saint Sully aux yeux d'Alba ? Faire l'objet de ragots parce que tu ne porterais pas le deuil assez longtemps à leur goût et ne ferais pas ce qu'ils attendaient ? Parce que tu ne suivrais pas leur scénario ?

— Je suis rentrée pour la même raison que toi. La famille. Et les gens changent. La ville devra s'adapter.

— Ne te fais pas d'illusions, Willow. Cette ville existe pour les morts, pas pour les vivants. Lorsque les jeunes générations partent, elles ne reviennent que pour les funérailles – celles de leur famille ou, à terme, les leurs. Alba est un immense mausolée, littéralement financé par les touristes qui affluent pour voir les morts que nous refusons de laisser partir. Nous faisons tous partie de l'exposition. Si tu t'attends à un changement ou à une acceptation, tu vas être déçue. La survie ici dépend de notre capacité à ne pas changer, à préserver le passé. Le changement et le progrès sont les deux choses qui tueront cette ville.

Ses mots heurtèrent une corde sensible en moi – une vérité que je n'étais pas prête à admettre.

— C'est une façon très réductrice de voir notre chez-nous. Et ce sont les nôtres, comme tu l'as dit. Si tu es capable de changer, ils le sont aussi.

— Justement.

Il s'éloigna du plan de travail et mit quelques pas entre nous avant de se retourner.

— Peu importe qui je suis maintenant. Ils ne me laisseront pas être quelqu'un d'autre que le gamin qui a donné trop de coups de poing, qui a enfreint trop de règles et qui a fait tuer Sullivan. Ils ne peuvent pas me laisser changer, tout comme ils ne peuvent pas te laisser changer. C'est une question d'autopréservation. Et tu le sais, sinon tu ne vivrais pas si loin dans la montagne, bien cachée et à l'abri des regards indiscrets et des bouches qui jugent trop vite.

— Tu dis que je suis condamnée à une vie de solitude ? À devenir une vieille ermite excentrique ? Parce que je vais aimer à nouveau, Cam. Je vais aimer, me marier et avoir des enfants. J'aurai tout.

Je plissai les yeux en voyant ses joues rougir.

— Je dis juste que tu aurais été plus heureuse ailleurs, au moins jusqu'à ce que tu saches que ton homme était assez fort pour supporter le poids de l'ombre de Sullivan.

Je sautai du plan de travail avec un petit rire et me tournai vers la porte avant de dire quelque chose que nous regretterions tous les deux.

Sa main se referma sur mon bras, avec douceur, mais suffisamment de force pour me stopper dans mon élan. J'aurais pu le repousser tant sa poigne était légère, mais je préférai savourer le contact.

— Je sais que tu es assez forte, Pika. Mais cette ville ne sera pas tendre avec la personne que tu jugeras assez digne pour lui offrir ton cœur, à moins qu'elle ne décide pour toi. Et je ne te vois pas opter pour cette solution. Tu as laissé la ville te dicter ta conduite une fois, et je sais que tu l'aimais, et qu'il t'aimait, mais peux-tu honnêtement dire que tu laisseras Alba choisir à nouveau pour toi ? Tu aimes à ce point tes limites rassurantes ?

Ma posture s'assouplit et il lâcha mon bras. Il avait raison, ce qui m'agaça encore plus. Aimer Sully avait été facile parce que nous nous correspondions. Tous ceux qui nous entouraient nous avaient soutenus et encouragés.

Il posa la licorne sur le plan de travail de la cuisine.

— Merci d'avoir pris soin de moi. Il y a bien longtemps que personne ne l'avait fait. Je vais descendre, payer ma note et rentrer chez moi.

Son large dos remplit mon champ de vision lorsqu'il me dépassa.

Comment était-il possible que personne ne se soit occupé de lui au cours des dix dernières années ?

— Tu devrais venir à la Société historique, lançai-je.

Il s'arrêta, mais ne se retourna pas.

— Si tu veux aider ton père, tu vas devoir tenir tête à Alexander. Tu auras besoin de soutien et, leur rappeler que tu es le fils d'une famille fondatrice ne sera pas de trop. Il n'est pas nécessaire d'aimer le jeu pour y jouer.

— Je m'en souviendrai.

Il sortit, et moins d'une minute plus tard, Charity entra dans la cuisine.

— Camden est de mauvaise humeur, fit-elle remarquer en prenant un verre dans le placard et du jus de pomme dans le réfrigérateur. Tu en veux ?

Je secouai la tête.

— Camden est toujours de mauvaise humeur. Il est têtu comme un âne.

Ma voix n'avait pas son mordant habituel en parlant du cadet des Daniels.

Ses épaules furent secouées par un rire tandis qu'elle se servait un verre.

— Comment ça se fait que vous n'ayez jamais été ensemble ? demandai-je. Vous vous ressemblez comme deux gouttes d'eau. J'ai toujours pensé que vous finiriez par sortir ensemble quand on était au lycée. Tous les deux rebelles jusqu'au bout des ongles.

Sans compter que Charity était d'une beauté intemporelle, alors que j'étais mignonne, peut-être passablement jolie au mieux.

Elle me regarda comme si j'étais une andouille de première et rangea le jus de fruits.

— Sérieusement ?

Elle but une gorgée, mais me regarda par-dessus le verre.

— Quoi ? Ce n'est pas comme s'il était désagréable à regarder, et vous avez été diplômés la même année.

C'était une conclusion logique. Peut-être qu'ils avaient déjà couché ensemble et que je ne l'avais jamais su. Je me massai la poitrine, essayant d'apaiser la douleur qui surgit à cette pensée.

— Oh, Cam était clairement sexy, et il l'est encore plus avec l'âge. Tu as vu ces bras ? Et la façon dont il a attrapé le poing d'Oscar ? C'était carrément torride, petite sœur.

Peut-être que je ne voulais pas connaître la réponse à la question que je n'aurais pas dû poser. Je ne voulais pas non plus voir ma sœur franchir la porte que j'avais bêtement ouverte. *Arrête d'être* égoïste.

— Bon, je vais rentrer à la maison. Tu veux que je mette la licorne de Rosie au lavage ? demandai-je.

— Je m'en charge.

Ses yeux voyaient plus en moi que ce que j'étais prête à montrer.

Mes pieds me conduisirent jusqu'à la porte, ma sœur sur mes talons.

— Je t'aime, faiseuse de règles, dit-elle en me serrant fort dans ses bras.

— Je t'aime, briseuse de règles, répondis-je avant de partir, me demandant pour la millionième fois si notre père avait su ce que deviendrions plus tard lorsqu'il nous avait donné ces surnoms à l'école primaire.

Et Cam avait raison. J'avais besoin de changement et de progrès, mais ce que je voulais, c'était que les règles changent. Qu'elles plient.

Il les avait toujours brisées, tout comme Charity.

J'étais à mi-chemin de l'escalier quand Charity passa la tête par la porte.

— Willow.

— Oui ?

Je me retournai, me demandant ce que j'avais oublié.

— Je n'ai jamais eu de relation avec Cam pour une raison. Il n'avait d'yeux que pour une seule Bradley, et ce n'était pas moi.

Il n'y avait aucune taquinerie dans son ton ou son expression.

— Qu… Quoi ? bafouillai-je.

Ce n'était pas du tout la réponse à laquelle je m'attendais.

— Réfléchis deux secondes. Tu es la seule fille qui a duré plus de cinq minutes dans son orbite. Il lui est peut-être arrivé de jeter un coup d'œil à d'autres filles, mais il ne voyait que toi.

— Non. Ce n'est pas…

Mais c'était vrai. Simplement pas comme elle le pensait.

— Il me voit comme une sœur.

C'était pour ça qu'il m'avait toujours protégée. Pour ça qu'il m'avait accompagnée jusqu'au bus quand Scott Malone avait commencé à me harceler. Pour ça qu'il s'était assis de l'autre côté de l'allée pendant le trajet d'une demi-heure entre Buena Vista et Alba. Pour ça qu'il avait tout fait jusqu'à ce que nous soyons plus âgés et ensuite il avait… arrêté.

— Parce que tu as failli être sa sœur. Mais ne sois pas aveugle, Willow. Il t'a regardée pendant des années. Il n'a arrêté que lorsque tu t'es mise avec Sullivan.

C'était impossible.

— Non, tu te trompes. Cam n'en a jamais rien eu à faire que je sorte avec Sully. De toute façon, il me parlait à peine. Je l'agaçais, à l'époque.

Elle leva les yeux au ciel.

— Très bien. Si tu le dis.

— Je le dis !

— OK. OK. À demain. Bonne nuit !

Elle ferma la porte, me laissant bouche bée dans l'escalier.

— Tu as tort, marmonnai-je, mais avoir le dernier mot ne me rassura pas.

Elle avait tellement tort que ce n'était même pas drôle. Je maugréai pendant tout le trajet retour jusqu'à ce que je me gare dans le garage de ma maison. Charity n'avait aucune idée de ce dont elle parlait. Cam avait été d'une apathie totale cette dernière année. Il se fichait éperdument de ce que je faisais.

Je pris la tour en onyx sur mon bureau et la fis rouler entre mes doigts.

« C'est le chemin qui m'a rejeté. Il ne voulait pas de moi, alors j'ai décidé de ne pas vouloir de lui. »

Les mots qu'il avait prononcés tournaient en boucle dans mon cerveau alors que je me préparais à aller me coucher.

— Tu as tort, Charity, murmurai-je dans l'obscurité.

Non pas parce que je le voulais, mais parce que j'en avais besoin. Et Cam aussi.

Mais… si elle avait raison ?

7

Camden

Je retins mon souffle et tournai la clé dans le contact. Elle peina pendant une seconde, puis tourna et le moteur du Scout rugit.

— Yes !

Je me relevai, les poings brandis vers le ciel en signe de victoire. L'International Harvester Scout de 1967 ne fonctionnait déjà plus quand j'étais parti à la base, malgré les talents de l'oncle Cal. Il avait fallu remplacer l'alternateur, les courroies et les durites, et adresser quelques prières à un Dieu auquel je n'étais pas sûr de croire, mais l'engin fonctionnait à nouveau.

Je posai ma main sur la barre qui traversait le pare-brise et hochai la tête, savourant l'instant fugace de satisfaction. J'étais à Alba depuis une semaine et j'avais réussi à nettoyer la maison, à faire la vidange du Scout et de la motoneige, à planifier la réparation du toit et à faire des courses.

Je n'avais jamais autant pris soin des choses de toute ma vie.

Mais ça ne faisait qu'une semaine et j'avais déjà rompu trois fois ma promesse de ne plus jamais revoir Willow. Raison pour laquelle j'avais gardé mes fesses à la maison ce jour-là. À ce stade, mon vœu bien intentionné de la laisser à son bonheur se transformait en suggestion bien intentionnée.

À présent, si seulement je pouvais arrêter de penser à elle, ce serait génial.

Je descendis du Scout, le laissant tourner à l'air libre pour recharger sa batterie. D'ailleurs, les batteries figuraient aussi sur ma check-list.

La porte électrique de l'abri butta, mais un coup d'épaule l'aida à s'ouvrir. Je passai dans la petite pièce attenante au garage et poussai un sifflement.

Apparemment, l'oncle Cal était passé en mode survivaliste, les dernières années. Pas moins de vingt batteries solaires trônaient sur leurs étagères industrielles, toutes reliées par des câbles aux panneaux du toit et au réseau électrique de la maison. Trois auraient permis à la maison de fonctionner vingt-quatre heures sur vingt-quatre sans avoir à brancher le générateur.

Vingt-cinq permettaient de survivre à l'apocalypse.

À ce stade, il aurait simplement dû utiliser le ruisseau et installer un système microhydroélectrique. Propre et efficace.

Mon portable vibra dans ma poche arrière. Je le récupérai, puis répondis quand je vis le nom de Dorothy apparaître.

— Camden ?

— Salut, Dorothy. Tu as reçu la liste des prestataires de soins à domicile que j'ai laissée hier ? demandai-je tout en vérifiant la date de la batterie la plus proche.

— Tu veux dire celle que tu as laissée dans la boîte aux lettres parce que tu n'avais pas le courage d'entrer ?

Un sourire retroussa les coins de ma bouche.

— Oui, celle-là.

— Oui, et je l'ai donnée à Alexander. Sinon, tu m'as demandé de t'appeler s'il était dans un bon jour, et je l'ai fait… hier et avant-hier.

La pression s'installa dans ma poitrine.

— Et c'est de nouveau un bon jour aujourd'hui ?

— Il sait que tu es là et se souvient t'avoir mis à la porte la semaine dernière, donc je dirais que oui.

Le silence s'étira plus loin que les sept cents mètres qui séparaient nos maisons.

— Camden Daniels, tu comptes ramener tes fesses ici ?

Je penchai la tête en arrière et regardai le ciel.

— Est-ce qu'il va me crier dessus depuis le porche comme il l'a fait hier ?

— Probablement.

Je pouvais pratiquement la voir hausser les épaules d'ici.

— D'accord, j'arrive.

— Je vais le prévenir.

— Je vais chercher mon gilet pare-balles.

Je raccrochai tout en notant que les batteries solaires dataient de neuf ans plus tôt. Ce qui me laissait environ six ans, plus ou moins, avant qu'elles n'expirent.

— Tu t'étais vraiment préparé à vivre en autarcie, pas vrai, oncle Cal ? demandai-je à haute voix.

« *Dépendre des autres aura raison de toi, Cam. Tu dois* être *autonome dans tous les domaines de ta vie.* »

Le conseil qu'il m'avait donné quand j'avais quatorze ans parlait pour lui.

Après avoir pris une douche à la hâte et garé le Scout à l'abri du garage, je pris la Jeep pour aller chez mon père.

Le vent s'était à nouveau levé, faisant osciller les pins. Le temps devait être en train de changer. C'était une bonne chose de ne pas être dépendant du réseau électrique de la ville.

Je traversai la ligne d'arbres et m'arrêtai devant la maison de mon père, en mettant la Jeep en position parking. Puis j'enfilai mon armure mentale avec un soupir résigné et me dirigeai vers la porte.

J'avais à peine monté les marches que mon père fit irruption par la porte d'entrée, vêtu d'une chemise en flanelle et d'un jean, les cheveux peignés, brandissant son doigt devant moi.

— Tu n'es pas le bienvenu ici, Camden. Je te l'ai dit hier.

Je repoussai ma réaction instinctive (« Va te faire voir »), m'arrêtant sur la dernière marche.

— Je suis là pour t'aider.

— Ben voyons ! Tu bousilles tout ce que tu approches, alors excuse-moi si je ne veux pas de ton aide.

Ses yeux étaient remplis d'émotion, mais pas de démence.

— Tu sais, tu es beaucoup plus gentil quand tu ne sais pas qui je suis.

— Quitte ma propriété avant que je…

— Avant que quoi ? Que tu me tires dessus ?

Je levai les mains.

— J'ai une impression de déjà-vu. Tu peux essayer quelque chose d'un peu plus créatif ?

Quelque chose s'alluma au fond de ses yeux. Quelque chose que j'étais trop intelligent pour qualifier de regret.

— Écoute, papa. Je suis ici parce que tu me l'as demandé.

— Foutaises, cracha-t-il. Tu es la dernière personne à qui je demanderais de l'aide.

Je rangeai cette petite insulte dans la catégorie « ne plus jamais y penser » et lui adressai un sourire moqueur.

— Et pourtant, tu l'as fait. Et peut-être que quand tu auras fini de faire le con, je t'en donnerai la preuve.

— Dégage. De. Ma. Propriété.

— Très bien, cédai-je, et je retournai à la Jeep, en refermant mon manteau au passage.

Le temps que j'ouvre mon coffre, il avait claqué la porte d'entrée.

— Têtu comme un âne, grommelai-je en attrapant ma chaise de camping.

Après l'avoir posée à côté de la Jeep, je m'installai sur la chaise avec ma bouteille d'eau et l'exemplaire de À *l'est d'Éden* que j'avais récupéré à la maison. J'ouvris le livre et me plongeai dans la description que faisait Steinbeck de sa vie entre deux chaînes de montagnes.

— Je t'ai dit de quitter ma propriété ! cria mon père depuis le porche.

Dorothy regardait depuis l'embrasure de la porte.

— Je ne suis pas sur ta propriété, répondis-je, déjà replongé dans mon livre.

— Je te demande pardon ?

— D'après le cadastre, ce petit bout de terre fait partie de la servitude que tu as vendue à l'oncle Cal pour qu'il puisse accéder à sa maison.

Mes yeux suivaient les lettres sur la page devant moi, mais je ne retenais rien, tous mes autres sens concentrés sur mon père.

— Tu… Il… Va en enfer.

Je m'attendais au claquement de la porte, mais tressaillis tout de même lorsqu'il se produisit. Une heure plus tard, Dorothy apparut, une tasse fumante à la main.

— Pour te tenir chaud. Les températures vont bientôt chuter.

— Merci, lui dis-je en prenant le café qui m'était offert.

— Il est…

Elle massa la peau entre ses sourcils.

— Lui-même, complétai-je. Ne t'en fais pas. Il a engendré le seul homme plus têtu que lui.

Elle expira longuement, exaspérée.

— Xander a dit qu'il ne paierait pas pour des soins à domicile. Il dit que c'est moins cher et plus sûr de l'emmener à Buena Vista, où il recevra des soins vingt-quatre heures sur vingt-quatre.

Et merde, est-ce que j'allais devoir me battre contre Xander sur tous les fronts ?

— Je lui parlerai à nouveau, promis-je.

Elle hocha la tête, ses lèvres formant une ligne fine, et me jeta un regard si rempli de pitié que j'en eus presque mal au cœur.

— J'aimerais qu'Art ne laisse pas son cœur se remplir de toute cette haine mal placée. Je sais que tu n'as jamais été parfait, Cam, mais tu ne mérites pas ça.

Je jetai un coup d'œil vers l'extrémité est de la propriété, où Sullivan reposait sous une pierre que je n'avais jamais vue.

— Je l'ai mérité.

Le café était chaud et amer, riche en souvenirs de matins précipités et de sacs à dos zippés.

— Merci, lui dis-je en lui rendant la tasse après en avoir avalé le contenu.

— Il n'y a pas de quoi. Il finira par changer d'avis.

Elle m'adressa un petit signe de tête, puis rentra dans la maison.

Je retournai à mon livre jusqu'à ce qu'une autre heure s'écoule et que le soleil glisse derrière les pics Collegiate, projetant des ombres sur les pages.

Ses yeux restèrent fixés sur moi, comme ils l'avaient été la plupart du temps, tandis que je rangeais ma chaise et la mettais dans la Jeep.

— Je reviendrai demain et après-demain, et ainsi de suite, lui dis-je, tandis qu'il me regardait par la fenêtre. C'est pour toi que je suis là, et je n'ai rien de mieux à faire.

Le rideau se referma et je faillis rire des insultes qu'il murmurait sans doute dans la maison.

— Tant qu'il ne va pas chercher le fusil de chasse, marmonnai-je.

***

Je commençai ma séance de lecture plus tôt le lendemain, sans même prendre la peine de frapper à la porte avant de m'installer dans l'allée devant la maison de mon père.

Le lendemain, je fis de même.

Le mercredi, j'envisageai d'apporter une chaise plus confortable.

Une heure après que j'eus ouvert mon livre, mon père sortit sur le perron, les bras croisés, me regardant. C'était étrange de le voir sans savoir qui il serait vraiment ce jour-là.

Je posai mon livre sur mes genoux lorsqu'il descendit les marches, ses pas lourds sur le bois grinçant.

— Tu es venu m'aider.

Chaque mot était empreint de condescendance.

— Je suis venu parce que tu me l'as demandé.

Il plissa les yeux.

— Pourquoi t'ai-je demandé de m'aider, exactement ?

Il n'était probablement même pas lucide dans ce message. Pour la première fois, je me demandai si Xander avait raison.

— Mourir.

Je vis le choc sur son visage et je jurai intérieurement.

— Dorothy a préparé le déjeuner.

À ces mots, il regagna la maison.

— Génial, marmonnai-je en rouvrant le livre.

— Si tu as faim, entre. Elle a passé l'âge de t'apporter à manger dehors, dit-il depuis le porche.

Mes yeux croisèrent les siens, juste pour m'assurer qu'il était bien en train de me parler.

— Je ne vais pas attendre toute la journée, répondit-il à ma question silencieuse tandis qu'il me tenait la porte.

Je me levai d'un bond, abandonnant le livre sur la chaise en toile, et je le suivis à l'intérieur.

— Enlève tes foutues chaussures, m'ordonna-t-il, et je m'exécutai avant de le rejoindre dans la cuisine.

Dorothy était assise à table avec le déjeuner, nous observant comme si nous étions des faucons.

— De la nourriture pour lapins, grogna mon père en s'asseyant devant sa salade.

— C'est bon pour toi, rétorqua Dorothy.

— Merci, la remerciai-je avant d'entamer le poulet grillé qui garnissait les légumes verts.

— Quelle est ta preuve ? demanda mon père. Tu as dit que tu avais une preuve.

Au moins, nous n'allions pas tourner autour du pot.

Tout en mâchant, je posai mon téléphone sur la table et lançai la boîte vocale. Puis je l'observai écouter. Comme d'habitude, il ne laissait rien transparaître. Il ne fallait surtout pas qu'il montre à qui que ce soit ce qu'il ressentait.

Le message se termina et je remis mon téléphone dans ma poche.

— Où est la suite ? demanda-t-il, ses yeux se plantant dans les miens.

— C'est tout. Tu n'as rien laissé d'autre.

Il acquiesça lentement, puis se concentra sur sa salade, découpant des morceaux de fromage avec sa fourchette.

— Je n'ai vraiment pas envie de demander ça, mais Xander a soulevé un point, commençai-je.

— Tu as fait écouter ça à ton frère ? s'emporta-t-il.

— Oui. J'espérais qu'il t'avait déjà donné ce que tu avais demandé.

Tout mon corps était tendu, comme si je devais garder l'équilibre sur le seul endroit dégagé d'un champ de mines. Il n'y avait nulle part où se déplacer sans risque d'exploser.

— Pose ta question.

Dorothy haussa les sourcils mais ne dit rien.

— Tu te souviens d'avoir laissé ce message ? Est-ce que c'est… vraiment toi qui as demandé ça ?

Le manche de la fourchette s'enfonça dans mon doigt, tellement je le serrais fort.

Papa m'étudia, son regard dur et impitoyable. Puis il piqua un peu plus de fromage, évitant la laitue.

— Non. Je ne me souviens pas l'avoir laissé.

Je m'affaissai sur ma chaise. Avais-je vraiment fait tout ce chemin pour ça ?

— Mais c'est vrai. J'en veux un. Ça fait un moment que je le lui dis.

Il enfourna une bouchée et commença à mâcher.

— J'en reparlerai à Xander.

Je ne mentionnai pas que mon frère ne me parlait plus depuis que j'avais parlé du NPR.

Sa posture s'adoucit.

— Il ne changera pas d'avis. Si Xander pense qu'il a raison, c'est fini.

— C'est à toi de choisir. Pas à lui.

Le poids de ce que ça signifierait de tenir tête à Xander s'installa dans mon cœur.

— Si c'est ce que tu veux, je me battrai pour.

Il eut un petit rire.

— Tu es prêt à affronter la ville ? Parce que c'est le juge Bradley qui est assis sur ce siège. Je ne sais pas si tu t'en souviens, mais il te déteste.

— Ne tire pas sur la corde, papa.

Je faisais bouger ma salade dans le bol tandis que mon esprit s'emballait.

— Tu n'as jamais été celui qui avait besoin de moi, répondit-il.

— Et affronter le juge Bradley ne veut pas dire s'en prendre à toute la ville. C'est juste un homme. Un homme qui ne prendrait pas la peine de me pisser dessus si j'étais en feu, mais quand même.

— Un homme qui sera soumis à un vote de maintien en novembre prochain, fit remarquer Dorothy. Il tiendra compte de l'opinion publique, tu peux en être sûr.

— En quoi est-ce juste ? C'est un juge.

— Depuis quand la politique est-elle juste ? N'oublie pas que ton propre frère est le maire, répliqua-t-elle.

— Xander n'est pas corrompu, répliqua mon père. Je ne te laisserai pas insinuer ça.

— Détends-toi, Art. Je dis simplement que le juge Bradley ne va pas oublier que c'est le maire Daniels qui se trouve de l'autre côté de la salle d'audience.

Mon père grogna.

— C'est certain.

Il me regarda et secoua la tête.

— Malheureusement, tu es vraiment la seule personne que Xander écoute. Si tu as déjà essayé et qu'il refuse, tu ne peux pas faire grand-chose d'autre sans te faire botter le cul au tribunal.

Il laissa tomber la fourchette et s'adossa à sa chaise.

La liste des pour et des contre que j'avais en tête ne comportait pratiquement que des contre, mais je savais qu'un pour pouvait l'emporter sur tout le reste.

— Donne-moi tes raisons. Je veux les entendre pendant que tu es… toi.

Je gardai un ton doux, mais l'ordre était bien là.

— Je n'essaie pas d'en finir, si c'est ce que tu veux savoir. Mais je ne veux pas rester plus longtemps que nécessaire. Si le Seigneur veut prendre mon esprit, je ne veux surtout pas que mon corps reste là. La dernière chose que je souhaite, c'est me réveiller sans savoir qui ou où je suis, coincé dans un lit d'hôpital avec un tube dans la gorge. Je ne peux pas imaginer que quelqu'un puisse vouloir ça…

Tenir tête à Xander… Mon père avait raison. Ça signifierait qu'il me faudrait affronter toute la ville, et je n'étais pas vraiment le fils prodigue bienvenu. Le juge Bradley me méprisait, Xander avait probablement déjà engagé Milton Sanders comme avocat, et il n'y avait pas d'autre avocat en ville. Je serais considéré comme un plus grand méchant que je ne l'étais déjà, la mauvaise graine revenue de la guerre juste pour tuer son père, face au parfait maire blond d'Alba qui se battait pour garder son père en vie.

Je n'aurais jamais la paix.

Peut-être était-ce là ma pénitence, vivre une vie longue et pleine de combats pour payer pour celle que je n'avais pas su protéger.

— Je le ferai, dis-je en regardant mon père. Je porterai l'affaire devant le tribunal. Je me battrai pour ton droit à déterminer ton propre destin. Tu le mérites. Mais je veux deux choses.

Les sourcils de mon père s'abaissèrent.

— Évidemment… lesquelles ?

— D'abord, une trêve.

Je prononçai chaque mot à haute et intelligible voix pour qu'il me comprenne bien.

— Une trêve.

— Je sais bien que tu as la même opinion de moi que le reste de la ville. Je ne suis pas stupide. Mais à partir de maintenant, on déclare une trêve. Tu ne me bannis plus de la maison. Tu ne m'agresses plus verbalement et tu ne me tires clairement plus dessus.

— La maison…

Il pencha la tête.

— Je vais loger chez Cal – chez moi. Il est temps, et je pense que rester ici ne ferait que rendre les choses plus difficiles.

Mon père hocha lentement la tête, réfléchissant à mes paroles.

— Et ensuite ?

Mon estomac se tordit, mais je savais que c'était ma seule chance.

— Tu me détestes parce que j'ai fait tuer Sullivan.

Mon père se raidit, les yeux pleins de douleur et de colère, mais je poursuivis :

— Tu n'as jamais voulu entendre ce qui s'est passé ce jour-là. En dehors du choix que j'ai fait.

Un muscle de sa mâchoire se contracta.

— Quand ce sera fini, quand je t'aurai donné ce que tu veux, tu m'écouteras. Peut-être que tu me détesteras encore plus quand tu sauras la vérité. C'est un risque que je vais devoir prendre. Au moins, je saurai que ta haine est basée sur des faits.

Je n'avais jamais autant parlé de la mort de Sullivan en six ans.

Je vis la révolte chez mon père, ses poings retroussés et ses narines dilatées alors qu'il luttait pour garder le contrôle.

— Si tu mérites de déterminer ton avenir, alors je mérite de pouvoir expliquer mon passé.

Ses yeux rencontrèrent les miens dans un choc de volonté et de chagrin, mais il finit par acquiescer.

— Très bien. Mais j'ai une réserve à formuler.

— Évidemment…

Je retournai ses mots contre lui.

— Il y a des jours et des moments où je ne pourrai pas respecter notre trêve. Je ne me souviens pas de qui je suis, et encore moins de qui tu es. Et ces jours viendront où, même si je te reconnais, ce n'est peut-être pas cette version de toi que je verrai.

Il fit un geste vers mon torse.

— Très bien. Je gérerai.

Je ne m'attendais pas à la tristesse qui m'envahit et qui obstrua ma gorge lorsqu'il admit qu'il n'était plus lui-même à cent pour cent. Plus tout à fait sain d'esprit ni fiable. L'homme qui prêchait qu'on ne valait que ses promesses n'était plus capable de tenir parole.

— Alors, on a un accord.

Il me tendit la main et je la serrai. Sa poigne était ferme comme toujours, et ce fut terminé en un clin d'œil.

— Alors, par où je commence pour me dresser contre la ville ? demandai-je en revenant à ma salade.

Mon père regarda Dorothy, qui secoua la tête en se tamponnant les yeux.

— Je ne sais pas pourquoi tu me regardes, Arthur Daniels. Je ne me souviens pas de la dernière fois que tu as suivi mon avis sur quoi que ce soit.

— Allez, Dorothy, dit mon père en la cajolant.

— Tu sais déjà ce que je pense.

— La Société historique, devina-t-il.

Toutes les routes du coin semblaient mener à cette fichue organisation.

— C'est le moyen le plus rapide de rappeler à cette ville qui il est et d'où il vient. Sur les trente-cinq membres votants, il n'y a que cinq fondateurs qui vivent à Alba, et ton fils est issu de l'un d'entre eux.

Elle se tourna vers moi.

— Mais tu dois commencer à agir comme si tu ne détestais pas tout le monde et tout ce que cette ville représente.

— C'est dans mes cordes.

Je ne détestais pas tout le monde. Juste la majorité d'Alba.

— Et recouvre-moi ça.

Elle fit un geste vers mes tatouages.

— Mets des manches longues pendant au moins un mois. Tu effraies les petits enfants.

Je ris en pensant à Rose et à son absence totale de peur lorsque j'avais utilisé sa poche de glace licorne.

— Tu veux dire que j'offense l'équipe du matin de chez Ivy.

Elle se moqua.

— Ne sous-estime pas le pouvoir des vieilles commères et d'une routine capillaire matinale.

— Et comment veux-tu que je conquière la Société historique alors que je sais que Xander utilise déjà ton vote et siège à ta place ? En plus, ils me méprisent déjà.

Xander et moi n'aurions pas nos propres droits de vote avant le décès de notre père, et même à ce moment-là, je n'aurais aucun bien personnel à apporter au quartier historique. Tout appartenait à la compagnie minière. Il plissa les yeux en regardant par la fenêtre, par-dessus la crête qui menait à ma maison et au-delà.

— Mettre le feu au dortoir ne t'a certainement pas valu beaucoup d'amis au sein de la société.

Ma mâchoire se contracta.

— Il faut leur donner quelque chose qu'ils veulent depuis des années, termina-t-il lentement.

Les yeux de Dorothy s'écarquillèrent.

— Tu as dit que c'était trop dangereux.

Mon père haussa les épaules.

— Pour la majorité de la propriété, c'est le cas. Mais je la connais mieux que quiconque dans le comté, et la seule personne qui vient juste après, c'est Camden.

Je suivis son regard et sentis le sang quitter mon visage.

— Tu n'es pas sérieux. Cet endroit est un véritable désastre.

— C'est vrai. Mais c'est la seule propriété à laquelle ils n'ont jamais pu accéder, et tu es le seul à pouvoir la leur donner. C'est le joyau de la couronne de leur diadème touristique.

— Et si Xander s'y oppose aussi ? Il n'acceptera jamais. Il a toujours dit que c'était trop dangereux, et on sait tous les deux que cet endroit lui fait peur. Depuis toujours. J'ai peut-être reçu les parts de l'oncle Cal sur la RR, mais Xander contrôle les tiennes.

Les méandres de la mine Rose Rowan étaient presque impossibles à parcourir à moins de la connaître sur le bout des doigts, et Xander n'avait jamais pris la peine d'essayer. C'était mon refuge. Mon terrain de jeu. La première fois que j'avais défié le destin.

— Tu as lu les papiers à la mort de Cal ? Ou est-ce que c'était trop barbant pour toi ? me défia mon père. Rentre chez toi et lis ce fichu dossier, Camden. Pas seulement le testament, mais aussi les documents de la société minière. La vente de biens. Tout. Ensuite, offre la mine à la ville et fais-moi confiance.

— Tu veux vraiment que je rouvre la mine.

— Non, mais c'est le seul moyen pour qu'ils te considèrent comme autre chose qu'une nuisance dangereuse.

Merde. Cette mine était fermée aux visiteurs depuis trente ans, et pour cause. Certains des supports dataient du dernier souffle de la mine dans les années 1950, mais d'autres étaient des poutres d'origine datant de 1880. C'était un labyrinthe de planchers en ruine, d'effondrements, d'air vicié et de Dieu seul savait quoi d'autre.

— Tu sais combien d'argent il faudra pour la restaurer ?

— Laissez-moi m'en occuper, dit Dorothy en souriant. J'attends un appel du conseil d'administration du Fonds historique de l'État et je pourrais peut-être réorienter une partie de l'argent.

— C'est de la folie.

— Tu peux concevoir et construire des choses partout en Afghanistan, en Somalie et ailleurs, mais tu ne penses pas pouvoir le faire dans ton propre jardin ? me défia mon père.

— Je croyais que tu ne savais pas où j'étais pendant tout ce temps ?

Il plissa les yeux.

— Tu vas le faire ou pas ? Parce que je m'attends à ce que Xander m'envoie à la maison de retraite d'une minute à l'autre.

Ce fut alors que je compris. L'ouverture de la mine permettrait de faire d'une pierre deux coups.

— Je vais le faire.

Quelques heures plus tard, lorsque j'eus fini de lire tous les documents de l'oncle Cal, un frisson d'appréhension me parcourut l'échine.

La ville pourrait m'aimer pour ce que j'allais offrir, mais elle pourrait tout aussi bien me détester pour ce que j'allais faire à mon frère.

8

Willow

— Chaque année, on demande à pouvoir faire du pop-corn, et chaque année, vous l'accordez aux Halverson, déclara Peter Mayville sur le podium en bois, face au tout-puissant conseil de la Société historique d'Alba.

Le conseil municipal s'occupait de l'administration de la ville, mais le véritable pouvoir était détenu par le conseil de la Société historique.

Habituellement, les réunions de la société se tenaient une fois par mois, mais comme il ne restait que sept semaines avant l'ouverture de la saison, elles avaient désormais lieu toutes les semaines. La fréquentation grimpait également en flèche, car les familles qui ne passaient pas l'hiver sur place revenaient en prévision du week-end d'ouverture. L'hôtel de ville, qui était en quelque sorte le bâtiment polyvalent de l'Alba moderne, se réchauffait rapidement, sollicité par près d'une centaine de personnes.

Tous les gens présents dans cette salle étaient propriétaires d'un bâtiment dans la ville fantôme – municipal ou commercial –, ce qui leur donnait un droit de vote au sein de la société, ou leur revenu était directement lié à l'argent que la saison touristique leur apportait.

Il fallait aimer les vendredis soir des petites villes.

— Peter, j'entends ce que tu dis. Vraiment. Mais ce n'est pas tant nous qui les autorisons à vendre du pop-corn qu'eux qui conservent ce privilège. Il serait injuste de s'approprier leur tradition ancestrale alors qu'ils l'ont perfectionnée au cours des cinquante dernières années, répondit Walter Robinson, jetant un coup d'œil par-dessus ses lunettes de lecture depuis le centre de l'estrade en forme de fer à cheval où siégeait le conseil.

Je m'agitai sur ma chaise pliante au fond de la salle et jetai un coup d'œil à l'ordre du jour de la semaine. Vingt minutes après le début de la réunion, nous en étions toujours au troisième point, où les membres votants demandaient des modifications de leurs plans d'entreprise pour l'été. Heureusement, j'avais de quoi grignoter, car nous risquions de passer en mode *Survivor* et je devais attendre le point sept pour présenter mon nouveau logo d'Alba pour le plan marketing.

— Il s'en plaint chaque année, murmura Thea à côté de moi. Passe à autre chose, Peter, et contente-toi de ta machine à barbe à papa, pour l'amour de Dieu, dit-elle.

Mon bretzel passa par le mauvais tuyau, et Thea me tapa dans le dos jusqu'à ce que j'arrête de tousser.

— Madame Lambert, si vous pouviez éviter de faire des commentaires, dit mon père dans son micro.

En tant que membre fondateur, il occupait son siège au conseil depuis la mort de grand-père. Cinq sièges du conseil étaient réservés aux membres survivants les plus âgés des familles fondatrices, et les quatre autres étaient élus chaque année parmi les membres votants.

En gros, si les familles fondatrices voulaient quelque chose – ou non – elles obtenaient ce qu'elles voulaient.

— J'éviterai de faire des commentaires s'il cesse de demander la même chose année après année.

Thea croisa les bras sur sa poitrine.

Je connaissais ce regard, et mon père n'était pas content.

— Si nous pouvions revenir au sujet, dit Walter en se penchant dans son siège. Peter, je suis désolé, mais nous allons devoir refuser ta demande. Je sais que nous croyons tous au capitalisme, mais il n'est pas dans notre intérêt de nous faire concurrence au moment de la saison, et tu le sais. Le pop-corn est en grande partie ce qui permet à l'épicerie de Mme Halverson de rester en activité. Et puis, la dernière fois que j'ai vérifié, tu étais le seul autorisé à vendre de la crème solaire. Veux-tu proposer un échange à Mme Halverson ? Son pop-corn contre ta crème solaire ?

Peter jeta un coup d'œil à Mary Murphy, la secrétaire de la société, qui leva son stylo, prête à consigner les faits.

— Non.

Il secoua rapidement la tête.

— Je me contenterai de ce que j'ai. Merci.

Il prit sa pile de documents et s'assit au bord de la troisième rangée.

— Quel connard cupide, murmura Thea. Il tient déjà la pharmacie. Il gagne plus d'argent que presque n'importe qui d'autre ici pendant la saison.

— Même si ta mère s'en sort bien avec son restaurant, lui rappelai-je.

— C'est vrai, mais on ne la voit pas essayer de s'approprier le foutu pop-corn de Jennifer.

— Tu n'as pas tort.

Je griffonnai sur le carnet que j'avais apporté, esquissant une idée pour un logo qu'on m'avait commandé ce jour-là. Les affaires étaient bonnes, et le fait que je puisse travailler à distance était un vrai plus.

James Hudgens monta sur le podium et présenta les changements de l'été pour l'ancienne caserne de pompiers d'Alba. Je ne saurais jamais comment cet homme avait pu engendrer un abruti comme Oscar.

Un corps s'installa sur le siège à côté de moi tandis que j'ajoutais des ombres au dessin que je peaufinais.

Thea me donna un coup de coude et je glapis en lui lançant un regard noir.

Elle haussa les sourcils et jeta un coup d'œil vers le siège de l'autre côté.

— Il pense vraiment que des manchons réfrigérants pour les bières aux couleurs d'Alba FD vont se vendre ?

La voix de Cam déferla sur moi comme une avalanche, réduisant à néant les maigres défenses que j'avais tenté d'ériger depuis presque une semaine que je l'avais vu. Non pas que j'aie compté.

J'essayai de calmer mon cœur en respirant profondément, mais il ne m'écoutait pas. Apparemment, je pouvais passer six ans sans le voir et m'en sortir, mais six jours et me voilà retombée en adolescence. Formidable, j'étais en train de compter les jours.

— C'est difficile pour les gars comme James, lui dis-je calmement. Le fonds supplémentaire offre un coup de pouce, mais tu sais que les propriétaires des bâtiments municipaux ne gagnent pas grand-chose.

— Je ne m'oppose pas à son merchandising, juste à sa marchandise.

Il haussa les épaules.

Argh, son profil était d'une perfection agaçante et imparfaite. Il le savait aussi. Même son sourcil avait une courbe arrogante. Sa barbe était taillée de près, adoucissant sa mâchoire, mais je savais, à la façon dont il passait son pouce dessus, qu'il la raserait bientôt.

Je détestais le savoir.

N'aurait-il pas pu devenir plus laid au cours de la dernière décennie ? Commencer à perdre ses cheveux ou quelque chose comme ça ?

— Qu'est-ce que tu fais là ?

— Je croyais que tu m'avais dit de venir, répondit-il, le regard toujours fixé droit devant.

— Oui. Et quand est-ce que tu m'as écouté pour la dernière fois ?

— Apparemment, à l'instant.

Il sourit.

Je luttai contre l'envie de lui tirer la langue comme à l'école primaire. Tout était si ordonné deux semaines plus tôt, si… sûr. Prévisible, même. Les raisons pour lesquelles j'aimais Alba n'existaient plus avec Cam en ville.

— Qu'est-ce que c'est ? demandai-je, voyant une enveloppe kraft entre ses mains.

— Moi je le sais, mais à toi de le découvrir, répondit-il d'un ton chantant.

Apparemment, je n'étais pas la seule à avoir du mal à me comporter comme une personne de mon âge.

— Si c'était la dernière demande, je propose de considérer tous les business plans de l'été comme définitifs pour cette saison, déclara mon père.

La mâchoire de Cam se crispa.

— En fait, je sais qu'il y a une question à l'ordre du jour qui sera présentée par Mme Powers plus tard et qui pourrait affecter les projets d'été, alors j'aimerais garder cette question ouverte jusqu'à la fin de la réunion, déclara Mary Murphy depuis son siège de conseillère, ses doigts tordant son collier de perles.

— Mme Murphy a un siège maintenant, alors ? demanda Cam, énonçant l'évidence.

— Elle a été élue il y a environ cinq ans, répondit Thea. Et c'est bon de te voir, Cam.

— Toi aussi, Thea. Comment va Patrick ?

Il se pencha en avant et offrit à Thea un rapide sourire.

— Il doit probablement s'ennuyer à mourir en ce moment.

Elle m'indiqua l'endroit où son mari était assis deux sièges plus loin que mon père.

— Il a été élu au conseil l'année dernière après le décès de son père.

Les yeux de Cam se posèrent sur Patrick.

— Waouh, je ne l'avais pas reconnu.

La lumière dans ses yeux s'éteignit et son regard se posa sur le dossier sur ses genoux.

— Je suis sûre qu'il aimerait te voir, mentit Thea.

— Hum. J'en doute un peu.

Il remonta les manches de sa chemise sur ses avant-bras, puis sembla y réfléchir à deux fois et les redescendit.

— Qu'est-ce qui te rend si nerveux ? demandai-je alors que Tyler Williamson prenait la parole pour présenter les nouvelles activités.

Il me regarda enfin et j'eus des papillons dans le ventre. *Ne réagis pas. Ne. Réagis. Pas.* Ce qui était drôle avec mon corps, c'était qu'il mettait toujours mon esprit à rude épreuve lorsque Cam était proche.

— Je te le dirai plus tard, promit-il alors que Dorothy Powers prenait la parole, abandonnant Arthur Daniels à côté du siège qu'elle avait laissé vacant.

— C'est quand même bizarre de voir Xander à la place de ton père.

Comme si Xander m'avait entendu, il vit Cam dans la foule et se força à arborer un sourire.

Cam lui fit un signe de la main à deux doigts et détourna rapidement le regard. Ma perplexité ne fit que croître lorsque Art se retourna vers Cam et lui adressa un subtil signe de tête.

Qu'est-ce qui se passait ?

— Comme vous le savez… dit Dorothy en se penchant vers le micro, sa voix résonnant dans la salle, l'un des résidents d'Alba est récemment revenu dans notre belle ville. J'ai le plaisir de vous annoncer que Camden Daniels souhaite présenter son plan d'été. Ce qu'il propose ne sera peut-être pas réalisable avant la fin de la saison…

Je clignai des yeux. J'avais certainement mal entendu.

— Avec tout le respect que je vous dois, madame Powers, permettez-moi de vous arrêter là, intervint mon père. Seul un membre votant peut proposer un plan pour l'été, et comme Art est heureusement toujours parmi nous, la famille Daniels n'a qu'un seul vote au sein de la Société historique.

— Tu as un projet pour l'été ? sifflai-je à Cam, irrationnellement insultée qu'il ne me l'ait pas dit.

Le fait d'avoir un plan d'été impliquait qu'il n'était pas simplement revenu temporairement… Il allait vraiment rester. Mon cœur manqua un battement, puis s'emballa.

Cam m'ignora, mais serra son dossier plus fort. Chaque membre du conseil regarda successivement Dorothy et Cam, manifestement en état de choc.

— Avec tout mon respect, répondit Dorothy, d'une voix mielleuse, je suis parfaitement consciente de nos règles, monsieur Bradley. Je suis membre votante depuis vingt-cinq ans. Si ma mémoire est bonne, vous êtes assis sur ce siège depuis… sept ans ?

La bouche de mon père se tordit, mais il ne l'ouvrit pas. J'étais bien contente de ne plus vivre à la maison, parce qu'il allait être fou de rage pendant des jours.

— Vous avez raison, bien sûr, ajouta Dorothy d'un ton apaisant, mais si vous voulez bien y jeter un coup d'œil…

Elle fit un signe de tête à ma mère, qui s'approcha de l'estrade avec un dossier et commença à remettre une série de documents à chaque membre du conseil.

— Vous verrez que lorsque Cal Daniels est décédé, il a laissé tous ses biens à son neveu Camden. Il ne l'a pas partagé entre les Daniels. Il a choisi Cam comme unique héritier, ce qui lui transfère également son siège de membre.

Un bourdonnement s'éleva parmi les membres du conseil, qui couvrirent leurs micros pour que nous ne puissions pas les entendre. Les gens se retournaient ouvertement sur leur siège pour regarder Cam ou lui jeter des regards furtifs.

— Milton ? demanda Genevieve depuis son siège de conseillère.

Milton Sanders, le seul avocat en exercice d'Alba, étant donné que Simon exerçait à Buena Vista, se leva et se dirigea vers l'estrade. Il passa la main dans son épaisse chevelure brune tout en lisant les documents de Dorothy.

— Il me déteste, murmura Cam.

— Ça n'a pas d'importance. C'est l'avocat de la Société historique, chuchotai-je, ce qui me valut un regard noir de la part de trois des femmes assises devant nous.

Mme Rhodes secoua la tête avant de se retourner.

C'était inattendu.

— C'est Alba. C'est important, conclut Cam.

Mes yeux croisèrent ceux rivés sur Cam. Je fixai chacun des habitants jusqu'à ce qu'ils détournent le regard. Il ne méritait pas ce genre de traitement.

— On dirait bien que le garçon a un siège, répondit Milton.

L'agitation dans la salle se transforma en grondement.

— Nous ne pouvons pas léguer de droits de vote dans nos testaments, rétorqua mon père.

— Non, mais l'article 7, paragraphe 3 de nos statuts stipule que les sièges sont transmis à nos héritiers familiaux reconnus, et le testament de Cal est formulé de telle sorte qu'il désigne Camden comme son seul héritier familial reconnu.

Milton haussa les épaules.

— Il savait ce qu'il faisait, murmurai-je.

— Comme toujours.

Cam garda les yeux rivés sur le conseil.

— Il n'est sans doute pas valide ! s'écria Genevieve.

— Il semble que le juge Bradley ait considéré le testament comme valide à la mort de Cal, donc…

Milton leva les yeux vers mon père, dont le visage faisait désormais penser à une tomate. J'ignorai si c'était de gêne ou de colère, mais quoi qu'il en soit, il était rouge brique.

— Mais il ne remplit pas les conditions requises, ajouta Pat depuis son siège. Il doit avoir résidé à temps plein à Alba pendant un an avant de pouvoir exercer son droit de membre.

Thea croisa les bras. Pat allait se faire engueuler à la maison.

Étaient-ils tous contre lui ?

Autour de nous, les têtes dodelinèrent en signe d'approbation. Apparemment, oui.

— C'est normalement le cas, mais le paragraphe 5 stipule que la condition de résidence est levée à tout retour du service militaire, à condition que le membre ne tarde pas à en faire la demande.

Milton se retourna pour regarder la foule.

— Camden ? Demandes-tu que l'on renonce à la condition de résidence ?

— En effet.

Cam se leva, attirant tous les regards qui n'étaient pas déjà braqués sur lui.

— Je suis au regret de vous dire que Camden Daniels peut prétendre à un siège de membre votant, déclara Milton au conseil. Nous sommes maintenant vingt-sept membres votants et neuf membres du conseil.

— Et quels sont les biens personnels qu'il propose d'inclure dans le quartier historique ? demanda Xander.

Mon cœur s'enfonça dans ma poitrine. Xander s'opposait à son frère ? Même dans nos pires moments, je ne tiendrais jamais tête à Charity.

Cam ne montra pas le moindre signe de surprise. Il s'attendait donc à ce que Xander ne le soutienne pas ?

— Viens ici, Cam, lui dit Dorothy en lui faisant signe de monter.

Cam remonta l'allée centrale, la tête haute.

— C'est la meilleure réunion de la Société historique à laquelle j'aie assisté depuis des lustres, fit remarquer Thea.

Cela lui valut un nouveau regard noir des trois femmes devant nous, mais je remarquai que Mme Rhodes ne la regardait pas. Son visage acerbe me fixait.

— Ce n'est pas comme s'il pouvait revendiquer le dortoir comme sa propriété, n'est-ce pas ? fit-elle remarquer dans un sifflement. Tu as failli mourir dans cet incendie, Willow Bradley. Tu le sais mieux que moi.

Ma mâchoire se décrocha lorsqu'elle se retourna en secouant la tête d'un air critique.

— Il n'a pas… commençai-je, mais Thea posa sa main sur ma jambe.

— Ne te donne pas cette peine. De toute façon, ils penseront ce qu'ils veulent.

— Je suis heureux que tu aies posé la question, mon frère, dit Camden dans le micro. Je suis le propriétaire du bâtiment de la Rose Rowan dans la grande rue. Cal a racheté la propriété à l'entreprise minière et me l'a léguée dans ce même testament.

Si mes muscles se tendaient davantage, ils risquaient de se rompre.

— Sérieusement ? demanda Xander, tandis que mon père grimaçait.

— Oui, insista Cam. Et bien qu'il ne soit pas en état…

— Il y a un mètre de neige à l'intérieur du bâtiment, parce qu'il n'a pas de toit, poursuivit Xander.

— C'est exact, et selon la section 2, paragraphe 4 de nos statuts, un propriétaire souhaitant exercer son droit de vote dispose de deux saisons pour rénover sa propriété afin qu'elle soit prise en compte au profit de la Société historique, mais il peut utiliser immédiatement son statut de membre votant.

— Qu'est-ce qu'il en ferait, de toute façon ? s'agaça Mme Rhodes.

— Il brûlerait probablement cet endroit, répondit une autre femme.

— Ce garçon ne s'est jamais soucié de cette ville.

Je ne cherchai pas à savoir qui avait dit ça. Je ne pouvais pas détourner le regard de Cam.

— Vous comprenez que vous aurez besoin d'un expert en restauration, dit mon père dans son micro. Un expert agréé par la Société historique.

Mon cuir chevelu picota. Oh, mon Dieu. Je n'allais pas avoir à le dire, quand même ? Apparemment, si…

— Je ne suis certainement pas volontaire pour l'aider, ajouta Genevieve, le nez en l'air. Tu as fait suffisamment de dégâts dans cette ville, Camden, et je ne suis pas disposée à t'apporter mon expertise pour que tu puisses démolir la Société historique. Nous sommes tout ce qui permet à Alba de rester à flot.

Un murmure d'approbation parcourut la salle.

Et merde. J'aimais ma petite vie sans complication. J'aimais concevoir des logos et autres pour la Société historique, sans me retrouver prise par le temps. J'aimais mes limites, et j'avais l'impression que j'étais sur le point de les briser pour le garçon à qui je m'étais juré de ne jamais rien donner d'autre.

Sauf que ce garçon téméraire était devenu un homme qui semblait faire de son mieux pour prouver qu'il avait changé à une ville qui ne voulait pas le laisser faire.

— Je pense que c'est réglé, dit mon père. N'est-ce pas, monsieur le président ?

Les yeux de Walter se posèrent sur Cam, comme à regret.

— Je suis désolé, fiston, mais à moins que tu n'aies dans ta manche un spécialiste de la restauration agréé par la société, je suis lié par les statuts, même si certains membres agissent seulement par dépit.

Mon père eut un rictus.

C'était cruel et laid, et cela déclencha en moi quelque chose de trop fort pour être ignoré.

Je revins à moi. Mon bloc-notes tomba par terre dans un bruit sourd. L'indignation brûlait mes joues.

— Je vais le faire, dis-je à brûle-pourpoint.

Le niveau sonore ne faisant qu'augmenter, je grimpai sur ma chaise, mis deux doigts entre mes lèvres et poussai un sifflement strident.

Un long silence s'ensuivit. Tout un tas de gens me regardaient fixement.

— J'ai dit que j'allais le faire !

J'étais presque sûre que tous les habitants de Buena Vista m'avaient entendue.

— Willow Bradley, descends de cette chaise ! beugla mon père.

J'obéis, par habitude. Puis j'aspirai une grande bouffée d'air et me dirigeai vers l'allée, remontant le chemin sinistre jusqu'à l'endroit où Cam attendait, me regardant avec une attention si intense que je faillis trébucher.

— Qu'est-ce que tu fais ? murmura-t-il une fois que je l'eus rejoint.

— Tu as pris une balle pour moi, alors je te rends la pareille. Maintenant, écarte-toi et laisse-moi faire.

Je ne pris pas la peine de masquer ma détermination en le fixant. Qui se souciait de l'opinion de la ville ou de la colère de mon père ?

Alors que je pensais que Cam n'allait pas céder, il se mit sur le côté et resta près de moi pendant que je montais sur l'estrade. Mes doigts tremblèrent lorsque je baissai le micro.

— Je serai son experte en restauration.

Ma voix était beaucoup plus stable que mes nerfs, Dieu merci. Ils me voyaient déjà comme une enfant ; la dernière chose dont j'avais besoin, c'était d'agir comme telle.

— Willow, nous savons que tu veux bien faire.

La voix de Genevieve était empreinte de compassion.

— Après tout, Camden est le frère de Sullivan, et je sais que tu te sens obligée de l'aider au nom de Sully. Mais, ma chérie, comment peux-tu devenir experte en restauration ?

Ne dessines-tu pas des choses sur l'ordinateur ? Ce n'est pas vraiment historique.

Ma détermination passa de l'acier au titane.

— Il ne s'agit pas de Sullivan. Il s'agit de Cam. Plus que ça, il s'agit de faire ce qu'il faut. Cam a un droit, et vous essayez de le nier par pure mesquinerie.

Je secouai la tête avec dégoût.

— J'ai obtenu mon diplôme l'année dernière à Rutgers, qui est l'une des cinq meilleures écoles d'art du pays, dis-je en me tournant vers Walter. En tant que président, il aurait le pouvoir de m'approuver.

— En graphisme, ajouta mon père. Ce n'est pas la même chose.

Je pensai à la petite tour en onyx qui se trouvait sur mon bureau. Le chevalier que je gardais dans le tiroir de ma table de nuit. J'avais rangé les autres pièces, des souvenirs du garçon qui se tenait à côté de moi dans un corps d'homme.

— J'ai un double diplôme, dis-je en m'adressant à mon père, qui blêmit. J'ai bien un diplôme en graphisme, mais j'en ai aussi un en restauration et conservation d'œuvres d'art, avec une spécialisation dans l'Ouest américain.

Parce que je savais que ce jour viendrait, où je devrais prendre la place de Genevieve si je voulais assurer la survie de notre ville. Je pensais que ça arriverait dans vingt ans, pas dans vingt minutes.

Genevieve s'agrippa aux accoudoirs de son fauteuil, comme si je risquais d'y monter et de la déloger d'un trône qui ne m'intéressait pas du tout.

— Et tu me le dis seulement maintenant ?

Malgré le ton calme et posé de sa voix, je savais que mon père fulminait. Le problème n'était pas le diplôme. Il aurait clamé haut et fort sa satisfaction si c'était lui qui m'avait suggéré de le passer. Il était en colère de perdre le contrôle et de voir que je soutenais Cam.

Cam, qui se rapprocha de moi de quelques centimètres, son bras frôlant mon épaule et envoyant de petits courants d'électricité dans mes veines.

— Papa, ils l'ont dit quand j'ai traversé la scène lors de la remise des diplômes. Ce n'était pas un secret. Maman l'a même filmé.

Parce qu'il n'avait pas été là, toujours rancunier parce que j'avais eu le culot de m'écarter de son plan.

La foule murmura, mais je gardai mon attention rivée sur mon père.

— Je suppose que tu ne verras pas d'objection à ce que ta propre fille propose ses services à la Société historique. Ce ne serait pas très charitable de me taire et de laisser la ville en pâtir.

Heureusement que j'avais acheté ma maison cette année, sans quoi j'aurais probablement dormi sur le canapé de Charity ce soir-là. Eh bien, je n'avais pas mis longtemps à me débarrasser de toutes les bonnes résolutions que j'avais prises depuis mon retour à la maison.

S'il ressemblait à une tomate auparavant, mon père était désormais un ballon marron géant, prêt à éclater.

— J'accepte ton expertise, déclara Walter, et je soupirai de soulagement, me détendant contre Cam. Camden, j'accepte également que le bâtiment de la Rose Rowan Mining Company soit ton bâtiment historique. Bienvenue dans la société.

— Bien, maintenant, son plan d'été, dit Dorothy en se penchant sur moi pour parler dans le micro, emplissant mon nez d'une odeur de laque au raisin.

Nous avions gagné une bataille, il fallait passer à la guerre. Quelle que soit l'expression.

— Il ne peut rien proposer pour l'instant.

Le regard de Tim Hall se tourna vers mon père qui me toisait d'un air furieux.

— Il en est à sa première année de membre – et même à son premier jour. Il ne peut pas présenter de plan avant sa deuxième année sans qu'un membre du conseil soit disposé à le parrainer. Les règles sont les règles.

— L'un d'entre vous va certainement le parrainer.

Dorothy haussa les sourcils à l'intention du conseil.

— Croyez-moi : vous voulez savoir ce qu'il propose.

J'aurais manqué le subtil hochement de tête que Cam adressa à Dorothy si je n'avais pas observé son expression avec autant d'attention. Walter regarda l'estrade de haut en bas. En tant que président, il ne pouvait pas parrainer de plan, et je ne savais pas sur qui Cam pouvait compter là-haut.

— Je vais le parrainer.

Julie Hall se pencha en avant, détournant ostensiblement son regard du siège de son beau-père. Elle était la plus jeune membre du conseil, ayant hérité du siège de sa mère lorsqu'un accident de voiture l'avait emportée l'année précédente.

— C'est bien ma fille ! cria Gideon depuis la deuxième rangée, provoquant quelques rires étouffés.

— Quel est ce plan ? demanda Walter avant que d'autres objections puissent être soulevées.

Camden se pencha sur moi pour lever le micro, et je me déplaçai vers la gauche, lui laissant l'estrade. Lorsque je voulus reculer, Dorothy posa sa main dans mon dos, m'en empêchant.

— J'aimerais faire visiter la mine Rose Rowan aux touristes.

Un hoquet de stupeur collectif se fit à nouveau entendre, et cette fois, il comprenait le mien. La mine Rose Rowan était la seule propriété qui avait toujours fait saliver ce conseil, mais Art et Cal l'avaient gardée fermée pendant des décennies.

— Peux-tu répéter, fiston ? demanda Walter, les yeux écarquillés.

— J'aimerais ouvrir la mine aux visites. Je vais m'y atteler dès maintenant, mais je ne peux pas garantir que ce sera prêt pour cet été. L'été prochain serait plus probable.

— Comment ? aboya mon père, visiblement déchiré entre sa haine pour Cam et son désir de voir la mine rouvrir.

— Je pense qu'un panneau géant indiquant « ouvert » devrait faire l'affaire.

Formidable. Il était arrivé jusque-là pour laisser sa grande bouche ruiner tout le plan. Camden Daniels qui perdait son sang-froid à la dernière seconde et se sabordait.

— Ce n'est pas ce que je demandais, rétorqua mon père. Cette mine est une épave et n'est pas en état d'accueillir des visiteurs. Nous voulons tous qu'elle rouvre, ce n'est pas un secret, mais y as-tu bien réfléchi ? Engagé un ingénieur ?

Il était amusant de constater combien son ton pouvait changer lorsque quelque chose qu'il voulait était sur la table.

— Je suis ingénieur civil, ce n'est donc pas comme si je n'avais pas l'expertise nécessaire. J'ai travaillé sur des projets bien plus importants, de l'Afghanistan à la Somalie. J'ai le diplôme universitaire et tout le reste, puisque les CV semblent être à l'ordre du jour. Je suppose que si le gouvernement des États-Unis me fait confiance pour concevoir et construire des barrages, des ponts et des bâtiments, vous devriez en faire autant.

— Mais l'argent… ? intervint John Royal.

— Le Fonds historique de l'État nous a offert une subvention de deux cent mille dollars à utiliser comme bon nous semble, ajouta Dorothy. J'ai obtenu la confirmation aujourd'hui que nous l'obtiendrions, même si j'avance de trois points dans l'ordre du jour.

— Mais c'est une subvention destinée à tout le quartier ! fulmina Tim Hall. Pourquoi ne pas restaurer la tannerie ?

Au moins, Tim était cohérent. Il se moquait de ce que Cam pouvait apporter. Il voulait juste qu'il parte.

— Proposer des visites de la mine fera facilement venir trente mille touristes de plus par an, espèce d'imbécile têtu, s'emporta Dorothy. Tu n'en as pas envie ? Nous n'en avons pas besoin ? Vous êtes prêts à punir tous les habitants d'Alba simplement parce que vous n'aimez pas Camden Daniels ?

Cette fois, la foule murmura son assentiment.

— Je peux aussi aider avec la mine, proposai-je, espérant ainsi renverser la vapeur.

— Eh bien, je pourrais certainement… dit Genevieve.

— J'accepte l'offre de Willow, la coupa Cam.

Cam se retourna et regarda chaque membre du conseil jusqu'à ce qu'il atteigne enfin son frère.

— Mais tu n'as pas le pouvoir d'ouvrir la mine, dit Xander, le front plissé. Ce n'est pas que la ville n'en ait pas besoin, mais nous savons tous les deux que c'est incroyablement dangereux là-dessous, et c'est pour ça qu'elle a été fermée. Imagine la responsabilité. Si un touriste s'égare, nous ne serons plus une ville fantôme seulement de nom. Je suis désolé, Cam, mais tu ne pourras pas la sécuriser suffisamment. Au nom de la moitié de la Rose Rowan Mining Company détenue par papa, je ne peux pas, en toute conscience, te laisser faire ça. Cal t'a peut-être légué le bâtiment de la grande rue, mais nous sommes tous les deux propriétaires de la société minière.

Tous les membres du conseil se retournèrent pour regarder Xander comme s'il venait de lécher la barre chocolatée qu'ils convoitaient.

— Nous ne pouvons pas laisser nos touristes se blesser. Ça tuerait la ville plus vite que n'importe quoi d'autre, déclara-t-il et les autres membres acquiescèrent. Cam n'est rentré que depuis quelques semaines. Ce n'est même pas suffisant pour évaluer les besoins de la mine. Je suis ravi qu'il veuille ouvrir cette voie pour nous, mais c'est vraiment une affaire qui doit être traitée après la saison. Pas à la hâte, et pas maintenant.

La mâchoire de Camden se contracta et ses doigts s'enfoncèrent dans l'estrade, faisant blanchir ses jointures.

— Alors, c'est une bonne chose que je sois plus que qualifié pour veiller à la fois à la sécurité et à la restauration mécanique de la mine. D'ici à l'ouverture, le circuit de visite sera entièrement sécurisé et tous les autres endroits seront condamnés. Et pour ce qui est de ma capacité à parler au nom de la compagnie minière, je vous invite à lire la première page des documents de la Rose Rowan Mining Company que j'ai joints.

Tous les membres du conseil feuilletèrent les pages agrafées.

— Tu te moques de moi ? s'exclama Xander.

— J'ai bien peur que non, grand frère. Il était facile de passer outre, étant donné que la société minière n'a pas gagné un centime au cours des soixante-dix dernières années.

Xander secoua la tête, lisant la page encore et encore.

— Qu'est-ce que ça dit ? cria quelqu'un dans la foule.

— Ça dit que l'oncle Cal était le propriétaire majoritaire de l'entreprise. Tu peux peut-être exercer le droit de vote de papa, mais je possède encore cinquante-cinq pour cent des parts, et je veux que nous rouvrions la mine.

Cam ne sourit pas et ne détourna pas son regard de celui de son frère.

— Donnez-nous un moment, dit Walter, puis il fit signe aux autres membres du conseil.

Ils recouvrirent leurs micros et se retirèrent pour parler entre eux.

— Regarde-toi, à enfreindre les règles et à tenir tête à la ville, me chuchota Cam.

— Il s'agit plutôt de contourner les règles. Et pourquoi tu n'as pas dit tout de suite que tu voulais rouvrir la mine ?

demandai-je à Cam à voix basse. Ils auraient cédé tout de suite au lieu de te faire passer par tout ça.

— J'ai besoin de la mine comme levier, pour quelque chose de bien plus important que l'obtention d'un vote à la Société historique.

— Ton père ?

Il acquiesça.

— Mon père. Et honnêtement, je me suis dit que s'ils ne voulaient me laisser entrer dans leur précieux petit club à cause de mon passé, ils ne méritaient pas ce que la mine pourrait signifier pour leur avenir.

— Je comprends.

— Je n'étais pas au courant pour ton diplôme. Pas pour cette partie, du moins. Merci d'avoir pris mon parti.

Il inclina la tête, mais ne quitta pas le conseil des yeux.

— Toujours, répondis-je à brûle-pourpoint.

— Pas toujours, rétorqua-t-il avec un sourire en coin.

— Très bien, tu as raison. Mais je prends ton parti, maintenant.

— Merci, répéta-t-il.

— De rien.

Il avait raison. Lorsque j'avais commencé à sortir avec Sullivan, j'avais pris son parti à lui, pas celui de Cam. La dynamique avait changé, comme on aurait pu s'y attendre.

Quelques instants tendus s'écoulèrent avant que les membres du conseil ne reprennent leur place. Mes ongles creusaient des demi-lunes dans mes paumes tandis que je priais pour que, une fois seulement, ils brisent le moule rigide de leurs traditions. Je ne me souciais même pas de savoir si c'était la cupidité qui les ferait bouger, tant qu'ils avançaient.

— Camden, le conseil a accepté d'examiner ton plan d'été. Nous aurons besoin de plans détaillés pour la Rose Rowan et la restauration du bâtiment minier d'ici la réunion du 29 mars. Tu as donc deux semaines. Si tout est en ordre, je ne vois pas pourquoi tu ne pourrais pas commencer à travailler sur la mine immédiatement.

Walter sourit.

Mes mains couvrirent ma bouche alors que le choc et la joie m'envahissaient tour à tour. Pour la première fois de mémoire d'homme, la ville d'Alba applaudit Camden Daniels.

La réouverture de la mine signifiait qu'il était rentré pour de bon, et si mon cœur s'emballait à cette idée, mon sourire s'estompa. Je ne pourrais pas cacher mes sentiments à Cam à long terme, et quelque chose me disait que travailler avec lui ne ferait qu'accélérer l'inévitable.

9

Camden

— Il a connu des jours meilleurs.

Je me relevai de mon inspection des piliers intérieurs et me retournai. Mon frère était debout dans l'embrasure de la porte du bâtiment de la Rose Rowan. Il ne restait plus qu'une vingtaine de minutes avant que Willow me rejoigne dans la tempête de merde que mon frère était venu livrer.

— Ça pourrait être la devise d'Alba, répondis-je.

— Et pourtant, tu es là, comme un chevalier blanc, prêt à nous sauver tous.

Il croisa les bras sur sa poitrine, mais m'offrit quand même son sourire à un million de dollars.

— Pas du tout.

La neige crissa sous mes bottes lorsque je franchis les quatre mètres qui me séparaient de lui.

— La ville se porte bien. L'ouverture de la mine pourrait lui donner un coup de pouce, mais c'est tout. Honnêtement, je suis choqué que tu n'y aies pas pensé.

Il pinça les lèvres.

— Je savais qu'il n'y avait aucune chance que je te ramène ici, et encore moins que tu me cèdes ta moitié de la société minière. Sans compter qu'il fallait trouver un ingénieur qui veuille bien s'en charger. Cet endroit est un cauchemar en matière de responsabilité.

Plus de la moitié de la société minière. Mais je n'allais pas le lui rappeler, bien sûr. Il n'avait pas besoin qu'on mette du sel sur une plaie déjà à vif.

— Je ne te demande pas de me céder ta part. Mais t'engager dans cette voie serait un grand pas en avant, tu ne penses pas ? Du moins politiquement pour toi.

— C'est ce que tu cherches ? L'influence politique ? Tu veux te présenter aux élections ? Cam, tu es à la maison depuis une minute, et soudain tu sais tout ce qu'il y a à dire sur papa, la mine, les besoins de la ville. À quoi tu joues ?

— Je fais de mon mieux pour tenir la promesse qu'on a faite.

— De quoi tu parles ?

Ses mains s'agitèrent.

— On a promis à papa qu'il pourrait mourir dans cette maison. Ne me regarde pas comme ça. On l'a fait.

Je mis mes mains dans mes poches pour me protéger du froid.

— On était enfants, dit-il lentement. Maman venait de mourir. Tu avais quoi ? Douze ans ?

— Et tu avais quatorze ans, lui rappelai-je.

— Et papa était ivre ! cria Xander, puis il prit une profonde inspiration et tourna la tête à droite et à gauche, vérifiant sans doute que personne n'avait entendu.

Personne n'écoutait. Cette section de la grande rue comptait au moins six bâtiments abandonnés qui n'avaient pas encore été restaurés, et aucun des bâtiments rénovés n'était encore ouvert.

— Ne t'inquiète pas, on est seuls ici. Tu n'as pas à être parfait et brillant. Sois réaliste. Oui, papa était ivre, mais pas nous. Il avait le cœur brisé et disait qu'il allait mourir dans cette maison, comme elle. Puis il s'est tourné vers nous et nous a dit : « Vous me promettez que lorsque je serai vieux, je pourrai mourir dans cette maison. » Et tu as promis.

— On ne savait pas qu'il serait atteint d'une forme précoce d'Alzheimer ! On ne savait pas que Sullivan mourrait ou que tu ne reviendrais pas à la maison pendant dix ans. Les choses changent, Cam. Quel est le rapport entre tout ça et la mine ? Parce qu'on sait tous les deux que tu n'as rien à faire de ce qui se passe à Alba.

J'admirai le bâtiment sans toit dans lequel je me trouvais, depuis les murs en bois jusqu'aux panneaux de verre sur le mur nord qui avaient miraculeusement survécu aux cent quarante dernières années.

— C'est chez moi, ici. Je me soucie de ce qui s'y passe. Et oui, j'ai été absent pendant dix ans, et tu peux me juger pour ça. J'ai l'habitude. On ne savait pas ce qui arriverait à papa ou à maman, ni à Sully d'ailleurs. Mais il est en notre pouvoir de garder papa chez lui. Et ne me dis pas que c'est trop cher. On sait tous les deux que papa peut se permettre des soins à domicile.

— Tu veux que je vide les comptes de papa ?

Xander oscillait entre l'incrédulité et la colère.

— Tu te rends compte que c'est tout ce qui lui reste, pas vrai ? À sa mort, il ne nous restera plus que la société minière et le terrain. C'est tout. Papa ne risque pas de retourner travailler au Service des forêts.

— C'est *son* argent. Si les soins à domicile vident ses comptes, on devra se débrouiller. Ne me dis pas que ton argument pour le placer en maison de retraite est de préserver ton héritage.

Les mots avaient un goût amer dans ma bouche.

— Il n'a que cinquante-huit ans. Tu ne sais pas pour combien d'années on signerait, mais il est certain qu'il n'a pas trente ans de soins à domicile sur ses comptes, Cam. Et pour ce qui est de l'héritage, c'est facile à dire pour toi. Tu rentres et tu as une maison qui est déjà la tienne. Un terrain qui t'appartient. Ce bâtiment est à toi. Tu as déjà cinquante-cinq pour cent de la société minière et un droit de vote au sein de la Société historique.

— Tu sièges à ce maudit conseil ! m'exclamai-je. Tu te soucies vraiment que je vote aussi ?

— Je n'ai pas de siège. C'est celui de papa. Je n'occupe son siège que parce qu'il est frappé d'incapacité, et tu le sais. Et quand il mourra, que se passera-t-il ?

— Tu es vraiment en train de me parler de son siège ?

Des flammes montaient dans mes poumons, chatouillant ma langue téméraire, pour qu'elle crache le feu dont Xander savait que j'étais capable.

— Tu crois que j'en ai quelque chose à foutre de savoir qui siège au conseil ?

— Je ne pensais pas que tu te souciais de l'entreprise ou de la mine, et pourtant te voilà.

De ses mains gantées de cuir, il fit un geste vers le cadre de la porte.

— Je ne suis dans ce bâtiment que parce que je dois présenter un plan au conseil d'ici la semaine prochaine. C'est la seule façon de rouvrir la mine !

Il s'agissait d'un moyen de parvenir à une fin.

— Pourquoi est-ce si important pour toi ?

— Parce que ça paiera les soins de papa si tu ne le fais pas ! m'écriai-je en le pointant du doigt.

Sa bouche resta ouverte pendant une fraction de seconde avant de se refermer.

— Tu rouvres la mine pour payer les soins de papa ?

Ce n'était certainement pas le moment de revenir sur la question du NPR. Xander était un politicien, mais j'avais passé les dix dernières années à faire la guerre et à construire des infrastructures. Je n'allais pas dévoiler mes cartes. Pas encore. Pas quand je ne pouvais pas lui faire confiance pour avoir une conversation rationnelle à ce sujet.

— Oui. Je n'ai aucun contrôle ici, Xander. Toi si. Tu contrôles les soins prodigués à papa, ses finances, son siège au conseil municipal et sa vie même. Si l'argent est vraiment la seule raison pour laquelle tu ne le laisses pas rester dans la maison où il est né et où notre mère est morte, alors je vais m'en charger. L'argent que la mine rapportera grâce aux visites suffira amplement à couvrir ces frais. Même si je ne peux donner à papa que cinquante-cinq pour cent de l'argent.

Il tressaillit à cette dernière phrase.

— Je pensais que tu avais besoin d'un travail. Besoin de revenus, admit-il à voix basse.

— Besoin de revenus ? J'ai à peine dépensé la moitié de ma solde militaire au cours des dix dernières années. J'ai quitté mon emploi pour venir ici, et j'ai déjà reçu une douzaine d'offres de différentes entreprises qui me permettraient de gagner bien plus que ce que la mine peut rapporter pendant la saison. Si je voulais juste un travail, j'accepterais l'une de ces offres et je réduirais la quantité de merde à laquelle je m'expose. Tu penses vraiment que je suis ici en dernier recours ?

Il jeta un coup d'œil à ses chaussures de ville brillantes. J'aurais parié que ses orteils devaient être gelés, et une partie de moi l'espérait.

— L'idée m'a traversé l'esprit, oui. Ce qui ne veut pas dire que je ne suis pas content que tu sois là.

— Tu le montres si bien.

Il soupira et leva les yeux au ciel, comme s'il implorait qu'on l'aide à faire preuve de patience. Peut-être que Dieu l'écoutait encore. Tant mieux pour Xander.

— Tu as agi derrière mon dos, dit-il doucement, et je vis la douleur dans ses yeux.

— Tu parles de mon retour à la maison ? tentai-je de clarifier. Parce que ça fait cinq ans que tu me demandes de revenir à Alba. Tu m'as demandé de quitter l'armée après Sullivan.

— Non, je parle de la mine. Tu aurais pu venir me voir. On aurait pu présenter ce projet en équipe. Au lieu de ça, tu m'as laissé de côté et tu m'as fait passer pour un idiot devant le conseil comme j'ignorais ce que tu avais prévu.

Je ravalai la réplique qui me brûlait les lèvres – il était seulement énervé parce que les choses ne s'étaient pas passées comme il le souhaitait. Mais ça devait être plus profond, non ? Bien sûr, il se souciait de son image bien plus que moi, mais il ne pouvait pas s'agir uniquement de sa réputation.

— Je suis désolé, dis-je en insufflant le plus de sincérité possible dans ma voix pour qu'il sache que je disais la vérité. J'avais peur que tu réagisses… exactement comme tu l'as fait. Après le dîner de l'autre soir, je n'ai pas eu confiance en ton ouverture d'esprit. J'aurais dû, et je suis désolé.

Il resta immobile pendant un moment gênant, puis secoua finalement la tête.

— J'aime à penser que je t'aurais écouté et soutenu. Mais tu as peut-être raison. L'histoire avec papa l'autre soir m'a mis sur la défensive. Je ne veux pas te voir comme l'ennemi, Cam. Tu es le seul frère que j'aie.

Qu'il te reste. Je suis le seul frère qu'il te reste.

— Je ne veux pas être ton ennemi. Jamais. J'essaie juste de faire du mieux que je peux pour papa, et si ça signifie t'énerver parfois, alors je dois m'y résoudre. Mais je regrette de ne pas t'avoir parlé de la mine. C'était stupide.

Il secoua la tête.

— Tu viens de t'excuser deux fois au cours des deux dernières minutes. J'aurais dû l'enregistrer ; je pense que je n'entendrai plus jamais ces mots.

Un demi-sourire releva le coin de mes lèvres.

— Je suis condamné à merder, mais j'assume.

— Ce n'était pas le cas, avant.

— Il y a beaucoup de choses qui ont changé.

— D'accord, dit-il lentement, comme s'il avait pris une décision. J'ai plus qu'assez à faire avec papa et la gestion de mon entreprise de comptabilité…

— Plus ta mission de maire, ajoutai-je.

— Je pense qu'on sait tous les deux que diriger Alba n'est pas exactement un travail à temps plein. Mais le fait est que je suis débordé. Et je sais que tu n'en as techniquement pas besoin, mais tu as mon soutien pour la mine. Je pense toujours que c'est une décision merdique qui risque de tuer des gens, mais je crois en tes compétences. Je te fais confiance. Alors, même si je risque d'exprimer souvent et bruyamment mes préoccupations quand on sera tous les deux, je te soutiendrai devant le conseil.

— Vraiment ?

Je gardai une voix aussi neutre que possible, ne laissant pas l'espoir ou l'incrédulité percer.

— Vraiment.

Il haussa les épaules.

— Si j'avais su pourquoi tu le faisais, j'espère que j'aurais été de ton côté dès le départ.

— Tu l'es, maintenant.

— Je le suis. Et on pourra parler des soins à domicile pour papa. Dînons chez moi cette semaine. Je te montrerai les recherches que j'ai effectuées et l'état des finances de papa, et on pourra peut-être trouver une solution ensemble.

Ses lèvres pincées m'indiquèrent ce que ses mots ne disaient pas – il ne voulait pas abandonner tout contrôle, mais il était prêt à essayer.

— J'apporterai à manger.

— D'accord. Je te laisse retourner à ton…

Il jeta un coup d'œil au bâtiment qui était bien plus mal en point que lorsque nous étions enfants.

— Mon épave géante, suggérai-je.

— Ton épave géante, convint-il avant de sourire.

— À plus.

— À plus tard.

Je le saluai d'un signe de la main.

Lorsque son pick-up bleu brillant passa devant l'entrée sans porte du bâtiment minier, je repris mon inspection, répertoriant mentalement tous les problèmes structurels tout en repassant la conversation avec Xander dans ma tête.

Sullivan aurait facilité les choses.

— Il va me tuer quand il comprendra ce que je fais vraiment. Tu le sais, n'est-ce pas ? dis-je doucement. Bien sûr, il y a une petite chance que je puisse le convaincre, mais tu sais comment il est.

Je me dirigeai vers les cadres de fenêtres du côté sud du bâtiment, prenant une minute pour enjamber la poutre de soutien fracturée qui était tombée du plafond avant même que je quitte Alba.

— Regarde cet endroit, murmurai-je. Tu aurais adoré, pas vrai ? Tu aurais vu ça comme une aventure. Une façon de ramener à la vie une partie de notre héritage familial. Je vois juste un cauchemar structurel avec trop de règles de rénovation à respecter.

En m'accroupissant, je me glissai sous une autre poutre effondrée pour mieux voir les piliers.

— Je vais devoir les remplacer presque tous. Ajoutons ça à la liste… Me battre pour papa, me battre contre la ville, savoir ce que je vais faire de ma vie… Tu aurais pris tout ça avec le sourire, hein ?

— Salut, dit Willow derrière moi.

Je me redressai et me cognai la tête sur la poutre que j'avais essayé d'éviter.

— Merde, jurai-je, et je me frottai le sommet du crâne en me baissant et en sortant.

— Désolée. J'essayais de ne pas te faire peur.

Elle se mordit la lèvre et grimaça sous un bonnet d'hiver vert qui faisait ressortir ses yeux.

— C'est raté.

Bon sang, ma tête me lançait tellement.

— Et c'est un mensonge. J'aurais dû t'entendre. Je devais être perdu dans tous les plans de rénovations extraordinaires qu'on va faire.

Elle m'adressa un petit sourire doux.

— Ce n'est rien. Je lui parle aussi.

— À qui ?

Je déglutis, espérant qu'elle dise autre chose que la vérité.

— À Sullivan.

Elle progressa dans le bâtiment, observant la structure avec appréciation.

Je pouvais presque voir les rouages tourner dans sa tête, et c'était fascinant. Ses yeux s'illuminèrent d'un feu que je n'avais pas vu depuis des années, passant en revue les murs, les fenêtres et même les poutres tombées au sol. Elle sortit une tablette de son sac et commença à écrire dessus à l'aide d'un stylet. Je regardais, fasciné, la façon gracieuse dont elle bougeait ses mains, même avec des gants.

— Il n'aurait pas pris les choses à bras-le-corps, tu sais, dit-elle, interrompant mon flot de pensées.

— Sullivan ?

Son rire me revint à l'esprit, emplissant ma poitrine d'une pression douce-amère que j'avais appris à connaître au cours des six dernières années.

— Si, il l'aurait fait. Il se serait jeté à l'eau les deux pieds en avant, le sourire aux lèvres, et il aurait fait en sorte que tout paraisse facile.

Elle renifla. Vraiment. Et le pire, c'était que je trouvai ça mignon.

Mignon comme chez une petite sœur, me rappelai-je. *Mais bien sûr*, répliquai-je.

— Bien sûr, il se serait jeté à l'eau les deux pieds en avant, le sourire aux lèvres et sans aucun bon sens.

Elle s'arrêta, me regardant par-dessus son épaule.

— Sully donnait l'impression que tout était facile parce que c'était facile pour lui. C'était facile parce que la ville l'aimait et que tu l'aimais. Xander et toi, vous vous êtes attaqués à tout ce qui était un tant soit peu difficile pour lui.

Je remis mes mains dans mes poches, espérant qu'elles retrouveraient bientôt leurs sensations. Il devait faire une température négative ce jour-là.

— Je ne sais pas si je dois me sentir insultée ou flattée.

— Les deux.

Elle sourit et retourna à sa tablette, où elle griffonna.

— Et regardons les choses en face. Sully n'aurait jamais été dans ta position.

— Parce que la ville aurait accueilli son projet avec un grand sourire.

J'enjambai la poutre de soutien et me dirigeai vers l'endroit où elle prenait des notes.

— Bien sûr, ça aussi, admit-elle en haussant les épaules. Mais je pensais plutôt qu'il ne se serait jamais opposé à Xander. Sully aurait pris les mots de Xander pour parole d'évangile et serait passé à autre chose. Il ne se serait jamais dressé contre lui comme tu l'as fait – comme tu le fais.

Elle me jeta un coup d'œil qui me coupa le souffle.

Du vert, de l'or, du bleu et du bronze. Comment une personne pouvait-elle avoir toutes ces couleurs dans les yeux ?

— Peut-être, concédai-je une fois qu'elle eut détourné le regard et que mon cerveau se remit à fonctionner. Ou peut-être que nous ne serions pas dans cette situation en premier lieu.

— Peut-être que tu serais rentré au bout de trois ans, dit-elle doucement, le visage plongé dans sa tablette.

Non, je ne l'aurais pas fait. Pas pour une raison bien tordue.

— Peut-être que tu serais mariée à Sullivan.

Je n'avais pas voulu le dire à haute voix.

Elle se crispa, mais leva les yeux vers moi au bout d'une minute, le conflit gravé dans les lignes de son front à l'endroit où commençait son chapeau.

— Peut-être, murmura-t-elle.

Peut-être pas. Ces mots non exprimés restèrent suspendus entre nous, là où ils n'avaient pas le droit de résider.

Parce qu'il s'agissait d'un foutu mensonge. Je m'éloignai d'elle, choisissant d'examiner les joints à la jonction des murs sud et est. Bien sûr qu'elle aurait épousé Sullivan. Ils étaient le couple parfait d'Alba. Le garçon extraverti et la fille discrète qui s'exprimait à travers son art. Ceux qui étaient tombés amoureux après avoir vécu à côté l'un de l'autre pendant des années.

Ils étaient le couple tout droit sorti d'un putain de livre de contes, et j'étais le dragon crachant du feu. Et bien sûr, j'avais déjà brûlé des choses, mais jamais eux. Jamais lui.

Jamais elle.

J'aurais préféré mourir plutôt que de voir mes emmerdes les atteindre.

Pourtant, d'une manière ou d'une autre, j'avais donné l'ordre, et Sullivan était mort dans mes bras.

Et maintenant, je me tenais là à côté de la femme qu'il avait aimée. La femme qu'il voulait épouser. La femme qu'il avait laissée derrière pour s'engager dans l'armée, non pas parce que Xander terminait ses trois ans, mais parce qu'il trouvait ça cool que je vienne de réussir le cours de qualification des forces spéciales.

J'avais pu porter un béret vert.

Sullivan avait pu porter son uniforme pour l'éternité. Willow n'avait jamais pu porter la bague de notre mère.

J'étais un connard de première pour avoir osé penser à Willow, à ses yeux ou à la douceur de ses cheveux. C'était une trahison absolue de mon petit frère.

— J'ai les dimensions dans le dossier de la Société historique. Je pense pouvoir commencer à travailler sur ce plan. Du moins, sur la partie rénovation. C'est bon pour la structure ?

— Oui. J'ai une idée assez précise pour élaborer un plan.

Je luttai contre mon instinct de rester là, face à l'angle, ignorant tout autour de moi, à part le grain du bois qui se trouvait devant moi. Au lieu de ça, je me levai et je me tournai vers elle.

— D'accord.

Elle resta enfouie dans sa tablette.

— Et si on allait voir la mine mercredi ? J'ai un projet que je dois vraiment terminer demain.

— Très bien, acceptai-je, prêt à dire n'importe quoi pour mettre fin à ce moment.

— Très bien. À bientôt, alors ? demanda-t-elle en levant les yeux.

— Oui, répondis-je en hochant sèchement la tête.

Sa bouche bougea comme si elle voulait dire quelque chose, mais elle se ravisa. Avec un sourire forcé, elle me dit au revoir à la hâte et se précipita hors du bâtiment.

Lorsque j'entendis sa voiture s'en aller, je trouvai la force de bouger, mais au lieu de partir, je tombai à genoux. La neige fondait contre la chaleur de mon jean, imbibant rapidement le tissu et mordant ma peau avec un froid intense.

Pourtant, je restai agenouillé jusqu'à ce que mes respirations deviennent régulières et mesurées.

Puis je levai les yeux vers l'endroit où le toit aurait dû se trouver et je regardai le ciel bleu cristallin.

— Je suis désolé, lui dis-je.

Et je l'étais.

Je ne savais pas si c'était pour ce que j'avais déjà fait ou pour ce que j'avais peur de devoir encore faire.

10

Willow

— OK, pourquoi tu m'évites ? m'interrogea Thea.

— Je ne t'évite pas.

Je sautai sur un pied tout en essayant de faire passer l'autre dans mes collants.

— Si je t'évitais, je n'aurais pas décroché, pas vrai ?

— Tu vois, je te croirais si ça ne faisait pas trois jours que je t'appelle.

— Ah bon ?

Je perdis l'équilibre et retombai sur mon lit dans un *pfiuu*. Je renonçai à essayer de trouver l'équilibre et mis Thea sur haut-parleur.

— Tu le sais bien. Jacob ! Je te jure que si tu ne manges pas au dîner parce que tu grignotes ces biscuits… Pat, tu m'aides ?

Thea ne prit pas la peine de couvrir le téléphone. Notre amitié avait largement dépassé ce stade.

Je remontai les collants noirs sur mes jambes et passai en revue différentes jupes.

— Merci, chéri, dit Thea. Désolée. Avec un peu de chance, je viens de m'offrir cinq minutes de tranquillité.

— Pas de souci.

Je ris doucement, imaginant le bonheur chaotique que Jacob apportait dans la vie de Thea et de Pat.

— Alors, quoi de neuf ?

— C'est toi qui me demandes ça ? Toi, qui as dévoilé ton second diplôme en pleine réunion de la Société historique et qui as ensuite pris le parti de Camden Daniels plutôt que celui de ton père ? Tu me demandes ce qu'il y a ?

— Tu vois, c'est pour ça je n'ai pas répondu. Je ne reviendrai pas à l'époque du lycée, Thea. Je refuse.

La jupe noire était plus sûre, et mon père l'apprécierait. La plus courte, rouge, avait été l'une de mes préférées lorsque j'étais à l'école, mais elle me vaudrait sans aucun doute un sermon.

— Ah ah ! Donc tu m'évitais bien ! Et par revenir au lycée, tu veux parler des heures qu'on passait à fantasmer sur les garçons ? Ou seulement sur les Daniels ?

En plein dans le mille.

— Je n'ai rien à dire sur Cam.

— Moi, je pourrais dire beaucoup de choses. Je veux dire, c'est Camden.

Et voilà. De retour au lycée.

— Oui, c'est Camden, marmonnai-je en enfilant la jupe noire.

— Oh, arrête. Est-ce que c'est amusant d'être à nouveau près de lui ? S'il te plaît, donne-moi quelque chose de croustillant. Je m'ennuie à mourir ici.

— « Amusant » n'est pas le mot que j'emploierais pour le décrire.

Je zippai la jupe dans mon dos et je me dirigeai vers mon armoire, avec mon téléphone.

— Exaltant ? Passionnant ? Enthousiasmant ? Comment c'est ?

— Tu as une idée très déformée de notre relation. Je dirais plutôt que c'est frustrant, déroutant, agaçant et tout simplement bizarre.

Je trouvai mes bottes m'arrivant au genou et les sortis. Bien sûr, papa ou même maman me feraient des remarques à leur sujet, mais les températures avaient baissé et je n'allais pas mettre des talons.

Elle poussa un long soupir.

— Willow, rappelle-toi que j'étais là. Tu ne peux pas me la faire, à moi. Et si tu ne veux pas parler avec moi de ce que son retour te fait, alors très bien, je sais que les sentiments de Pat à son égard compliquent les choses. Assure-toi simplement de parler à quelqu'un. Ce garçon – cet homme – t'a toujours fait des nœuds au cerveau.

— On ne peut pas faire comme si tu n'avais pas été là ? demandai-je doucement, puis je me penchai pour mettre les bottes.

— Non.

Sa voix baissa de volume.

— Parce que tu ne peux pas faire semblant, ma belle. Tu as passé des années à repousser ces sentiments, et j'ai peur que si tu recommences, tu imploses.

— Ça ira.

Comme toujours. C'était la seule option possible.

— Peut-être. Mais la dernière fois, vous vous êtes tous les deux retirés dans vos retranchements. Tu t'es mise avec Sullivan, et Cam a baissé les bras. Alors travailler ensemble sur la mine ? Ça fait beaucoup.

— Cam n'a pas battu en retraite. Il n'y avait aucune raison de le faire. Et j'aimais Sullivan.

— Je sais. C'est juste que…

Ma respiration s'arrêta alors que j'attendais qu'elle lance la bombe atomique, qu'elle mette en pièces chaque once de déni à laquelle je m'accrochais. Avoir une meilleure amie qui me connaissait depuis l'enfance était parfois une plaie. Elle ne me laissait jamais rien oublier ni changer le scénario dans ma tête.

— Je suis là si tu as besoin de quelque chose. C'est tout, termina-t-elle, et je soupirai.

— Merci. Il se peut que j'accepte ta proposition. Pour l'instant, je dois aller chez papa et maman pour un nouveau dîner de famille gênant.

— Très bien. Au moins, tes pitreries permettront à ta sœur d'échapper au regard létal du juge Bradley. Embrasse Rosie pour moi. Je t'aime.

— Je t'aime, répondis-je et je raccrochai, m'arrêtant un instant pour évaluer mon choix.

Le noir était une bonne option, un choix solide.

Mais le rouge attirerait un peu plus l'attention sur moi et moins sur Charity.

Je choisis la jupe rouge.

***

En matière de gêne, nous n'avions pas atteint le stade du « nu sans ses devoirs le premier jour d'école », mais c'était à peu près tout ce que je pouvais en dire.

Dieu merci, Rosie maintint une conversation soutenue avec maman, car papa nous regardait à peine, Charity et moi.

La cuisine habituellement délicieuse de maman avait un goût de carton, mais je continuai à mâcher, sachant que le problème résidait davantage dans mon agitation que dans son assaisonnement. J'espérais que nous pourrions mettre un terme à cette soirée particulièrement plaisante assez rapidement. Un front était arrivé dans l'après-midi et la neige avait commencé à tomber en un épais manteau lorsque je me garai dans l'allée.

— Depuis quand es-tu devenue *persona non grata* ? demanda Charity sous cape alors que nous nous asseyions dans la salle à manger.

Papa était en bout de table et maman en face, tandis que Charity et moi étions d'un côté et Rose de l'autre. Sa jupe multicolore et son haut licorne à paillettes apportaient la vie dont nous avions désespérément besoin à la pièce en bois de cerisier et en verre.

— Depuis qu'elle a décidé de choisir le fils Daniels plutôt que sa propre famille, répondit papa.

— Il a des oreilles supersoniques, chuchota Charity.

Je la regardai de travers avant de faire face à papa.

— Papa, je ne t'ai pas préféré Cam.

— Cam ? Oh, je parie qu'il espérait que ce soit au moins Xander, plaisanta Charity.

— Charity, prévint maman.

— J'aime bien Cam, ajouta Rose. Il est gentil.

— Tu…

Le visage de papa devint rouge alors qu'il luttait pour se contrôler.

— Tu as amené ce garçon autour de Rose ?

— Noah, la réprimanda maman. Je n'appellerais pas un jeune homme de vingt-huit ans un garçon. C'est un adulte maintenant.

— Idéal pour causer encore plus de dégâts, rétorqua papa.

— Qu'est-ce qui t'as pris, Willow ?

Il me regarda fixement, fourchette et couteau serrés dans les mains, comme s'il allait me découper moi, au lieu de sa dinde.

— À quel sujet ? demandai-je.

— Tu te moques de moi ?

Sa voix devint grave.

— Elle veut dire : est-ce que tu demandes pourquoi elle a pris son parti – ce que j'aimerais bien savoir – ou ce qu'il faisait près de Rose ?

Le regard de Charity oscilla entre maman et moi, ignorant complètement papa.

— Quoi ? Je me suis dit que ce serait bien de reformuler.

— Il a utilisé ma licorne, dit Rose en haussant les épaules avant d'avaler une bouchée de purée.

— Je te demande pardon, ma chérie ? demanda maman.

Rose déglutit et regarda mes deux parents, puis choisit papa. Elle avait du cran.

— Il a utilisé ma poche de glace. La licorne du congélateur. Tu sais, grand-père. Tu me l'as offerte quand j'étais petite et tu l'as appelée ma poche à bobos.

Comme si elle était grande maintenant. Je pinçai les lèvres pour cacher mon sourire et pris rapidement une bouchée de brocoli.

— Je m'en souviens, Rosie.

Le ton de papa devint celui qu'il réservait à Rose. Celui qu'il utilisait quand nous étions petites et que nous ne l'avions pas encore déçu.

— Il avait une bosse sur le visage, alors tante Willow la lui a prêtée. Ça ne l'a pas dérangé que ce soit une poche pour fille ni rien. Mais il est vraiment grand. Il prend toute la cuisine.

Oh non, ça allait mal tourner. J'avalai le brocoli, qui glissa dans ma gorge comme de la cendre.

— Tu as emmené Camden Daniels dans son appartement ? Là où vit Rose ? grogna Papa.

— Qu'est-ce que tu pensais qu'il allait faire, papa ? Taguer les lieux ? Boucher les tuyaux et déclencher une inondation ? Ce n'est plus un enfant, rétorquai-je.

— Oscar Hudgens l'a frappé sans avertissement, et Tim Hall s'en est pris à lui, alors je l'ai emmené à l'étage et je l'ai mis à l'abri.

— Et tu t'es dit que l'appartement était appropri…

— C'est mon appartement, intervint Charity, s'adressant directement à papa.

L'enfer avait officiellement gelé. Bien qu'elle ait toujours fait venir Rose et encouragé leur relation, elle avait renoncé à essayer avec papa quand Rose avait eu deux ans. Elle lui parlait exactement trois fois par an.

Joyeux anniversaire. Joyeux Noël. Bonne Fête des pères.

Nous étions en mars et rien de tout ça ne s'appliquait.

La fourchette de maman tomba dans son assiette, mais ni Charity ni papa ne détournèrent le regard.

— C'est mon appartement, poursuivit-elle. Le mien. Je possède tout le bâtiment et je peux décider qui entre dans mon bar. Ma maison aussi, d'ailleurs. C'est la mienne. Tout comme Rose est à moi.

Papa posa ses couverts avec soin.

C'était peut-être le bon moment pour me lever et tournoyer dans ma jupe rouge super courte comme un matador face à un taureau en colère.

— Je suis désolée si ça te dérange que Camden soit passé chez moi, mais j'ai confiance en lui. J'ai confiance en Willow.

— Je ne fais pas confiance à Camden, et je ne suis pas sûr de pouvoir te faire confiance non plus, dit papa, son regard glissant vers moi. Prendre son parti après tout ce que ce garçon a fait.

— Je ne pense pas qu'un acte de vandalisme insignifiant et quelques bagarres le rendent indigne de confiance.

— Tu trouves que mettre le feu au dortoir est un acte de vandalisme insignifiant ? Ce bâtiment a survécu cent trente ans avant que Cam ne le détruise.

— Cet incendie a été jugé accidentel, et tu le sais, rétorquai-je.

— Tu as failli mourir.

La fumée emplit mes souvenirs, âcre et rude dans ma gorge.

— Cam m'a sauvé la vie.

— Après t'avoir mise en danger. L'accident a peut-être été jugé accidentel, mais nous savons tous ce qui s'est réellement passé. Il y a mis le feu juste parce qu'il le pouvait. Ce garçon a toujours été destructeur et dangereux.

— C'était un enfant, papa. Une décennie entière s'est écoulée, qu'il a passée à servir son pays et à terminer ses études. Ça ne vaut rien à tes yeux ?

Je scrutai le visage de mon père, à la recherche d'une once de compassion, d'une fissure dans son code moral en acier.

— Ça signifie que ce garçon qui était enclin à la violence s'est trouvé une carrière qui lui a permis de poursuivre ses actes de violence, et qu'ils l'ont décoré pour ça. Les gens changent peu, Willow. Nous changeons nos décisions et même nos actions, mais nous ne changeons pas ce que nous sommes ici.

Il se tapota la poitrine.

— Une carrière qui lui a permis de poursuivre ses actes de violence, répétai-je. Ce n'est pas ce que tu as dit quand Sullivan s'est engagé. Tu lui as dit à quel point tu étais fier de lui, qu'il était un homme admirable pour avoir servi son pays comme l'avaient fait son père et ses frères. En quoi le choix de Cam est-il moins honorable ?

Ils avaient pris la même décision, alors comment se faisait-il que Sullivan fût applaudi là où Cam était raillé ?

Papa aspira une bouffée d'air et se raidit encore plus que lorsqu'il était sur son siège, pendant une audience.

— Je pensais que l'armée était une bonne chose pour Camden et je l'ai dit à Art. Ce garçon avait besoin d'une certaine discipline.

— Et il est maintenant ingénieur, papa. Cette ville a besoin de lui, et pourtant tu as essayé de le faire fuir, non pas parce que c'était la règle, mais parce que tu ne l'aimes pas.

Je secouai la tête.

— Je ne t'ai jamais vu sortir de ton schéma manichéen ni introduire tes propres préjugés dans une décision comme celle-là.

— Cette ville avait davantage besoin de Sullivan. Tu avais davantage besoin de Sullivan.

La peau entre ses sourcils se plissa, et la douleur emplit ses yeux pendant une seconde avant qu'il ne la chasse d'un revers de la main.

Je ne cherchai pas à savoir si c'était la vérité.

— Ce n'est pas la faute de Cam si Sullivan est mort.

Les mots sortirent de mes lèvres comme s'ils le faisaient librement depuis six ans, alors qu'ils ne l'avaient jamais fait auparavant. Non pas que j'aie jamais blâmé Cam. Je ne l'aurais jamais fait. Je n'avais simplement jamais contredit mon père parce qu'il n'avait jamais eu l'audace de le dire devant moi.

« *Il y a plus de beauté dans la vérité.* » Les mots de Cam à la bibliothèque, récitant ce livre, se posèrent sur ma poitrine avec une chaleur que je ne méritais pas. La honte s'insinua dans mon cou, chaude et inconfortable. Je savais ce que mon père pensait depuis toutes ces années. J'aurais dû prononcer ces mots depuis longtemps.

Mon silence aurait tout aussi bien pu être une approbation de la pensée absurde de papa. De toute la ville.

— Il était là. Tu le savais ? me défia papa.

Charity se pencha sur mes genoux et me prit la main.

— Oui.

Il était de notoriété publique que l'unité de Cam s'était précipitée vers la fusillade qui avait tué Sullivan.

— Il a donné un ordre qui a entraîné la mort de Sullivan.

J'avais aussi entendu cette rumeur.

— Ce n'est pas la balle de Cam qui a touché Sullivan, papa.

— Il ne l'a certainement pas sauvé, n'est-ce pas ? Si tu avais combattu avec ta sœur, tu aurais été à ses côtés.

Il laissa l'accusation accablante en suspens.

La main de Charity se resserra autour de la mienne et je lui rendis la pareille.

— Je ne peux pas répondre à cette question, papa. Je n'ai jamais fait la guerre. Et toi ?

Il retira sa serviette de table de ses genoux et la jeta sur la table.

— Merci pour le dîner, ma chérie. Je vais commencer à faire la vaisselle.

Il se dégagea de la table et se leva, emportant son assiette. Il sembla se débattre avec ses pensées, puis posa ses yeux sur les miens.

— J'ai vu ce que la mort de Sullivan t'a fait. Quand tu verras la personne que tu aimes le plus perdre ce qu'elle aime le plus, alors tu comprendras. Mais je prie Dieu que ça ne t'arrive jamais, Willow.

Il quitta la pièce, emportant une partie de la tension, mais pas l'intégralité.

Mon regard passa de Rose, qui mâchait lentement en écarquillant les yeux, à maman, qui nous regardait fixement, Charity et moi.

— Je vais aider grand-père, annonça Rose en sautant de la table, l'assiette à la main.

— Traîtresse, murmura Charity dans le dos de sa fille avec un petit sourire en coin.

— Sérieusement, les filles ? Toi, tu me fais le coup du « ma vie, mes règles » (elle désigna Charity), et toi, de…

— La vérité ? proposai-je.

— Tu ne pourras pas lui faire accepter Cam. Le jour où il t'a ramenée à la maison avec le nez cassé, ton père a pris sa décision.

Maman secoua la tête quand le bruit du robinet qui coulait s'éleva dans la cuisine.

— Le feu a scellé l'accord.

— J'avais neuf ans et je suis tombée dans la mine, rétorquai-je. Cam m'a trouvée et m'a ramenée à la maison après…

Je lâchai la main de Charity et posai ma serviette sur la table. Peu importait le nombre de fois où je rappelais les événements de cette journée, papa se rangeait toujours du côté de Xander et contre Cam.

— Et c'est Cam qui m'a sortie de l'incendie quand j'ai perdu la trace de Sully. Cam, maman, pas Sullivan. Et c'était il y a presque dix ans !

Presque dix ans s'étaient écoulés depuis que j'avais laissé le fou en onyx blanc sur le tableau de bord de Cam lorsqu'il avait refusé que je le remercie.

— Je sais ce que tu ressens pour lui, murmura maman.

— Eh bien, ça fait au moins une personne qui le sait, marmonnai-je et je me levai.

— Pour l'amour de Dieu, Willow, cette jupe est vraiment trop courte.

Maman pinça les lèvres.

— C'est sûr, confirmai-je en la mesurant de la main pour lui montrer qu'elle était plus courte de quelques centimètres que sa règle ridicule.

— J'ai eu un enfant hors mariage, déclara Charity, debout à côté de moi.

Maman soupira et se leva en nous faisant signe de partir.

— Il ne s'agit pas d'une compétition. Maintenant, rentrez à la maison, toutes les deux. La neige tombe en abondance. Je m'occupe de la vaisselle… et de votre père.

Nous l'embrassâmes sur la joue, et après que Charity eut boutonné le manteau Rose, nous nous échappâmes par la porte du garage. Un coup d'œil à la neige qui s'accumulait et aux chaussures de Rose, et Charity la prit dans ses bras.

— Merde, ça ne rigole pas, gémit Charity en marchant dans la neige chargée d'eau.

Nous en étions déjà à dix bons centimètres.

— Attends.

Je me précipitai, glissant deux fois en la devançant pour ouvrir la portière arrière de Charity.

— Tu peux rentrer, Rosie. Je t'aime.

Je déposai un baiser rapide sur son front.

— Je t'aime ! répondit-elle.

— Il faut que j'arrête de te nourrir autant, se plaignit Charity en souriant, alors qu'elle soulevait Rose pour la faire monter dans le SUV.

— Attache ta ceinture, Boucle d'or.

Elle ferma la portière, nous laissant dans le silence propre aux chutes de neige.

— Avant, c'était plus facile de la porter.

— Elle était plus petite avant.

Une vague de gratitude m'envahit – je serais là pour la voir grandir. Elle avait vraiment poussé au cours des quatre années où j'avais été absente.

— Tu as parlé à papa.

— Tu l'as défié.

Nous acquiesçâmes toutes deux et nous nous serrâmes dans les bras l'une de l'autre.

— J'aurais dû dire quelque chose plus tôt, à propos de Cam et de Sully, admis-je dans les cheveux de ma sœur.

Elle me serra plus fort.

— Tu as fait ce que tu pouvais quand tu le pouvais.

— J'aurais dû dire quelque chose plus tôt à propos de toi aussi. À propos de toi et de Rose. Je n'aurais jamais dû me taire et le laisser te traiter comme ça. J'essayais juste de maintenir la paix, mais c'était mal.

Elle secoua sa tête contre la mienne.

— Non. Non, Willow.

Elle se retira et prit mes joues entre ses mains.

— C'était mon combat. Pas le tien. Ne t'excuse jamais pour ça. Tu as toujours été là pour moi. Pour Rose. Et c'est grâce à cette paix que j'ai pu la faire venir les premières années avant que tu n'ailles à l'université. Tu as posé les bases pour que ça continue après ton départ. C'est grâce à toi qu'on peut encore organiser ces dîners. La raison pour laquelle je sais qu'il aime Rose plus que la vie. Tu as tenu ta langue dans les moments où je n'ai pas pu le faire, et c'est une chose dont tu peux être fière. La retenue peut être beaucoup plus difficile.

Je clignais furieusement des yeux, gardant la brûlure à distance tandis que des flocons de neige atterrissaient sur mes cils et sur ceux de Charity.

— J'ai tellement peur que je laisse le silence parler pour moi, murmurai-je.

— Tu sembles avoir trouvé ta voix. Utilise-la à bon escient. Tu sais, le principe selon lequel un grand pouvoir implique de grandes responsabilités.

— Je ne suis pas Spider-Man.

J'éclatai de rire.

— Tu as enduré plus de choses que n'importe qui d'autre, puis tu t'es relevée et tu as recommencé à avancer. Ça fait de toi une héroïne, selon mes critères.

— Tu as élevé une fille toute seule. Ça fait de toi la mienne.

Elle sourit et haussa les épaules.

— Je viens d'apprendre à dire non aux gens. Quelque chose me dit que tu l'as appris aussi. Maintenant, retourne dans la montagne avant que ça empire. Il ne manquerait plus que tu doives appeler papa pour qu'il vienne te sauver si tu es coincée. Tu n'en entendrais jamais la fin.

— C'est vrai.

Nous nous serrâmes l'une contre l'autre, puis montâmes dans nos voitures respectives.

De l'air glacé sortit par les bouches d'aération lorsque je démarrai, et je m'empressai de les fermer. Après que Charity eut quitté l'allée, je fis de même, la suivant sur quelques centaines de mètres. La neige tombait en rideaux épais, faisant faire des heures supplémentaires à mes essuie-glaces. La visibilité était atroce.

Je pris la route qui menait à mon petit Avant-poste, puis fis une pause pour mettre ma voiture en quatre roues motrices. La neige de printemps n'avait rien d'une sinécure. Elle était lourde, humide et glissante. Idéale pour les boules de neige et les châteaux, mais horrible pour la conduite.

Ma voiture gémit lorsque nous franchîmes la première ligne de crête, proche de la propriété de Cam et des sources chaudes. Mes orteils me picotèrent, me rappelant qu'il faisait glacial. Je mis le chauffage à fond à présent que le moteur était bien chaud et réglai le dégivrage. J'avais grandi sur cette montagne et, bien que ce trajet compte parmi les plus difficiles, ce n'était pas le pire.

Judah & the Lion passa à la radio, et je baissai le volume en arrivant au sommet, sachant que la descente risquait d'être tout aussi difficile avec la neige déjà tassée.

J'entamai lentement la descente pour maintenir l'adhérence.

— Merde ! glapis-je lorsqu'un chevreuil bondit devant moi, suivi de trois de ses congénères.

Luttant contre l'instinct qui me poussait à freiner, j'accélérai et fis une embardée à la dernière minute pour éviter le cinquième animal. Foutu traînard.

Ma voiture fit volte-face, m'envoyant sur le chemin de travers.

— À l'aide ! criai-je à qui pourrait m'entendre, utilisant toutes mes compétences pour m'extraire de cette situation périlleuse.

Je glissai hors de la route, et le flanc de la montagne me parut soudain ressembler beaucoup plus à un piège mortel et beaucoup moins à un lieu de vie. Si je glissais davantage, je tomberais de cent mètres et je finirais dans le jardin de papa.

Les pneus accrochèrent le sol pendant une milliseconde, et j'en profitai pour tirer le volant à fond avant de heurter encore plus durement une série de rochers.

L'impact secoua mon corps, mais ç'aurait pu être bien pire.

— Formidable.

Je laissai ma tête contre l'appuie-tête pendant une seconde, espérant que l'adrénaline se dissiperait et que les battements frénétiques de mon cœur se calmeraient.

Les phares fonctionnaient encore, mais ne faisaient que suivre la neige qui tombait du ciel. Si je n'avais pas connu le terrain, je n'aurais pas su si je me trouvais dans le champ ou au bord du dénivelé avant les lacets qui menaient à la mine.

J'enclenchai la marche arrière mais n'aboutis à rien, aussi j'arrêtai avant d'aggraver mon cas.

Mon téléphone portable avait soixante-dix pour cent de batterie et mon réservoir était à moitié plein. C'était déjà ça. Il me fallut quelques minutes pour boucler les sangles de remorquage en toile que je gardais sur la banquette arrière autour de ma taille à une extrémité et les attacher à mon siège à l'autre. Une fois sanglée à la voiture, j'attrapai le sac que papa insistait pour que je prenne depuis que j'étais petite et enfilai un bonnet d'hiver épais et des gants de rechange.

— Sérieusement, c'est le karma pour avoir défendu ton frère ? demandai-je à Sullivan.

Naturellement, il ne répondit pas. Je n'étais pas folle.

Je me préparai mentalement à affronter les éléments, fermai mon manteau jusqu'au menton, puis sortis de la voiture en emportant le gros de la sangle et en fermant rapidement ma portière pour empêcher la neige de pénétrer à l'intérieur. Elle était plus profonde à cet endroit, atteignant presque le haut de mes bottes.

Mes bottes très fines, pas adaptées à la neige.

Ignorant le froid mordant, je m'accroupis et utilisai mon téléphone portable comme lampe de poche pour inspecter les dégâts.

L'avant gauche avait pris l'impact, me laissant avec un pneu crevé et une jante abîmée. Je jurai sous cape. Sans la neige, il aurait déjà été difficile de changer un pneu crevé, mais avec la neige, c'était impossible.

J'étais vraiment dans la merde.

Tout en gardant une main contre la voiture, je me dirigeai vers l'arrière. J'étais proche du précipice. À cinq mètres près, j'aurais retrouvé Sullivan bien plus tôt que prévu.

Je vérifiai que le pot d'échappement était dégagé et creusai en dessous pour éviter que la neige ne le recouvre. Puis j'ouvris le coffre et en sortis les bottes de neige que j'y avais laissées après avoir emmené Rosie faire de la luge la semaine précédente. Je remontai dans la voiture et serrai les dents quand la douleur m'assaillit à mesure que la chaleur revenait dans mes orteils.

Il n'y avait pas assez de jurons dans la langue anglaise pour décrire ce moment.

Je pourrais appeler papa.

Il serait furieux, mais il viendrait.

Tant que les chevreuils ne lui tendaient pas d'embuscade, il s'en sortirait probablement. Mais la neige était épaisse et tombait de plus en plus fort.

Il n'était pas question de prendre le risque de faire venir Charity ou de demander à Pat de quitter Thea et Jacob.

J'ouvris les contacts de mon téléphone et les fis défiler lentement, puis fis une pause.

Appelle-le.

J'hésitai devant ma propre voix intérieure.

— Il a probablement changé de numéro une douzaine de fois au fil des ans, marmonnai-je.

D'accord, j'avais peut-être un peu perdu la tête puisque je me répondais à moi-même.

J'appuyai sur son nom avant de changer d'avis et me préparai à entendre une voix m'annonçant que la connexion n'avait pas pu être établie.

— Willow ? répondit Cam.

— Cam.

Je m'affaissai sur mon siège et le soulagement me frappa en pleine poitrine.

— Qu'est-ce qui se passe ?

Je pouvais presque voir son front plissé de là, ce regard inquiet qu'il avait quand les choses allaient mal.

— Je crois que je me suis mise dans de beaux draps, dis-je alors que les essuie-glaces ralentissaient.

La neige devenait trop lourde pour eux.

— Évidemment. Où es-tu ?

Je grimaçai, mais poursuivis, car je ne voulais pas faire la une des journaux du lendemain.

— J'ai eu un accident. Juste après la première crête. Tu sais, là où la route tourne au lieu d'aller vers les sources ? Juste avant le virage de la Rose Rowan ?

— Envoie-moi les coordonnées GPS. J'arrive.

11

Camden

J'allais l'étrangler. Dès que je l'aurais trouvée. Cette tempête ne plaisantait pas.

Je m'arrêtai à la ligne de crête qui séparait nos propriétés et vérifiai les coordonnées qu'elle m'avait envoyées. Si je descendais encore de quinze mètres, elle devrait être visible.

Qu'est-ce qu'elle faisait là ? Certes, la météo s'était trompée en disant que la tempête passerait au nord, mais en affirmait qu'il n'y aurait pas de neige, ils avaient une chance sur deux d'avoir raison. La neige s'accumulait rapidement, et même la motoneige risquait bientôt de ne pas suffire.

— Faites qu'elle aille bien, suppliai-je.

Je ne lui avais pas demandé si elle était blessée, car ça n'aurait rien changé. Tout ce que je pouvais faire, c'était arriver auprès d'elle le plus vite possible, et je m'y employais déjà.

Je glissai mon téléphone dans ma poche et dirigeai la motoneige vers le bas de la crête, en accélérant. Heureusement que je connaissais cette région comme ma poche, car la visibilité était terrible et le peu que je devinais cachait les creux et les bosses qui pouvaient me causer de gros ennuis.

Même si les choses ne se présentaient déjà pas très bien.

Je dépassai le groupe de pins qui marquait l'endroit où la route tournait, et des phares apparurent.

— Merci, murmurai-je sous le cache-cou remonté sur mon visage, puis je descendis la pente avec précaution.

Bon sang, elle était proche de la falaise. Je fis abstraction de tout ce qui aurait pu se passer et me concentrai sur la situation réelle, laissant le moteur tourner au ralenti et descendant de la motoneige.

J'ouvris la portière passager de son 4Runner et ôtai mon casque.

— Tu es blessée ? demandai-je avant même de l'avoir enlevé complètement.

— Non, me rassura-t-elle en secouant la tête. Tu as fait tout ce chemin à motoneige ?

— Ouaip. Je n'allais pas traverser la propriété avec la Jeep et, pour être honnête, je n'y serais probablement pas parvenu. Je ne sais pas comment tu as fait.

La neige tomba sur ma nuque exposée lorsque je me penchai.

— Je ne l'ai pas fait. D'où mon appel, avoua-t-elle en fronçant le nez. Je suis désolée que tu aies dû venir.

— Je n'ai pas *dû* venir, Willow. J'ai *choisi* de venir.

C'était en partie un mensonge. Bien sûr, il y avait des arguments en faveur du libre arbitre, mais tous mes choix concernant Willow avaient été faits des dizaines d'années plus tôt. Elle avait appelé. J'étais venu. C'était aussi simple que ça. Et aussi compliqué.

— Le pneu avant gauche est à plat… commença-t-elle.

— Aucune importance. De toute façon, on ne peut pas l'atteindre dans ces conditions. Maintenant, allons-y. La neige ne fait que s'épaissir.

Je l'inspectai tout en parlant, examinant son bonnet, son manteau et ses gants, sa…

— Putain de merde, tu portes une jupe ?

— Euh oui. J'étais…

— Encore une fois, ça n'a pas d'importance. Merde. Attends ici.

Je fermai la portière et pivotai vers la motoneige. Défaire les sacoches s'avéra pénible avec mes gants, mais je ne comptais pas risquer de perdre mes doigts. J'aurais des engelures avant de pouvoir rentrer à la maison.

Je sortis mon vieux pantalon de rechange et adressai un rapide remerciement à l'oncle Cal pour ne pas l'avoir enlevé du compartiment sous la selle. Je détachai ensuite la sangle et le casque supplémentaire que je lui avais apporté et retournai à sa portière.

— Prends ça, dis-je en lui présentant les vêtements d'une main, en me glissant sur le siège passager et en fermant la portière derrière moi. Je t'ai aussi apporté un casque.

C'était inutile de le préciser, puisqu'il occupait actuellement mes genoux.

— Merci, répondit-elle en se débarrassant déjà de ses bottes pour enfiler son pantalon de neige.

— Qu'est-ce que tu fais dehors par ce temps ? demandai-je en m'efforçant de ne pas regarder ses hanches alors qu'elle remontait le pantalon.

— De la luge.

Je la regardai en haussant les sourcils.

— Je dînais avec mes parents, ce que j'essayais de te le dire, mais tu n'arrêtais pas de me couper la parole.

— Tu aurais dû rester chez tes parents.

— Ah, oui vraiment ?

Elle agita le pantalon, puis dézippa sa jupe et commença à la baisser.

Ce n'était pas du tout la façon dont j'avais imaginé Willow Bradley enlever sa jupe dans une voiture. Non pas que j'aie jamais… Bon d'accord, j'y avais déjà pensé. Souvent.

— Crois-moi, si j'avais envisagé ce qui allait se passer, j'aurais descendu la montagne au lieu de l'escalader. Mais je ne voulais pas rester chez papa. Pas quand il est de cette humeur.

Elle enleva la jupe et la jeta sur le siège arrière.

— Désolé de t'avoir interrompue, mais je m'inquiète du retour et je n'avais pas imaginé que tu avais besoin de te changer.

— Tu t'es dit que je roulais en combinaison de ski ?

Elle sourit.

— Quelque chose comme ça.

Je détournai rapidement le regard. Le fait qu'elle puisse trouver quelque chose d'amusant à toutes les situations ou à peu près était l'une de ses qualités les plus séduisantes, mais je n'avais pas le temps pour ça en ce moment.

— On est à environ vingt minutes de chez moi.

Je déposai mes gants sur la console centrale et me réchauffai les mains devant les bouches d'aération.

— Nous sommes plus près de chez moi, rétorqua-t-elle en tressant ses cheveux avec agilité.

Elle avait raison. Le vent les ferait voler dans tous les sens si elle les laissait lâches.

— D'une dizaine de mètres, rétorquai-je. En plus, je connais mieux la route pour rentrer chez moi, et la visibilité n'est pas optimale en ce moment.

Je surpris un sourire en coin et dis immédiatement, avant qu'elle ne puisse parler :

— Willow, n'imagine même pas conduire…

Elle rit.

— Ça pouvait se tenter.

Je savais qu'elle était douée sur une motoneige, mais ça ne signifiait pas que j'étais prêt à abandonner le contrôle alors que sa vie était en jeu. J'en profitai pour envoyer un message groupé à Gideon et à Xander.

Camden : Willow a planté la voiture. Je la ramène chez moi avec la motoneige. On prend la route qui passe au-dessus des sources chaudes.

Voilà. Désormais, si les choses tournaient mal, ils sauraient où chercher.

Gideon : La centrale électrique vient de lâcher. Tiens-lui chaud. ;)

— Tu utilises quel type d'énergie ? lui demandai-je, secouant la tête devant le commentaire de Gid.

Elle fronça les sourcils.

— L'électricité de la ville.

Xander : OK. Fais attention. Je suis chez papa, je règle le générateur.
Xander : Arrête ça, Gideon. Cam, garde les mains sur l'accélérateur.

— C'est moi qui gagne. L'électricité de la ville est coupée, et j'ai des panneaux solaires qui pourraient alimenter une station spatiale ou une petite secte apocalyptique. On va chez moi. Arrête la voiture et allons-y avant de passer la nuit ici.

Je tendis son casque à Willow, puis j'ouvris la portière et sortis, sans lui laisser le temps de discuter. Nous perdions du temps que nous n'avions peut-être pas.

Mon téléphone vibra à plusieurs reprises alors que je rattachais mon casque.

Gideon : Je crois c'est ce que j'ai dit.
Xander : Tu as de la chance qu'il neige.
Gideon : Ouais ouais. Cam, envoie un texto quand tu arrives.

Cam : Ça marche.

Je glissai mon téléphone dans mon manteau et balayai la neige des sièges de la motoneige, reconnaissant qu'il s'agisse d'une moto deux places et non une seule.

Elle avança péniblement, la neige lui arrivant aux genoux, tandis qu'elle bouclait son casque.

Je vérifiai qu'elle était bien attachée, comme si elle avait encore huit ans. Les vieilles habitudes et tout le reste. J'appuyai sur les boutons des casques, puis sur le tableau de bord, ce qui permit d'activer les casques.

— Tu m'entends ? demandai-je.

— Je te reçois cinq sur cinq, confirma-t-elle.

Nous montâmes en selle et Willow attrapa les poignées passager tandis que je m'installais sur le siège du conducteur.

Je ne reverrai plus jamais Willow Bradley. J'allais vraiment devoir modifier ce putain de serment. Peut-être quelque chose comme *Je ne toucherai jamais Willow Bradley.*

Oui, ça pourrait fonctionner.

Je mis les gaz et nous abandonnâmes le 4Runner de Willow à la tempête, remontant la ligne de crête. Les traces que j'avais laissées auparavant avaient déjà disparu. Le GPS m'indiquait que nous avions dépassé les sources d'eau chaude sur la ligne de crête à l'est, mais je ne voyais rien.

— On va tourner en bas de la crête, la prévins-je.

— D'accord, répondit-elle. Je n'en reviens pas que les conditions soient aussi mauvaises. J'ai du mal à te voir, alors que tu es juste devant moi.

Je la sentais à peine, elle aussi. Elle se penchait en arrière sur le siège passager, sans doute pour me laisser de l'espace. Nous n'étions pas exactement collés.

Mais nous étions sur le point de l'être.

— Penche-toi en avant et accroche-toi à moi, ordonnai-je.

C'était préférable pour les virages, entre autres choses, et elle le savait. Du moins, je l'espérais.

Son corps se lova contre le mien à l'entame de la descente, et ses mains s'accrochèrent à ma taille, puis au tissu de ma veste elle-même.

De toute ma vie, je n'avais jamais été aussi heureux qu'une tempête de neige vienne me distraire.

— Tout va bien ? demandai-je, en utilisant une main pour guider la sienne vers les boucles de la veste orange vif que j'avais enfilée en cas d'urgence. C'est plus facile ?

— Oui, merci.

Sa poigne se resserra.

Elle n'avait pas l'air essoufflée. Non. Elle avait l'air… nerveuse, ce qui était compréhensible. Willow Bradley ne serait jamais essoufflée près de moi, à moins qu'elle ne soit essoufflée d'avoir crié après moi.

Nous traversâmes la plaine entre les lignes de crête, la neige percutant nos phares comme si nous étions à pleine vitesse.

— C'est beau, même si c'est dangereux, fit-elle remarquer, son casque reposant entre ma colonne vertébrale et mon omoplate droite.

— Presque tout ce qui peut vous blesser l'est.

Elle soupira doucement, mais ne répondit pas.

Nous grimpâmes la dernière crête. Je fis bien attention à rester sur le chemin qui ne comportait pas de rochers susceptibles de nous faire basculer ou d'endommager une chaîne.

— Je la vois ! s'exclama-t-elle lorsque nous franchîmes la crête et qu'Alba apparut.

— On y est presque, lui assurai-je.

Nous avions réussi. Même si la motoneige nous laissait tomber maintenant, je pourrais la porter jusqu'au bout.

Je contournai la maison par l'arrière et m'engageai dans l'allée.

— Rentre, je vais la garer, lui dis-je en descendant de la motoneige.

— Tu n'as pas besoin d'aide ? demanda-t-elle, son regard caché par la visière teintée de nos casques.

— Non, va te réchauffer.

Je me dirigeai vers le garage et saisis le code sur le clavier. La porte s'ouvrit et Willow se glissa à l'intérieur.

Je garai rapidement la motoneige à sa place attitrée et je nous enfermai à l'intérieur. Je détachai ensuite mon casque et le plaçai dans le casier métallique qui accueillit bientôt mon manteau, mon pantalon de ski et mes bottes. Le manteau et les bottes de Willow étaient déjà là.

Mon pantalon de sport était trempé de sueur malgré la température extérieure, et je traversai le hangar électrique en chaussettes. Après m'être assuré que toutes les batteries étaient à bloc, je refermai et rentrai dans la maison.

La chaleur et l'odeur de quelque chose de sucré m'accueillirent tandis que la tension s'évacuait de mes muscles. Je n'avais pas pris conscience à quel point j'étais anxieux jusqu'à ce que l'anxiété disparaisse.

Elle était en sécurité. Elle était au chaud. Elle était là.

Merde, et si je n'étais pas rentré ? Je m'adossai contre la porte, abattu par les implications de cette éventualité. Si mon père n'avait pas laissé ce message vocal. Si je n'avais pas réagi… Où serait-elle ?

— Hé.

Mon regard croisa le sien alors qu'elle se tenait en face de moi dans le hall d'entrée, une tasse fumante entre les mains. Bien qu'elle l'ait enroulé à la taille plusieurs fois, mon pantalon de ski semblait gigantesque pour elle. Sa chemise à manches longues contrastait avec ce dernier, épousant ses courbes, et le bout de sa tresse effilochée tombait sur son épaule pour se terminer juste sous sa poitrine. Ses joues et ses lèvres étaient rosies par le froid, et elle avait les yeux brillants. Je l'avais vue dans presque tous les styles, du débardeur et de la salopette en été à la robe de bal le soir du bal de fin d'année.

Elle ne m'avait jamais paru aussi belle qu'à cet instant.

J'étais vraiment dans la merde. Bien profondément.

Elle traversa la pièce et me tendit la tasse.

— Je t'ai préparé un chocolat chaud. J'ai vérifié la date.

Je tendis la main pour prendre la tasse, et nos doigts se frôlèrent. C'était presque plus intime que d'avoir eu ses bras noués autour de moi pendant tout le trajet retour.

— Merci, lui dis-je, ma voix si rauque que je la reconnus à peine. C'est moi qui l'ai acheté, donc il est bon. Et j'ai jeté tout ce qui restait ici.

— Je n'ai jamais pensé que tu étais un homme à boire du chocolat chaud.

— J'ai un faible pour les choses sucrées, admis-je, laissant la tasse réchauffer ma main avant d'en boire la moitié.

Ses joues prirent une teinte rose plus prononcée.

— Tu t'en es fait un aussi ? demandai-je.

Elle acquiesça.

— Il est dans la cuisine.

Lorsqu'elle se dirigea vers la pièce, je la suivis en riant silencieusement : le bas de mon pantalon de ski traînait par terre.

Willow était beaucoup de choses. Grande n'en faisait pas partie.

— Pourquoi ne pas enlever ce pantalon ? suggérai-je tandis qu'elle s'emparait de sa tasse. Tu te réchaufferas beaucoup plus vite.

— J'ai seulement des collants, tu te souviens ?

Elle pencha la tête sur le côté.

— C'est vrai.

J'avais fait de mon mieux pour ignorer ce détail lorsqu'elle s'était changée.

— D'accord, dans quoi es-tu la plus à l'aise ? Mon pantalon va être beaucoup trop grand pour toi, mais tu peux le rouler, ou bien je te prête un short ? Un sweat à capuche ?

— Oh, je veux bien, répondit-elle avec un sourire. Je prendrai ce que tu as. Je ne suis pas difficile.

Je m'excusai et fouillai dans mon armoire, en sortant un pantalon, un short, un t-shirt et un sweat à capuche. Oh, et des chaussettes épaisses aussi. Puis j'envoyai un SMS à

Gideon et à Xander pour leur dire que nous étions arrivés à bon port, avant de prendre une douche de deux minutes et d'enfiler des vêtements propres.

— Je vais bien, l'entendis-je dire alors que j'empruntais le couloir de la cuisine. Maman, dis-lui que tout va bien. Non, je n'ai pas besoin qu'il vienne brancher mon générateur.

Elle me tournait le dos et regardait par la fenêtre de la cuisine.

— Parce que je sais comment brancher mon propre générateur, voilà pourquoi.

Elle soupira, et sa tête se renversa un peu en arrière.

— Et parce que je suis chez Cam. J'ai glissé sur la route et il est venu me chercher. Non, ne lui dis pas ça. Il serait capable de débarquer avec un fusil de chasse et il se ferait tuer par ce temps.

Le bon vieux juge Bradley. Il deviendrait fou s'il savait qu'elle allait porter *mes* vêtements pour aller au lit dans *ma* maison. J'eus un petit sourire satisfait lorsque Willow raccrocha avec sa mère.

— Tiens.

Je lui tendis les vêtements.

— Tu peux te changer si tu veux, prendre une douche ou autre, et je vais allumer un feu.

— Merci.

Elle regarda au fond du couloir et hésita.

— Tu peux utiliser ma chambre si tu veux. Je ne suis pas encore allé dans celle de Cal. La douche est…

— … attenante à la chambre, termina-t-elle avec un petit sourire. Je m'en souviens. Je reviens tout de suite.

Elle disparut dans ma chambre et j'allumai un feu dans la cheminée du salon. Les batteries solaires tiendraient le coup – je n'étais pas inquiet –, mais c'était moins certain qu'un feu tienne par une nuit comme celle-ci. Lorsque je transportai le dernier chargement de bois du garage, je trouvai

Willow assise devant les flammes, en train de passer une petite brosse dans ses cheveux mouillés.

— Laisse-moi t'aider, proposa-t-elle en se levant.

Les chaussettes lui arrivaient aux genoux et elle fit rouler mon short de sport plusieurs fois, ne laissant que ses genoux nus. Mon sweat à capuche l'engloutissait, lui arrivant à mi-cuisse, et elle avait également retroussé les manches du sweat.

— Je m'en charge, lui dis-je et j'ajoutai la bûche à la pile qui trônait au bout de la cheminée.

— Où avais-tu caché une brosse ?

Elle appuya sur son dos et l'objet se compressa en un rectangle encore plus petit.

— J'ai réussi à attacher mon sac à main sous mon manteau. C'est une bonne chose, comme ça, j'ai mon portefeuille et toutes ces choses importantes.

— Parce que tu avais l'intention de faire les magasins ? la taquinai-je alors que nous nous asseyions tous les deux.

Elle s'installa en tailleur et je remontai mes genoux pour m'appuyer sur mes coudes tandis que nous regardions tous les deux le feu.

— Je parie que tu penses que je ne suis rien de plus qu'une demoiselle en détresse.

— Quoi ?

— Une demoiselle en détresse. Tu sais, du genre « sauvez-moi » !

Elle agita les mains en l'air et les secoua, tout en continuant à regarder les flammes.

— Pourquoi penserais-je que tu es une demoiselle en détresse ? demandai-je.

— Tu es rentré depuis quoi, deux semaines ? Et tu as déjà dû venir à mon secours à deux reprises.

Elle haussa les épaules, mais je savais qu'elle ne prenait pas la chose avec autant de désinvolture qu'elle le laissait paraître.

— D'accord, je suis à la maison depuis deux semaines et demie, et la dernière fois que j'ai vérifié, tu as fait ta part pour me sauver, toi aussi.

Elle me jeta un regard perplexe.

— Tu as pris mon parti devant toute la ville alors que tu n'y étais pas obligée. Alors que tu savais ce que ça allait te coûter. J'ai peut-être pris une balle pour toi, mais tu as tenu tête à ton père pour moi. Je dirais qu'on est quittes pour cette fois.

Un côté de ma bouche se releva.

— Cette fois ?

— Eh bien, si on comptait les points.

Je haussai les sourcils.

— Je me souviens d'un épisode où tu as sorti la batte de baseball de mon père et demandé à Scott Malone de venir me sauver.

C'était l'un de mes meilleurs souvenirs d'elle.

— Ça ne compte pas ! Tu t'es battu avec lui à cause de moi. C'est encore un exemple de fois où tu es venu à mon secours.

— Tu étais une fille de douze ans avec une batte. Je ne t'ai pas sauvée, je t'ai juste donné le temps de bien choisir ton arme. Comme tu étais en colère !

Je souris à ce souvenir. Le lendemain, je m'étais introduit dans son casier et j'y avais laissé le cavalier, la première de nos pièces d'échecs.

— Il m'a traitée de garçon manqué et m'a demandé pourquoi je ne ressemblais pas plus à Charity, et ce n'était pas la première fois. Mais quand il a mis toute cette boue dans mon sac à dos, ç'a été la goutte de trop.

Ses joues rougirent.

— Ensuite, tu t'en es pris à lui. Qu'est-ce que j'étais censée faire ? Te laisser l'affronter ? Pas avec ces autres garçons qui ont rejoint la mêlée.

— Exactement. Tu n'avais pas besoin d'être sauvée. Tu avais juste besoin d'une longueur d'avance.

J'éclatai de rire.

— Très bien, et la fois où je me suis retrouvée coincée dans un pin sur la propriété de mon père ? Tu as dû grimper me chercher, lança-t-elle sur un ton de défi.

— Ça ne compte pas. Tu récupérais le frisbee que j'avais lancé, et tu as grimpé si vite que je n'ai même pas eu le temps de te devancer à l'arbre.

Je secouai la tête.

— Tu aurais réussi si tu n'avais pas coincé ta tresse.

— C'est vrai. J'ai failli tout couper cet été-là.

— Je suis content que tu ne l'aies pas fait.

Merde, je n'avais pas l'intention de dire ça. Ses yeux s'écarquillèrent.

Je pouvais soit reculer, soit assumer. Oh et puis merde.

— Tes cheveux sont magnifiques et je sais que tu aimes les avoir longs. Tu l'aurais regretté. Mais quand ce chewing-gum s'est coincé dedans, j'ai bien cru que les ciseaux allaient être de sortie.

Elle soupira.

— Je n'ai pas coincé de chewing-gum dedans. Sullivan l'a fait tomber dans mes cheveux.

Elle plissa le front.

— On avait quel âge ? Dix ans ?

J'acquiesçai.

— C'était l'été où maman est morte, donc oui, tu avais dix ans.

— Elle a passé une heure à l'enlever pour que je n'aie pas à le dire à ma mère, dit-elle doucement, un sourire nostalgique sur le visage.

— Elle était incroyable, oui. En plus, elle savait que c'était ma faute, alors elle s'est empressée de me couvrir.

Je levai les yeux vers la photo sur la cheminée, sur laquelle ma mère se tenait souriante avec nous trois, vêtus de cravates, pour sa dernière Fête des mères. Sauf qu'elle ne savait pas que c'était sa dernière.

— Comment peux-tu te reprocher le choix de Sullivan ?

Elle me jeta un regard noir.

— Oh allez, tu ne savais pas ?

— Savoir quoi ?

— Il l'a fait parce qu'il était furieux qu'on aille aux sources d'eau chaude sans lui. Tu ne t'en souviens pas ? Il n'avait pas fini ses corvées, donc il n'a pas eu le droit d'y aller, et il ne voulait pas que tu y ailles avec moi.

Il s'était montré tellement jaloux, s'appropriant déjà la fille qui n'avait pas remarqué qu'elle était son monde.

— Sérieusement ?

Elle plissa le nez.

— Oh mon Dieu, et tu as fini ses corvées pendant que ta mère enlevait le chewing-gum, se souvint-elle en regardant la même photo.

— Oui.

J'aurais dû voir ça comme un signe avant-coureur.

— Tu as été si bon avec lui, Cam. Tu l'as toujours fait passer en premier, même si ça voulait dire renoncer à certaines choses.

Ses yeux croisèrent les miens, et je sus qu'elle ne pensait pas la même chose que moi, simplement parce que je ne le lui avais jamais dit et qu'elle n'avait jamais compris.

— C'est comme ça que je sais que tu n'aurais jamais pu mettre le feu au dortoir, tu sais.

Je détournai le regard, craignant qu'elle ne lise en moi la vérité sur ce jour.

— Quoi ? Tu ne penses pas que j'étais un pyromane qui s'ennuyait ?

Je regardai le feu, me souvenant de celui qui avait failli la consumer, cette nuit-là. J'avais eu une chance inouïe de la retrouver à travers la fumée et les flammes.

— Non, je ne l'ai jamais pensé. Ce n'est pas dans ta nature. Et tu n'aurais jamais fait quoi que ce soit qui puisse mettre Sully en danger. La torche est tombée. Ce sont des choses qui arrivent. Je n'arrive pas à croire que tout le monde t'ait blâmé, et encore moins qu'on te blâme encore.

— Les gens ont besoin de rejeter la faute sur les autres lorsque les choses vont mal. Ça leur donne l'impression de contrôler ce qu'ils ne contrôlent pas. Et bien sûr, ils m'ont fait porter le chapeau.

Je lui lançai un sourire en coin.

— J'étais là, donc c'est ma faute.

— Tu étais là pour moi, dit-elle doucement.

— J'ai lâché la main de Sullivan quand la poutre est tombée. J'ai cru que j'allais…

Elle s'arrêta, prenant une profonde inspiration.

— J'étais presque sûre que j'hallucinais quand je t'ai vu sauter par-dessus les flammes, et pourtant… une partie de moi savait que tu viendrais. Ce devait être le manque d'oxygène.

— J'ai eu de la chance de tomber sur toi.

J'avais eu tellement peur. Sullivan était sorti du dortoir sans elle, crachant de la fumée, et ma seule pensée avait été de retrouver Willow.

— Ce n'était pas un coup de chance.

Mon regard glissa lentement vers le sien.

— Tu n'étais pas au même endroit que nous, Cam. Tu ne cherchais pas à sortir quand tu m'es tombé dessus. Cette porte menait à l'extérieur, et tu l'as franchie. Tu es revenu pour moi. Tu m'as sauvé la vie.

Son expression s'adoucit, et tout en moi se rebella. Elle ne pouvait pas me regarder comme ça, comme si j'étais un putain de héros pour avoir fait ce qu'il fallait – égoïstement.

Je n'étais pas allé la chercher parce que c'était la bonne chose à faire. J'étais allé la chercher parce que je ne pouvais pas supporter l'idée qu'elle n'existe pas. Je ne méritais pas une once de son culte du héros, pas quand mon motif avait été la terreur pure. Je n'étais le héros de personne.

— Je n'étais pas là quand c'était important.

Je serrai les poings.

— Le reste n'a pas d'importance quand on y pense. Je l'ai laissé tomber en Afghanistan. Je t'ai laissée tomber.

Elle cligna rapidement des yeux et détourna le regard pendant une poignée de battements de cœur puis, quand ses yeux retrouvèrent les miens, la tristesse se dégageait d'elle par vagues presque palpables.

— Tu ne m'as pas laissée tomber, murmura-t-elle.

Ma mâchoire se contracta.

— Tu ne l'as pas fait, répéta-t-elle en se penchant vers moi, mais en laissant une bonne distance entre nous. Ce n'est pas ta faute. La mort de Sullivan n'est pas ta faute.

— Tu n'en sais rien, rétorquai-je, refusant même d'envisager cette idée. Tu n'étais pas là. Tu n'en as aucune idée.

— Si.

Alors que d'autres auraient tressailli et se seraient éloignés, elle resta là, sa chaleur et sa compassion me retenant captif, me torturant avec sa sincérité.

— Je te connais. Peut-être pas aussi bien qu'avant, mais je te connais jusqu'au bout des ongles, Camden Daniels. S'il y avait eu un moyen de le sauver, tu l'aurais trouvé. Si tu avais pu donner ta vie pour la sienne, tu l'aurais fait. Pas besoin d'avoir été là pour le savoir.

Des larmes s'échappèrent de ses yeux, et elle les essuya rapidement sans pour autant détourner le regard.

Je portais mon chagrin comme une armure, un mur que je refusais de laisser s'effondrer ou s'affaiblir.

Elle portait le sien comme un objet d'art, une invitation audacieuse à vivre la perte avec elle, vous défiant de détourner le regard, vous défiant d'oublier qu'il avait vécu. Qu'il l'avait aimée.

Elle l'avait aimé. Comment aurait-il pu en être autrement ? Tout le monde l'aimait. Sullivan était charmant et drôle et donnait à chacun l'impression d'être important. Il était le meilleur des garçons Daniels, et elle le savait mieux que quiconque.

— Comment peux-tu me pardonner ?

Je secouai la tête, essayant de déloger ses paroles.

— J'ai envoyé son escouade en première ligne. Même si je ne savais pas que c'était la sienne quand j'ai transmis cet ordre, c'est moi qui l'ai fait tuer.

— J'étais au courant pour l'ordre.

Elle déglutit et détourna le regard avant de le ramener sur le mien.

— Tu ne savais pas que c'était lui.

Elle le présenta comme un fait plutôt que de m'interroger.

Je secouai la tête.

— Pas avant qu'il ne soit déjà trop tard.

Si elle était au courant pour l'ordre, cela signifiait-il qu'elle était également au courant du choix que j'avais fait ?

Elle acquiesça lentement, comme si elle confirmait une idée qu'elle n'avait pas exprimée.

— Je ne te pardonne pas. Il n'y a rien à pardonner. Tu aimais Sullivan plus que quiconque. Ce qui s'est passé là-bas a dû échapper à ton contrôle, car tu serais mort avec lui sinon. Tu n'aurais jamais pu rentrer à la maison sans lui.

Sa voix devint un murmure.

— Mais je l'ai fait.

D'une manière ou d'une autre, ma voix réussit à franchir le nœud dans ma gorge.

— En effet.

Elle sourit et essuya une autre larme.

— Je sais que tu n'aurais rien pu faire pour l'éviter. Je sais, Cam. Je. Sais.

Ses mots étaient censés rebondir sur mes murs. Ils étaient censés faire le même effet que les banales *Toutes mes condoléances* et *Dis-moi si je peux faire quelque chose.* Au lieu de ça, ces mots doux et apaisants s'insinuèrent sous le mortier de mes défenses. Au lieu d'attaquer, ils imprégnèrent mon être.

Et quand la tension fut trop forte, quand elle menaça de me couper en deux et de me saigner, elle ne me poussa pas à accepter ou même à reconnaître son absolution. Au lieu de ça, elle s'adossa au canapé et me demanda simplement si je lisais toujours à voix haute comme lorsque nous étions enfants.

Je choisis donc À l'est *d'Éden* sur la table basse, même si j'en étais déjà à la moitié de ses presque six cents pages, et je l'ouvris à la première.

« La vallée de la Salinas est en Californie du Nord. »

12

Willow

Je me réveillai lentement en clignant des yeux alors que la lumière du soleil entrait à flots par la baie vitrée, inondant mon visage. Me protégeant d'une main, je jetai un coup d'œil à la pièce, les événements de la nuit précédente me revenant à l'esprit.

Ah oui. J'étais dans le salon de Cam, allongée sur l'un des canapés en cuir, couverte d'un édredon que sa mère avait confectionné. Il était juste en face de moi, à peu près dans la même position, sur l'autre canapé, mais il dormait encore. Nous avions tous les deux été trop têtus pour prendre son lit, alors aucun de nous ne l'avait fait. Profitant de ce moment rare, je le regardai fixement, mémorisant le moindre détail.

Ses cils s'appuyaient sur ses joues en demi-lunes épaisses et sombres. Ses lèvres étaient légèrement écartées, les lignes pleines et sculptées s'adoucissant sous l'effet du sommeil. Il avait rajeuni d'une dizaine d'années, semblait détendu et même satisfait. Ses tatouages se détachaient sur le blanc de son t-shirt, mais se fondaient dans la courtepointe colorée de sa mère. Même l'arête de son nez, due à une fracture qu'il avait subie au lycée, semblait plus douce sur ce géant qui dormait tranquillement.

J'aurais voulu peindre ce moment, capturer ce sentiment exact alors que je le regardais en paix. Une paix qui disparaîtrait dès qu'il ouvrirait les yeux et que le monde nous rattraperait.

Sullivan avait été beau et charmant. Xander était élégant. Admirable.

Mais Cam… J'eus mal au cœur devant sa beauté dévastatrice. Bien sûr, « magnifique » aurait pu fonctionner, surtout lorsqu'il ouvrait les yeux, mais son charme était plus grand que ça. Il était magnétique, ce qui pouvait rebuter les gens, mais pas moi. Jamais. Non, il m'attirait comme la gravité, une force indéniable et irréfutable qui ancrait mon monde. Une décennie de séparation m'avait appris que je ne me libérerais jamais de lui, pas vraiment. Peu importait où je vivais, la gravité existait et maintenait mes pieds sur terre. Peu importait avec qui je sortais, j'étais toujours attirée par Cam.

Même s'il ne ressentirait jamais la même chose.

Responsable de moi ? Oui. Il portait ce fardeau par choix. Amical avec moi ? Bien sûr, quand il en avait envie. Attiré par moi ? Hum. Peut-être si j'arrivais à faire en sorte qu'il me considère autrement qu'une sœur.

Mais il y avait une zone dont je ne sortirais jamais : la zone de la copine du frère mort. Non. Cette catégorie était assortie de barbelés, de clôtures électriques et de gardes appelés « culpabilité » qui tiraient à vue. Après la nuit précédente, je savais que je pourrais répéter mille fois à Cam qu'il n'était pas responsable de la mort de Sullivan, ça n'aurait pas d'importance. Jusqu'à ce qu'il se pardonne, je n'aurais pas grand-chose à dire à ce sujet.

Je poussai un léger soupir, lui jetai un dernier coup d'œil, car je savais qu'il ne pouvait pas me voir, et quittai le salon sans bruit, marchant uniquement sur les lames dont je savais par expérience qu'elles ne grinceraient pas.

Il y avait un certain avantage à avoir grandi là.

Thea allait s'en donner à cœur joie avec cette histoire… si jamais je la lui racontais. Ce n'était pas que je comptais le lui cacher, mais elle voulait parler de mes sentiments. Et mes sentiments étaient enfermés dans cette zone épineuse où il ne fallait pas aller.

Je passai devant la salle à manger et la bibliothèque pour me rendre dans la cuisine et j'examinai le contenu du réfrigérateur de Cam.

Du bacon. Excellent. Des champignons. Très bien. Du cheddar. Formidable.

J'allais nous préparer des omelettes pour le petit déjeuner.

Une fois cette décision prise, je me rendis sur la pointe des pieds dans la salle de bains de Cam et volai sans vergogne la nouvelle brosse à dents dont la compagne se trouvait déjà sur le meuble, dans le paquet ouvert.

Après avoir effectué ma routine matinale tout en ignorant soigneusement le miroir, je retournai à la cuisine et commençai à cuisiner. Il était déjà sept heures du matin et, connaissant Cam, il ne dormirait plus très longtemps. Au moins, le soleil était au rendez-vous et la neige avait cessé. La couche neigeuse devait faire soixante centimètres environ.

J'avais fait frire et émietté le bacon, coupé les champignons et fouetté les œufs quand Cam entra. Je mis une noisette de beurre dans la poêle et me retournai. Il me regardait.

Oh, merde. Cam endormi était une chose.

Cam au réveil en était une autre. Il se fendit d'un énorme bâillement et tendit les mains vers le cadre de la porte. Sa chemise se souleva, révélant des abdominaux bien dessinés. Tellement bien dessinés. Ce n'était pas normal d'avoir de telles tablettes de chocolat. Non. Il n'était pas humain.

— Bonjour, Pika, dit-il avec un sourire.

Et je fondis comme le beurre dans la poêle. Qui grésillait à présent.

L'image restait pertinente. *Et merde.*

— Je fais une omelette, dis-je.

— Je vois ça. Tu n'es pas obligée, tu sais. Si tu me donnes une seconde, je m'en occupe.

— J'avais envie de le faire. Je veux le faire, corrigeai-je en secouant la tête. Champignons, bacon, cheddar ?

— Parfait, répondit-il, mais il fronça les sourcils. Je reviens tout de suite.

Il se dirigea vers sa salle de bains et l'odeur de beurre brûlé parvint à mes narines.

— Argh, gémis-je en retirant la poêle du feu.

Un nuage de fumée s'en échappa. Bon. Très bien. Si je devais être du beurre, alors j'étais la motte froide et dure dans le réfrigérateur. Voilà. Froide et dure. Ni moelleuse, ni fondante, ni grésillante, et surtout pas brûlée.

Je lavai la poêle et la remis sur le feu. Puis je commençai l'omelette de Cam.

— Laisse-moi t'aider, dit-il en réapparaissant dans la cuisine, pieds nus et appétissant comme jamais.

— Je m'en charge, lui assurai-je en m'occupant de son petit déjeuner. Considère ça comme des remerciements pour m'avoir sauvée la nuit dernière.

Il me jeta un nouveau regard étrange.

— Quoi ? demandai-je.

— Je ne me souviens pas de la dernière fois où quelqu'un a cuisiné pour moi, admit-il. En tout cas, en dehors d'un restaurant ou autre.

— Tes copines ne te préparent jamais de petit déjeuner ?

J'aurais pu me gifler pour avoir posé cette question. Ma main se crispa sur la spatule.

— Je n'ai pas vraiment eu de copines, dit-il en s'appuyant sur le plan de travail et en m'observant. J'ai tendance à avoir des relations courtes et sans petit déjeuner, fit-il, son front se plissant.

— Parce que le petit déjeuner est synonyme de mariage ? plaisantai-je.

— Parce que laisser quelqu'un faire des choses pour vous, laisser quelqu'un s'occuper de vous lui donne du pouvoir. Le pouvoir n'est pas quelque chose que je donne.

Je me figeai.

— Quoi ? Est-ce que ça semble trop froid ? Trop mesquin ?

— Non, répondis-je calmement, levant lentement les yeux vers lui. Ç'a l'air solitaire.

— La solitude est un désir, une douleur due à un besoin non satisfait de compagnie que je ne ressens pas.

Il haussa les épaules.

— Tu as des besoins. Tu n'es pas un robot.

Comment avait-il pu dire ça ?

— Bien sûr que j'ai des besoins.

Il sourit.

— Je ne suis pas un moine.

— Ce n'est pas ce que je voulais dire, et tu le sais.

J'agitai la spatule vers lui et son petit sourire stupide.

— Je vais nous préparer des toasts.

Et maintenant, mon cœur était sur le point de… Non ! J'étais du beurre de réfrigérateur, froid et dur.

Que Cam était en train de déballer et de mettre dans un beurrier. Mais je restai froide. Dure. Toujours pas…

— Qu'est-ce que tu fais ?

Il ferma le micro-ondes et me regarda en haussant les sourcils.

— Détends-toi, Pika. Je fais juste ramollir le beurre.

Mes yeux s'écarquillèrent.

— Pour les toasts, poursuivit-il lentement.

— D'accord ? Tu as d'autres projets pour lui ?

— Bien sûr que non. C'est du beurre, dis-je en retournant son omelette pour la finir.

Je tressaillis lorsque le micro-ondes se mit en marche.

— Tu sais que je ne suis plus un petit rongeur, n'est-ce pas ? crachai-je presque, tendant la main pour attraper une assiette.

— Quoi ? demanda-t-il en mettant du pain dans le grille-pain. Tu vas bien ?

— Oui, répondis-je rapidement en faisant glisser son petit déjeuner dans l'assiette. Tu m'appelles encore Pika parfois.

Comme il le faisait depuis, eh bien, toujours.

Le micro-ondes émit un bip et Cam sortit le beurre. Il y avait un creux au centre, avec une petite flaque de beurre fondu. Argh.

Je commençai ma propre omelette. Peut-être qu'une fois nourrie, je ne serais plus aussi bizarrement émotive. Vouloir d'abord passer mes doigts le long de son cou, puis l'étrangler devait être un effet secondaire de la faim.

— Je t'ai toujours appelée Pika.

— C'est vrai. Mais je ne suis plus une petite fille aux dents de lapin et aux grandes oreilles.

Je répartis l'œuf et ajoutai mes garnitures.

Il éclata d'un rire sincère et mon estomac se mit à trembler de faim.

— Tu crois que c'est pour ça que je t'appelle Pika ? Sérieusement ?

La chaleur m'embrasa les joues, et je savais que ce n'était pas dû à la poêle. Formidable. Maintenant, je devenais écarlate.

— Euh… oui. Sinon, pourquoi qualifier de rongeur une fille qu'on a élevée comme ta petite sœur ?

Je savais que c'était une marque d'attachement de sa part. Les petits noms doux n'étaient pas son genre, aussi le fait que j'en aie eu un – et que je l'aie toujours – signifiait quelque chose. Cam avait toujours dit qu'il était libre de me torturer, mais que personne d'autre n'était autorisé à le faire.

Il avait dit la même chose à propos de Sullivan.

Je pliai mon omelette en entendant le premier toast sortir du grille-pain. Puis le beurre ramollit.

— Regarde-moi, ordonna-t-il d'une voix grave et profonde.

Je m'exécutai en arquant un sourcil pour qu'il ne se rende pas compte à quel point il me mettait dans tous mes états.

— J'avais cinq ans la première fois que l'oncle Cal m'a emmené seul en randonnée. J'avais fait quelque chose pour énerver mon père, je ne me souviens pas quoi, mais Cal m'a dit de prendre mes bottes et ma veste, et je l'ai fait. Il m'avait toujours emmenée avec Xander, et Sullivan était encore trop petit, mais cette fois-ci, il n'y avait que nous deux. Il m'a emmené jusqu'aux éboulis au-dessus de cette maison et m'a dit de m'asseoir. On s'est donc assis. Tu es en train de brûler ton omelette.

Il montra la poêle.

— Merde.

Je la retournai et le regardai à nouveau, espérant qu'il continuerait, qu'il ne m'exclurait pas et qu'il n'en rirait pas.

— On s'est donc assis sur les rochers et j'ai cru qu'il allait me crier dessus. Au lieu de ça, il m'a demandé si je voulais en parler et, bien sûr, je ne l'ai pas fait. Il ne m'a pas forcé. Il a dit qu'on pouvait juste rester assis tranquilles. Qu'il y avait une forme de paix qui pouvait en découler si on parvenait à la maîtriser. Et oui, je paraphrase, parce que j'avais cinq ans. On était assis là, si tranquillement, et cette mignonne petite chose duveteuse est sortie en courant de sa cachette sous les rochers et s'est perchée sur le bord de ce rocher, juste à côté de moi.

— Un pika, devinai-je.

— Un pika, confirma-t-il en se tournant pour prendre une autre assiette.

Je mis mon omelette dans l'assiette et laissai la poêle et la spatule dans l'évier pendant qu'il beurrait d'autres toasts.

— L'oncle Cal m'a dit qu'il était rare d'en voir un. Ils se cachent généralement des plus gros prédateurs. Il a dit qu'il fallait trois choses pour voir un pika : le bon moment, la capacité de rester silencieux et la patience d'attendre.

Il s'agitait tout en parlant, déplaçant les assiettes sur la table de la cuisine, prenant les couverts et sortant le jus d'orange du réfrigérateur.

— Je lui ai dit qu'il me faisait penser à toi, toute tranquille, duveteuse et mignonne.

Il marqua une pause avant d'introduire la première dosette dans la cafetière.

— « Pas à Charity ? », il a demandé. Tu sais qu'ils nous mettaient toujours ensemble, en espérant qu'on devienne amis.

— Vous avez le même âge. Ma mère et la tienne avaient l'habitude de plaisanter en disant qu'elles devraient trouver à Xander une bonne fille pour leur triple mariage.

Je levai les yeux au ciel.

Cam se moqua.

— Je n'ai jamais voulu épouser Charity. Jamais de la vie. Non pas qu'elle ne soit pas jolie, intelligente ou une bonne amie. Elle est juste…

Il s'interrompit, la main sur la tasse de café, et je retins mon souffle.

— Quoi qu'il en soit, il se tenait là – le pika – et il couinait, et j'ai dit à l'oncle Cal que c'était tout toi, parce que tu pouvais être très bruyante quand tu étais en colère.

Je souris, ce qui était sans doute un peu ridicule vu qu'il me comparait encore à un rongeur. Mais tout de même. Un joli rongeur façon peluche.

Il fit un pas en avant et je bougeai pour m'écarter de son chemin, avant de m'apercevoir que *j'étais* son chemin. Mon dos heurta le granit frais et je penchai la tête pour le regarder de haut en bas. Il ne me touchait pas, il n'était même pas dans mon espace personnel, mais j'avais l'impression qu'il était partout, qu'il éclipsait le reste du monde.

— Alors j'ai commencé à t'appeler Pika. En grandissant, j'ai appris des tas d'autres choses sur eux, et j'ai trouvé que c'était un surnom encore plus pertinent.

— Pas parce que j'avais de très grandes dents de devant.

Il secoua la tête, puis prit lentement une mèche de ma tresse qui s'était détachée pendant la nuit et la frotta entre son pouce et son index.

— Non. Parce que les pikas sont insaisissables. On ne les voit que lorsqu'ils le souhaitent. Ils n'hibernent pas pendant l'hiver. Au lieu de ça, ils survivent sous vingt à trente centimètres de neige, affrontant chaque jour comme il vient.

Il se rapprocha jusqu'à ce que nos corps se frôlent sans se heurter. Mon pouls galopait, se précipitant vers une destination que je ne m'étais jamais permis d'envisager.

— Mais ils ne peuvent survivre qu'en altitude, dit-il doucement. Ils ne peuvent pas supporter la chaleur des basses altitudes. Ils sont faits pour la montagne. Ils acceptent le terrain accidenté, le froid et l'impossible, et ils en font leur maison. Ils survivent à tout ce que la nature leur impose et restent toujours aussi doux.

Il passa ses doigts sur le côté de ma joue en prononçant le dernier mot.

Mes yeux se fermèrent à ce contact. Lorsqu'il atteignit ma mâchoire, je mis ma main sur la sienne pour la maintenir.

Une seconde s'écoula. Puis deux. Il ne bougea pas. Moi non plus.

Je pris une respiration tremblante et trouvai le courage d'ouvrir les yeux, sachant qu'il pouvait arborer ce demi-sourire, prêt à faire un petit commentaire plein d'esprit et de mordant.

Au lieu de ça, ses yeux brun foncé semblaient tout aussi troublés que moi.

— Willow, murmura-t-il en baissant la tête, petit à petit.

— Cam, répondis-je, refusant de regarder ces lèvres qui descendaient vers les miennes de peur de rompre le charme.

— Dis non, me supplia-t-il, ses mots frappant mes lèvres dans de petites bouffées de menthe poivrée.

— Oui.

Ce mot qui dansait sur le bout de ma langue depuis que j'avais seize ans sortit enfin. Peut-être même depuis plus longtemps, si j'étais honnête avec moi-même. Peut-être même depuis que j'avais compris ce que ce genre de « oui » signifiait.

Il poussa un juron quand ma main libre se posa sur sa poitrine, sentant son cœur s'aligner sur le mien qui s'emballait.

— Oui, Cam. Oui, répétai-je, au cas où il ne m'aurait pas entendue la première fois, tout en sachant pertinemment qu'il m'avait entendue.

Je pouvais même lui fournir un panneau de signalisation si besoin.

— Mauvaise réponse, me prévint-il.

Un souffle plus tard, il m'embrassa avec des lèvres douces qui effleurèrent les miennes, presque avec révérence.

Cela ressemblait plus à un premier baiser que ne l'avait été le mien. C'était le baiser que nous aurions eu lorsque nous étions des adolescents beaucoup plus jeunes et beaucoup moins expérimentés.

Puis il recommença, encore et encore, des baisers légers qui me poussèrent à me hisser sur la pointe des pieds pour me rapprocher de lui. Il était si tendu sous ma main que je me demandais s'il allait craquer ou se briser.

Il recula juste assez longtemps pour me regarder, les sourcils froncés comme s'il souffrait, cherchant quelque chose sur mon visage.

Je vis le moment où il se décida. La tension disparut de son visage, remplacée par la détermination.

Puis sa bouche se posa sur la mienne en un baiser féroce et exigeant. J'entrouvris les lèvres, et il vint caresser ma langue avec la sienne, tandis que ses mains saisissaient mes hanches et me soulevaient.

Mes doigts se glissèrent dans les mèches soyeuses de ses cheveux et je l'embrassai de tout mon être. J'enroulai mes jambes autour de sa taille, bloquant mes chevilles comme si je pouvais le retenir prisonnier, savourant son gémissement à ce contact.

Son baiser contenait une pointe de désespoir, et j'en voulus tout de suite plus. Si c'était la seule fois que je devais embrasser Camden Daniels, j'allais m'assurer qu'il s'en souvienne, parce que je m'en souviendrais.

Nous avions dépassé depuis longtemps le stade de l'électricité. De la combustion. De la chimie et de tout ce qui pouvait être expliqué par la science. Nous nous imbriquions parfaitement, comme deux moitiés de formes complètement différentes qui, pourtant, s'emboîtaient en une nouvelle forme entière.

Il explorait ma bouche, me taquinant avec sa langue, mordant doucement ma lèvre inférieure avec des dents acérées. Puis, avant que je puisse reprendre mon souffle, il m'embrassa à nouveau, me privant de toute pensée autre que la férocité absolue qu'il faisait naître dans mes veines.

Je pris vie dans son baiser, me plaquant contre lui, prenant tout ce qu'il me donnait et en exigeant davantage. Il avait le goût de la menthe poivrée et des matins enneigés, le tout enrobé d'une pointe de feu qui me brûlerait si je le laissais s'approcher suffisamment.

Il grogna mon nom, et la chaleur se répandit dans mon ventre alors que je me liquéfiais. Tout ce qu'il voudrait, je le lui donnerais. C'était aussi simple que ça. Parce que c'était Cam.

Et qu'il m'embrassait enfin.

Un de ses bras me soutenait tandis que l'autre remontait le long de mon dos. Des décharges d'électricité naquirent le long de ma colonne lorsque je sentis ses doigts sur ma nuque. Sa prise se raffermit légèrement, et mon cou s'arqua.

— Cam, gémis-je lorsque ses lèvres quittèrent les miennes et déposèrent des baisers le long de ma gorge.

J'allais mourir. Ici et maintenant. Rien ne pouvait être meilleur que cette sensation.

Ses mains me serrèrent plus fort, et… *Dring.*

Qu'est-ce que… ? *Dring.*

Pas de sonnerie mignonne pour Cam, non, juste la sonnerie stridente d'un téléphone à l'ancienne.

Il s'arrêta lorsque la troisième sonnerie retentit, ses lèvres s'ouvrant à la base de mon cou. Il leva des yeux indécis vers les miens à la quatrième sonnerie, puis battit des paupières, et juste comme ça, le charme fut rompu. Un éclair de panique, de regret, écarquilla ses yeux.

Non. Non. Non. Ça ne pouvait pas se finir si vite.

Mon cœur se serra lorsqu'il me posa sur le plan de travail et que ses bras se relâchèrent, me libérant. Je luttai contre mon instinct de le garder près de moi, de le retenir, mais je décroisai les chevilles et il me glissa littéralement entre les doigts en se retirant.

Mon corps bourdonnait encore à une fréquence que seul Cam connaissait, tandis qu'il tendait la main pour ajuster une casquette qu'il ne portait pas. Comme s'il venait de s'en rendre compte, il regarda ses mains vides et secoua la tête.

— Cam, dis-je en sautant à terre.

— Non.

Il recula.

— Qu'est-ce que je… ?

Ce bourdonnement se calma un peu.

— Je ne peux pas te toucher, marmonna-t-il. Pas comme ça.

— Si, tu peux, lui assurai-je.

On aurait probablement dit une supplication. Peu importait. Je m'en moquais. Je dirais tout ce qu'il faudrait si ça le ramenait dans mes bras.

— Non, répéta-t-il en regardant ailleurs que vers moi. Je ne peux pas.

— Ce n'était qu'un baiser.

Mais ce n'était pas le cas. C'était plus profond, et nous le savions tous les deux.

— Et que se passera-t-il quand ça ne se limitera plus à ça ? me défia-t-il, ses yeux accrochant les miens pendant une fraction de seconde. Tu as vu ce qui vient de se passer ?

— Bien sûr que oui, et ça me va très bien que ça aille plus loin ! Vraiment !

— Tu ne le penses pas.

— Ne me dis pas ce que je pense. Je sais ce que je veux.

Je l'avais toujours su. J'avais simplement été trop effrayée pour le dire. Pour tendre vers ça. J'avais toujours su que j'avais une chance de partager un tel moment avec lui une fois, mais pas deux. Même si je craquais deux fois, lui ne le ferait jamais. Et c'était ainsi qu'il verrait les choses. Une bévue. Une erreur.

— Eh bien, tu as tort. Il n'y a pas moyen que tu veuilles ça, dit-il en faisant un geste entre nous.

— Parce que tu ne le veux pas ? Je n'ai le droit de vouloir que ce que tu veux ?

J'enroulai mes bras autour de mon torse, soudain glacée. C'était comme si la chaleur qui se dégageait de ma peau s'était simplement évanouie, me laissant froide et vide.

— Je ne le veux pas ? Tu te moques de moi ? Tu penses que tout ça a un rapport avec ce que je veux ?

Il secoua la tête.

— Ce n'est pas le cas ?

Je m'affaissai contre le plan de travail, me ratatinant un peu. J'avais laissé libre cours à mes désirs. Je ne lui avais pas donné l'occasion de dire non. M'avait-il vraiment embrassée parce qu'il savait que je le voulais ?

Non, il me voulait. N'importe quel idiot s'en serait rendu compte. Les pantalons de sport n'étaient pas vraiment les meilleurs en matière de camouflage.

— Bien sûr que non. Willow, j'ai perdu tout droit de parole, tout droit de…

Il agrippa ses cheveux et prit la plus longue inspiration que j'aie jamais vue. Puis il laissa ses cheveux tranquilles.

Je repris mon souffle quand il le fit.

— J'ai choisi l'escouade de Sullivan, dit-il enfin, en égrenant les mots. Il y en avait deux et j'ai choisi la sienne.

— Mais tu ne savais pas que c'était son escouade. Même si tu as dû faire un choix, ça ne change rien à ça.

La même détermination que celle que j'avais vue plus tôt brilla dans ses yeux, mais cette fois, c'était un avertissement.

— Je l'ai ramené à la maison dans une boîte. J'étais avec lui quand il s'est vidé de son sang.

— Ne fais pas ça, murmurai-je.

Le frisson changeait, devenait vorace et engourdissant. La sensation partait de mes orteils et montait en vagues qui se nourrissaient de ma joie, de mon envie, voire de mon désir stupide, les figeant dans le néant.

— Tu dois le savoir.

Chaque mot était empreint de douleur, brute et amère.

— C'est une chose de penser que tu me pardonnes, mais tu devrais savoir à quoi il ressemblait dans mes bras. J'ai essayé d'arrêter l'hémorragie, mais il avait reçu une balle dans le cou. J'ai pressé sa jugulaire pour limiter les dégâts. Je ne pouvais même pas voir où allait le reste du sang. Et l'infirmier arrivait, mais pas assez vite, putain.

Le vide se fit dans mon esprit. J'étais vide de tout, même de pensées, tandis qu'il me livrait l'histoire qu'on ne m'avait jamais racontée. On ne m'avait jamais jugée assez forte pour en connaître les détails.

— J'ai arraché son casque et Vasquez – l'un de mes hommes – a essayé de boucher le trou dans son cou. Mais les cheveux de Sully… n'étaient plus aussi blonds qu'avant. Ils étaient plus sombres, plus proches des miens et je me souviens avoir pensé que ce n'était pas normal. Qu'il était censé être bon, comme Xander. Il ne pouvait pas se transformer en moi. C'est stupide, non ? Parce qu'il rejoignait le néant sous mes yeux et je suis resté assis avec sa tête sur mes genoux.

Ma lèvre se mit à trembler.

— Je savais qu'il allait partir. Il y avait tellement de sang. Ils ne l'évacueraient jamais assez vite, pas tant que l'avant-poste était encore attaqué. J'ai pris le relais en maintenant la pression sur la blessure et j'ai dit à Vasquez de tirer depuis la position de Sullivan. Et j'ai dit à Sully : « Tu dois vivre. Tu le dois. Willow t'attend. Papa t'attend. Tu dois t'accrocher. » Je savais ce que ça ferait à papa. À Xander… à toi.

Je ravalai le gémissement qui vint sans permission, les larmes me piquant les yeux.

— Et…

Il détourna le regard, son visage se contorsionnant en lignes de rage, de chagrin et de retenue.

— Dis-moi, suppliai-je dans un murmure.

— Ça suffit. Tu ne veux pas…

Il secoua la tête.

— Dis-moi ! m'écriai-je. Ne t'avise pas de me cacher quoi que ce soit ou de filtrer des informations. Je mérite de savoir !

Il ferma les yeux le temps d'une respiration. Puis deux. Trois. Puis il rouvrit les yeux et les plongea dans les miens.

— Il était difficile pour lui de parler. Ses voies respiratoires… C'était difficile. Et quand il le faisait, c'était entre ces horribles respirations haletantes. Il a dit : « Cam. C'est vraiment toi. Ramène-moi à la maison. » Il m'a supplié de le ramener à la maison ! Et on était assis là, dans un avant-poste de combat crasseux dont je ne savais même pas qu'il était le sien, au milieu d'une putain de fusillade dans laquelle je l'avais envoyé, et je ne pouvais rien faire pour sauver mon petit frère. Et quand…

Cam aspira une bouffée d'air et s'agrippa au dossier de la chaise de la cuisine comme si c'était sa bouée de sauvetage.

— Quand il est parti, il a prononcé le nom de maman, comme s'il pouvait la voir ou quelque chose comme ça. Son pouls a cessé de battre sous mes doigts, et ses yeux bleus… ses pupilles… Il n'était plus là. Ç'a duré deux minutes tout au plus. Je suis resté là à le tenir, comme la fois où il avait dérapé dans le dernier virage du ravin et où il s'était abîmé le dos quand on était enfants. Tu t'en souviens ?

— Je m'en souviens, chuchotai-je.

Nous avions neuf ans. Sullivan n'avait pas écouté et avait pris de l'avance. Cam avait onze ans et on l'avait tenu pour responsable. Son père lui avait crié dessus quand nous avions ramené Sullivan à la maison.

— J'étais couvert de son sang, je m'accrochais à cette enveloppe qui avait été Sullivan, tellement en colère, et vide, et même envieux. J'aurais voulu que ce soit moi.

— Cam, non.

Je forçai mes jambes à obéir et je fis un pas, mais il recula encore davantage.

— J'ai supplié Dieu de me laisser prendre sa place. De me prendre au lieu de Sullivan, mais Il n'a pas voulu de moi. Sully était bon, gentil, têtu et il n'avait pas la moindre once de méchanceté. Il méritait de vivre.

Une larme coula sur le visage de Cam, disparaissant dans sa barbe. Je doutais qu'il l'ait sentie.

— C'est vrai, acquiesçai-je. Il méritait de vivre, et il était tout ça et plus encore. Mais, Cam, tu méritais aussi de vivre.

— Non ! cria-t-il, lançant ses mains dans les airs comme s'il avait pu secouer sa propre tête. Pas autant que lui. Il avait tout le monde qui l'attendait à la maison.

— Toi aussi !

— Tu penses honnêtement que quelqu'un aurait regardé Sullivan le jour de mes funérailles et lui aurait dit que c'était lui qui aurait dû être dans cette boîte ?

Il plissa les yeux.

— Ton père n'avait pas le droit de dire ça.

Je secouai la tête. Mes doigts brûlaient d'envie de me rapprocher de Cam. Je voulais revenir à ce jour et me tenir à ses côtés plutôt qu'en face de lui. Dire les choses que je voulais plutôt que celles que je devais dire.

— Il avait tous les droits. Sullivan était mort. J'aurais dû le sauver. J'aurais dû envoyer l'autre escouade pour tenir le périmètre. J'aurais dû prendre sa place. Vérifier à quel poste de combat nous avions été appelés. J'aurais dû serrer sa blessure plus fort. Les forcer à me transfuser immédiatement. J'aurais dû lui tirer une balle dans le pied dès qu'il a décidé de s'engager. Il y a un million de choses que j'aurais pu faire et un million de choses que j'ai faites et qui ont conduit à cette boîte en pin dans laquelle on l'a enterré.

— Camden, arrête.

— Tu penses toujours que j'ai fait tout ce que j'ai pu, Willow ? Je suis resté assis et j'ai laissé l'amour de ta vie se vider de son sang sur moi.

— C'est faux.

Les mots étaient aussi faibles que moi, et la main glacée de la peur s'enroula autour de ma gorge, attendant que Camden me fasse clarifier cette déclaration.

— C'est vrai. Et après ça, tu voudrais ces mains – il les tendit – sur toi ? Les mains qui ont touché l'intérieur de Sullivan et ont senti la vie s'échapper de lui ?

— Ce n'est pas juste.

— *Breaking news* : rien de tout ça n'est juste. Rien de ce qui t'est arrivé n'est juste, et tu mérites quelqu'un de mieux.

Je tournai la tête d'un coup comme si j'avais été giflée.

— De mieux ? Comment peux-tu dire ça ?

— Bon sang, qu'est-ce qu'il te faut de plus ? Quand il est mort, j'étais jaloux qu'il ait pu retrouver notre mère en premier. Elle était la seule personne qui m'aimait autant que Sully ou Xander. J'étais jaloux de mon frère mourant ! Et en colère. Tellement en colère !

— Il n'y a pas de quoi avoir honte.

Dring.

— Ah non ? J'étais en colère contre le monde entier. En colère contre ce connard armé de l'autre côté du mur.

En colère que papa l'ait laissé s'engager. En colère que Xander soit assis dans un fauteuil douillet pendant que je tenais Sullivan. En colère que tu ne l'aies pas convaincu de rester avec toi.

Je blêmis.

— Je sais.

Dring.

— Non, tu ne sais pas. J'en voulais surtout à Sullivan, parce qu'il disposait du privilège pour lequel je serais mort et qu'il ne l'a jamais utilisé. Parce que lorsqu'il est mort, c'est le nom de notre mère qui était sur ses lèvres, alors que je savais que c'était le tien qui aurait été sur les miennes.

J'aspirai une bouffée d'air, mais tous les autres muscles de mon corps se figèrent. Quelqu'un appuya sur le bouton pause, et nous restâmes suspendus à un moment où même mon cœur n'osait pas battre.

Dring.

— Quoi ? cria Camden dans le téléphone.

Mon cœur battait la chamade. J'avais l'impression que ma tête était légère, presque détachée de mon corps. Je reculai jusqu'à sentir le plan de travail, puis je l'utilisai sans vergogne pour me maintenir debout tandis que mes genoux menaçaient de céder.

— Quand ça ?

Son regard se porta sur l'horloge murale.

— Merde. Je serai là dans sept minutes.

Il raccrocha et quitta la cuisine sans un mot de plus, se dirigeant vers le garage.

J'ouvris la porte qu'il venait de me claquer au nez et j'ignorai l'assaut de l'air froid sur mes genoux nus.

— Cam, qu'est-ce qui se passe ?

Il se déplaçait frénétiquement, se préparant à partir.

— Cam !

Il tressaillit, mais continua à s'habiller.

— Mon père a eu un accident. Xander l'a trouvé dans le garage. Il a dû essayer de partir ; la voiture était allumée, mais la porte était fermée.

Cam enfila des chaussettes en laine qui se trouvaient dans le casier, puis ses bottes.

— Oh, mon Dieu. Tu as besoin de quoi ?

Il leva les yeux vers les miens.

— Quoi ?

— Qu'est-ce que tu veux que je fasse ? Tu veux que je parte ? J'appelle l'hôpital pour qu'ils envoient un hélico ? Quoi ?

Il cligna deux fois des yeux.

— L'hélico est en route. Si je pars maintenant, je devrais arriver chez papa à temps.

Il se leva et zippa son manteau, puis il attrapa son casque tandis que je prenais ses gants.

— Reste ici. Au moins je sais que tu n'es pas en train de mourir de froid là-bas.

Son visage disparut sous le casque.

Je lui tendis les gants et lui pris le bras alors qu'il se retournait pour partir.

— Fais attention, dis-je clairement en regardant mes propres yeux se refléter dans la visière. Camden, je ne veux pas que tu sois blessé. Alors, sois prudent.

Il hocha la tête et me laissa là, dans ses chaussettes, son… tout, alors qu'il prenait la motoneige et se dirigeait vers la maison de son père.

Je jetai un coup d'œil dans le garage et mes yeux se posèrent sur la Bobcat avec une très belle pelle attachée à l'avant. Au moins, j'avais un véhicule à disposition.

En entrant dans le salon, je vis le portefeuille de Cam sur la table basse et je gémis.

Il était temps de me mettre en route.

13

Camden

Je dévalai la montagne dans un tourbillon de neige blanche et de ciel bleu, parsemé de pins et de squelettes de trembles parés de leur manteau d'hiver. L'adrénaline, amie familière et bienvenue, se répandait dans mes veines. La neige était dure, conséquence du gel de la nuit.

Pourquoi n'avais-je pas décroché la première fois ? J'aurais pu y être à l'heure qu'il était, et non essayer désespérément d'arriver avant l'hélico.

Je savais exactement pourquoi. Parce que j'étais occupé à tripoter Willow. Le téléphone m'avait arraché au fantasme ridicule dans laquelle j'évoluais et le monde réel m'avait rattrapé.

Le monde où je ne pourrais plus jamais toucher Willow comme ça.

Le monde où papa avait laissé la voiture en marche dans le garage.

Je pris le dernier virage un peu trop vite et dérapai presque au bord de l'allée, juste avant la descente en épingle à cheveux. *Fais attention.*

Une demi-minute plus tard, je coupai le moteur devant le garage, où Xander se tenait au-dessus de papa, comprimant sa poitrine en rythme, ne s'arrêtant que pour lui faire du bouche-à-bouche.

J'ôtai précipitamment mon casque et le laissai tomber par terre, courant déjà vers le garage.

— Qu'est-ce que tu fais ?

— À ton avis ? demanda Xander, à genoux, les mains bloquées sur la poitrine de papa.

— Qu'est-ce qu'il fait encore là ?

Je pouvais encore sentir l'odeur du pot d'échappement, même si le pick-up était éteint.

— Je ne peux pas le sortir avec autant de neige.

Xander fit un signe de tête en direction de l'allée.

— Il ne peut pas rester ici.

Je balayai rapidement le garage des yeux et fonçai vers une longue planche de contreplaqué. Elle se détacha facilement de la pile de bois et je remerciai silencieusement mon père d'être du style à garder ce genre de choses. La planche racla le sol tandis que je la faisais glisser vers papa, puis je la fis basculer pour recouvrir une partie du béton.

— Aide-moi, ordonnai-je en m'accroupissant face à la tête de papa.

Je soulevai son poids plume sous les bras tandis que Xander le saisissait par les hanches. Nous le portâmes jusqu'au contreplaqué, puis chacun saisit une extrémité de la planche sans rien dire et nous le tirâmes à l'air libre.

La planche brisa la croûte de neige de la nuit précédente et nous nous agenouillâmes de part et d'autre de lui. Lorsque Xander s'apprêta à recommencer les compressions, je lui saisis les mains.

— Attends.

— Quoi ? s'agaça-t-il.

Je posai mes doigts sur le pouls de papa et sentis un battement.

— Son cœur bat. Tu vas faire plus de mal que de bien si tu continues les compressions. Il est en insuffisance respiratoire, pas en arrêt cardiaque.

— Alors il faut du bouche-à-bouche.

— Du bouche-à-bouche, confirmai-je alors que le battement lointain des pales de rotor parvenait à mes oreilles. Ils arrivent.

Xander renversa la tête de papa en arrière et continua le bouche-à-bouche pendant que je me levais et que j'examinais le terrain. La zone la plus plate avec le moins d'arbres se trouvait directement derrière la maison. Une minute – peut-être deux – plus tard, l'hélicoptère apparut au-dessus de la maison, soufflant une fine couche de neige dans l'air, mais pas beaucoup plus.

La neige de la nuit était trop lourde pour être soulevée. Ils atterrirent à peu près à l'endroit auquel j'avais pensé, et deux secouristes se précipitèrent, mais ils furent immédiatement ralentis par la neige qui leur arrivait jusqu'aux genoux.

— Il est par là, criai-je pour couvrir le bruit des rotors, puis je les conduisis jusqu'à l'allée. Il est en arrêt respiratoire. Mon frère l'a trouvé près des marches, avec la porte du garage à peine entrouverte, le moteur de la voiture en marche. Il a cinquante-huit ans, il est en bonne santé, mais il est atteint d'une forme précoce d'Alzheimer.

— Compris, répondit l'homme en se laissant tomber avec son équipier pour examiner papa.

Il ne respirait plus. La situation me frappa soudain. Il. Ne. Respirait. Pas.

Il devrait être mort. Comment se faisait-il qu'il ait été seul ? Comment avait-il eu accès aux clés ?

Xander se rapprocha de moi en titubant, toujours équipé de sa tenue de moto, tandis que les secouristes examinaient papa, l'un d'entre eux lui mettant déjà un masque à oxygène sur le nez et la bouche.

— Mon Dieu, Cam. J'étais juste descendu pour voir comment s'en sortait John Royal. Il essaie de rétablir le réseau à Alba Electric.

Il passa ses mains dans ses cheveux.

— Papa dormait, et j'ai pensé que je pourrais revenir avant qu'il ne se réveille

Il n'aurait pas pu appeler John à la place ? Je ne dis rien, car je n'étais pas là non plus. Papa s'était retrouvé seul.

— J'aurais dû être là.

— Il ne t'aurait pas laissé entrer, et tu le sais. Il n'était pas lui-même hier soir. Il croyait que j'étais Cal.

Les secouristes déplacèrent papa sur la civière. Il ne respirait toujours pas seul.

Mon estomac se retourna, le froid s'emparant instantanément de ma chair.

— Oh merde. Xander, ce n'est pas ce qu'il veut.

— Tu crois que je ne le sais pas ? Comme s'il voulait perdre la tête au point de ne plus pouvoir ouvrir une porte de garage ?

Xander secoua la tête.

— Non, je veux dire qu'il ne veut pas être réanimé.

Et j'avais aidé. J'avais aidé, putain. J'avais été tellement aveuglé par mon besoin de le sauver que je n'avais pas pris le temps de réfléchir à ce qu'il voulait.

— Ne recommence pas avec ça, dit Xander.

— Xander, ils chargent papa dans l'hélicoptère. Il ne respire pas tout seul. Tu dois parler en son nom. Il te fait confiance !

Je me retournai, lui faisant face. Nous avions la même taille, mais nous savions tous les deux que je pouvais le battre. C'était la seule chose pour laquelle j'étais doué.

Ma capacité de construction avait toujours été inférieure à ma capacité de destruction.

— Tu es prêt à voir notre père mourir ? me défia-t-il alors que les secouristes commençaient à remonter jusqu'à l'hélicoptère et que nous suivions.

— Bien sûr que non ! Tu penses que quelqu'un est préparé à ça ?

— Qu'est-ce que tu veux que je fasse, Cam ? Que je leur dise « Laissez tomber, il veut mourir ici » ?

Il fit un geste vers la maison. Merde. Oui. Non, je n'étais pas prêt. Si papa mourait, il ne saurait jamais que l'on ne m'avait pas dit qu'il s'agissait de la base de Sullivan. Que j'étais responsable de la mort de Sullivan, mais que je ne le savais pas quand j'avais fait ce choix. Que je n'avais reconnu Sully que quelques secondes avant de le voir se faire toucher. Je n'aurais jamais la chance de réparer tout ce qui était brisé entre nous.

— Ce n'est plus aussi facile quand c'est toi qui fais les choix, n'est-ce pas ? cria Xander. Il est intoxiqué au monoxyde de carbone. Ce n'est pas une situation à long terme. Ils doivent juste le faire respirer à nouveau, et on le ramènera à la maison. Ce n'est pas ce que papa voulait dire, si tu es si sûr qu'il le voulait.

— J'en suis certain !

Nous étions juste sous les pales et les mots semblaient plus tranchants que le métal qui fendait l'air.

— Monsieur ? Nous pouvons emmener l'un d'entre vous, mais pas les deux ! lança un secouriste depuis les portes.

— J'arrive ! répondit Xander et il se dirigea immédiatement vers l'hélicoptère.

Je saisis son bras, ce qui me valut un regard noir.

— Pour l'amour de Dieu, Cam, je dois y aller !

— Je lui ai demandé ! La semaine dernière, on a déjeuné ensemble et je lui ai demandé. Il était sérieux, Xander !

Xander arracha son bras à ma main gantée et monta dans l'hélicoptère sans un mot de plus.

— On l'emmène à Salida, dit le secouriste.

J'acquiesçai et il ferma les portes. Sachant que je devais bouger, je fis demi-tour et je redescendis vers la maison. À mi-chemin, je vis l'hélicoptère dans les airs, descendant vers l'est du col.

Seules mes respirations lourdes et ce qui devait être une grosse caisse battant dans ma poitrine ponctuaient le silence une fois que j'eus atteint l'allée.

Le contreplaqué au centre de l'espace enneigé était la seule preuve de ce qui venait de se passer. Xander avait réanimé papa et je l'avais aidé. Le dégoût m'emplit la bouche, un goût si amer que je manquai de vomir.

***

Deux heures plus tard, j'entrai à Heart of the Rockies, l'hôpital le plus proche. Il s'agissait d'un centre de traumatologie de niveau IV, et le fait de savoir que papa y avait été admis et non transféré était de bon augure. Ça et le fait qu'il n'était pas encore mort étaient clairement des points positifs.

J'avais dû appeler pour obtenir cette information étant donné que j'avais trouvé le téléphone de Xander sur le sol du garage. Il m'avait fallu une heure et demie pour déneiger la route avec le quad de papa, et j'avais de la chance que le pick-up ait assez d'essence pour descendre le col jusqu'à Salida, car j'avais oublié mon portefeuille.

Bien sûr, il suffirait d'un coup de fil pour savoir si je l'avais laissé à la maison, mais l'idée de parler à Willow après tout ce qui s'était passé ce matin me poussait à privilégier l'approche de l'autruche.

— L'unité de soins intensifs ? demandai-je à la réception.

Elle me renseigna et je traversai rapidement les couloirs stériles, mes bottes laissant des traces de pas boueuses sur le sol immaculé.

« Je savais que c'était le tien qui aurait été sur les miennes. » Qu'est-ce qui m'avait pris de lui dire ça ? Pourquoi ne pouvais-je pas m'empêcher de rejouer la scène dans ma tête ? Avec tout ce qui se passait avec papa, pourquoi mon cerveau avait-il décidé de s'accrocher à ce foirage matinal ?

Parce que ça faisait dix ans que tu voulais *le lui dire, crétin.* En arrivant à l'unité de soins intensifs, j'intimai rapidement à l'idiot qui sommeillait en moi de se taire.

— Arthur Daniels ? demandai-je à l'infirmière en blouse bleue et jaune.

— Vous êtes de la famille ? se renseigna-t-elle, me jetant à peine un coup d'œil avant de continuer à saisir des informations sur son ordinateur.

— Son fils.

— Trois cent seize répondit-elle. Son autre fils est avec lui en ce moment. C'est votre frère ?

— C'est Alexander.

Elle sourit.

— Alexander. Oui.

Je hochai la tête et me dirigeai vers les numéros de chambre qui augmentaient. Bien sûr qu'elle voulait connaître son nom. Elle était jeune et jolie, et Alexander était un charmeur.

Je vis d'abord ses bottes dans l'embrasure de la porte, puis le reste de son corps se dessina. Il était appuyé contre le cadre. Il s'était débarrassé de sa tenue de moto et avait l'air bien plus responsable dans son jean et son pull que moi dans mon pantalon de sport et mon sweat à capuche. Peu importait. Dans les situations d'urgence, la mode n'avait que peu d'importance.

— Cam, dit-il avec soulagement, l'ombre d'un sourire apparaissant. Je suis vraiment désolé. J'ai laissé mon téléphone…

Je sortis l'appareil de ma poche et le lui tendis.

— Merci. Je suis désolé qu'ils n'aient pas pu nous prendre tous les deux. J'ai vu l'état de la route. Combien de temps il t'a fallu pour la dégager ?

Il fit défiler ses messages – plusieurs dizaines à en croire la façon dont cette chose vibrait. Moitié moins d'alertes auraient fait s'inquiéter une femme.

— Peu importe. Comment il va ?

— Les médecins sont avec lui, dit-il en regardant par-dessus son épaule. On devrait avoir des nouvelles dans une seconde.

Je franchis le seuil et vis des infirmières et des blouses blanches penchées sur papa, obscurcissant mon champ de vision tandis que les moniteurs émettaient des bips. Mais ce bruit de souffle…

En passant devant Xander, je sentis l'ampleur de ce qu'ils avaient fait me frapper en plein cœur.

Je regardai avec horreur l'accordéon bleu s'élever et s'abaisser, et lorsque les médecins levèrent la tête, le visage de papa apparut.

Comment avait-il osé ? Je fis volte-face, pris Xander par les épaules et le poussai contre le mur opposé à la porte de papa.

— Hé ! cria l'un des médecins.

— Comment tu as pu lui faire ça ? Comment ? criai-je à mon frère et ses yeux s'écarquillèrent.

— C'est bon ! répondit-il, mais pas à moi.

Non, son bras s'étendait à moitié à ma taille, retenant sans doute le personnel qui était prêt à arracher le frère violent au gentil frère.

— Ce n'est pas bon, fulminai-je. Tu savais qu'il ne voulait pas de ça, et tu les as laissés le mettre sous respirateur ? Il veut un NPR, connard !

Le bout de mes doigts s'enfonça dans les muscles légers de ses épaules. Sentant qu'elle cédait, je relâchai ma prise et pris une inspiration tremblante pour calmer la rage qui inondait mon corps.

— Tu le savais.

— Je vous demande pardon, dit calmement un médecin plus âgé aux cheveux parfaitement argentés, comme s'il ne m'avait pas vu emmener Xander vers la cloison sèche. Avez-vous dit que M. Daniels a un NPR ?

— Non, répondit Xander tout aussi calmement, sans bouger d'un pouce.

Pour le monde extérieur, il avait probablement l'air du gentleman posé qu'il était, tentant de détourner l'attention.

Mais je le connaissais mieux que ça. Il savait qu'il était acculé par un prédateur – moi – et dès qu'il bougeait avant de s'expliquer, je le remettais au pied du mur.

— Il n'en a pas ? confirma le médecin en feuilletant le dossier.

— Non, il n'en a pas. Veuillez excuser l'emportement de mon frère. Ç'a été une journée riche en émotions pour nous deux, et mon père a apparemment dit à Camden qu'il envisageait de demander un NPR, mais nous n'avons pas pu confirmer qu'il était lucide au moment où il a formulé cette demande. C'est difficile à dire avec papa ces jours-ci. Il peut parler normalement, mais il pourrait se tromper d'année ou ne pas avoir la moindre idée de son propre nom.

— Ne t'excuse pas à ma place, grondai-je à voix basse avant de reporter mon attention sur le médecin.

— Docteur Taylor, lui dis-je après avoir lu le nom brodé sur sa blouse blanche, je suis désolé que vous ayez vu ça. Je suis Camden Daniels, et mon père m'a dit la semaine dernière et le mois dernier qu'il voulait un NPR, alors je suis un peu furieux contre mon frère pour l'avoir laissé être intubé.

Je puisai dans l'espace mental que j'utilisais lorsque la mission devait l'emporter sur l'émotion, l'espace qui m'avait permis de rester en vie au cours des dix dernières années.

Le médecin nous regarda successivement et hocha la tête.

— Il s'agit d'une situation compliquée et je peux comprendre que vous soyez tous les deux à bout. Cependant, je ne peux pas permettre que cela se reproduise à mon étage. Compris ?

Deux silhouettes en bleu apparurent derrière le docteur. Ils avaient manifestement appelé la sécurité.

— Oui, monsieur, répondis-je, me reprochant momentanément de m'être enflammé à ce point.

Au moins, j'évitai de jeter un regard goguenard aux agents de sécurité. Comme s'ils pouvaient réellement m'expulser physiquement.

— Parfait. Je ne voudrais pas avoir à demander à l'un d'entre vous ou aux deux de partir.

— Ce ne sera pas le cas, promit Xander en me jetant un regard en coin que je ne lui rendis pas.

Qu'il aille se faire foutre. Il les avait laissés mettre un tube dans la gorge de papa.

— Bien, je vous accorde deux minutes, et si vous voulez bien me rejoindre dans la chambre de votre père, je vous donnerai des nouvelles.

Il attendit que nous ayons tous les deux acquiescé et disparut.

Les agents de sécurité restèrent.

— Je n'en reviens pas, fulminai-je.

— Je pourrais dire la même chose, répliqua Xander sous cape. Nous ne sommes plus des enfants, Cam. J'ai eu du mal à t'éviter la prison la dernière fois que tu es venu. Il a fallu que je donne à Hudgens un espace de promenade ridicule dans le quartier historique pour l'empêcher de porter plainte.

Je ne grimaçai peut-être pas extérieurement, mais le coup fit mouche.

— Tu aurais pu porter plainte, toi aussi.

— Je ne le ferais jamais, et tu le sais. Je t'aime. Tu es mon petit frère. Il n'y a rien que je ne ferais pas pour toi. Mais on est adultes maintenant, et je ne peux pas te protéger de toutes les conséquences.

Sa posture s'assouplit.

— Cam, tu dois travailler avec moi.

— Tu les as laissés lui mettre un tube dans la gorge.

Je voulus attraper ma casquette et jurai intérieurement une fois de plus en m'apercevant que je n'en portais pas.

Au moins, lorsque j'étais en mission, le poids du Kevlar m'immobilisait et me débarrassait de ce tic nerveux dont je n'avais jamais réussi à me défaire en quittant l'uniforme.

— Oui, je l'ai fait. C'était ça ou le laisser mourir. Pas besoin de me dire ce que tu en penses. Je sais bien que tu l'aurais laissé partir.

— J'espère que je lui aurais donné ce qu'il voulait, même si c'était difficile. Mais tu sais quoi ? À la maison, je t'ai aidé. Je suis en partie responsable de cette situation, et c'est ça qui me rend le plus malade. Je comprends, Xander. Vraiment. Je ne veux pas perdre papa. Peu importe à quel point il se montre odieux avec moi ou à quel point il me déteste, je veux disposer de chaque seconde possible pour le faire changer d'avis.

— Donc tu es d'accord avec moi ?

Des rides apparurent sur son front et au coin de ses yeux.

— Non. Je dis juste que l'émotion peut l'emporter sur la logique dans l'instant. Je dis que tu dois examiner attentivement la possibilité que tu laisses tes besoins émotionnels l'emporter sur le droit que Dieu a donné à papa de décider de ce qu'il advient de son propre corps. C'est le sien. Pas le tien. Pas le mien.

— Il n'est plus capable de décider et je fais de mon mieux.

Son visage se décomposa et sa bouche se tordit.

— Je sais. C'est ce qui rend les choses si difficiles. Maintenant, allons écouter ce que le médecin a à dire.

— Tu ne comptes pas lui arracher le tube de la gorge ? demanda Xander d'un ton triste, mais en haussant les sourcils d'un air sarcastique.

— Si, juste après avoir débranché le respirateur et pris la pose de la victoire. Bien sûr que non. Je lui ai dit que je l'aiderais à éviter que ça se produise ; on n'a pas vraiment parlé de ce qu'il fallait faire une fois que c'était déjà fait.

Sa main se porta sur mon épaule, mais là où la mienne avait sans doute laissé des bleus sur sa peau, il saisit doucement la mienne.

— Très bien, écoutons ce qu'ils ont à dire.

Nous restâmes côte à côte au pied du lit de papa pendant que le docteur Taylor nous expliquait la situation. Papa ne respirait toujours pas par lui-même, mais ils avaient obtenu de bons résultats avec les caissons hyperbares, et c'était donc la prochaine étape.

Une équipe complète devait rester avec lui à cause du respirateur, mais les complications étaient rares tant qu'ils étaient prudents, et l'approvisionnement en oxygène était sa meilleure chance.

Il avait déjà subi une radiographie pulmonaire et un électrocardiogramme, qui s'étaient révélés prometteurs, mais pas extraordinaires. Les analyses sanguines n'allaient pas tarder à revenir du laboratoire, car cela faisait plusieurs heures, et le niveau d'oxygène n'était pas aussi précis à cette distance de l'incident.

— Était-ce suicidaire ? demanda le docteur Taylor en nous regardant l'un l'autre. Je dois vous poser la question.

— Je ne… Non. Ce n'est pas possible.

Xander secoua la tête.

— Ce n'est pas le cas, répondis-je. J'ai trouvé la porte du garage cabossée. Je pense qu'il a essayé de faire marche arrière alors que la porte était fermée et qu'il l'a désengagée. C'est pour ça qu'elle ne s'ouvrait pas avec le bouton.

Je me tournai vers Xander.

— Tu l'as trouvé près des marches de la maison, c'est ça ?

— Oui, acquiesça-t-il.

— Et je suppose que tu as dû soulever cette porte de garage à la main ?

— En effet, confirma-t-il. Ça semble logique.

— Ce n'était pas suicidaire, Doc. C'est de la démence.

Je m'agrippai à la base du lit de papa lorsque je vis les attaches souples qu'ils avaient fixées à l'aide de velcros sur ses avant-bras, les reliant au lit.

— Il ne fera de mal à personne, protesta Xander.

— C'est plus pour sa sécurité personnelle que pour la nôtre, nous assura le docteur Taylor. Nous allons bientôt le ramener.

Xander et moi restâmes dans un silence relatif pendant qu'ils sortaient papa. Nous nous regardâmes pendant une minute gênante avant qu'il ne sorte son téléphone et marmonne qu'il avait des choses à régler.

J'envoyai un SMS rapide à Willow. Elle méritait d'en savoir plus, mais je ne m'en sentais pas capable.

Cam : Désolé d'être parti précipitamment. Papa a été intoxiqué au monoxyde de carbone. Il est aux soins intensifs à Salida. Xander et moi, on est avec lui.

C'était en partie un mensonge, car m'enfuir était la meilleure chose à faire pour me préserver, mais je l'avais laissée en plan chez moi. Je tapotai sur le côté de mon téléphone, attendant que les trois points s'arrêtent de son côté et qu'un message apparaisse.

Willow : Je suis désolée. J'ai vu Walt et je lui ai donné ton portefeuille. Je vais lui transmettre les infos. Je peux faire autre chose pour toi ? Tu veux déjeuner ?

C'était bien le style de Willow de demander comment elle pouvait m'aider alors que je l'avais plantée le matin même. Je regardai l'horloge. Putain de merde, il était déjà midi passé.

Cam : Ça ira. Tu as vu Walter ?

Willow : C'est ce que je viens de dire.

Walt était-il monté à la maison ? C'était peu probable, étant donné que la panne de courant touchait également l'hôtel.

Cam : Tu es toujours à la maison ?

Willow : Je suis chez moi. Là où je vis.

Cam : Comment ?

J'avais pris la motoneige. De toute façon, ma Jeep n'aurait pas pu affronter toute cette neige. En plaine, peut-être, mais pas en montagne.

Willow : J'ai des ressources, tu sais. Je ne suis pas qu'une demoiselle en détresse.

Cam : J'en suis conscient, Pika.

Merde. J'avais appuyé sur le bouton « envoyer » avant que mon cerveau puisse s'interposer. Je n'avais clairement pas l'intention de l'appeler ainsi, surtout à présent qu'elle savait pourquoi je le faisais.

Elle dut penser la même chose, étant donné qu'elle me laissa en plan pendant deux bonnes minutes. Ça y est, j'étais déjà accro…

Je savais que c'était le tien qui aurait été sur les miennes.

Elle avait peut-être pensé que je voulais dire que si j'avais été Sullivan, mes derniers mots auraient été pour elle. Et pas qu'ils auraient été les miens. Il y avait une chance infime qu'elle ait compris ça… non ?

Mais si elle savait ? Et si mon manque de self-control lui avait révélé le secret que j'avais gardé depuis aussi longtemps que je m'en souvienne ? Et si les années passées à me taire n'avaient servi à rien et que maintenant, elle me détestait ? Ou pire, qu'elle pensait que j'étais capable de passer à l'acte ? Je n'en étais pas capable, et même si je l'étais, la ville ne l'accepterait pas. Elle serait malheureuse dans tous les cas.

— Tout va bien ? demanda Xander.

— Quoi ?

Je relevai la tête.

— Oui, pourquoi ?

— Tu as l'air… constipé.

Je plissai les yeux et il détourna le regard. Puis je faillis laisser tomber mon téléphone lorsqu'il m'alerta de son message. *Un sang-froid digne des bérets verts.* C'était une bonne chose que j'aie quitté l'armée si je devais me transformer en boule de nerfs à cause d'une femme.

Mais pas n'importe quelle femme.

Willow : Merci pour les nouvelles. Je m'inquiétais pour toi.
Willow : Et pour ton père, bien sûr.
Willow : Je t'écris plus tard.
Willow : Sauf si tu ne veux pas.
Willow : Je range mon téléphone.

Je ris, ce qui me valut un regard étrange de la part de Xander. Au moins, je n'étais pas le seul à ne pas savoir sur quel pied danser. Non pas que je veuille la perturber, mais au moins je n'étais pas seul à me faire des nœuds au cerveau.

Cam : OK. À plus tard. Merci pour l'omelette.

Willow : Tu ne l'as pas mangée.

Cam : C'est l'intention qui compte.

Trois points clignotèrent pendant quelques minutes, puis s'arrêtèrent, mais aucun autre message n'apparut. J'aurais cédé un an de ma vie pour savoir ce qu'elle avait tapé avant de le supprimer.

***

— Salut, me chuchota Walt depuis l'embrasure de la porte.

Je levai le doigt, puis vérifiai que papa dormait toujours et j'évitai les jambes tendues de Xander, qui s'était endormi de l'autre côté de notre père.

— Comment ça va ? me demanda Walter une fois que j'eus atteint le couloir et fermé la porte.

— À peu près aussi bien qu'on pourrait s'y attendre.

Je passai mes mains sur mon visage. Comment se faisait-il qu'il ne soit que vingt heures ? J'avais l'impression que ça faisait des années que je m'étais réveillé en face de Willow.

— OK, alors comment va Art ?

— Il va mieux que ce matin. Il aura probablement besoin de quelques séances supplémentaires dans le caisson hyperbare. Il ne s'est toujours pas réveillé et n'est pas capable de respirer seul. Il a de graves lésions pulmonaires qu'ils espèrent inverser.

— Pas capable de…

Le visage de Walt se décomposa.

— Xander l'a mis sous respirateur ?

— Ouais.

Walter ferma les yeux et sa bouche se crispa tandis qu'il prenait une profonde inspiration, puis une autre.

— C'est aussi ma faute, admis-je.

— Quoi ? sursauta-t-il.

— Quand je suis arrivé à la maison, je l'ai aidé à le sortir et j'ai dit à Xander d'arrêter le massage cardiaque parce que son cœur battait. Je lui ai dit qu'il n'avait besoin que de bouche-à-bouche. Je croisai les bras sur ma poitrine.

— Et tu penses que c'est ce qui l'a conduit à être sous assistance respiratoire ?

— Je n'ai rien dit à Xander jusqu'à ce que les secouristes aient embarqué papa dans l'hélicoptère. J'aurais dû dire quelque chose dès le début.

Nous nous séparâmes alors qu'une équipe médicale arrivait dans le couloir, et je vis Simon s'approcher de la salle d'attente au bout du couloir. Je lui fis un signe de la main et il m'en renvoya un.

— Ça fait plaisir de voir Simon, dis-je à Walt.

Le gars avait l'air bien. Heureux. Comme son père.

— Il voulait nous laisser quelques minutes avant de « faire irruption », comme il l'a dit, expliqua Walt en désignant son fils. C'est compréhensible que tu aies dit à Xander comment le sauver. C'est compréhensible que tu aies contribué à le sauver. Ce serait compréhensible que tu sois d'accord avec ce respirateur. C'est ton père là-dedans. Personne ne te reprochera de vouloir qu'il vive.

Il portait un petit sac de sport en bandoulière.

— Ta copine a déposé ça et m'a demandé de te l'apporter. Désolé d'avoir été si long. Royal n'a réussi à rétablir le courant que cet après-midi. Ce système n'a pas été modernisé au cours des cinquante dernières années. C'est un miracle qu'on ne fonctionne pas tous avec une filerie bouton et tube.

Il me tendit le sac et je le pris. C'était l'un des sacs de sport que j'utilisais le moins, rangés au sommet de mon placard.

— Ce n'est pas ma copine, marmonnai-je. Merci de me l'avoir apporté.

— Willow Bradley a toujours été ta copine, Camden. Ça n'implique pas de romance.

Il arqua un sourcil.

— Si tu le dis.

J'ôtai le sac de mon épaule et l'ouvris. Elle y avait mis des baskets et quelques vêtements neufs, allant de la tenue de sport au jean en passant par un chino repassé et des chaussures de ville. Je ris en sortant un sachet plastique rempli de biscuits.

Bon sang, elle est formidable.

— Oui, elle l'est. Elle a dit qu'elle devait se rattraper ou quelque chose dans le genre, pour avoir gâché le petit déjeuner ?

Merde, j'avais dit ça tout haut.

Il y avait une étincelle qu'il ne pouvait pas contenir dans ses yeux quand je levai la tête.

— Je l'ai sortie d'une congère et je l'ai emmenée chez moi. Ce n'est pas ce que tu penses.

— Je n'ai jamais rien insinué, répondit-il en souriant franchement. Je ne suis pas non plus aussi aveugle que le reste des hommes de ta famille.

Son regard devint acéré.

— Je devrais me sentir insulté ?

Je laissai tomber le sachet de biscuits.

— Pas du tout. Vous autres, les Daniels, vous avez toujours été un peu lents à la détente quand il s'agissait de voir des choses que vous ne vouliez pas voir. Mais ta maman savait ce qu'il en était. Surtout s'agissant de la fille Bradley.

— Pourquoi tu… ?

Le chaos éclata alors derrière moi.

— À l'aide ! cria Xander.

Je franchis la porte avant qu'il n'ait fini de prononcer le mot.

Papa s'agitait sur le lit, les yeux exorbités et hagards, la panique gravée sur son visage. Xander était presque sur lui, luttant pour lui maintenir les bras.

— Cam ! Aide-moi, il essaie d'arracher le tube, s'écria-t-il.

— Appelle le médecin ! ordonnai-je à Walt, puis je laissai tomber le sac et courus de l'autre côté de papa.

— Papa, arrête, le suppliai-je.

Il croisa mon regard et je vis qu'il me reconnaissait. Puis il cria, un son déformé, horrible, à peine audible en raison du tube qui lui injectait de l'air.

Voyant que Xander perdait du terrain, j'appuyai sur les biceps de papa qui se débattait, luttant contre l'intubation et courbant le cou.

— Je ne fais qu'empirer les choses !

— Continue ! Il va l'arracher, et ses poumons ne le supporteraient pas encore ! rétorqua Xander.

Papa se dégagea et poussa Xander dans le cabinet de fournitures médicales juste derrière lui.

La force dont j'avais toujours été si fier était devenue un handicap. Je n'aurais jamais imaginé ça.

— Papa ! Arrête ! criai-je alors qu'il tendait les mains vers le tube.

Mon Dieu, il allait devoir tout recommencer s'il l'arrachait. Xander les obligerait à le remettre en place.

Je saisis ses poignets dans chaque main et les poussai sur le côté de sa tête pendant que l'équipe médicale entrait en trombe.

Le regard de papa en disait long. J'étais l'ennemi qui l'avait trahi, et à ce moment-là, il avait raison. Peu importait s'il était lucide ou s'il pensait que j'avais quinze ou vingt-huit ans, c'était moi le méchant.

Mon cœur se déchirait et saignait à chaque tentative qu'il faisait pour se libérer, jusqu'à ce que l'on crie des ordres et qu'une infirmière glisse quelque chose dans sa perfusion.

Xander vint de mon côté, puisque le sien était occupé par l'équipe médicale, et se pencha au-dessus du lit.

— Papa, c'est bon. Tout va bien. C'est bon, répéta-t-il d'un ton calme.

Papa regarda Xander et ses yeux s'adoucirent. Les médicaments qu'ils lui avaient administrés faisaient effet.

Puis ses yeux se posèrent sur moi et tous les feux de l'enfer vinrent me consumer jusqu'à ce que papa perde connaissance, son corps devenant mou sous mes mains.

— C'est bon. Il est endormi, m'assura le médecin.

Je lui lâchai les poignets et blêmis en voyant les marques rouges que j'avais laissées sur sa peau.

Xander me contourna et ramena le bras de papa dans la contention pendant que le médecin faisait de même de l'autre côté.

— Je vous ai dit que c'était pour sa protection, dit sévèrement le docteur Taylor.

— Je suis désolé, m'excusai-je pour Xander, sachant très bien que c'était lui qui avait défait les liens.

Très probablement pendant que j'étais avec Walter.

Xander demeura silencieux.

— Maintenant, mon service est terminé et je rentre chez moi. Est-ce que je dois m'inquiéter ? me demanda directement le docteur Taylor.

— Non, monsieur.

— Je ne vous le demanderai pas une troisième fois. Je vous interdirai tout simplement l'accès.

— Vous n'aurez pas à le faire, promis-je.

Le médecin me fixa assez courageusement pour un type que je pouvais mettre KO d'un geste, puis hocha la tête et partit, emmenant toutes les infirmières sauf une.

— Je suis désolé, dit Xander en se passant les mains dans les cheveux. J'ai défait les liens parce qu'il avait l'air vraiment mal à l'aise, et quand j'ai fini de défaire le deuxième, j'ai levé les yeux, ils étaient ouverts, et il a commencé à se débattre.

L'infirmière leva les yeux de son dossier mais ne dit rien.

Ma poitrine se soulevait en respirations régulières, en guerre contre les pensées furieuses qui tourbillonnaient dans mon cerveau. J'avais dû infliger à mon père exactement ce qu'il m'avait supplié de ne pas faire. J'avais mis en péril la trêve que nous avions, en supposant qu'il était lucide, et j'étais une fois de plus le diable face à la perfection de Xander.

— C'est pour ça qu'il ne voulait pas de ça, dis-je doucement, la menace filtrant dans mes mots malgré mes tentatives pour me calmer. Exactement pour ça. Tout ce qui vient de se passer ?

Je posai ma main sur le torse de Xander et je poussai légèrement jusqu'à ce qu'il s'écarte de mon chemin.

— C'est ta faute.

Je ne m'arrêtai pas pour le réconforter ou évaluer son teint cendré. Non, je le laissai mijoter dans la merde qu'il avait causée.

Plus jamais je ne me retrouverais du mauvais côté, peu importait l'aspect juridique. Plus jamais je ne laisserais qui que ce soit me mettre dans ce genre de situation. Plus jamais je ne laisserais papa se réveiller dans la terreur absolue et la contrainte.

Je pris mon sac et me dirigeai vers le couloir, où Walt attendait, les larmes aux yeux.

— Tu as vu ce qui vient de se passer ? demandai-je.

Il acquiesça.

— Je vais avoir besoin de l'aide de Simon.

14

Willow

— Tu sais, tu pourrais toujours retourner à la civilisation et venir au bureau, me dit Matt Wilson sur FaceTime alors que je descendais Gold Creek Drive, en direction de chez Charity.

— Ça ira, merci, déclinai-je avec un sourire. Tu te souviens quand on était à Rutgers et que je t'ai dit que je retournais à Alba pour de bon ?

Il ajusta sa cravate et rit.

— Je me souviens. Tu sais que Vaughn Holdings a adoré le graphisme de la nouvelle campagne ?

— J'ai cru entendre ça. Bonjour, madame Dawson, dis-je à Genevieve qui descendait le trottoir vers moi.

— Willow, répondit-elle, avec plus de venin que de sucre. Nous sommes tous très enthousiastes à l'idée de voir les plans cette semaine. Ce serait dommage que tout ce battage autour d'Art se mette en travers de la route, n'est-ce pas ?

Je me figeai, regardant Genevieve derrière Matt… Est-ce qu'elle me jetait un regard noir ?

— Je suis désolée, vous voulez parler du fait qu'il vient de sortir d'assistance respiratoire ?

Elle leva les yeux au ciel.

— Tu ferais mieux de parler à ton petit ami, c'est tout. Mais si tu penses que la ville va rester assise et regarder le pauvre Art se faire exploiter par ce garçon, eh bien, tu te fourres le doigt dans l'œil. J'ai dit ce que j'avais à dire.

— Mon petit ami ? Cam ? devinai-je. Parce que nous ne sommes pas…

— Oh, ne joue pas à ce petit jeu-là. Tu as toujours été plus loyale envers les Daniels qu'envers ta propre famille. Mais j'en dirai pas davantage.

Elle disparut dans sa bijouterie, me laissant bouche bée.

— C'est vraiment tout ce qu'elle avait à dire, ou elle va revenir pour un rappel ? demanda Matt.

— Je n'en ai aucune idée. C'est Genevieve Dawson.

Je surpris plusieurs regards noirs en descendant la rue. Que se passait-il ?

— Et c'est dans cette ville que tu veux vivre ? Sérieusement. Viens à Denver. Tu n'as pas de vues comme ça ici.

Il tourna le téléphone, me montrant la ligne d'horizon du centre-ville de Denver.

— Allez, tu mérites d'assister aux réunions où les clients s'extasient sur ton travail.

— C'est chez moi, Matt. Là où j'ai ma famille et mes amis, et où j'ai des points de vue comme celui-ci.

Je tournai ma propre caméra, lui montrant les sommets enneigés sur fond de ciel bleu vif.

— Tu peux t'accaparer tout le mérite, ajoutai-je. Les applaudissements n'ont jamais été importants pour moi.

— Ou c'est à propos du petit ami ?

Penser à Cam me fit ressentir une foule d'émotions, comme un cirque mal coordonné.

— Je n'ai pas de petit ami. Je dois y aller. Je viens d'arriver chez ma sœur. Envoie-moi la liste des souhaits du client et je commencerai à travailler sur ce nouveau design.

— Ça marche. Ne t'approche pas de la dame aux cheveux longs. On a besoin de toi intacte.

— Ah ah.

Je raccrochai en entrant à Mother Lode.

Charity était à la fin d'une réunion du personnel. Je lui adressai un signe de tête et m'assis à une table. Une semaine s'était écoulée depuis l'accident d'Art. Il n'était plus sous respirateur et se remettait, mais je ne l'avais su que par quelques SMS de Cam.

Je ne l'avais plus vu ni entendu depuis qu'il avait sauté sur la motoneige et était parti. Je n'avais pas non plus dit un mot de ce qui s'était passé entre nous. Ni à Cam. Ni à Thea. Ni à Walt quand il m'avait emmenée à la mine, puisque Cam avait un emploi du temps particulier avec Xander, les deux veillant sur leur père à tour de rôle.

Ses paroles me rongeaient.

— Comment ça va ? demanda Charity lorsque les derniers membres de son personnel se retirèrent.

Je regardai ma sœur et essayai de trouver les mots, mais au lieu de ça, je finis par ressembler à un poisson hors de l'eau, ouvrant et fermant la bouche à plusieurs reprises. Finalement, je prononçai un mot :

— Milk-shake.

C'était notre rituel le plus ancien et le plus sacré.

— Camden Daniels, devina-t-elle avec un soupir.

— En gros.

— Meredith va faire l'ouverture, donc je suis libre. Mais c'est toi qui paies.

Elle prit son manteau sur le portemanteau.

— Tu es sûre ? Je sais que tu es très occupée.

— Tu es ma sœur. J'en suis sûre. En plus, je te suis redevable pour ce week-end. Le costume de Rose est superbe pour la pièce. Maintenant, lève tes fesses avant que je te fasse récurer les tables.

Elle acquiesça et je me mis en route.

Nous étions assises dans le box arrière de chez Bigg's, où Charity s'assura que personne ne pouvait nous entendre avant que je dise un mot.

— OK, alors…

— Attends.

Charity leva le doigt et Tillie Halverson s'approcha pour prendre notre commande.

— Salut, Willow ! Charity.

Tillie n'était pas du genre à mâcher ses mots.

— C'est bon de te voir, Tillie !

Charity répondit par un sourire et un plissement de nez qui lui auraient valu un Oscar.

— Hmmm, répondit Tillie, avant de prendre notre commande. Alors, les rumeurs sur toi et Cam sont vraies ? me demanda-t-elle une fois que nous eûmes terminé.

— Des rumeurs ? demandai-je après avoir failli recracher mon eau sur la table.

— Oh, que c'est torride entre vous, vu que tu l'aides pour les restaurations ?

Tillie me jaugea avec un sourire.

Je devais me faire des idées.

— Je ne sais pas ce que tu entends par « torride », mais oui, je l'aide pour les restaurations. Cam et moi, on est amis depuis ma naissance, Tillie.

— Bien sûr. Évidemment. Les rumeurs sont stupides. Surtout que tu es la copine de Sullivan.

Elle rougit, la couleur atteignant ses joues alors qu'elle regardait son bloc-notes.

— Sauf que Sullivan est mort.

Charity exprima mes pensées en haussant les épaules.

— Donc ça n'aurait pas d'importance, n'est-ce pas ?

— C'est vrai. Bien sûr. Donc est-ce que ça veut dire que Cam est… disponible ?

Elle prononça ce dernier mot si longtemps après le reste qu'il aurait pu être une phrase à part entière.

— Tu pourrais probablement lui poser la question, suggérai-je.

J'appréciais beaucoup moins Tillie, tout compte fait.

— C'est vrai ! Allez, je vous prépare ça !

Elle s'éloigna dans sa jupe des années 1950, sa queue-de-cheval blonde se balançant au rythme de ses hanches.

— D'habitude, je m'inquiète que Tillie crache dans ma nourriture, mais je pense que tu me devances maintenant dans la hiérarchie des filles Bradley détestées.

— Tout le monde est bizarre aujourd'hui.

Je fis tourner ma paille dans mon eau glacée.

— De manière générale ou pour Alba ? demanda Charity.

— Carrément bizarre même pour Alba, et Genevieve Dawson a même été méchante dans la rue.

— OK, alors tu es en train de gaspiller ton milk-shake pour parler de Genevieve Dawson. Crache le morceau.

Elle me regarda fixement.

Il fallait utiliser à bon escient le recours au milk-shake. Il était réservé aux moments où votre sœur, et seulement votre sœur, pouvait vous aider.

Je me mis à parler.

Je commençai à l'arrivée de Cam, ne m'arrêtant que lorsque Tillie nous apporta notre repas. Puis je continuai.

Charity ne dit pas un mot, elle se contenta de rester assise face à moi, tout en mangeant son hamburger et ses frites, et en sirotant un milk-shake au chocolat. Il n'y avait pas de jugement dans son regard, comme j'en aurais vu si j'avais parlé à maman. Pas d'excitation vertigineuse, comme celle qu'aurait manifestée Thea.

Elle se contentait de hocher la tête de temps en temps, levant un doigt si quelqu'un s'approchait suffisamment près pour m'entendre, et cela me donna le courage de tout déballer. Le baiser. La mort de Sullivan. Tout.

Il était entendu que nous étions un coffre-fort sans combinaison. Des secrets entraient. Rien n'en sortait. Nous étions impénétrables. Et quand l'une d'entre nous proposait un milk-shake, l'autre arrêtait tout ce qu'elle faisait, sans poser de questions.

Nous sirotions des milk-shakes de chez Bigg's sur la terrasse de nos parents la nuit où Charity avait annoncé à voix basse qu'elle était enceinte.

— Et puis il a dit : « C'est le nom de notre mère qui était sur ses lèvres, alors que je savais que c'était le tien qui aurait été sur les miennes », terminai-je.

La paille tomba dans son milk-shake, mais sa bouche garda la même forme tandis qu'elle me fixait.

— Dis quelque chose, insistai-je.

— Il a vraiment dit ça ? La dernière phrase ?

J'acquiesçai et bus une gorgée de mon milk-shake au caramel salé.

— Qu'est-ce que tu crois qu'il voulait dire ? Sûrement que c'est ce qu'il aurait fait s'il avait été à la place de Sullivan, non ?

C'était du moins ce que je m'étais répété à peu près toutes les heures depuis qu'il m'avait lâché cette phrase. Le reste de l'histoire avait été difficile à entendre, mais pas l'aveu fracassant qu'il avait essayé de faire. Je savais que Cam n'aurait jamais pu être responsable de la mort de Sullivan.

Mais maintenant, je savais à quel point il se sentait responsable, et je savais aussi qu'il utiliserait cette culpabilité pour me repousser si je lui en donnais l'occasion.

— Je pense que c'est exactement ce qu'il voulait dire. Si c'était lui qui avait été en train de mourir, il aurait prononcé ton nom.

Elle s'affaissa contre le siège, comme si j'avais chassé tout l'air de ses poumons.

— Je n'aurais jamais cru que Camden Daniels était romantique.

— Romantique ? Non, juste logique, parce que s'il avait été Sullivan, alors il serait sorti avec moi, et ç'aurait été logique.

Mes paroles ralentirent et je bus à nouveau, mais mon milk-shake n'avait pas le même goût sucré à la gorgée suivante.

— Attends, quoi ? demanda-t-elle en se redressant. Je pense que tu essaies délibérément de mal interpréter les choses.

— Mal interpréter ? Non. Je veux dire, je suppose qu'il y a cette partie de moi qui a toujours espéré…

Je ne pus prononcer les mots à voix haute.

— Que tu finirais avec Cam ? demanda Charity à voix basse.

Je croisai son regard, mais je ne pus hocher la tête. Je ne pouvais pas respirer. Je ne pouvais pas répondre à cette question fondamentale, car cela détruirait les fondements mêmes sur lesquels je m'appuyais.

C'était acceptable que je sois amie avec Cam. Que je sois la meilleure amie de Cam. Acceptable de regarder des films avec lui, de faire des randonnées avec lui, de lire avec lui, de m'asseoir tranquillement avec lui dans notre jeunesse. Acceptable d'être défendue par lui et de le défendre. Acceptable de dormir à côté de lui la nuit où sa mère était morte et de lui tenir la main pendant les funérailles. Nous étions des enfants.

Peut-être que c'était même acceptable de l'embrasser, à l'époque. J'étais probablement l'une des seules filles d'Alba à ne pas l'avoir embrassé, ado.

Mais il n'était absolument pas acceptable d'envisager un quelconque avenir avec lui.

Charity me regarda, puis elle soupira et secoua la tête.

— Vous êtes une foutue tragédie shakespearienne. C'est légèrement divertissant, mais incroyablement douloureux à regarder.

— Tu ne m'aides pas, la réprimandai-je.

— À part tenir un miroir face à toi, je ne vois pas très bien ce que tu voudrais que je fasse, Willow. Cet homme est amoureux de toi et l'a toujours été. Et avant que tu n'ouvres la bouche, je ne parle pas de Sullivan. Je parle de Camden. Et non, il ne te traite pas juste comme la petite fille qui a grandi à côté de chez lui. J'ai aussi grandi à côté d'eux. J'ai également fait de la natation et de la randonnée avec eux. Je prenais le même bus scolaire et j'allais aux mêmes fêtes. Si tu ne peux pas accepter ce qu'il t'a clairement dit, alors tu fais partie du problème, et on va avoir besoin de beaucoup plus de glace.

Elle brandit son milk-shake presque vide.

— Tu penses qu'il voulait dire que si c'était lui qui avait été en train de mourir, et que sa tête était sur les genoux de Sullivan, il aurait prononcé mon nom ? chuchotai-je.

D'un instant à l'autre, j'allais regarder vers le bas et voir un A écarlate sur ma poitrine pour y avoir pensé.

— Oui.

— Tu penses vraiment que Camden est amoureux de moi ?

— Oui.

Mon dos heurta le vinyle rouge du box.

— Depuis combien de temps ?

— Depuis toujours.

Je réprimai un petit rire.

— Je l'ai su le jour où il t'a ramenée de la mine.

— J'avais neuf ans.

— Comme je te l'ai dit. Depuis toujours.

— Et c'est seulement maintenant que tu me dis ça ?

C'était impossible. Ou alors… ?

— Tu acceptes seulement maintenant de l'entendre.

Mais ce n'était pas le cas. Pas vraiment.

— Non, il a été cruel ce dernier été. Les choses qu'il m'a dites. La façon dont il m'a traitée… Ce n'était pas de l'amour.

— Non, c'était le vilain petit cousin de l'amour, la jalousie.

— Tiens tiens, les sœurs Bradley !

Nous nous retournâmes et vîmes Gideon Hall au beau milieu de chez Bigg's, les bras levés tandis qu'il s'approchait de nous.

Encore sous le choc de la théorie de Charity, je parvins à peine à sourire.

— Gid, répondit Charity pour nous deux.

— Pousse-toi.

Il s'assit à côté de Charity et la rapprocha de lui.

— Tu n'as pas mieux à faire que de harceler les gens ?

Elle se déplaça tout en le réprimandant.

— On n'est pas au lycée.

— Dieu merci, sinon Julie serait furieuse que je sois assis là.

Il me sourit.

— Comment vas-tu, Willow ?

— Ça va, Gi…

Je restai bouche bée devant la porte et l'homme qui la franchit en trombe.

— Est-ce que c'est… ?

— Papa, acquiesça Charity, qui accorda soudain une plus grande attention à sa paille lorsqu'il nous aperçut et s'approcha à grands pas.

Mais papa détestait Bigg's.

— Willow, il faut que je te parle.

— Bonjour, juge Bradley, le salua Gideon.

— Lieutenant Hall, répondit papa. Willow, maintenant.

— D'accord, qu'est-ce qu'il y a ?

Tout à coup, je me demandai si le choix du siège de Gideon ne visait pas plus à me protéger qu'à me gêner.

— Tu veux faire ça ici ? me défia-t-il, les yeux rivés sur moi tandis que sa voix baissait de volume.

— Papa, je ne sais pas ce qu'il y a. Tu veux qu'on sorte ? proposai-je.

— Très bien, on va faire ça ici. Dis à ce garçon que j'ai vu sa motion ce matin en rentrant d'une comparution à Buena Vista. Je ne sais pas ce qui t'est passé par la tête pour l'aider avec ces sites historiques après ce qu'il a fait.

Les yeux de Charity se tournèrent vers la porte, mais je n'eus pas eu besoin qu'elle dise un mot. Je sentais que tout le monde nous regardait.

— Papa, je ne sais pas de quoi tu parles. Je suppose que c'est de Cam, mais je ne l'ai pas vu depuis une semaine. Qu'est-ce qui se passe ?

— Tu ne l'as pas vu ?

Il desserra légèrement sa cravate, mais pas assez pour avoir l'air négligé.

— Tu lui apprends à mentir ? demanda-t-il à Charity.

Elle inclina la tête mais ne répondit pas. Je supposais que nous en étions revenues à l'absence de communication.

— Je ne mens pas.

Quoi qu'il en soit, il fallait que ce soit énorme pour que mon père perde son sang-froid en public comme ça.

— Tu ne le vois pas ?

— Pas de la manière que tu suggères, non.

J'aurais voulu disparaître sous terre quand la tête de Tillie Halverson surgit de la machine à milk-shake. Elle devait se tenir debout sur le comptoir pour avoir cette vue.

— Tu n'as pas passé la nuit avec lui la semaine dernière ? cracha-t-il.

Mes joues s'enflammèrent, à la fois d'embarras et d'indignation.

— C'est bien ce que je pensais.

— Ce n'est pas ce que tu penses, craquai-je.

Mais pourquoi étais-je sur la défensive ? Même si ç'avait été le cas, j'étais une adulte, et c'était lui qui se comportait comme un enfant. Il ne méritait pas d'explication, et je ne lui en devais certainement pas.

— Très bien. Je te souhaite bonne chance pour faire approuver ces plans par la Société historique vendredi. Art a plus d'un ami au sein du conseil, et aucun d'entre nous n'est pressé de voir notre ami enterré juste pour que Cam puisse obtenir l'héritage qu'il pense lui revenir.

Voir Art enterré ?

— Juge Bradley, vous franchissez une ligne assez claire, le prévint Gideon.

Papa regarda le badge de Gid, puis ses yeux.

— Peut-être que si tout le monde arrêtait de les franchir, je n'aurais pas l'impression de devoir les ramener de l'autre côté.

— Vous devriez quand même commander un milk-shake ou autre chose pour que tout le monde ne pense pas que vous êtes venu juste pour engueuler vos filles à propos de questions juridiques privées qui ne les concernent pas.

Papa plissa les yeux, mais il tourna les talons et s'éloigna sans un mot de plus, se dirigeant vers le comptoir pour faire exactement ce que Gideon avait suggéré.

— Qu'est-ce que c'était que ça ? demanda Charity.

— Cam a demandé à Simon de le représenter aujourd'hui. Il poursuit Xander pour la tutelle de leur père.

Il vola une frite dans mon assiette et la dévora.

— Tu sais à quelle vitesse les nouvelles circulent ici.

— Tu savais que notre père allait venir, devinai-je.

— Ce n'est pas le premier endroit où il a cherché, confirma-t-il. Toute la ville est en colère. J'avais prévu de déjeuner ici de toute façon.

— Ça explique l'attitude de Genevieve, fit remarquer Charity en frappant la main de Gid lorsqu'il voulut prendre une de ses frites. Commande les tiennes.

— Je vais le faire. J'attends juste… Le voilà !

Il fit un signe de tête en direction de la porte.

Camden balaya la pièce du regard. Ses yeux s'arrêtèrent sur Gideon, puis sur moi. Sa casquette de baseball lui descendait sur le front, tout comme son jean sur les hanches. Des hanches que j'avais entourées de mes cuisses la semaine précédente.

J'avais l'impression que mon visage était en feu.

— Sympa l'accueil, murmura Charity.

Je remarquai alors que personne ne parlait à aucune des vingt tables. Ils regardaient tous Cam. Le terme « dévisager » était sans doute plus approprié.

Cam le remarqua, lui aussi, car son menton se releva tandis qu'il traversait la salle.

Papa se mit en travers de son chemin, et mon cœur s'arrêta comme les pas de Cam, qui fléchit le poing, mais il glissa ses pouces dans ses poches arrière. Cela pourrait très mal tourner, et si le tempérament de Cam prenait le dessus, il ne gagnerait jamais son procès.

— Si tu fais ça, papa ne te pardonnera pas, murmura Charity.

Je la regardai et pris conscience que je m'étais levée.

— Tu es sûre de ce que tu as dit tout à l'heure ?

Elle jeta un coup d'œil à papa et à Cam.

— Oui. Je suis sûre.

— Alors je peux m'en accommoder.

Papa m'avait appris à me ranger du côté de ce qui était juste, quel qu'en soit le prix. Il ne s'était pas rendu compte qu'il n'était pas du bon côté, cette fois-ci.

Elle déglutit, puis acquiesça rapidement.

Leurs paroles étaient encore étouffées lorsque j'avançai sur le sol à damiers du *diner*, mais le ton était sans équivoque. Papa était furieux. Cam avait ce calme effrayant qui précédait généralement la destruction de quelque chose.

— Salut, on t'attendait, dis-je à Cam en leur faisant face. On est au fond.

Les yeux de Cam croisèrent les miens, et si j'avais été quelqu'un d'autre, j'aurais tressailli devant ce que j'y vis. Ce n'était pas le type qui m'avait ramenée à la maison à motoneige ou celui qui m'avait embrassée dans la cuisine. C'était le Cam qui tuait des gens, et je fus soudain frappée de voir que cette partie de lui vivait près de la surface, tout juste tenue en laisse. Il y avait une partie de lui dont je n'étais pas sûre qu'elle se souciait de qui que ce soit ou de quoi que ce soit, même de moi.

Il s'attendait à ce que je batte en retraite ; c'était ce que signifiait ce regard.

— Je t'ai gardé un siège à côté de moi.

Je tendis la main, paume vers le haut, et j'attendis.

La balle était dans son camp. Je refusais de regarder quelqu'un d'autre ou même de penser à l'humiliation possible à laquelle je venais de m'exposer. L'humiliation que Cam m'aurait réservée si nous avions encore été ensemble cet été-là, avant qu'il ne parte pour la formation de base. Je gardai les yeux rivés sur les siens et ne bougeai pas la main. Quelque chose me disait qu'à l'instant où je perdrais le contact visuel, il exploserait.

— Willow, prévint papa.

— Cam, chuchotai-je.

À chaque seconde qui passait, le poids de la dévastation potentielle pesait plus lourd.

Il se retourna vers mon père et mon cœur s'enfonça.

Mais sa main prit la mienne et me sembla plus légère que le vide que je ressentais précédemment, même avec son poids.

— Juge Bradley, dit Cam en guise d'adieu.

Il se déplaça et vint se placer entre papa et moi tout en retournant vers le box.

— Willow, lança papa, sans chercher à être discret.

Je fis une pause, sachant que les gants étaient enlevés.

Je regardai quand même derrière moi.

— Que dirait Sullivan ?

Il n'avait pas donné de coup de poing – il avait tiré directement dans le cœur, et le mien se brisa. Ma respiration sortit saccadée et la main de Cam se resserra autour de la mienne.

— Je ne sais pas, papa. Mais je ne manquerai pas de le lui demander la prochaine fois que je le verrai.

Je me tournai vers le box et mis un pied devant l'autre jusqu'à ce que je sois assise contre le mur, Cam bloquant le reste du restaurant.

Il leva le bras, puis posa sa main sur mon épaule et m'attira à ses côtés. Il ne s'agissait pas d'une déclaration romantique, même si c'était probablement ce que tout le monde penserait. Il s'agissait d'un soutien structurel complet.

Je me concentrai sur l'odeur de Cam, son parfum de menthe et de pin, et j'essayai de glisser tout ce qui venait de se passer dans une boîte pour l'examiner plus tard. Mais en vain. Papa avait vraiment utilisé Sullivan contre moi. Contre Cam.

— Qu'est-ce qui vient de se passer ? demanda Gideon.

— Willow s'est excommuniée elle-même.

Les yeux de Charity étaient vitreux, et elle m'offrit un sourire faible et tremblant.

— Tu vas bien ?

J'acquiesçai dans un mouvement saccadé.

— Souris, ordonna-t-elle tandis que son regard s'illuminait. Toutes les langues ici vont s'agiter, alors ne laisse pas papa gagner. Pas dans ce domaine. Souris. C'est la meilleure armure que tu aies.

Je le fis, mais à en croire la grimace de Gideon, ce n'était pas une réussite.

— Combien de temps penses-tu que ton père peut rester énervé à propos de quelque chose comme ça ?

Gideon fit un signe de tête en direction de l'endroit où papa m'avait déclaré une guerre ouverte, puis il vola une autre frite.

— Combien de temps lui faudra-t-il pour pardonner à l'une de ses filles d'être allée à l'encontre de ses souhaits directs aussi publiquement que possible ? demanda Charity.

— Oui, précisa Gideon.

— Elle te fera savoir quand ça arrivera enfin.

J'adressai un petit rire ironique à ma sœur.

— Amen, acquiesça-t-elle, et nos rires devinrent réels.

Le bras de Cam se resserra autour de moi, et je me penchai contre lui.

— C'est bon, frangine. Il y a de la place à la table des moutons noirs pour toi. Pas vrai, Cam ?

— Il y a de la place partout où tu veux, Willow.

Il se reposa son menton sur le sommet de ma tête.

— Caramel ?

Il attrapa mon milk-shake et en but une gorgée, puis parut étonné.

— Non. C'est du caramel au beurre salé. Surpris ?

Il me regarda et je vis dans ses yeux que mon Cam était de retour.

— Je ne m'attendais clairement pas à ça.

— En bien ou en mal ? chuchotai-je pour qu'il soit le seul à l'entendre.

Son front se plissa pendant une seconde, puis il se pencha vers moi et m'embrassa sur le front.

— En bien. Excellent même.

***

Trois jours plus tard, Cam arriva à la réunion de la Société historique et prit le siège vide à côté du mien. Il avait fait de nombreux allers-retours à Salida pour veiller sur son père et passait le reste de son temps à planifier la rénovation, et ça se voyait. Il avait l'air épuisé.

En dehors d'une brève conversation téléphonique, nous ne nous étions parlé que par SMS. J'étais pratiquement devenue une ermite, travaillant sans arrêt de chez moi, mais les regards dédaigneux que j'avais reçus en entrant m'indiquaient que tout le monde supposait que je sortais désormais avec Cam.

Je faillis rire, car même moi, je ne le pensais pas.

En fait, tous les signes indiquaient le contraire.

— Il reste encore un point à l'ordre du jour, lui dis-je.

— D'accord, répondit-il en se débarrassant de son manteau.

— Est-ce que tu… ? Ah oui. Je ne savais même pas que tu avais une cravate.

Mais bon sang, ça lui allait bien.

— Il y a beaucoup de choses que tu ne sais pas sur moi, dit-il avec un clin d'œil.

— Tout le monde pense que je sais *tout.*

Je m'attardai sur ce dernier mot.

— Ils n'ont qu'à se mêler de leurs affaires, dit Cam en s'adressant directement à Mme Rhodes, qui s'était retournée sur son siège pour nous dévisager.

Elle n'était pas la seule. Depuis que je m'étais assise, mon père m'avait tour à tour ignorée et jeté des regards furieux, et plus d'une dame âgée avait marmonné que Sullivan aurait eu honte.

Oui, il aurait eu honte. D'eux.

— Notre prochain point à l'ordre du jour est l'examen du plan d'entreprise proposé par Camden Daniels, annonça Walt depuis l'estrade. Si tu veux bien approcher, Cam ?

— Oui, monsieur, répondit-il et il se leva.

— Bonne chance, murmurai-je.

Il s'arrêta dans l'allée, le dossier fermement serré dans sa main droite, et m'offrit sa main gauche.

— Tu vas encore plus énerver les gens si tu me mets sous leur nez, crachai-je.

— Viens, Pika. Je t'ai gardé une place à côté de moi.

Thea me donna un coup de coude dans les côtes.

Je pris sa main et levai le menton pendant que nous descendions l'allée, ignorant la douleur brûlante de ce maudit A écarlate qui s'enfonçait plus profondément dans ma peau à chaque murmure. Cam était expert dans l'art de ne pas se soucier de ce que les gens pensaient – ou du moins d'en avoir l'air.

Je débutais en la matière.

Cam présenta son plan et répondit à toutes les questions que le conseil lui posa. Je comptai deux ou trois membres qui ne semblaient pas ouvertement hostiles.

Xander resta silencieux, mais ce n'était pas une surprise. Le calme face à la rage de Cam avait toujours été son mode opératoire.

— Ça semble être un plan solide, termina Walt. L'idée que nous pourrions ouvrir la mine aux visites dès le mois d'août est également une grande source de motivation. Et si nous passions au vote ?

Il y eut un murmure sur l'estrade et Walter appela les neuf membres du conseil à voter.

Je retins mon souffle pendant que Mary Murphy comptait les bulletins de vote.

— Trois en faveur, dit-elle, ses épaules s'affaissant. Six contre.

Un souffle audible se fit entendre dans le hall. Détester Cam était une chose, priver la ville de revenus dont elle avait tant besoin par dépit en était une autre.

Cam se crispa, ses poings devenant blancs sur l'estrade.

— Sérieusement ? demanda Walter en regardant tour à tour les membres du conseil.

— Les votes ont parlé, dit Genevieve avec un faux froncement de sourcils.

— J'ai du mal à croire que vous soyez six à ne pas pouvoir passer outre les problèmes juridiques actuels de Cam.

Six ?

Trois pour. Il devait s'agir de Walt, de Julie, la femme de Gid, et probablement de Mary, compte tenu de sa réaction. Ou peut-être pas. Personne ne rendrait publique sa rancune.

À moins que nous ne les forcions.

Je tirai sur le coude de Cam et il se pencha.

— Dis à Walt que tu souhaites interroger le conseil.

— Pourquoi ?

— Ils ont secrètement voté contre toi à cause du procès. Ils ne s'opposeront pas publiquement à la mine. C'est littéralement la raison d'être d'Alba. Fais-le, ordonnai-je.

Il me lança un regard incrédule, mais se leva.

— Monsieur le président ?

— Cam ? répondit Walt en se frottant l'arête du nez.

— Je souhaite interroger le conseil.

Walt haussa les sourcils, mais il sourit.

— Quelle bonne idée !

— Il ne peut pas le faire. Il doit obtenir la majorité des dix-huit autres membres votants, dit papa en regardant Cam droit dans les yeux.

— Tu as omis de le mentionner, murmura Cam en bougeant à peine la bouche.

— Oups. OK. Mais on va faire avec.

Je me retournai et regardai ce que je pouvais voir de la salle.

— Faire avec quoi ? demanda-t-il.

— Tu pourrais te déplacer vers la gauche, Dorothy ? Merci.

Je grimpai sur la chaise pliante.

— Doux Jésus, murmura Dorothy.

Je vacillai en même temps que la chaise, mais Cam m'attrapa par la taille. Ce n'était sans doute pas la meilleure image qui soit, mais nous étions déjà condamnés, alors autant profiter des avantages.

— Si vous êtes un membre votant, pouvez-vous vous lever ?

Une dizaine de personnes le firent.

— Allez. Levez-vous. Vous ne voulez pas savoir lequel d'entre eux est prêt à laisser une vendetta personnelle contre Camden Daniels priver cette ville de la possibilité d'augmenter ses revenus de cinquante pour cent ? Vous avez vu les projections. James Hudgens, vous avez deux fils qui vivent à Alba, mais vous ne pouvez laisser la caserne historique qu'à l'un d'entre eux. Vous ne voulez pas voir si l'autre peut gagner sa vie pendant la saison en organisant des visites ou en faisant la navette avec les touristes ?

James regarda son fils cadet, Ian, ignorant la mine renfrognée d'Oscar. Puis il se leva.

— Jennifer Halverson, vous gagnez de l'argent grâce à une chose. Ne me regardez pas comme ça, vous savez que c'est vrai. Vous imaginez combien d'argent vous gagnerez en plus pour vos enfants quand nous aurons trente mille visiteurs supplémentaires en été ?

Elle jeta un regard noir à Cam, mais se leva.

Il était amusant de constater à quel point le jugement moral disparaissait lorsque les finances personnelles étaient en jeu.

Un à un, j'appelai les cinq membres votants restants jusqu'à ce que les dix-sept soient debout. Camden était le dix-huitième.

— Si vous souhaitez que le Conseil procède à un vote verbal, veuillez lever la main et dire « oui », déclarai-je.

Ils le firent à l'unanimité.

Cam me reposa par terre, profitant de l'occasion pour me murmurer « Merci » dans les cheveux.

— J'ai fait ce que je pouvais. Tu dois les interroger maintenant. C'est toi qui l'as demandé.

— Génial, marmonna-t-il.

— Ils ne peuvent pas répondre tant que tu n'as pas énoncé leur nom. Nom et prénom, précisai-je.

— Comment tu sais tout ça ?

Il me regardait avec un mélange de crainte et de confusion.

— Papa, expliquai-je en haussant les épaules.

Il avait fait de l'apprentissage des règles du conseil un jeu et nous interrogeait à table lorsque nous étions enfants, persuadé que l'une de ses filles reprendrait sa place de juge du comté.

— Alors j'énonce leur nom très lentement ? demanda Cam, tandis que Walter demandait à la foule de se taire.

— Continue à parler jusqu'à ce qu'ils soient convaincus, suggérai-je. Vise la gorge, parce qu'ils ont clairement visé la tienne.

— Tu veux que je les fasse changer d'avis.

— Tu n'as pas besoin de faire grand-chose, promis-je. Ils sont face à une pièce remplie de voisins en colère, et il suffit de faire changer d'avis à deux personnes. N'oublie pas que les fondateurs peuvent tous les mettre en minorité.

Cam acquiesça.

— Tu es prêt ? demanda Walter.

— Oui.

— Vas-y.

— Genevieve, je ne peux pas imaginer que vous refusiez à tous les habitants de notre ville la possibilité d'augmenter leurs revenus. D'autant plus que leurs revenus sont réinvestis dans votre bijouterie le reste de l'année. Mon propre père a acheté la bague de fiançailles de ma mère chez Dawson. Vous n'avez certainement pas voté contre, n'est-ce pas, Genevieve Dawson ?

Elle était plus rouge que son chandail couleur canneberge lorsqu'il termina. Il avait choisi de commencer par un dragon.

— Bien sûr que non. Je vote pour, conclut-elle.

Une de moins.

— Walter Robinson ?

— Pour, vota Walter en souriant.

Il n'en fallait que trois de plus.

— Julie Hall ?

— Pour, répondit-elle en faisant un clin d'œil à son mari.

Il n'en restait plus que deux.

— Mary Murphy ? devina Cam.

— Pour.

Elle acquiesça.

Il ne s'adressait qu'aux membres en faveur de sa proposition et il avait besoin d'un vote supplémentaire.

Ses yeux se posèrent sur papa et je me raidis.

— Noah, je pourrais revenir à Alba en tant que millionnaire avec un prix Nobel et vous vous opposeriez toujours à moi, n'est-ce pas ? Comment avez-vous voté, Noah Bradley ?

— Contre.

Papa s'adossa à sa chaise. Cam acquiesça.

— C'est ce que je pensais.

Un murmure parcourut la foule.

— C'était pour toi, me chuchota Cam.

Il avait retourné la situation contre mon père et l'avait exposé publiquement, tout comme mon père l'avait fait avec moi au restaurant. Papa avait laissé la rancune l'emporter sur l'intérêt général… en cette année électorale.

— Alexander.

J'aspirai une bouffée d'air lorsque Cam s'adressa à son frère.

— Toi et moi avons discuté de la manière dont les recettes de l'ouverture de cette mine au public nous permettraient de générer suffisamment de revenus pour que notre père puisse rester chez lui et recevoir les soins nécessaires. Cela nous permettra de tenir la promesse que nous lui avons faite. Tu ne voterais certainement pas contre le maintien de notre père dans sa maison, n'est-ce pas, Alexander Daniels ?

Xander ne regarda pas la foule, il se pencha simplement en avant et fixa Cam.

— Je ferai tout pour que notre père soit heureux et en bonne santé. Je vote pour.

La foule applaudit et Cam me serra dans ses bras, mais je jetai un coup d'œil à papa et à Xander et je ne pus m'empêcher de penser que même si nous avions gagné une victoire, nous avions aussi perdu quelque chose.

15

Camden

— Doucement, papa.

Xander s'efforçait de l'aider à s'asseoir à la salle à manger, tandis que je m'asseyais à sa gauche.

— Je ne suis pas un enfant. Je peux le faire.

Il fit signe à Xander de s'écarter et fixa les pâtes devant lui.

— C'est ton plat préféré. Des fettucine aux crevettes, dit Xander avec un sourire forcé.

— Je sais que c'est mon plat préféré. Quoi, tu croyais que j'avais oublié quelque chose comme ça ? grommela-t-il, mais il reprit sa fourchette.

Xander et moi nous regardâmes avant d'entamer notre assiette. Il y avait une trêve provisoire entre nous pour des moments comme celui-ci, mais cela ressemblait à la guerre froide. Nous faisions bonne figure devant papa et renforcions notre arsenal en coulisses.

— Où est Dorothy ? Pourquoi on ne mange pas dans la cuisine ?

Papa fronça les sourcils.

Xander soupira et j'intervins.

— Dorothy ne vient que le jeudi ou quand ça lui prend, maintenant, lui répétai-je.

Il était rentré de l'hôpital depuis deux jours, et sa mémoire n'était pas au mieux de sa forme.

— Tu as une équipe qui vient maintenant, tu te rappelles ?

— Je n'ai pas besoin d'une équipe.

— Nikki est avec toi du lundi au jeudi, et comme on est mercredi, elle est là aujourd'hui. Dan et Sandra s'occupent des nuits et May des autres jours. J'ai mis un calendrier avec leurs photos affichées près de ton lit, de ton fauteuil dans le salon, du réfrigérateur et sur le tableau d'affichage dans le couloir. Tu veux que j'en mette ailleurs ?

Ne pas répliquer, c'était mon nouveau truc. Je n'étais pas tout à fait sûr que ça fonctionne.

Papa prit une bouchée et regarda la salle à manger.

— Je ne vois pas de Nikki. Et pourquoi diable on est là ? Je déteste cette pièce. C'est inutile d'avoir une pièce entière qu'on n'utilise qu'à Noël, mais ta mère dit que c'est comme ça.

Il secoua la tête.

Je tressaillis intérieurement, comme toujours lorsqu'il parlait comme si maman était encore là.

— On a pensé que Nikki aurait besoin d'une pause, c'est pour ça qu'on déjeune avec toi, Xander et moi. Et ton déambulateur n'est pas aussi facile à utiliser dans la cuisine, alors jusqu'à ce que tu sois rétabli à cent pour cent, on s'est dit que ce serait plus facile ici.

Il jeta un regard noir à son déambulateur, posé à côté de lui.

— Je n'ai pas besoin de cette maudite chose. Ou de quoi que ce soit d'autre.

Il arracha le tube d'oxygène de son nez.

Xander fit mine de bouger mais je l'interrompis.

— Laisse-le manger d'abord.

— Le médecin dit que l'oxygène n'est que pour quelques jours, papa. Ils veulent juste s'assurer que tes poumons sont rétablis. Tu nous as fait très peur.

Le regard de Xander se posa sur la table et je me demandai s'il pensait au respirateur, aux attaches. Car c'était mon cas.

— Très bien, alors je vais aller voir le docteur Myers pour qu'il me débarrasse de ça, parce que c'est ridicule.

Il attaqua ses pâtes comme si elles étaient personnellement responsables de son manque d'oxygène.

— Papa, le docteur Myers est mort il y a environ huit ans, lui dit Xander.

Pourquoi ? formèrent mes lèvres. Il n'y avait aucune raison de montrer à papa qu'il avait perdu la tête. Il y avait des combats que l'on choisissait et d'autres que l'on évitait.

Xander me répondit par un regard noir.

Formidable. Comme quand on était enfants.

— D'accord, alors je vais prendre le volant et…

Papa se leva et appuya ses mains sur la table.

— Papa, non.

Xander et moi nous levâmes d'un bond.

— Je peux aller où bon me semble !

Il abattit son poing sur le bois nu de la table, faisant sauter l'argenterie.

— Tu ne peux pas.

La voix de Xander se brisa.

— Pourquoi pas ? Au cas où tu l'aurais oublié, Alexander, je suis ton père. Je me moque que tu te prennes pour un grand homme qui part à l'armée parce que Colorado State t'a refusé. Je suis ton père.

Je clignai des yeux et mon regard se porta sur Xander, qui rougit. L'université d'État du Colorado l'avait refusé ? Ce n'était pas l'histoire qu'on nous avait racontée. Il avait choisi de servir son pays, choisi d'être désintéressé plutôt que de se servir lui-même. Xander me jeta un regard et je levai les mains comme si j'étais en état d'arrestation. Je n'allais pas relever.

— Comme si tu n'allais pas me jeter ça à la figure, s'emporta-t-il.

— Sérieusement ? J'aimerais bien que la pire chose qu'on ait contre moi soit que je n'ai pas pu entrer dans l'université de mon choix. J'ai fait bien pire.

Je savais qu'il était toujours en colère contre moi – nous étions en guerre, bon sang de bonsoir – mais au moins sa posture s'adoucit.

— Tu n'as rien à dire, Camden. Je dois encore rembourser l'école pour ce que tu as fait aux toilettes.

Papa agita le doigt sous mon nez.

Je réprimai un rire, mais quand papa manqua de tomber, je me précipitai pour le rattraper.

— Qui fait ça ? Lancer un pétard dans les toilettes des filles. C'est ce qu'on voit dans les films, ça.

— Un garçon de treize ans qui cherche le mauvais type d'attention.

Je l'aidai à se rasseoir sur son siège.

— Je suis sûr que ce maudit directeur m'a fait payer le double parce que j'ai ri, marmonna papa.

Ma poitrine se contracta. Il avait ri ? Vraiment ? Parce qu'il n'avait pas ri sur le chemin du retour ou lorsqu'il m'avait menacé avec sa ceinture.

Papa reprit sa fourchette et nous nous rassîmes. J'échangeai un sourire tendu avec Xander. *Tu vois, on pourrait le faire. On serait...*

— Et où sont mes clés de voiture ? demanda papa en jetant un regard noir à Xander.

Tout le rouge du commentaire de papa sur l'université disparut de son visage, laissant mon frère instantanément pâle.

— Eh bien… À propos des clés…

Il me regarda.

— J'ai pris tes clés, papa, dis-je sans détour en piquant une bouchée, me forçant à mâcher et à avaler.

Ce n'était pas la nourriture. L'armée m'avait appris à ne pas être difficile. Mais je savais comment repérer une avalanche, et papa allait en déclencher une.

— Tu as fait quoi ? Pourquoi ? Tu ne sais même pas conduire, Camden.

J'avais parlé du choix des combats… C'était celui que je devais choisir.

— J'ai vingt-huit ans, papa.

J'avalai une gorgée d'eau glacée.

— Tu as… Ça ne va pas, marmonna-t-il. Tu ne devrais quand même pas avoir mes clés. Rends-les-moi.

Il plissa ses yeux bleus.

— Je ne peux pas faire ça.

J'enroulai une autre portion de fettucine autour de ma fourchette, en espérant qu'il laisserait tomber. Qu'il l'oublierait aussi facilement qu'il avait oublié mon âge.

— Tu vas me les rendre ! Ce sont mes clés.

Il pointa sa fourchette dans ma direction, ponctuant ses paroles.

— C'est vrai, convins-je.

— C'est ma voiture !

— C'est vrai.

— Est-ce que je dois appeler Tim Hall ? Te donner une leçon sur le vol de la propriété d'autrui ? menaça-t-il en se penchant en avant.

— Papa, ce n'est pas sûr pour toi de conduire. Je ne peux pas te les rendre pour cette raison.

Je parlais lentement, calmement, en utilisant toutes les astuces que j'avais apprises au fil des ans pour désamorcer la situation. J'avais eu affaire à des chefs de guerre moins têtus que mon père.

— Je suis un meilleur conducteur que tu ne le seras jamais !

— C'est possible, convins-je. Mais, papa, tu as fait démarrer la voiture, tu as foncé dans la porte du garage, tu es sorti pour la réparer et tu as failli mourir.

Ma gorge se resserra sur la dernière partie, et je dus la racler, puis prendre une autre gorgée d'eau pour faire passer le tout.

— N’importe quoi. Je ne rentrerais jamais dans la porte du garage.

Il agita sa fourchette dans ma direction.

— Tu mens. Tu veux juste voler ma voiture.

— Non, papa. J’ai ma propre voiture.

— Tu as treize ans !

— J’ai vingt-huit ans.

Je cherchai de l’aide auprès de Xander, mais il regardait la table d’un air défait.

— Cam, tu sais qu’en alimentant ses émotions, il va tourner en boucle, me prévint Xander.

Merci pour l’aide.

— Papa, tu n’es plus en sécurité au volant.

— Ce sont des conneries ! Tu dis que tu es un homme ?

— Je le suis, affirmai-je.

Même si certains jours, je ne savais plus très bien où se trouvait cette limite, car je me sentais comme un enfant dès que je pénétrai dans cette maison. Même cette ville.

— Alors, tu sais que j’ai besoin de mes clés. Un homme conduit ! Il a le contrôle ! Qui va emmener ta mère à la bibliothèque lorsqu’il neige ? Tu sais qu’elle déteste cette route.

Merde, ça faisait mal.

Xander ferma les yeux. D’accord, j’allais endosser le rôle du méchant. De toute façon, c’était le rôle pour lequel j’étais né.

— Papa, maman est décédée il y a longtemps. Tu n’as pas à la conduire où que ce soit. Xander et moi sommes adultes. On peut te conduire partout où tu veux. Tes infirmières le peuvent aussi. Elles sont extrêmement compétentes. Xander et moi avons fait en sorte que tu sois entouré des meilleures. Tu n’as pas à te soucier de conduire. Facilitons-nous la vie.

— Je veux mes putains de clés !

La fourchette lui échappa des mains, dégringola le long de la table en chêne et atterrit sur la chaise vide de maman.

— Tu ne peux pas les avoir.

Il poussa un rugissement de frustration, et ma poitrine se serra comme si j'étais un enfant.

— Très bien, je vais demander à Sullivan de les récupérer. C'est le seul d'entre vous qui écoute, grommela-t-il.

C'était un combat que je refusais de mener.

Nous terminâmes le reste du déjeuner en silence, jusqu'à ce que Nikki arrive, tout sourire dans sa blouse verte.

— Vous voilà !

Elle salua papa, puis se tourna vers Xander et moi.

— Merci. C'était super de déjeuner avec mon copain.

— Qui êtes-vous ? demanda mon père.

— Nikki, répondit-elle comme si c'était la première fois.

Ce n'était pas le cas.

— Je suis ici pour passer la journée avec vous. Et si on remettait ça – elle remit l'oxygène sous son nez – et qu'on vous préparait un petit moment de détente ? Vos fils m'ont dit que vous aimiez *Frères d'armes* alors j'ai mis le premier épisode en file d'attente.

Papa plissa les yeux lorsqu'il la regarda récupérer son assiette vide dans la salle à manger.

— Je suis censé regarder des films avec cette fille ?

— Elle est juste là pour t'aider, papa.

— Elle est autoritaire.

Il désigna son tube d'oxygène.

— Toi aussi, rétorquai-je.

— Très bien, tout est prêt. Vous venez, Art ? demanda Nikki.

— Eh bien, je suppose que vous êtes assez jolie pour ça, commenta-t-il et il se leva.

— Papa, tu ne peux pas lui dire qu'elle est jolie, grimaçai-je en direction de Nikki. Désolé.

— Pas de souci. On m'a déjà traitée de pire.

Elle haussa les épaules.

— Pourquoi pas ? Regarde-la. Des cheveux roux, une belle peau. J'aime les jolies filles. Nous nous entendrons très bien si vous ne parlez pas pendant le film.

Xander déplaça son déambulateur et papa s'y installa, s'appuyant lourdement pour se soutenir.

Nikki sourit et emmena papa jusqu'au salon, tandis que Xander et moi portions le reste de la vaisselle dans la cuisine.

— Alors, tu vas prendre ses clés pour lui sauver la vie, mais tu vas me traîner en justice pour obtenir un NPR afin qu'il puisse y mettre fin, m'accusa Xander alors que je lavais ce qu'il y avait dans l'évier.

— Ce n'est pas la même chose, répondis-je en chargeant la vaisselle dans le lave-vaisselle.

— Vraiment ? Parce que si tu penses qu'il est assez lucide pour dire qu'il veut un NPR, alors il devrait être assez lucide pour conduire, non ?

Je fermai le lave-vaisselle et me tournai vers mon frère.

— Quoi ? Tu n'as pas de réponse à ça ?

Il enfila sa veste de costume et me fixa avec un mépris ouvert qu'il avait caché devant notre père.

— Tu ne vois toujours pas ? demandai-je calmement. Après tout ce qui s'est passé à l'hôpital, quand il s'est réveillé en criant parce qu'il ne savait pas où il était ni pourquoi il avait un tube dans la gorge. Tu penses qu'il veut vivre comme ça ? Attaché avec des liens alors que ses propres fils le retiennent prisonnier ?

— Douze jours ! s'agaça Xander. Il a passé douze jours à l'hôpital, et maintenant il est rentré chez lui. Et la moitié du temps, il est papa. Alors oui, je suis prêt à accepter ces jours merdiques pour qu'on puisse avoir les quelques bons jours qui nous restent. Parce que je l'aime et que je le garderai sur cette terre aussi longtemps que je le pourrai.

— Tu es prêt à accepter les jours merdiques ?

Je secouai la tête.

— Ce n'est pas *toi* qui vis ces jours merdiques, Xander. C'est lui. Toi, tu regardes. À un moment donné, tu comprendras que ça n'a jamais été à propos de ce que tu veux ni de ce que je veux. Il s'agit de savoir ce qu'*il* veut.

— Oui, c'est ce que tu te dis, tout en utilisant la mine de notre famille pour essayer de faire basculer l'opinion publique de ton côté, pour essayer de convaincre tout le monde que tu es une sorte de héros réformé. Tout ça concerne papa. Bien sûr. Je te le dis, mon frère, ils seront reconnaissants pour les revenus supplémentaires, mais ça ne suffira pas pour mettre la ville ou le juge de ton côté. Je connais Alba un peu mieux que toi.

Il n'aurait pas pu être plus loin du compte. Je me foutais qu'Alba me considère comme le sauveur de la saison touristique. Je tenais à ce qu'ils me fassent suffisamment confiance pour offrir à papa ce qu'il voulait.

Il partit après avoir dit au revoir à papa et m'avoir jeté un dernier regard noir.

Je m'appuyai contre le cadre de la porte du salon et je regardai papa s'installer. Il respirait mieux maintenant qu'il ne bougeait plus autant.

Était-ce vraiment le mieux à quoi il puisse s'attendre ? Comment une telle force de la nature pouvait-elle se perdre dans son propre esprit ?

— Papa, je dois aller à la mine.

— La mine ? Je connais cet endroit mieux que quiconque.

Il tourna la tête pour répondre, regardant par-dessus le côté du fauteuil bleu qu'il aimait tant.

— Oui, je sais, papa. Je prépare la réouverture pour les visites, tu te souviens ?

Son front se plissa.

— Ah oui. C'est vrai. Un endroit dangereux, cette mine. Tu devrais m'emmener. Au cas où tu te perdrais. Je ne voudrais pas qu'il t'arrive quelque chose, à toi ou à la fille Bradley.

La pression revint dans ma poitrine. Il savait. À ce moment-là, il savait ce qui se passait réellement. Il était vraiment là.

— Tout ira bien, lui promis-je. Je ne laisserai rien arriver à Willow.

— Je sais. Cette fille est folle de toi. Tu le sais, n'est-ce pas ? Tout le monde le sait. On ne parle que de ça en ville.

Il m'adressa un doux sourire et la pression se relâcha pour laisser place à quelque chose de léger et de doux.

— Et ça te va ?

Mes clés s'enfoncèrent dans ma paume. *Détends-toi. Son opinion n'a jamais eu d'importance pour toi avant.* Sauf qu'elle en avait toujours eu.

— Bien sûr. Vous êtes inséparables depuis votre enfance. Je me suis dit que la boucle serait bouclée un jour ou l'autre. Maintenant, sois prudent là-haut. Les wagons avanceront toujours sur les rails, mais tu sais que les rails s'arrêtent net après le premier puits de ventilation.

— Oui, j'ai tes anciennes cartes. Ne t'en fais pas.

— Très bien. Amuse-toi bien. Je t'aime, Sullivan.

Il m'adressa un autre de ces doux sourires et se retourna vers la télévision.

Une brique de deux tonnes me tomba sur la poitrine. C'était forcément ça, parce que l'air ne passait plus et que ça faisait terriblement mal. Je clignai furieusement des yeux pour chasser la douleur et reposai ma tête sur le chambranle de la porte.

Ma première respiration se fit dans un hoquet, remplissant mes poumons, mais laissant la douleur. Elle était toute à moi.

— Je t'aime aussi, papa, répondis-je, parce que c'était ce qu'il attendait.

Parce que c'était la vérité.

Je m'éloignai dans le couloir et posai ma main sur la photo de Sully au mur.

— C'était aussi pour toi.

Mon téléphone sonna alors que je montais dans la Jeep, et le nom de Willow s'afficha à l'écran. Je fis démarrer le moteur à la deuxième sonnerie.

À la troisième, je me rappelai toutes les raisons pour lesquelles je ne devrais pas répondre.

À la quatrième, je le fis.

— Salut.

— Salut. Qu'est-ce que tu fais ?

Je pouvais pratiquement voir son sourire tandis que sa voix remplissait ma voiture, passant par les haut-parleurs.

— Je viens de terminer de déjeuner avec mon père et je pensais me rendre à la mine. J'ai rendez-vous avec l'entrepreneur demain et je voulais y jeter un dernier coup d'œil.

J'enclenchai la vitesse et me dirigeai vers chez moi.

— J'ai une meilleure idée, suggéra-t-elle.

— Je me méfie.

Mes lèvres s'incurvèrent également.

— Et si on faisait tous les deux l'impasse sur le travail et que tu me rejoignais aux sources d'eau chaude ?

Les sources d'eau chaude. Il y avait dix mille raisons différentes pour lesquelles je devais dire non et une seule raison pour laquelle je devais y aller. Et bon sang, cette raison l'emportait nettement sur toutes les autres.

— Cam ? demanda-t-elle, la voix montant dans les aigus.

Elle avait peur que je dise non.

Probablement parce qu'elle savait que je le ferais. C'était une mauvaise idée.

— Willow Bradley, tu me demandes de faire l'école buissonnière avec toi ?

La Jeep oscillait d'avant en arrière sur un tronçon de route où la glace s'était accumulée en petits blocs.

— Peut-être. Bon, oui, d'accord. Allez, viens. Personne d'autre ne viendra jamais avec moi.

— C'est parce que l'endroit est recouvert de neige.

Je levai les yeux à travers le pare-brise et je vis un ciel d'un bleu éclatant. Au moins, le temps était de la partie.

— Seulement à l'extérieur. L'eau est chaude. Je suis sûre que tu t'en souviens.

Quelques heures avec Willow, ce serait le paradis. Nous n'avions pas passé de temps seuls ensemble depuis… ce qui s'était passé dans la cuisine.

— Allez. Sois vilain avec moi.

— Vilains, hein ? Laisse-moi deviner. Tu n'es pas vraiment vilaine. Tu as déjà abattu tout ton travail pour la journée.

— D'accord, d'accord. J'avoue. En fait, je te pousse à être vilain pour pouvoir t'utiliser ouvertement pour m'amuser.

— C'est une situation que je connais bien. Je te rejoins dans vingt minutes.

Il n'y avait aucune chance que ça se termine bien. Mais rien ne finissait jamais bien.

16

Camden

La neige recouvrait l'intégralité de la prairie entre les crêtes, à l'exception des sources chaudes et du ruisseau qui coulait à côté, gonflé par le début du dégel printanier.

Le contraste entre la neige immaculée et la source minérale turquoise en ébullition était incomparable. J'avais voyagé dans le monde entier, vu des choses époustouflantes et brutales, mais il n'y avait aucun endroit sur terre que je trouve aussi beau, d'où le tatouage sur mon bras.

L'ouverture de cette source d'eau chaude aux touristes aurait rapporté gros, mais nos arrière-grands-pères avaient voulu la réserver à l'usage privé des Daniels et des Bradley. À l'exception de quelques fêtes d'été lorsque nous étions au lycée, notre génération avait respecté cet accord. Nous en avions bien profité.

Je garai la Jeep à côté de l'ancien établissement des bains publics et j'en sortis en traînant mon sac à dos. La neige s'enfonçait à peine sous mes bottes alors que je surplombais les bains publics, perchés de façon précaire au-dessus de l'extrémité nord du bassin, et les dépassais.

La structure était encore saine, pour autant qu'une ruine des années 1880 laissée à l'abandon puisse l'être. Papa l'avait renforcée l'été où Xander s'était cassé le poignet après que nous avions installé un pneu en guise de balançoire en dessous, et les supports étaient toujours en bon état.

La balançoire n'avait pas survécu à la mésaventure de Xander. Le 4Runner de Willow franchit la crête ouest, et mon estomac se serra. Un mois. Cela faisait un mois que j'étais rentré, et j'étais passé de la promesse de ne jamais la voir à celle de ne jamais la toucher, à… je ne savais même pas. C'était Willow, et même si je savais que c'était une mauvaise idée, je ne pouvais pas m'en empêcher. Je n'avais jamais pu le faire lorsqu'il s'agissait d'elle.

Elle était l'exception à tout.

— Salut !

Elle sourit en fermant la portière de sa voiture, portant son propre sac à l'épaule.

— Jolie roue.

Je désignai l'avant gauche du SUV.

— Tu aimes ?

Elle posa comme un mannequin de voiture.

— Elle est toute neuve et ressemble comme deux gouttes d'eau aux trois autres déjà installées. Mais ce n'est pas tout ! Elle est équipée de quatre pneus neufs, car son amie à l'arrière, à droite, avait également souffert en évitant un chevreuil. Tout ça pour la modeste somme de « Je pense que je viens de payer l'université au fils Keith-Mayberry ».

Elle termina par un grand sourire et j'éclatai de rire.

J'ignorai comment elle s'y prenait, mais elle pouvait faire basculer mon humeur d'un simple mouvement de lèvres. Des lèvres dont je connaissais le goût et la texture. Des lèvres qui alimentaient bien trop de rêves ces derniers temps. Tout ça parce que j'avais le self-control d'un adolescent lorsqu'elle s'approchait.

Ou peut-être était-ce parce que je la désirais depuis mon adolescence.

— Et si on entrait ? On se gèle dehors.

Elle acquiesça et nous descendîmes le talus bordé de pierres jusqu'à ce que nous atteignions les lourdes pierres plates qui ornaient les extrémités nord et ouest du bassin. Nous déposâmes nos sacs et je m'affairai à sortir mes serviettes et à me déshabiller, surtout pour ne pas regarder Willow le faire.

J'étalai une serviette pour marcher dessus et pliai l'autre pour quand je sortirais, puis j'enlevai mes vêtements jusqu'à ce que je ne porte plus que le short de bain noir que j'avais mis sous mon pantalon.

— On se voit dedans ! criai-je et je sautai, en faisant attention à ne pas faire une bombe, parce que je n'avais plus quinze ans.

La chaleur de l'eau m'engloutit et je m'attardai dans ses profondeurs, mais je ne touchai pas le fond. Je remontai à la surface et les gouttes d'eau sur mon visage me semblèrent immédiatement glacées.

— Comment elle est ? demanda Willow depuis le bord.

Je me retournai et faillis avaler ma langue.

Elle se tenait sur le rebord, ramenant ses longs cheveux bruns en un chignon sur le dessus de sa tête. Les mots. Je n'avais pas les mots. « Incroyable », peut-être. « Magnifique », clairement. « Diablement sexy ? » Oui, ça aussi. Son maillot de bain était un deux-pièces rappelant les pin-up des années 1940, avec un bas bleu marine et des boutons dorés jusqu'au ventre, et un haut à rayures rouges et blanches qui passait autour de son cou et se nouait entre ses seins en un nœud que j'allais défaire avec mes dents.

Dieu. Bénisse. L'Amérique.

Je bloquai ma mâchoire pour que mes dents restent à leur place.

— Alors ? me demanda-t-elle et il me fallut une seconde pour me rappeler ce qu'elle m'avait demandé en premier lieu.

— Elle est à soixante degrés, comme tous les jours de l'année.

Mais j'aurais vraiment aimé qu'il fasse beaucoup plus froid à ce moment-là.

— Parfait.

Elle s'assit sur le bord de la pierre, puis s'enfonça dans l'eau jusqu'à ce qu'elle la recouvre jusqu'au cou. Puis elle gémit.

— C'est une sensation incroyable.

C'était la pire idée que j'ai eue de toute ma vie. Sauf que c'était son idée.

Elle se dirigea vers moi, puis me dépassa, et s'arrêta devant les pierres peu profondes qui formaient l'extrémité est du bassin.

— Viens t'asseoir, dit-elle.

— Ce n'est probablement pas la meilleure idée qui soit.

— Pourquoi ?

Elle inclina la tête sur le côté et se pencha en arrière de façon que son poids repose sur ses mains.

L'eau atteignait son décolleté, mais elle était également limpide dans cette partie.

— Crois-moi. C'est bien assez près.

— Alors tu vas rester au milieu et faire du surplace pendant tout le temps qu'on va passer là ?

Elle disparut derrière un nuage de vapeur sous l'effet de la brise, puis réapparut.

— Peut-être.

— Comme tu voudras. Alors tu sais que toute la ville pense qu'on est ensemble ? demanda-t-elle.

Ah oui, l'éléphant dans le magasin de porcelaine ou plutôt dans les sources thermales.

— Je suis au courant.

Je m'approchai d'elle à la nage quand une autre vague de vapeur la cacha. Je ne pouvais peut-être pas la toucher, pas comme je le voulais, mais je n'allais pas me priver du simple plaisir de la regarder.

— Parce que tu n'arrêtes pas de poser tes mains sur moi quand on est en public.

Elle arqua un sourcil en signe de défi.

— Définis ce que tu entends par « poser les mains sur toi ».

Ce n'était rien comparé à ce que je voulais faire.

— Tu as mis ton bras autour de moi au *diner*.

— C'est toi qui m'as tendu la main en premier.

Je traversai un autre nuage de vapeur lorsqu'elle disparut à nouveau.

— Tu m'as tenu la main à la réunion de la Société historique.

— Tu…

Merde, je ne trouvais rien à ajouter.

— Tu m'as serré dans tes bras.

Voilà.

— Tu t'es accroché à ma taille.

— Pour que tu ne tombes pas de la chaise. Tu sais à quel point tu es maladroite quand tu es distraite ? Tu as le syndrome de l'objet brillant et tout le reste n'existe plus, y compris tes propres pieds. Crois-moi, je t'ai sauvée de toi-même.

— Tu m'as embrassée sur le front.

Ses yeux noisette ne faisaient plus semblant de jouer.

J'avais embrassé bien plus que ça dans ma cuisine. Je déglutis et je m'assis sur le rebord qui délimitait la partie peu profonde.

— Tu m'as choisi plutôt que ton père.

— Tu m'as sortie de ma voiture et tu m'as ramenée à la maison.

Je me retournai pour lui faire face, l'eau m'arrivant au niveau du ventre. L'air froid me piqua la poitrine, m'aidant à m'ancrer.

— C'était juste être un bon voisin. En plus, toute la ville ne l'a pas vu, donc je ne pense pas que ça compte.

Un sourire se dessina sur ses lèvres.

— Très bien. Tu as pris une balle pour moi.

— Six, corrigeai-je, ressentant une pointe de terreur en me rappelant que j'avais vraiment failli la perdre. Il y avait six plombs. Dans la chevrotine.

— J'ai cru que tu étais en train de mourir, admit-elle. Je ne savais pas pour le gilet pare-balles.

— J'ai cru qu'il te tuerait avant que je puisse faire quoi que ce soit.

Je passai mes mains sur mon visage refroidi par l'air.

— J'ai pensé à toi avant de te voir.

Elle se déplaça et s'assit.

— Quoi ?

Game over.

— J'ai vu le fusil, ton père parlait de cougars et j'ai pensé à toi.

Elle ramena ses genoux contre sa poitrine.

— C'est si difficile à croire ?

— Oui.

Croire en quoi que ce soit vous valait une tonne de déceptions.

— J'ai pensé à toi tous les jours, Cam.

Putain, elle n'y allait pas de main morte.

Moi aussi, je pensais à elle. Mais j'étais incapable de prononcer ces mots. Je ne pouvais pas franchir les limites sur lesquelles j'avais déjà buté une fois. Ç'avait été l'expression de la passion et de l'envie, mais le refaire ici serait un choix. Un choix impardonnable, et j'en avais déjà fait un qui lui avait brisé le cœur.

— J'ai pensé à toi quand tu es allé à l'université et quand tu es rentré à la maison et que tu as cessé de me parler. Mon Dieu, tu as été si cruel cet été-là.

— Je sais.

La douleur dans ses yeux me fit fermer les miens.

— Pourquoi ?

Mon cœur martelait ma poitrine, la raison exigeant d'être libérée. Je devais prononcer les mots que je n'avais pas pu prononcer. Parce qu'elle était tout ce qu'il y avait de bien à Alba – dans la vie, en fait. Et lui était tout aussi bien.

Et ils étaient bien ensemble.

Et je ne serai jamais l'une ou l'autre de ces choses.

Je la regardai et elle soupira, comprenant que je n'allais pas lui répondre.

— J'ai pensé à toi quand tu es parti pour la formation de base, et quand Sully m'a dit que tu avais été sélectionné pour l'entraînement des forces spéciales, et chaque jour où tu suivais le processus d'évaluation. Chaque jour. Tu m'as tellement manqué que je ne savais pas comment les gens pouvaient continuer à respirer avec ce genre de douleur.

Elle leva les yeux au ciel.

— Tu m'as manqué tous les jours pendant dix ans, Cam.

Je savais exactement de quel type de douleur elle parlait, parce que je l'avais portée en moi, apprenant à exister malgré elle, à l'enterrer, pour la voir refaire surface encore et encore. Et elle était là, à portée de main, et je n'arrivais toujours pas à soulager cette maudite douleur. Je ne m'y autoriserais pas.

— On ne peut pas faire ça, dis-je doucement.

Lentement, elle ramena ses yeux sur les miens pour me défier.

— Pourquoi ?

— Tu sais pourquoi.

La logique me disait de m'arrêter là. De nager jusqu'à l'autre bord, de prendre mes vêtements et de me tirer avant que la situation ne dégénère et que nous ne puissions plus revenir en arrière.

— Je devrais y aller. Je n'aurais jamais dû venir, et je le savais.

— Mais tu es venu quand même.

Elle se mit à genoux et la chair de poule recouvrit ses épaules.

— J'ai du mal à rester loin de toi, admis-je.

Je pouvais lui offrir la même honnêteté qu'elle. Je lui devais au moins ça.

— Depuis toujours. Les ténèbres sont attirées par la lumière, n'est-ce pas ? Et il n'y a rien de plus brillant que toi dans cette ville.

Elle s'adoucit à ce compliment, et je voulus immédiatement le retirer. Je devrais la repousser le plus loin possible de moi, ne rien dire qui la fasse se rapprocher.

— Tu as le choix. Tu as toujours eu le choix.

— Pas quand il s'agit de toi. Je n'ai jamais été assez bien. Je ne le suis toujours pas. Ceci – je fis un geste entre nous – ne pourra jamais se produire.

— C'est moi qui décide qui est assez bien pour moi, pas toi, rétorqua-t-elle, se glissant sur le côté pour que nous ne soyons plus qu'à quelques mètres l'un de l'autre.

— Alors, réfléchis bien, car tout ce que je sais faire, c'est construire des choses et détruire des gens. Je t'ai aussi détruite une fois.

Elle tressaillit.

— J'ai vu tes larmes, ton cœur brisé quand je l'ai ramené à la maison. Je sais ce que je t'ai fait.

— La mort de Sullivan n'est pas ta faute, dit-elle sur le même ton que celui qu'elle avait utilisé lorsque nous nous étions disputés dans la cuisine.

La même dispute que nous aurions pour toujours si je cédais à ce que je voulais. Peu importait le nombre de fois qu'elle le dirait. La mort de Sully était ma faute.

— Continue à te dire ça, Willow.

— Je te le dirai jusqu'à ce que tu le croies, promit-elle en se mettant à genoux et en prenant mon visage entre ses mains.

— Tu m'as révélé ta vérité la plus laide sur ce jour-là, mais tu ne m'as jamais laissé dire la mienne.

— Comme si ça pouvait rivaliser.

L'air entre nous était chargé d'électricité.

— Tu m'as vue pleurer le jour de l'enterrement de Sullivan. C'est vrai. Je l'ai aimé et je ne regrette pas de l'avoir aimé.

Je tournai la tête, mais elle me suivit jusqu'à ce que son genou effleure ma cuisse.

— Donc tu as vu mon chagrin, mais tu n'as jamais vu mon soulagement.

Mon regard revint sur le sien.

— J'ai eu le cœur brisé par la mort de Sullivan, mais, Cam, la seule raison pour laquelle je pouvais encore respirer, c'était parce que tu avais survécu. J'avais tellement honte que tout ce que je sois autorisée à ressentir soit le chagrin alors que le soulagement était l'émotion la plus forte.

Ses épaules se voûtèrent et elle détourna le regard.

— Qu'est-ce que tu dis ? Tu as été soulagée que Sully soit mort ? chuchotai-je.

— Non.

Elle secoua la tête.

— J'étais soulagée que tu ne le sois pas. Et je savais que je finirais par aller mieux. Que je guérirais. Et c'est ce qui s'est passé. Je me suis reconstruite et je me suis reconstituée. Mais je savais que si les rôles avaient été inversés et que nous t'avions enterré, je n'aurais pas pu. Je ne pourrais pas – je ne peux pas – imaginer mon monde sans toi quelque part.

— Tu ne penses pas ce que tu dis.

— Si.

Me disait-elle vraiment que si elle avait dû choisir l'un d'entre nous pour rentrer à la maison ce jour-là, c'était moi qu'elle aurait désigné ? C'était impossible. Tout le monde choisissait Sullivan. Mon père, Xander, et même Willow.

J'étais un beau connard d'avoir envie de la croire. D'avoir envie de penser que j'étais digne d'être le premier choix de quelqu'un.

Je voulais être son premier choix.

Elle s'approcha jusqu'à ce que nos respirations se mêlent à la vapeur qui s'élevait de la piscine minérale.

— Dis oui, me supplia-t-elle, retournant contre moi les mots que j'avais prononcés lors de notre premier baiser.

Mais je ne pouvais pas. Pas quand je n'étais son choix que parce qu'il ne pouvait pas l'être. Même si je la désirais ardemment, je ne pouvais pas être sa médaille d'argent. Même lorsque les battements dans ma poitrine me criaient de prendre ce que je pouvais obtenir, la seule parcelle de fierté à laquelle je m'étais accrochée toutes ces années n'y parvenait pas.

— Non.

Je m'éloignai d'elle, glissant à nouveau dans la piscine.

— Pourquoi ? cria-t-elle, s'asseyant dans l'eau peu profonde. Tu t'es battu pour ton pays. Pour Sullivan. Pour ton père et même pour moi. Pourquoi tu ne peux pas laisser quelqu'un se battre pour toi ? Pourquoi tu ne me laisses pas me battre pour toi ?

La douleur dans sa voix fit voler en éclats mon sang-froid comme rien d'autre ne pouvait le faire, et je perdis le contrôle.

— Parce que je ne ferais que te blesser.

— *Breaking news*, on n'a pas besoin d'être ensemble pour que tu me brises le cœur. Crois-moi, j'ai quelques années de preuves à l'appui. Essaie encore.

— Parce que tu ne veux pas vraiment de moi.

— Tu es sérieux ?

Elle se laissa glisser sous l'eau et nagea, refaisant surface derrière moi au milieu de la piscine, où la vapeur la cacha de nouveau.

— Je ne remplacerai pas Sullivan ! lui criai-je.

Mon cri était adressé au monde. À Dieu. À qui voudrait bien l'écouter.

La brise emporta la vapeur juste assez longtemps pour que je puisse voir son visage bouleversé.

— Non, murmura-t-elle, mais le son parvint jusqu'à moi. Sullivan était ton remplaçant.

Que venait-elle de dire ? Je cessai de faire du surplace et coulai immédiatement alors qu'elle me tournait le dos et nageait vers l'autre extrémité.

Je nageai sous l'eau et traversai la piscine, ressortant devant elle. Je repris une grande goulée d'air et elle poussa un hoquet de surprise.

— Répète ça, exigeai-je.

— Tu me détestes ?

Elle pinça les lèvres et de minuscules gouttes d'eau glissèrent sur son visage.

— Ce serait normal, puisque je me détestais. Tu étais à la maison pour l'été après ta première année d'université, et j'ai vu les filles s'accrocher à toi dans le jacuzzi de Julie, et tu ne les as pas repoussées, et j'ai compris que tu ne le ferais jamais. Pas pour moi. Tu ne me voyais pas comme ça.

Mais moi, si. Mais je n'avais jamais agi en conséquence.

— Sullivan m'a trouvée en train de pleurer, il m'a embrassée et je l'ai laissé faire parce que ça atténuait la douleur. Je l'ai utilisé, il m'a laissé faire, et j'ai appris à l'aimer pour ça, et finalement pour tout le reste, mais je savais que je ne pouvais pas l'aimer comme il m'aimait. Pas quand je n'avais pas un cœur entier à lui donner.

Sa bouche tremblait.

— Je ne suis plus aussi admirable, n'est-ce pas ?

Ne voyait-elle pas que sa vulnérabilité, son honnêteté, la rendait d'autant plus admirable ?

— Répète-le, dis-je à nouveau sur un ton à la limite de la supplication.

J'avais plus besoin de l'entendre que de mon prochain repas ou de ma prochaine respiration. Ses mots pourraient m'apaiser ou me détruire.

Elle détourna le regard, menant une bataille interne que je ne pouvais pas mener pour elle. Lorsqu'elle ramena ses yeux sur les miens, la peur qu'ils contenaient était doublée d'une détermination qui me fit retenir mon souffle.

— Ç'a toujours été toi, Cam.

Elle combla la distance qui nous séparait, posant ses mains sur ma poitrine, sur le cœur qui ne battait que pour le sien.

— Je t'aime depuis toujours. Je suis amoureuse de toi depuis que je suis en âge de comprendre ce que ça signifie. Personne d'autre n'a jamais pu rivaliser. Comment l'auraient-ils pu, alors que tu avais emporté mon cœur avec toi ?

Elle m'aimait. Elle m'avait toujours aimé. Elle m'avait désiré, et j'avais eu trop peur de me mettre en avant pour elle, de risquer qu'elle me rejette ou qu'elle m'accepte. J'avais la force de ne pas agir en fonction de mes propres sentiments, mais je ne pourrais jamais rejeter les siens.

Un de mes bras s'enroula autour de sa taille et je nous entraînai vers les profondeurs. L'appréhension marquait toujours son front, mais elle passa ses doigts derrière ma nuque. Quand nous atteignîmes le bord, je nous hissai jusqu'à ce que je m'assoie là où j'étais quelques minutes plus tôt, plus que prêt à remettre ça. Elle ne détourna pas le regard lorsque je saisis ses cuisses dans mes mains et que je la soulevai pour qu'elle soit à califourchon sur mes genoux, un genou de chaque côté de mes hanches.

Si elle pouvait être courageuse, alors je pouvais l'être aussi.

— Je ne serai probablement jamais assez bon pour croire que tu pourrais être mienne, dis-je doucement, en passant une de mes mains sur la peau nue de son dos. J'ai fait la paix avec ça il y a des années. Mais j'ai toujours été à toi.

Ses yeux s'écarquillèrent, et je sus que je lui devais toute la vérité, comme elle.

— Seulement à toi. Toujours à toi.

Putain de merde, je l'avais enfin dit.

Sa bouche se plaqua contre la mienne et je me perdis en elle. Ses mains se faufilèrent dans mes cheveux et me retinrent tandis qu'elle déversait son amour et sa joie dans un baiser que je n'aurais jamais pu imaginer.

J'avais l'impression de rentrer à la maison.

Je saisis sa hanche d'une main et la base de son cou de l'autre, lui faisant pencher la tête pour pouvoir l'embrasser plus passionnément. Nos langues dansaient et s'emmêlaient, nos lèvres se caressaient. Je l'embrassai jusqu'à ce que je connaisse sa bouche aussi bien que la mienne, jusqu'à ce qu'elle gémisse et fasse onduler ses hanches contre les miennes.

Je l'embrassai lentement, avec tendresse, puis je pris sa bouche avec avidité et pure envie. Tous mes nerfs me picotaient, électrisés par sa proximité. Tous mes sens s'emplissaient d'elle. Juste Willow. Je ne me lasserais jamais de l'embrasser. Pas si je le faisais tous les jours pour le reste de ma vie.

Lorsqu'elle se cambra pour en avoir plus, je ralentis le rythme, suçant sa lèvre inférieure. Ses ongles me mordirent le cuir chevelu, et je lui laissai le contrôle jusqu'à ce que sa langue, ses dents, ses maudites hanches me rendent plus dur que le rebord sur lequel nous étions assis.

Il suffirait de deux secondes, du mouvement de deux pièces de tissu, et je pourrais exploser.

Cette pensée me dégrisa plus vite qu'un seau d'eau froide n'aurait pu le faire. Je donnai un nouveau ton au baiser, ralentissant jusqu'à presser doucement mes lèvres contre les siennes.

— Il faut qu'on s'arrête maintenant, sinon je serai incapable de le faire, lui dis-je en posant mon front contre le sien.

— Je suis d'accord pour ne pas m'arrêter.

Elle m'embrassa à nouveau, et c'était reparti. Comment aurait-il pu en être autrement ? Je rêvais d'embrasser Willow depuis des années, presque des décennies, et elle était dans mes bras. Pas de secrets. Pas de mensonges.

— Ne pas s'arrêter serait génial.

— Je ne suis pas d'accord pour ne pas arrêter, parvins-je finalement à dire entre deux baisers.

Elle sursauta, haussa les sourcils et écarta les lèvres. J'eus tout de suite envie de les retrouver.

— Quoi ?

Je souris et passai son pouce le long de sa mâchoire.

— Contrairement à la croyance populaire, le sexe n'est pas la seule chose que veulent les hommes.

Elle s'esclaffa.

— Vraiment ?

Elle se déhancha contre la preuve que je pensais bel et bien au sexe.

— Parce que j'ai vraiment envie de toi, et j'ai l'impression que toi aussi.

— Je n'ai pas dit que je n'avais pas envie de toi. Parce que c'est le cas. Tu n'imagines pas à quel point. Mais je ne vais pas te prendre dans la piscine minérale. En tout cas, pas la première fois.

— Ma maison est à cinq minutes par là.

Elle fit un signe de tête en direction de sa voiture.

J'éclatai de rire.

— Je ne compte pas me précipiter.

— Et moi, je peux ? demanda-t-elle.

— Non.

Aucune force sur cette terre ne pouvait me faire prendre ça pour acquis.

— Parce que tu as peur que je change d'avis ? Ou parce que ce sera toi ?

Ses mains glissèrent de mes épaules et elle commença à s'éloigner.

Je passai mes bras autour de sa taille.

— Je t'ai vue cette nuit-là. Quand Sullivan t'a embrassée au kiosque, admis-je.

Ses yeux s'écarquillèrent, mais elle demeura silencieuse.

— Je t'ai vue partir et j'ai compris que tu étais bouleversée, alors je suis parti à ta recherche. Je dirais que je suis arrivé environ cinq minutes trop tard. Au lieu de faire preuve de courage et de te dire ce que je ressentais, de faire face à toute la merde qu'on aurait affrontée en ville parce que je suis moi et que tu es toi, je t'ai regardée embrasser mon frère. Ça m'a tué, putain. C'est pour ça que j'ai rejoint l'armée le lendemain.

— Oh, Cam.

Ses doigts caressèrent ma nuque.

— Je ne pouvais pas rester là et regarder ce qui se passait, même si je savais que c'était probablement ce qu'il y avait de mieux pour vous deux. J'avais peur de perdre les pédales un jour et de lui casser la gueule, à lui, mon petit frère, parce qu'il avait la seule chose que j'avais toujours voulue.

J'effleurai ses lèvres de mon pouce et elle l'embrassa légèrement.

— J'ai été odieux avec toi cet été-là parce qu'il me restait un mois avant mon départ et que je ne pouvais pas te laisser t'approcher davantage. Et je ne supportais pas de te voir avec lui.

— Je suis vraiment désolée, chuchota-t-elle.

— Ce n'est pas ta faute. C'était la mienne. Ce que je veux dire, c'est que ces cinq minutes ont changé le cours de nos vies. Cinq putains de minutes et mon incapacité à me décider m'ont empêché de t'embrasser ce soir-là. Et ce n'était pas la première nuit non plus.

Elle fronça les sourcils et je me penchai en avant, embrassant doucement les plis de son front juste parce que je le pouvais. Parce qu'elle m'aimait.

— Quand tu as été assez âgée pour qu'on t'embrasse, j'étais en dernière année de lycée et je ne voulais pas prendre le risque que tu ne veuilles pas de moi.

— J'ai toujours voulu être avec toi, rétorqua-t-elle.

— Et je l'aurais probablement su, si j'y avais réfléchi suffisamment. Mais je n'avais pas seulement peur que tu me rejettes. J'avais peur que tu ne le fasses pas. Que je te blesse comme tous les autres. Que la ville se retourne contre toi.

— Je me fiche de l'opinion de la ville, et tu ne me ferais jamais de mal.

Elle frissonna et je nous ramenai contre le rebord, puis je nous fis descendre pour qu'elle soit immergée dans l'eau tandis qu'elle enroulait ses bras autour de mon cou.

— Te faire du mal physiquement ? Jamais. Mais je n'étais pas le plus digne de confiance en matière d'émotions, et l'idée de te blesser ?

Je secouai la tête.

— En plus, je partais pour l'université. Qu'est-ce que j'allais faire ? Te laisser seule, le cœur brisé ? Ç'aurait été égoïste.

— J'étais seule, de toute façon.

Je déposai un baiser sur ses lèvres, laissant ce contact adoucir les souvenirs, essayant de croire que c'était réel et pas un rêve foireux dont je me réveillerais.

— Le timing n'était pas bon. Il n'a jamais été bon.

Elle sourit.

— Tu dis que tu n'as pas trouvé le pika.

Je ris, et ça me fit du bien. L'avoir dans mes bras, l'embrasser, rire avec elle. C'était au-delà de mes rêves les plus fous.

— C'est ça. Je savais m'asseoir tranquillement avec toi. Je savais être patient, et c'est pourquoi je savais que le moment n'était pas opportun. Puis tu as embrassé Sullivan, et j'ai compris que le temps avait passé et que je n'avais pas eu le courage d'agir. Cinq minutes, Willow.

— Et tout ça pour justifier que tu ne veux pas me ramener chez moi parce que…

Elle embrassa ma mâchoire, et une partie de ma détermination s'envola avec la vapeur.

— Tu as peur de changer d'avis ? Ou que je le fasse ? C'est pour ça que tu veux précipiter les choses ? demandai-je.

— Non, je me précipite parce que je te désire depuis si longtemps que je suis à deux doigts de la combustion, et si on est enfin sur la même longueur d'onde, je ne veux pas perdre une seconde de plus.

Elle me mordilla l'oreille.

Merde, son raisonnement était pertinent. Mais le mien l'était aussi.

— Je ne veux pas me précipiter, dis-je en lui relevant le menton pour pouvoir voir ses yeux, parce que, pour la première fois de notre vie, le moment est bien choisi. Je ne vais pas me précipiter sur quelque chose que j'ai voulu toute ma vie pour obtenir une gratification immédiate. Je compte bien savourer chaque étape que je vais franchir avec toi. Je vais sortir avec toi, Willow Bradley.

Elle sourit.

— Sortir avec moi, hein ?

— Ouaip. J'ai tout raté dans ma vie, mais ça ?

Je l'embrassai doucement.

— Ça, je vais le faire correctement.

Dieu m'en soit témoin, je n'allais pas tout gâcher.

17

Willow

La sonnette retentit et mon cœur bondit, comme les trois dernières fois que Cam était venu me chercher pour un rendez-vous. Au cours des trois dernières semaines et demie, il m'avait emmenée dîner à Buena Vista et à une exposition d'art itinérante à Salida, et il m'avait tenu la main pendant que nous marchions sur le sentier qui menait aux chutes, où je m'étais allongée, la tête sur ses genoux pendant qu'il me faisait la lecture.

Le manteau neigeux avait fondu presque partout, sauf dans les zones ombragées, et je ne pouvais m'empêcher de soupirer comme une adolescente en mal d'amour en pensant aux défenses de Cam qui fondaient en même temps que la neige.

— Je m'en charge ! lança Rose, déjà à la porte.

— Bonjour, Rose. Comment ça va ?

La voix de Cam glissa sur moi comme de la soie chauffée par le soleil, et je sortis de la cuisine pour le trouver accroupi juste devant le salon, en train de parler à ma nièce.

— Salut.

Formidable. Ma voix était tout essoufflée et gênée.

— Salut, Pika, me répondit-il avec un clin d'œil.

J'étais désolée de l'apprendre à Mme Barstrom, ma professeure de biologie de première année, mais elle avait tort. Ce clin d'œil, c'était comme ça qu'on faisait les bébés.

— Alors ça m'a fait penser à toi ! termina Rose alors que je secouais la tête pour la libérer du brouillard induit par Cam.

Elle lui tendit un t-shirt noir avec un sourire en coin.

— Ah oui ? Tu l'as vraiment acheté pour moi ? demanda-t-il en tendant le t-shirt devant lui pour l'inspecter. Waouh, il est incroyable ! Merci, Rose !

— Tu l'aimes ? demanda-t-elle en bondissant sur ses orteils.

— Je l'adore !

Il le retourna pour me le montrer.

Je me mordis la lèvre pour ne pas rire de la licorne pailletée qui ornait le devant du t-shirt.

— Je l'ai vu quand je faisais les courses avec maman, et elle m'a dit que je pouvais te l'offrir, termina Rose en hochant la tête.

— C'est vraiment gentil de la part de ta maman.

Cam se leva de toute sa hauteur et ouvrit sa veste noire.

— Tu sais, je ne me souviens pas de la dernière fois qu'une fille m'a offert un cadeau.

Cela me fit réfléchir. Ces dernières semaines, il s'était montré très ouvert sur son passé. Bien sûr, il y avait eu des femmes, tout comme j'étais sortie avec une poignée d'hommes. Je savais que ses relations avaient été brèves, mais aucune d'entre elles ne lui avait offert de cadeau ?

Il laissa tomber sa veste sur mon canapé et je la ramassai, la plaquant contre ma poitrine pendant qu'il enfilait le t-shirt par-dessus sa chemise Henley à manches longues et qu'il le lissait.

— Qu'en penses-tu ? demanda-t-il à Rose en écartant les bras.

J'enfouis mon nez dans son manteau pour ne pas rire. Il sentait la menthe et le pin, comme lui.

Il ne fut pas dupe et haussa un sourcil tandis que j'essayais d'empêcher mes épaules de trembler.

— C'est parfait, déclara Rose.

— Tu as très bien choisi. Merci.

Il inclina la tête devant elle comme s'il était un chevalier avec une princesse, et je tombai amoureuse de lui encore une fois.

Comme ces mots se formaient facilement dans mon esprit à présent que je les avais prononcés à voix haute ! J'aurais pu penser que je me sentirais bizarre ou incertaine de les avoir prononcés alors que Cam n'en avait rien fait, mais en réalité, ils m'avaient libérée d'un poids.

— Rose, et si tu prenais ton manteau pour qu'on y aille ? suggérai-je.

— D'accord !

Elle bondit dans le couloir jusqu'à la chambre d'amis, sa tresse se balançant derrière elle.

— Merci d'avoir été si compréhensif, dis-je alors que Cam réduisait la distance qui nous séparait.

— Pas de problème, promit-il en me relevant le menton avec son pouce.

— J'avais promis à Charity qu'elle pourrait enfin passer un week-end avec son petit ami, et le père de Rose n'est pas venu.

Je prononçai la dernière partie dans un murmure pour que Rose ne l'entende pas.

— Willow, ce n'est pas un problème, répéta-t-il avant de déposer un baiser sur mes lèvres. On avait besoin d'un chaperon de toute façon.

Un chaperon était la dernière chose dont nous avions besoin. Ce dont nous avions besoin, c'était d'une semaine sans téléphone, sans distraction et d'un très grand lit. À tout moment, je m'attendais à ce que cette bulle de rêve éclate. Je m'attendais à me réveiller et à constater que nous en étions au même stade qu'un mois plus tôt. Des années plus tôt. Une décennie plus tôt.

Et je savais que c'était exactement la raison pour laquelle il avait gardé ses mains pour lui pendant les trois dernières semaines. Je devais croire à ça autant qu'à lui.

— Tu m'as manqué cette semaine, avouai-je en lui volant un autre baiser.

— Je suis vraiment désolé. Papa a eu une journée difficile jeudi, et hier j'ai été pris par le travail.

— Tu n'as pas à t'excuser. Tu peux me manquer, c'est permis. Ce n'est pas comme si on était de nouveau au lycée, quand je pouvais te mater entre les cours tous les jours.

— Tous les jours ? demanda-t-il.

— Tous les jours.

Il sourit, et je fis écho à son expression.

— C'est bon. Tu peux l'embrasser, dit Rose depuis le couloir, et je baissai la tête en riant.

— Tu es un sacré chaperon, dit Cam.

— J'ai aidé tante Willow à préparer le déjeuner !

Elle souleva le petit sac de voyage que nous avions rempli de notre pique-nique ce matin.

— Alors, je crois qu'on ferait mieux d'y aller pour pouvoir le manger, hein ? demanda-t-il en s'approchant d'elle et en lui prenant le sac des mains.

Elle acquiesça avec enthousiasme et nous nous entassâmes dans la Jeep de Cam, une fois qu'elle fut entièrement équipée pour affronter la brise printanière.

Cam nous fit sortir de l'allée et prit la route qui menait à la mine.

— J'ai pensé que tu voudrais voir les progrès avant de pique-niquer.

— Bonne idée, confirmai-je.

Cinq minutes plus tard, nous nous arrêtâmes à l'entrée de la mine. Deux algecos de chantier portant le nom de l'entrepreneur étaient installés parallèlement à la route, avec du matériel imposant tout autour, masquant le tunnel que je savais se trouver au-delà.

Je sautai de la Jeep et aidai Rose à descendre.

— Reste près de nous, d'accord ?

— Oui oui, promit-elle, les yeux déjà rivés sur les engins de chantier.

— Votre manteau, très cher.

Je tendis sa veste à Cam alors que nous nous retrouvions devant la Jeep.

— J'aime bien comme ça sonne, dit-il doucement en la récupérant.

— Très cher ?

Il acquiesça, puis enfila la veste et la ferma. Je remarquai l'étiquette et j'éclatai de rire.

— Quoi ? demanda-t-il en regardant en bas comme s'il avait renversé quelque chose.

— C'est idiot.

J'enfonçai mes mains dans ma veste North Face violette.

— Maintenant, je veux vraiment savoir.

Il ajusta son couvre-chef, tirant sur le tissu extensible pour couvrir ses oreilles.

Je jetai un coup d'œil à Rose, qui examinait déjà des rochers à cinq mètres de là.

— Tu me surnommes Pika.

— Oui, et ?

Il s'approcha de moi et tira sur mon bonnet, puis passa sa main dans mes cheveux dénoués.

— Tu sais qu'ils aiment vivre avec d'autres animaux ? Enfin, sous d'autres animaux ?

Mes joues s'embrasèrent et je regrettai de ne pas avoir gardé cette information pour moi.

Il fronça les sourcils.

— Ouaip. Parfois, ils creusent des terriers sous les maisons de ceux qui les avertissent de la présence de prédateurs.

J'acquiesçai et reportai mon regard sur l'étiquette de sa veste, puis passai mes doigts sur la broderie.

— Des marmottes.

Il regarda mes doigts tracer ces mêmes lettres et rit.

— Je suppose que c'est assez approprié.

Quand je fus certaine que mon visage ne pouvait pas rougir davantage, il prit mes joues entre ses mains et m'embrassa avec ses lèvres chaudes.

— Nous avons un chaperon, lui rappelai-je, tout en me délectant de ce contact.

Je n'en revenais toujours pas d'avoir le droit d'embrasser Cam quand je le voulais. Qu'il soit à moi dans tous les sens du terme. Du moins, quand nous étions seuls. Nous n'avions pas vraiment rendu notre relation publique, satisfaits de rester dans notre petite bulle de bonheur.

— Un mauvais choix en plus, ajouta-t-il en souriant.

— Hé, Rose, que dirais-tu d'aller voir ton homonyme ?

— Tu peux apporter le sac ? demanda-t-elle, les bras déjà chargés de cailloux.

— Je vais faire mieux, répondit-il. Attends là.

Une minute plus tard, il revint du premier algeco avec un sac à dos en toile.

— Ça ira ? demanda-t-il en le lui tendant.

— Cool ! Tu peux l'ouvrir ?

— Et comment !

Une fois les cailloux de Rose en sécurité, il me montra le sac, sur lequel était brodé du logo que j'avais conçu pour lui.

— Mine Rose Rowan, lis-je.

— Ils sont arrivés hier. J'ai également des t-shirts, des casquettes et des porte-clés dans l'algeco. Je t'avais dit que j'adorais le design.

Nous restâmes là à nous regarder, les lèvres retroussées. J'avais adoré concevoir ce logo pour lui. J'adorais travailler avec lui. J'aimais l'aider et me confier à lui. J'adorais tous les moments passés avec lui.

— Vous allez encore vous embrasser, ou on peut aller chercher d'autres pierres ? demanda Rose.

Cam prit ma main et l'enveloppa dans la sienne.

— Allons chercher des pierres.

Nous dépassâmes les algecos et le tunnel principal apparut.

— C'est plus petit que dans mon souvenir.

— Tu étais plus petite à l'époque, rétorqua Cam alors que nous approchions du quai en bois où attendait un train à toit ouvert composé de trois wagons. Regarde ce que j'ai remis en état cette semaine.

— C'est génial ! dit Rose en se précipitant vers le train.

— Exactement, convins-je. Est-ce qu'il est… ?

— Sécurisé et garé, promis.

Les clés pendaient à son doigt.

— C'est le train original datant de la dernière exploitation de la mine, dans les années 1950, et j'ai travaillé avec Keith Mayberry pour le convertir pour les visites.

— C'est formidable. Keith a dû adorer.

Il était l'un des chefs d'entreprise d'Alba qui ne possédait pas de propriété historique.

— Ouaip. Il est à la recherche d'un autre train similaire – d'époque, bien sûr – et il fera la même chose avec. Je me suis dit que si on avait l'argent de la subvention, on devrait garder un maximum d'activités à Alba, pas vrai ? Ça devrait profiter à l'ensemble de la ville.

J'acquiesçai, ravalant la petite boule d'émotion dans ma gorge.

— Incroyable ! cria Rose, déjà assise dans le wagon derrière le siège du conducteur.

— Tu veux faire un tour ? demanda-t-il.

— Oui !

Je me tendis.

— Détends-toi, Pika, murmura-t-il contre ma tempe. Nous n'irons pas plus loin que la partie renforcée. Je ne laisserai rien lui arriver, ni à toi.

Je hochai la tête, mais mon esprit était déjà au fond de la mine.

— Jusqu'où l'ont-ils renforcée ?

Il entendit mon souffle haché et me serra la main.

— Pas très loin.

— D'accord.

Je n'avais pas fait plus de dix mètres dans la mine depuis le jour où j'étais allée… bien plus loin.

Cam m'aida à monter dans le chariot à minerais, désormais équipé de bancs rembourrés et de ceintures de sécurité, et je m'assurai que celle de Rose était bouclée.

— Ta-dam ! s'exclama-t-il en brandissant un casque jaune vif avec le nom de Rose en grosses lettres en gras au-dessus de la lampe frontale.

— C'est à moi ? couina-t-elle.

— Ce n'est pas un t-shirt avec une licorne, mais oui, c'est à toi.

Il se pencha entre les wagons et le posa sur son couvre-chef.

— Tu peux l'attacher toute seule ?

— Oh oui !

Elle l'attacha pendant que Cam me tendait un modèle plus grand sur lequel on pouvait lire « Pika ».

— Ton petit copain est génial ! cria Rose en levant les mains en l'air.

Mes yeux s'écarquillèrent. Oh, mon Dieu. On nous avait mis une étiquette ? Mettre des étiquettes aux gens se faisait encore ? Pensait-il qu'il était mon petit ami ?

— Eh bien, c'est normal quand on a une petite copine géniale, confirma Cam.

— Bouclez votre casque, mademoiselle Bradley, ordonna-t-il en enfilant le sien.

Hébétée, je mis le casque en place, puis j'allumai ma lampe frontale et fis de même pour Rose pendant que Cam faisait démarrer le train.

Le regard de Rose allait et venait tandis que Cam nous conduisait dans la mine, le tunnel commençant bien à six mètres au-dessus de nos têtes avant que la pente ne s'abaisse à environ un mètre cinquante. L'air sentait le moisi, l'humidité et le métal.

Ma langue avait un goût de sang et de peur, mais je vis à quel point Rose était excitée et la panique se dissipa.

Nous parcourûmes près de cent mètres avant que la première antichambre s'ouvre et qu'un quai en bois apparaisse. Cam fit stationner le train et coupa le moteur, laissant les lumières allumées.

— Le train ne va pas plus loin pour l'instant, déclara-t-il à Rose. Tu veux explorer un peu les environs avec moi ?

Elle acquiesça, enfila son sac à dos et descendit sur le quai.

— Tu t'en souviens ? me demanda Cam à voix basse.

J'acquiesçai.

— Comment se fait-il que tous les bons souvenirs que j'ai de mon passage ici soient éclipsés par un seul mauvais ?

Il traça la bosse sur mon nez avec son doigt.

— On pourra revenir et créer un souvenir encore meilleur, chuchota-t-il.

— Tu refuses de le faire dans les sources d'eau chaude, mais pas dans une mine sombre et effrayante ? le taquinai-je.

— À un moment, ça pourra se faire partout.

Son regard était brûlant.

Je fis de mon mieux pour me rappeler que ma nièce était à trois mètres, alors que tout ce que je voulais, c'était sauter sur Cam. N'importe où.

— Les pierres, lui rappelai-je.

— Hum oui. Alors, Rose, que sais-tu de la mine ?

Il se tourna vers l'endroit où elle s'était appuyée contre le mur de pierre ciselée, examinant la roche.

— Je sais que je porte son nom. Enfin, pas celui de la mine, mais le nom de la dame de la mine. Maman trouvait que c'était un joli nom.

— C'est un joli nom, convint-il en m'aidant à monter sur le quai nouvellement construit.

Il était large d'au moins trois mètres et construit selon les spécifications que je lui avais données lorsque nous avions discuté de cette partie de la mine.

— Ils prenaient surtout de l'or et de l'argent, expliqua Rose à Cam. La première ruée a eu lieu dans les années 1880, mais après la Grande Dépression, il ne restait plus qu'une petite partie de l'argent et l'exploitation s'est arrêtée dans les années 1950.

— Tu sais tout ça ? À neuf ans ? demanda-t-il.

— Tous les enfants d'Alba le savent dès sept ans.

Elle le regarda sous son casque avec une expression qui montrait qu'elle n'était pas impressionnée.

— OK, petite maligne, sais-tu où mènent les trois tunnels ?

Elle jeta un coup d'œil aux trois ramifications de l'antichambre et secoua la tête.

— C'est le tunnel le plus récent.

Cam désigna le tunnel de droite.

— Il a été construit dans les années 1930. La Grande Dépression, comme tu l'as dit. Celui de gauche date de 1910. Celui qui se trouve tout droit est le plus ancien.

— On peut y retourner ?

Elle n'avait pas froid aux yeux.

— Pas aujourd'hui, lui dit-il. On n'a pas encore dégagé tous les tunnels. À certains endroits, les tunnels se sont enfoncés en dessous. À d'autres endroits, les conduits d'aération se sont effondrés, et la ventilation n'est pas suffisante pour tes petits poumons. Les parois n'ont pas encore été renforcées comme ici.

— Je peux quand même jeter un coup d'œil dans le coin ? insista-t-elle.

— Si tu restes bien par ici et que ta tante Willow est d'accord.

Deux paires d'yeux suppliants rencontrèrent les miens.

— Promets-moi de rester par ici, ordonnai-je en espérant qu'elle entende l'urgence dans ma voix.

— C'est promis, jura-t-elle avant de descendre les marches et de traverser les rails jusqu'à l'endroit où l'espace s'élargissait de dix mètres.

— Prête pour ma surprise ? demanda Cam.

— Oui !

— Je pense pouvoir ouvrir au moins un tunnel pour les visites d'ici le 4 Juillet.

La fierté se lisait dans ses yeux.

— Vraiment ? Ce serait formidable ! Tu l'as dit à quelqu'un ?

La ville allait être conquise. Même s'ils méprisaient Cam, ils aimaient l'argent.

— Je voulais te l'annoncer d'abord.

Son sourire chassa tout l'air de mes poumons. Il était… heureux, même si j'hésitais à le formuler, et cela lui allait à merveille.

— Je t'aime, murmurai-je.

Il m'embrassa en guise de réponse, puis se retira avec un sourire.

— Rose, si tu restes avec ta tante Willow, je te trouverai quelque chose de brillant.

— Ça marche, accepta-t-elle, et Cam disparut à l'autre bout du quai, sa lumière flottant le long de la partie la plus ancienne du tunnel.

— Cet endroit est incroyable. Je suis presque sûr qu'il y a encore de l'or ici quelque part.

— Peut-être, marmonnai-je, les yeux rivés sur cette lumière qui devenait de plus en plus petite.

Quelques minutes plus tard, elle augmenta jusqu'à ce que Cam apparaisse.

Je poussai un profond soupir de soulagement.

— Tu n'aimes pas être là, hein, tante Willow ? demanda Rose en me prenant la main.

— Quoi ? Non, ce n'est rien. Je vais bien, mentis-je.

— Tiens, dit Cam en remettant deux morceaux de minerai brillants à Rose.

— C'est de l'or ? couina-t-elle.

— Non. C'est de la pyrite. L'or des fous, répondit-il.

— Eh bien, c'est quand même joli.

Elle leva les yeux vers lui.

— Tu aurais pu prétendre que c'était de l'or.

— Tu peux faire comme si c'était de l'or maintenant que tu sais que ce n'en est pas.

Il tapota sur son casque.

— Je n'ai pas l'habitude de mentir aux filles.

Elle fronça les sourcils, puis acquiesça.

— De la pyrite.

— Exactement. Maintenant, il est l'heure de sortir d'ici, mesdames.

Il aida Rose à monter dans le train.

— Tu penses qu'il y a de l'or ici ? demanda-t-elle en bouclant sa ceinture.

Cam s'approcha de moi, ses mains s'attardant sur ma taille une fois que mes pieds touchèrent le fond en acier du wagon.

— Je pense qu'il y a un pin's de licorne en or ici quelque part, lui dit-il en me regardant droit dans les yeux.

— Vraiment ?

— Oui. Ta tante l'a perdu quand nous étions enfants.

Ses mains se posèrent à nouveau sur ma taille avant qu'il ne me lâche et ne monte dans le wagon de tête.

— Tu as perdu un pin's licorne ?

Elle haussa les sourcils en signe d'accusation.

— Oui. Je me suis perdue ici quand j'avais ton âge, en fait.

Mon Dieu, elle était si jeune. Si petite. Avais-je vraiment le même âge ?

— Ah bon ?

Cam fait démarrer le moteur et je m'attachai.

— Elle s'est perdue, oui.

— J'étais en train d'explorer la mine avec ta maman et Xander, et on a été séparés. Je ne me souviens pas vraiment de cette partie, mais j'ai glissé et je suis tombée dans l'un de ces puits.

Je fis un signe vers le tunnel le plus ancien pendant que Cam nous ramenait à la lumière du jour.

— Tu as eu peur ?

— J'étais terrifiée. Mais Cam m'a retrouvée. J'ai eu l'impression d'être perdue pendant des jours, mais en réalité ça n'a duré que quelques heures.

Elle hocha lentement la tête, réfléchissant à ce que j'avais dit.

— Et tu as laissé ton pin's ?

— Il s'est arraché de mon haut quand je suis tombée, je pense.

Nous restâmes silencieux pendant que le train accélérait, et je respirai beaucoup plus facilement une fois que le soleil inonda mon visage.

— Et si je gardais ton casque sur mon bureau pour que tu l'aies à portée de main chaque fois que tu voudras faire une visite ? proposa Cam.

Rose hésita un instant, mais finit par accepter.

— Je pourrai revenir, hein ?

— Quand tu veux, promit-il. Enfin, tant que tu es avec un adulte.

Il me lança un regard désolé.

— Ça marche.

Elle le lui remit. Je fis de même, puis je me dirigeai vers la Jeep avec elle pendant que Cam rapportait les casques à son bureau.

— Qu'est-ce que c'est ? demanda-t-elle en montrant du doigt les vestiges calcinés et envahis par la végétation du dortoir en bas de la colline.

— C'était le dortoir, lui dis-je. C'était là que dormaient les mineurs célibataires.

— Il ne ressemble pas aux autres bâtiments, fit-elle remarquer. Même ceux qui n'ont pas de toit.

— Il a brûlé.

— Quand ça ?

— Quand on était adolescents, répondit Cam en arrivant derrière nous. On a organisé une grande fête un soir et il a pris feu. Et devine quoi ?

— Quoi ? lui demanda-t-elle en ouvrant de grands yeux.

— J'ai aussi sorti ta tante de là.

Il hocha la tête avec gravité, me ramenant à ses côtés.

Elle nous regarda successivement, les ruines et nous, et secoua la tête.

— Quoi ? demandai-je.

Elle soupira et se dirigea vers la Jeep.

— Vous avez fait beaucoup de bêtises. Maman m'aurait punie si j'avais fait tout ça.

Je ne pris pas la peine de lui dire que sa mère s'était également retrouvée au milieu de l'incendie.

Le téléphone de Cam sonna, et il me lâcha pour y répondre alors que nous marchions derrière Rose.

— Qu'est-ce qu'il y a ?

Il s'arrêta, et je l'imitai.

— Sérieusement ? Tu as essayé le portable de Walt ? OK, j'arrive.

Il raccrocha et jura sous cape.

— Qu'est-ce qui se passe ?

— On peut faire une halte chez papa ? Apparemment, Walt l'a fait sortir de sa prison à domicile il y a quelques heures, et Xander est en train de devenir fou.

— Bien sûr.

Nous nous arrêtâmes dans l'allée des Daniels environ dix minutes plus tard. Xander hurlait sur Walt sous le porche.

— Au moins, ils sont de retour, soulignai-je.

— Oui… répondit-il en coupant le moteur et en sortant.

Je vérifiai que les clés n'étaient pas sur le contact et que le frein à main était serré.

— Attends-moi ici, dis-je à Rose.

— Où tu vas ?

— M'assurer que Camden ne s'attire pas d'autres problèmes pour lesquels ta maman l'aurait puni.

Je sautai de la Jeep et me dirigeai vers l'escalier.

— Qu'est-ce qui vous est passé par la tête ? criait Xander.

— Mon meilleur ami m'a demandé de le faire sortir, alors je l'ai fait.

Walt croisa calmement les bras sur sa poitrine.

M. Daniels soupira et s'apprêta à faire de même, mais il grimaça et remit ses bras le long du corps. L'attention de Cam se porta sur son père.

— Et vous n'avez pas émis d'objection ? demanda Xander, mais je gardai les yeux rivés sur M. Daniels, notant la façon dont il déplaçait son poids.

— Il figurait sur la liste que vous m'avez laissée, M. Daniels, expliqua May.

Du moins, d'après le programme que Cam avait affiché sur son réfrigérateur, ce devait être May.

— Eh bien, il n'y figure plus ! Vous trouvez ça normal de ne dire à personne où vous allez ? De ne pas répondre au téléphone ?

M. Daniels bougea à nouveau, affichant la même grimace pendant une seconde.

Il souffrait.

— Alexander, je n'ai pas de comptes à te rendre. Tu n'es pas ma mère, déclara Walt.

Xander agrippa sa cravate pour la desserrer. Il n'aurait pas pu être plus différent de la robustesse décontractée de Cam à ce moment-là.

— Ça suffit, tous les deux, grogna Cam.

— Papa, à quoi tu pensais ? Tu es blessé.

Le menton d'Art se leva au moment où Walt soupirait.

— Écoute, il le voulait vraiment.

— Il voulait quoi ? s'agaça Xander.

Art ouvrit sa veste et la laissa tomber sur le porche en bois.

— Je m'appelle Arthur Daniels. J'ai cinquante-huit ans et je souffre d'un Alzheimer précoce, dit-il à Xander en commençant à déboutonner sa chemise en flanelle à manches longues. Voici Walter Robinson, qui est mon meilleur ami depuis que nous sommes enfants. Elle, c'est la baby-sitter que vous avez engagée – je ne me souviens pas de son nom parce que je m'en fiche. Désolé, mais c'est vrai.

Il jeta un coup d'œil à May, puis à Xander.

— Tu es Alexander, mon fils aîné. Lui, c'est Camden, mon deuxième fils. Et c'est…

Il me vit et s'arrêta, la surprise se lisant dans ses yeux.

— C'est Willow Bradley…

Ne le dis pas. Ne le dis pas. Ne le dis pas.

— La copine de Sullivan.

Et merde.

Cam se raidit à côté de moi et sa mâchoire se contracta. J'effleurai sa main du dos de la mienne. Ce n'était ni le moment ni l'endroit, mais je soutiendrais sa décision, quelle qu'elle soit.

— Et tu peux contrôler à peu près tout dans ma vie, Alexander, mais je suis aussi lucide que toi aujourd'hui, et devine quoi ?

Il écarta les pans de sa chemise et ma bouche s'entrouvrit. Sous une couche de film plastique brillant se trouvaient de grandes lettres noires, ensanglantées et boursouflées, qui indiquaient « Ne pas réanimer ».

— Tu l'as emmené se faire tatouer ? cria Xander à Walt.

Walt haussa les épaules.

— Quand ton meilleur ami te demande à se faire tatouer, tu l'y amènes. À plus tard, Art.

Art fit un signe de tête à son ami et commença à reboutonner sa chemise.

— Tu n'as rien à dire à ce sujet ? demanda Xander.

— Pour une première pièce, papa, c'est plutôt audacieux, dit Cam à son père. Veille à ce qu'il reste propre. Ils t'ont donné quelque chose pour ça ?

— Sérieusement ? répliqua Xander.

Art souleva un petit sac marron posé sur la terrasse.

— Ils m'ont donné les instructions et tout le reste.

— Très bien, alors je pense qu'on en a terminé.

Cam se tourna vers moi.

— Willow ?

J'acquiesçai et je sentis la main de Cam dans le bas de mon dos quand je descendis les marches.

— C'est vraiment tout ce que tu as à dire à ce sujet ? me défia Xander.

Cam fit une pause, puis joignit ses doigts aux miens.

J'eus le souffle coupé et il me serra dans ses bras de manière rassurante.

— Non, répondit Cam par-dessus son épaule. Willow n'est pas la copine de Sullivan. C'est la mienne. Joli tatouage, papa. Appelle-moi si tu as besoin d'aide.

Je me retournai et vis les yeux de Xander se plisser et la mâchoire d'Art se décrocher en voyant nos mains jointes.

— J'ai été ravie de vous voir, dis-je en guise d'adieu.

Ils ne répondirent pas.

— Sacrée façon de l'annoncer à ta famille, dis-je à Cam alors qu'il me raccompagnait jusqu'à ma porte.

— Il semblait que ce soit un bon jour pour les déclarations audacieuses.

Il ouvrit la Jeep et m'embrassa à la vue de tous avant de m'aider à monter dedans.

— Tu as évité à Camden de s'attirer des ennuis ? demanda Rose depuis la banquette arrière, alors que Cam se dirigeait vers son côté.

— Je ne suis pas sûre, dis-je lentement.

Cam s'installa sur son siège et adressa un petit signe à son père et à son frère en faisant ronfler le moteur.

— Je suis affamé, mesdames. Que pensez-vous de faire ce pique-nique ?

Le pique-nique ? Il venait d'offrir aux commères de la ville de quoi tenir jusqu'à la fin de l'été.

18

Camden

— Cam.

Willow gémit mon nom lorsque je posai mes lèvres sur la bande de peau tendre sous sa mâchoire. Je comptais seulement l'embrasser rapidement, mais un seul baiser ne suffisait pas.

Un seul n'était jamais suffisant ces derniers temps. Je vivais dans un état perpétuel d'envie d'elle.

Ses doigts glissèrent dans mes cheveux, ses ongles griffant légèrement mon cuir chevelu, envoyant une onde de choc le long de ma colonne vertébrale. Je cédai à sa demande et elle se cambra sous moi lorsque je m'installai entre ses cuisses.

C'était là que je voulais vivre, exister, dans ces moments où rien à l'extérieur de ces murs ne pouvait toucher ce que nous construisions à l'intérieur. Là où nous aurions toujours dû être.

Ma main saisit sa hanche, puis glissa le long de sa taille et de ses côtes, mémorisant ses courbes tandis que je ramenais ma bouche contre la sienne. Je l'embrassai lentement, comme si nous avions tout le temps du monde, parce que c'était le cas. Je n'irais nulle part, pas tant que je l'avais.

Je me perdis dans ses bras, me délectant de chaque soupir, de chaque demande, luttant contre le besoin primitif de la posséder de toutes les manières possibles. Elle rompit notre baiser pour tendre les bras entre nous pour faire passer sa chemise par-dessus sa tête.

— Willow, dis-je en gardant mes yeux sur les siens.

— Cam.

Elle me défia de ses yeux noisette, puis enleva son haut et le jeta par terre à côté de son canapé.

— Tu me tues là, grognai-je, espérant un peu de pitié.

— Tant mieux, murmura-t-elle avant de prendre ma lèvre inférieure entre ses dents et de la mordre doucement.

Je pouvais sentir la dentelle de son soutien-gorge à travers ma chemise.

— Tu as une putain d'idée de la difficulté que j'ai à ne pas te toucher ?

Elle prit ma main dans la sienne et la posa sur son sein.

— Laisse-moi t'aider.

Mes hanches oscillèrent instinctivement contre les siennes, et je gémis en sentant qu'elle remplissait parfaitement ma paume. Tout chez Willow était parfait. Mon pouce effleura son mamelon et elle sursauta. J'aurais dû arrêter, lui rappeler que nous devions aller quelque part. Au lieu de ça, je la fis haleter à nouveau.

— S'il te plaît, murmura-t-elle contre mes lèvres.

J'adorais ce son.

Les fils de mon self-control s'effilochaient. Cela faisait presque six semaines que nous sortions ensemble, que nous travaillions ensemble, que nous dînions et déjeunions ensemble, que nous nous embrassions pour nous souhaiter bonne nuit jusqu'à ce que nos lèvres soient gonflées et douloureuses. Trois semaines que je l'avais emmenée à la mine. J'aurais pu mentir et dire que je ne comptais pas, mais si. Je comptais et je savourais chaque minute, et j'attendais que l'autre chaussure tombe. Que quelque chose – n'importe quoi – se déroule mal entre nous. Au lieu de ça, tout ce qui se passait avec Willow était plus parfait que j'aurais pu espérer.

Raison pour laquelle cela ferait encore plus mal si tout s'écroulait. Si elle décidait qu'elle ne pouvait pas supporter le mépris de la ville qu'elle aimait – et elle ne devrait pas avoir à le faire. Je pourrais faire tout ce qu'il fallait pour le restant de mes jours, cela ne rachèterait pas mon passé aux yeux d'Alba.

Un jour, Willow s'en rendrait compte, elle aussi, et elle serait obligée de choisir. De choisir vraiment. Pas seulement de se laisser emporter dans les sources chaudes par une décennie de désir. Elle devrait choisir entre sa réputation et moi – les ragots et le mépris palpable. J'aurais tout endossé à sa place si j'avais pu, mais ce n'était pas possible.

Ce n'était pas pour rien que nous n'étions pas souvent ensemble à Alba.

D'abord, je ne voulais pas que cette merde la touche. Jamais.

Deuxièmement, je n'avais pas vraiment l'habitude qu'on me choisisse, moi.

— Qu'est-ce que tu attends ? demanda-t-elle.

— Toi.

J'écartai ses cheveux de son visage.

— Toujours toi.

— Si je me déshabillais complètement, est-ce que ça pourrait potentiellement t'inciter à utiliser ce corps incroyable ?

Elle passa ses mains dans mon dos et je gémis.

— Si tu te déshabilles, il n'y a aucune chance qu'on soit à l'heure pour l'ouverture.

Même les meilleures intentions avaient des limites.

— L'ouverture… Oh merde !

Ses yeux se dirigèrent vers le mur.

— Cam, on est en retard !

— Euh… oui.

Je baissai la tête et l'embrassai. Elle rit et poussa mes épaules.

— Et alors, il n'est plus question de se déshabiller ? la taquinai-je.

— C'est le jour de l'ouverture !

— Donc tu ne me veux que quand ça t'arrange ?

Je fis la moue en signe d'indignation feinte.

— Es-tu en train de dire que si je choisissais de renoncer à être présente à l'ouverture, tu coucherais avec moi ?

La malice à l'état pur dansait dans ses yeux.

— Non.

— Argh !

Elle poussa encore mes épaules et je la laissai se lever, riant quand elle m'envoya par terre.

J'atterris sur le dos, Dieu merci, de sorte que la partie de moi qui ne voulait absolument pas assister à la journée d'ouverture demeura indemne. Willow glissa du canapé et se mit à califourchon sur moi.

— Tu as le self-control d'un saint, marmonna-t-elle en passant la main par-dessus mon épaule pour attraper son t-shirt, plaçant ses seins glorieux sous mes yeux.

De la dentelle lavande pâle et une peau crémeuse remplirent mon champ de vision.

— N'en sois pas si sûr.

J'en eus l'eau à la bouche, et ce maudit self-control se brisa. La peau de son dos était plus douce que du satin alors que mes mains s'écartaient pour la maintenir en place. Puis je pris son mamelon entre mes lèvres et le suçai à travers la dentelle de son soutien-gorge.

Elle gémit et ce son me poussa à bout. Je la mordillai et gémis lorsqu'elle balança ses hanches contre moi en réaction. Le denim entre nous ne suffisait pas à atténuer le frottement ou la chaleur.

Mes mains passèrent de son dos à la courbe rebondie de ses fesses. Au diable le jour de l'ouverture. J'allais rester là. Il y avait bien des façons de la satisfaire sans…

— Il faut vraiment qu'on y aille, gémit-elle en se redressant, emportant ses seins avec elle. Je te jure, Cam, si je ne sentais pas à quel point tu as envie de moi en ce moment, je penserais sérieusement que je ne te plais pas.

Elle enfila son haut et dégagea ses cheveux du col.

— Crois-moi, lui dis-je en changeant ma prise sur ses hanches. Tu me plais. Et bien plus que ça. Tu es tout ce qu'il me faut.

— N'essaie pas d'être tout gentil avec moi, Camden Daniels. Je suis déjà plus serrée qu'un…

Son front se plissa.

— Je ne sais même pas. Pense à quelque chose qui se serre très fort.

Je ne pus contenir le rire qui s'échappa de mes lèvres, et ses yeux se plissèrent alors qu'elle se détachait de moi.

— C'est une bonne chose que je t'aime, marmonna-t-elle en attrapant ses chaussures et en les enfilant.

Ces mots s'enfoncèrent un peu plus profondément en moi, comme ils le faisaient chaque fois qu'elle les prononçait. Si je ne faisais pas attention, un jour je commencerais à dépendre d'eux, d'elle.

— Quoi ? Pourquoi tu me regardes comme ça ?

Je me levai et m'étirai, remarquant avec satisfaction que ses yeux se portaient directement sur la bande de peau que j'avais exposée en le faisant.

— Pour deux raisons, en fait, expliquai-je en me dirigeant vers le placard de l'entrée pour attraper sa veste.

— Lesquelles ?

Elle me suivit.

J'ignorai les protestations de mon sexe qui me rappelaient que je choisissais une fois de plus de ne pas accepter ce qu'elle m'offrait et retirai sa veste de son cintre. Puis je me retournai pour faire face à une Willow tout aussi frustrée.

— D'abord, je n'ai jamais été avec quelqu'un que je pouvais embrasser et avec qui je pouvais rire dans les mêmes trente secondes.

J'aime ça.

Son expression s'adoucit, et le fantôme d'un sourire releva les coins de ses lèvres.

— Et deuxièmement…

Je tendis sa veste à Willow.

— Ta chemise est à l'envers.

Elle baissa les yeux et laissa échapper un soupir exaspéré avant de se détourner et de s'éloigner dans le couloir.

— Où tu vas ?

— Dans ma chambre. Le spectacle est terminé, mon grand.

Cela me fit rire à nouveau et je laissai ma tête cogner contre la porte du placard.

Quinze minutes plus tard, je garai la Jeep sur le terrain réservé aux propriétaires, juste au-dessus de la grande rue.

— Il doit y avoir un millier de personnes, dit Willow en descendant de la Jeep.

— Espérons-le. C'est l'un des trois week-ends les plus chargés de l'année, n'est-ce pas ?

Du moins, si rien n'avait changé pendant mes dix années d'absence. Le chemin de terre qui constituait la principale source de revenus d'Alba était un kaléidoscope de couleurs pour les touristes qui s'y promenaient.

— Ouaip. Fête des mères, 4 Juillet et Fête du travail. Rien n'a changé.

Elle me tendit la main et je la pris.

— Tu es prêt ?

— Comme jamais.

Nous traversâmes le parking, puis descendîmes les marches jusqu'à la grande rue. Je n'avais jamais été un grand fan du jour de l'ouverture, ni de la saison, en fait. Ce n'était pas que je n'en comprenais pas l'objectif. Alba n'existait que parce que les gens pensaient que notre ville fantôme valait la peine d'être visitée.

Je n'avais jamais vraiment compris ce qu'il y avait de si intéressant dans les reliques de notre passé alors que nous pourrions construire l'avenir. Alba avait désespérément besoin de rénovations.

— À quoi tu penses ? demanda Willow alors que nous atteignions la marche inférieure, sortant derrière le bureau du géomètre.

— Je devrais en parler à John Royal pour qu'il installe des prises d'eau microhydroélectriques le long du ruisseau. Elles sont petites et ridiculement efficaces, d'autant plus que le ruisseau ne gèle jamais complètement. Ce serait bien plus fiable pendant les mois d'hiver que le vieux système que nous avons. J'ai envisagé d'en installer chez moi, mais ce serait plus logique de commencer en ville.

Elle marqua une pause et me regarda avec ce qui ressemblait à de l'étonnement.

— Quoi ? demandai-je en me figeant.

— Quoi d'autre ? (Elle plissa le front). Qu'est-ce que tu changerais en ville ? Et non, ce n'est pas la porte ouverte aux commérages. Tu sais ce que je veux dire. Qu'est-ce que tu moderniserais ?

— Le pont, répondis-je sans hésiter. Il doit être renforcé ou entièrement reconstruit. Pas cette année, mais bientôt, avec l'afflux de trafic que nous attendons à l'ouverture de la mine.

Je haussai les épaules.

— Et ? demanda-t-elle en replaçant ses cheveux derrière ses oreilles.

— Nous avons besoin de serres. Pendant au moins un mois ici certaines personnes ne peuvent pas descendre le col. Mount Princeton possède une tonne de serres, et la ville n'est que trois cents mètres plus bas que nous. Je ne vois pas pourquoi on ne pourrait pas avoir un peu d'autonomie. J'ai commencé à en installer une hier chez moi.

Son sourire était timide, comme si elle connaissait un secret que j'ignorais.

— À quoi tu penses ? demandai-je. Tu peux me le dire, moi je t'ai répondu.

— Tu as dit *nous*. Tu t'installes pour de bon, et c'est assez incroyable à voir, surtout pour quelqu'un qui a détesté grandir ici.

Elle me serra la main. Je me penchai rapidement et je déposai un baiser sur son front.

— Je n'ai pas tout détesté ici.

— Je t'aime, murmura-t-elle.

Je pris son visage entre mes mains et ravalai les mots qui semblaient danser sur le bout de ma langue.

— Je ne sais pas pourquoi, mais je suis incroyablement reconnaissant.

— Vous voilà !

Je laissai tomber mes mains et m'éloignai de Willow lorsque Thea nous appela en contournant le bâtiment avec son fils.

Willow me jeta un regard interrogateur, mais sourit à Thea.

— Hé ! Bonjour, Jacob !

Elle s'abaissa au niveau de ses yeux.

— Déjà du pop-corn ?

— Ouais ! T'en veux ? demanda-t-il vivement.

— C'est très gentil de ta part, mais non, merci. Tu peux tout engloutir.

Elle ébouriffa ses cheveux clairs et se leva.

— Comment ça se passe de ton côté ?

— J'ai échangé avec Pat il y a environ une heure, et il m'a dit qu'il y avait énormément de monde, comme d'habitude. Le fait d'avoir le seul saloon est un avantage certain. Je ramène juste ce zigoto à la maison pour une sieste.

Elle donna un coup de coude à Jacob, qui lui fit la grimace.

— Sawyer n'est pas obligé de faire la sieste !

— Je ne suis pas la maman de Sawyer, répondit Thea avec un sourire patient.

— En parlant de Sawyer, est-ce que Gideon est dans le coin ? demandai-je.

— Il est avec James et Sawyer chez le forgeron. C'est bon de te voir en dehors de la Société historique, Cam.

Elle arqua un sourcil sur un sourire moins patient.

— Tu pourrais peut-être faire venir ma meilleure amie dans le coin, de temps en temps ?

Je grimaçai.

— C'est bien noté.

— Parfait. Ce n'est pas comme si tout le monde ne savait pas que vous êtes ensemble. Et je suis très contente pour toi, bien sûr, ajouta-t-elle à l'intention de Willow. Il était grand temps, si tu veux mon avis.

Willow passa son bras autour de ma taille, et je passai le mien par-dessus son épaule.

— On a juste été…

Elle leva les yeux vers moi et la peau entre ses sourcils se plissa.

— Je ne sais pas…

— Pas à Alba, déclarai-je. Tu es peut-être la seule personne heureuse pour nous, et je ne veux pas qu'on embête Willow avec ça.

Un point pour moi : je n'étais souvenu de ne pas jurer devant Jacob.

Jacob, qui était la copie confirme de Pat, qui me détestait d'avoir ramené son meilleur ami à la maison dans une boîte.

— Je ne suis pas inquiète, promit Willow en se penchant vers moi.

— C'est déjà ça.

Le regard de Thea passa entre nous.

— Vous n'arriverez jamais à passer outre les ragots si vous ne les affrontez pas d'abord. Et le Cam que j'ai connu ne s'est jamais soucié de ce que les gens disaient.

— Je m'en fiche toujours. Je ne m'en préoccupe que si ça concerne Willow.

Elle pinça les lèvres et lança un regard frustré à Willow.

— Bonne chance avec celui-là. Tu m'appelleras ?

Willow acquiesça, et toutes deux s'enlacèrent avant que Thea ne guide Jacob dans les escaliers pour rejoindre le parking situé sur la colline.

— Tu es vite grognon, me réprimanda Willow.

J'enfonçai mes mains dans mes poches.

— C'est plus facile quand on est à la maison.

Elle plissa les yeux.

— Ou quand on est à Salida ? Ou à Buena Vista ? Ou en randonnée ? Ou ailleurs qu'à Alba ?

— Globalement.

— Tu sais ce qui te rendrait moins grincheux ?

Elle glissa son bras dans le mien, défiant ouvertement ma tentative d'éloignement.

— Rentrer à la maison ?

Nous empruntâmes le chemin en bois qui passait derrière les bâtiments et tournâmes entre le bureau du géomètre et la banque.

— Du sexe.

Je secouai la tête en riant.

Nous nous mêlâmes à la foule des touristes qui remontait la promenade en bois qui servait de trottoir.

— Tu sais, tu m'as déjà tenu la main en public.

— On n'était pas ensemble.

Parce que, d'une certaine manière, c'était différent.

— En quoi c'est important ?

— C'est une chose de se moquer de tous ceux qui ne peuvent pas garder leurs pensées pour eux, mais c'en est une autre de s'exposer à un examen minutieux alors que nous avons une relation.

— Tu sais ce qui rend les relations meilleures ? me taquina-t-elle.

— Ne commence pas avec moi, Willow Bradley.

— Je peux plutôt en finir avec toi ?

Elle me sourit et se blottit joyeusement contre mon bras pendant que nous marchions.

— Non ? Plus tard, alors.

Nous étions à Alba. La foudre ne me frappa pas. Aucun murmure ni regard. Le monde ne s'arrêta pas de tourner.

Parce que c'était la saison et que nous étions mélangés à un millier de touristes qui n'en avaient rien à faire de nous. Nous avions le genre de liberté que seul l'anonymat d'une foule pouvait conférer.

Je déposai un baiser sur le sommet de son crâne.

— Willow !

En matière d'anonymat, on pouvait mieux faire.

La mère de Willow se tenait sur les marches de l'hôtel de ville historique et était penchée sur la balustrade, agitant la main.

— Pourquoi tu n'avancerais pas pour…

Le bras de Willow se referma sur le mien.

— … aller voir maman avec toi ?

Elle termina ma phrase et me lança un regard qui me mettait au défi de la corriger.

— Oui, c'est exactement ce que je voulais dire.

— Pas besoin d'être sarcastique, répliqua-t-elle. Si tu peux gérer les talibans, tu peux certainement tenir tête à ma mère.

Vu la façon dont Mme Bradley me regardait, je n'en étais pas si sûr. Oh, elle m'aimait bien. Mais elle n'était pas sûre de m'aimer avec sa fille.

— J'aurais dû mettre mon Kevlar.

Willow me donna un coup de hanche pendant que nous montions les marches.

— Je suis si contente que tu sois là. Ton père a dû s'absenter pour une seconde, et j'aurais bien besoin de ton aide. Bonjour, Camden.

Elle se tourna vers moi avec un sourire qui atteignit ses yeux.

— As-tu… ?

— Cam !

Une silhouette surgit de l'embrasure et s'écrasa contre mon ventre.

Mon bras s'enroula automatiquement autour de Rose.

— Comment ça va, Rosie ?

— Je m'ennuie. Notre bâtiment est ennuyeux.

Elle leva les yeux vers moi avec une expression si semblable à celle de Willow que je ne pus m'empêcher de sourire.

— Ce n'est pas ennuyeux ! rétorqua Mme Bradley. C'est historique et important.

— Et ennuyeux, ajouta Charity en arrivant sous le porche.

— Tu m'emmènes ? demanda Rose. Maman a dit que je ne pouvais pas partir tant que tu n'étais pas là. Elle pense que la foule va m'avaler.

— Si ta mère est d'accord, je t'emmène.

Je regardai Charity.

Elle eut une discussion silencieuse avec sa fille, impliquant haussements de sourcils et plissements d'yeux.

— Très bien. Mais ne sois pas vilaine avec Cam. Promis ?

— Promis ! acquiesça Rose.

— Allez-y, insista Willow. Je vous rejoindrai là-haut dès que possible.

Elle leva la tête et je me penchai pour l'embrasser, par habitude.

— Sois gentil, murmura-t-elle contre mes lèvres.

— Ce n'est pas moi qui ai des problèmes de self-control, plaisantai-je.

Elle se moqua, mais sourit en entrant dans le bâtiment.

— Madame Bradley.

Je fis un signe de tête à sa mère.

— Elle est heureuse.

— Oui, madame.

— Fais en sorte que ça dure.

Son regard se durcit pendant une seconde, en guise d'avertissement maternel, et je ressentis une vive nostalgie pour ma mère.

— Oui, madame.

Satisfaite, elle dit à Rose d'être sage, puis rejoignit sa fille.

— Tu as survécu, nota Charity en me donnant un léger coup dans l'épaule.

— Ce n'est qu'une bataille. Je n'ai pas encore gagné la guerre.

Je pris Rose dans mes bras et l'assis sur mes épaules.

— Maintenant, la foule ne peut plus t'avaler.

Rose plissa le nez et elle sourit.

— Tu vois, maman ?

— Je vois. Prends soin de ma fille, Cam.

Elle pointa un doigt vers moi.

— Prends soin de… répliquai-je en me retournant et en avalant de justesse un juron.

Le juge Bradley me fixait du haut de la dernière marche.

— Pose ma petite-fille.

19

Camden

— Bonjour, papi !

Rose agita la main, se balançant sur mes épaules.

— Rosie, répondit-il en lui adressant un sourire plus doux. Repose-la…

Charity s'avança à mes côtés, ce qui lui valut un regard glacial de son père. Elle ne parla pas, mais pencha simplement la tête.

— Je vais au bâtiment de Cam ! l'informa Rose.

— Le bureau de l'essayeur, ajoutai-je, au cas où il penserait qu'elle voulait parler du bâtiment minier qui n'avait pas encore été réparé.

Son attention se porta sur Rose, m'ignorant complètement.

— Amuse-toi bien, ma chérie.

Puis il s'esquiva et monta l'escalier, passant devant Charity sans dire un mot.

Charity me donna une tape rassurante sur le bras en guise d'adieu, et je portai Rose dans la foule.

— Qu'est-ce qui ne va pas ? demanda Rose en se penchant.

— Vous autres, les filles Bradley, vous êtes de sacrés phénomènes, me plaignis-je en secouant exagérément la tête, ajustant ma prise sur ses jambes.

— Techniquement, je suis une Maylard.

— Oui, oui.

Je traversai la grande rue, inspirant profondément pour affronter la foule.

— Je vois tout, d'ici ! Ça va, toi ? demanda Rose.

— Ouaip. Je n'aime pas la foule.

Surtout celles que je ne pouvais pas contrôler ou observer.

— Je n'aime pas les serpents.

— Ah bon ?

Je le serrai plus fort pour éviter que les gens ne la heurtent.

— Ils se déplacent sans jambes. C'est bizarre.

— C'est vrai.

La foule s'atténua sur la promenade et je gravis rapidement les marches menant au bureau de l'essayeur de métaux précieux. Une dizaine de touristes étaient déjà là, certains triant les bacs de minerai en bois surélevés et d'autres attendant leur tour pour faire évaluer leurs trouvailles.

— Quand on rouvrira la mine, ils pourront rapporter leur minerai ici, dis-je à Rose alors que nous traversions deux des files, nous dirigeant vers la rambarde en bois qui séparait l'espace public de l'espace préservé.

— Vraiment ? Ce sera trop cool !

— Salut, Reece, saluai-je le jeune Acosta que j'avais engagé pour tenir l'une des tables.

— Bonjour, monsieur Daniels.

Le gamin hocha la tête et reporta son attention sur le touriste qu'il était en train d'aider.

Xander ne prit pas la peine de lever les yeux de la table derrière laquelle il s'affairait.

Je posai Rose quand je vis papa faire les cent pas le long de la paroi de verre qui gardait les cinq derniers mètres du bureau parfaitement préservés. Il tirait sur le costume qu'il portait, de mémoire, à chaque ouverture de saison, et marmonnait quelque chose à propos du minerai, et je regardai son infirmière.

— May, comment va-t-il aujourd'hui ?

— Il est un peu confus, reconnut-elle derrière la table dans le coin.

— Hé, c'est la mine ? demanda Rose en montrant le plateau en verre de la table qui recouvrait une copie des plans de la Rose Rowan.

— C'est la Rose Rowan, lui dit papa. Tu devrais le savoir. Tout le monde le sait. Tout le monde la veut.

Mon regard se porta sur Xander, qui s'était tourné vers papa. Nos regards se croisèrent, et l'inquiétude que j'y décelai prit le pas sur la colère que m'inspirait notre situation juridique actuelle.

— Je m'en occupe, promis-je.

Il hocha la tête, puis retourna aider les touristes. Heureusement que j'avais engagé de l'aide pour l'été, parce qu'il n'y avait aucune chance que Xander et moi nous occupions de ça tout seuls, et papa n'était pas en état de donner un coup de main.

— Je sais que c'est la Rose Rowan, rétorqua Rose. C'est ce que j'ai dit. Je porte le nom de la mine.

— Vraiment ? demanda-t-il en passant ses pouces à l'intérieur de ses bretelles.

Ce mouvement était si familier qu'il était difficile de croire qu'il n'était pas totalement lucide. Même dans ses pires jours, il trouvait de petits moyens de se manifester malgré la maladie d'Alzheimer.

— Oui, lui dit Rose. Ça, c'est le plus vieux tunnel.

Elle désigna le plan.

Papa se pencha sur la table.

— C'est vrai.

— Ma tante s'est perdue ici.

Elle tendit de nouveau le doigt. Il la regarda avec une tension évidente.

— Ta tante ?

— Ouaip. Tante Willow. Elle a dit que Cam l'avait fait sortir.

Elle me montra du doigt.

Papa tourna la tête et me passa en revue.

— Tu lui as cassé le nez.

— Je ne lui ai pas cassé le nez, rétorquai-je. Elle était tombée avant que je la retrouve.

Pour l'amour du ciel, étais-je condamné à avoir la même dispute vieille de vingt ans avec mon père pour le reste de sa vie ?

Il plissa les yeux.

— Tu étais couvert de son sang.

— Logique. Je l'ai portée.

Elle avait gardé son front niché contre mon cou pendant tout le trajet.

— Elle t'a laissé faire.

Il prononça lentement ces mots, comme s'il reconstituait le souvenir.

— Oui.

En fait, il avait fallu un juge Bradley, très en colère, pour l'arracher à moi.

— Alors, tu ne lui as pas cassé le nez, décida-t-il et il se tourna à nouveau vers la carte.

Je clignai des yeux, sans voix.

— Ils s'embrassent beaucoup, dit Rose en haussant les épaules, comme si ça expliquait tout.

Papa se déplaça pour pouvoir être assis à table et me dévisager en même temps.

— C'est la copine de Sullivan.

J'ignorai le malaise qui s'installa dans mon estomac et m'efforçai de sourire.

— Plus maintenant, papa.

Son front se plissa.

— Ce serait là qu'elle est tombée ? demanda Rose en s'appuyant tellement sur la table qu'elle aurait pu s'y allonger.

Papa me fixait toujours, cherchant des réponses que je ne pouvais pas lui donner parce que je ne savais pas en quelle année il pensait être.

— Monsieur Daniels ? demanda Rose. Vous ne vous rappelez pas ?

Il se retourna vers Rose.

— Bien sûr que je m'en souviens. Je connais cette mine mieux que quiconque.

Il consulta la carte.

— Cam la connaît très bien, rétorqua Rose en me regardant.

Attention, lui murmurai-je et elle gloussa.

— Parce que c'est moi qui lui ai tout appris, marmonna papa. Cam était le seul à écouter. J'ai essayé avec Alexander...

Son doigt se promena sur le chemin.

— J'ai toujours pensé que c'était par ici, mais Willow n'a jamais pu décrire l'endroit. Elle a faussé compagnie à Alexander, figure-toi. Il y était allé avec les deux filles Bradley, et Willow est partie à la recherche d'or.

Il sortit un morceau de minerai de sa poche.

— Tu vois, de l'or.

Rose le prit et l'examina attentivement.

— C'est de la pyrite

Papa sourit.

— C'est vrai. Tu veux voir où je l'ai trouvée ?

Elle hocha la tête avec enthousiasme, et d'un coup, je ne fus plus son Daniels préféré.

— Camden ? demanda May. Vous pourriez prendre une bouteille d'eau à l'épicerie ? J'ai oublié d'en apporter à votre père, et il doit prendre ses médicaments.

— Vas-y. Je garderai un œil sur eux, promit Xander en désignant Rose.

— Rosie, ça te va si je m'absente ?

— Oui, répondit-elle, trop occupée à écouter l'histoire que papa était en train de raconter pour me prêter attention.

— Elle a conquis papa, dit Xander alors que je le dépassais pour ouvrir la porte dans la lourde balustrade en bois.

— C'est une Bradley, expliquai-je en haussant les épaules.

— Je suis une Maylard, s'exclama-t-elle.

— Tu vois ce que je veux dire ?

Nous éclatâmes de rire, et pendant un instant, tout parut normal. Papa n'était pas malade. Xander et moi n'allions pas au tribunal pour décider de l'avenir de notre père dans un mois. Nous n'étions que des frères.

Je m'en allai avant de faire quelque chose qui gâcherait ce moment.

L'épicerie Young était bondée de touristes à la recherche de bonbons et d'articles vintage, et je dus m'arrêter plus d'une fois.

— Cam, entre, me dit Jonathan Young en me voyant, et il me fit signe d'emprunter la porte que seuls les locaux étaient autorisés à franchir.

Je vis son hochement de tête désapprobateur, mais j'essayai de l'ignorer. Il était probablement encore furieux de la fois où j'avais remplacé tous ses bonbons haricots par des dragées surprises de Bertie crochue aux goûts improbables.

Je ne pouvais pas lui en vouloir. J'étais un petit con quand j'étais ado.

J'ouvris la porte et trouvai l'arrière-salle déjà remplie de locaux cherchant à faire une pause. L'espace était petit, probablement pas plus de cinq à six mètres carrés, mais il abritait deux réfrigérateurs approvisionnés, un four à micro-ondes et des portes donnant accès aux seules salles de bains équipées de plomberie autorisées dans le quartier historique.

J'entendis mon nom marmonné plusieurs fois et me contentai d'un geste de la main, me dirigeant droit vers le réfrigérateur.

— Comment va ton visage ? me nargua Oscar depuis le canapé où il était assis, son bras entourant Tillie.

— Comment va ta main ? répliquai-je en sortant un pack de six bouteilles d'eau de l'étagère supérieure du réfrigérateur.

— Tu te prends pour un dur à cuire, hein ? demanda-t-il en se levant.

— Oscar, on ne veut pas d'ennuis ici, le réprimanda Milton Sanders en essuyant la sueur sous son béret. Pourquoi ne retournerais-tu pas chez ton père ?

— Ce n'est pas moi qui ai un caractère atroce, pas vrai, Cam ? me chercha Oscar avec un sourire de travers.

— Il faut que tu te trouves un hobby, Oscar. Je ne suis pas disponible pour te divertir.

Je posai l'eau sur le comptoir et sortis mon portefeuille de ma poche, tirant un billet de dix de la section arrière.

Oscar renifla.

— Trouver un hobby ?

— Oui, tu sais. Quelque chose à faire en plus de picoler en début d'après-midi.

Je déposai les dix dollars dans la fente du pot en verre que les Young gardaient pour ce genre de choses.

— Je cherchais plutôt quelqu'un à me faire, mais quand tu as commencé à baiser Willow Bradley, ce plan est tombé à l'eau.

Je me figeai, la main sur l'eau, tournant le dos à Oscar. Mes sens s'affûtèrent d'une manière que je ne connaissais que trop bien.

— Cam, m'avertit doucement Milton. Va-t'en.

J'inspirai lentement par le nez, cherchant à faire retomber la rage qui montait en moi. Je n'avais plus dix-sept ans. Je ne pouvais pas tabasser tous ceux qui m'offensaient ou qui offensaient Willow. Willow. Elle ne voudrait pas que je tue l'abruti qui déblatérait derrière moi.

Si je parvenais à me répéter ça un million de fois, je pourrais peut-être me calmer.

— Oh, allez, Milt. Il ne peut pas être offensé à ce point par la vérité, bredouilla Oscar, sa voix se rapprochant.

— Ne fais pas ça, Oscar, le prévins-je en voyant son reflet dans la porte du micro-ondes.

— Allez, mec, dit une autre voix, mais je ne me retournai pas.

Si je posais les yeux sur Oscar, j'allais le tuer à mains nues.

La porte arrière s'ouvrit et se referma.

— Quoi ? Tu ne trouves pas que c'est n'importe quoi qu'il revienne après dix ans et qu'il agisse comme s'il était un cadeau de Dieu ? Il dit à Xander ce qu'il doit faire avec Art, alors que c'est lui qui s'est occupé de lui pendant toutes ces années. C'est n'importe quoi.

La bouteille d'eau s'écrasa dans ma main.

— Assieds ton cul d'ivrogne ou ramène-le à la maison, Oscar, ordonna Gideon, et la bouteille d'eau reprit sa forme initiale.

— Cam, ça va ?

— Je vais bien.

Je mis l'eau sous mon bras et rangeai mon portefeuille, prêt à sortir de là.

— Tu le défends seulement parce que c'est ton meilleur ami, rétorqua Oscar.

Je pivotai vers la porte, repérant le signe de tête de Gid dans cette direction. J'étais tout à fait d'accord.

— Il n'a pas besoin d'être défendu. Il faut que tu arrêtes de te comporter comme un connard.

— Je m'en vais, dis-je à Gid lorsque la porte se rouvrit.

C'était le moment idéal pour se tirer de là.

— Hé, Cam ? Dis-moi, quand tu baises Willow, est-ce qu'elle dit ton nom ? Ou est-ce qu'elle ferme les yeux et pense à Sullivan ?

L'eau s'écrasa par terre tandis que Gideon criait mon nom.

— Est-ce que Xander est le prochain… ?

Le sourire d'Oscar disparut derrière mon poing avant qu'il ne puisse terminer.

Il tomba par terre et je me laissai tomber à ses côtés, mon poing cognant de nouveau son visage. Encore et encore.

— Cam ! Non !

Sa voix parvint jusqu'à mes oreilles alors que je n'entendais plus rien. J'arrêtai mon poing à mi-chemin du visage ensanglanté d'Oscar.

— Bon sang, Cam, jura Gideon en me détachant d'Oscar, parce que je le laissai faire.

Ma poitrine se gonfla lorsque je constatai les dégâts. Oscar était bien amoché. Au moins six locaux aux yeux écarquillés me regardaient avec effroi comme le monstre que j'étais. Le monstre que j'avais nourri et entretenu au cours des dix dernières années pour assurer ma survie.

— Ça va ? me demanda Gideon à voix basse, mais sa poigne s'était déjà relâchée.

Nous savions tous les deux qu'il ne pourrait rien faire si je décidais d'attaquer Oscar à nouveau.

J'acquiesçai, puis relevai le bord de ma casquette.

— Mec, il t'a foutu une branlée et n'a même pas perdu sa casquette.

J'ignorai le commentaire et me tournai vers la porte, où se tenait Willow, une terrible tristesse dans les yeux.

— Tu as vu ça, Hall ? Tu devrais l'arrêter pour agression ! bafouilla Oscar.

La mâchoire de Gideon se bloqua et il me regarda avec une colère à peine voilée.

— Voir quoi, Oscar ? Te voir te ridiculiser et te moquer du seul héros de guerre de cette ville aux dépens de la propre fille du juge Bradley ?

Je récupérai l'eau et me dirigeai vers la porte.

— Cam, murmura Willow en essayant de me prendre la main.

La main actuellement couverte du sang d'Oscar parce que je n'arrivais toujours pas à contrôler mon fichu tempérament. La main que j'avais posée sur elle une heure plus tôt. Je l'éloignai pour que le sang ne la touche pas, et elle tressaillit.

Maintenant, j'avais aussi foutu ça en l'air.

Je lui passai devant et choisis la deuxième porte, celle qui menait à l'arrière au lieu de la grande rue.

L'air frais me cueillit au visage et j'inspirai profondément. J'aurais aimé pouvoir effacer les dix dernières minutes de ma vie. Bon sang, les dix dernières années.

— Cam, dit Willow en fermant la porte derrière elle. Ça va ?

J'eus un petit rire sarcastique.

— Si je vais bien ?

Je me tournai vers elle.

— J'aurais pu le tuer sans même avoir à transpirer, Willow. Je l'aurais peut-être fait si tu n'avais pas été là.

— Mais tu ne l'as pas fait.

Elle s'avança et je reculai en secouant la tête.

— Non.

— Tu ne l'as pas tué. Et il méritait amplement de recevoir un coup pour ce qu'il a dit.

Elle passa ses bras autour de sa taille.

— Tu l'as entendu.

Une nouvelle marque à la craie sur le tableau des choses que j'avais faites pour blesser Willow.

— Il t'a provoqué en agitant ta pire peur, et je sais à quel point tu es protecteur envers moi. Bien sûr que tu allais lui rendre la monnaie de sa pièce.

— Tu vas arrêter ? m'écriai-je.

Elle ne broncha pas, ne s'éloigna pas. Elle resta là et me regarda, acceptant tout ce qu'elle n'aurait pas dû accepter.

— Arrête de me défendre. Arrête de faire comme ce que j'ai fait était acceptable. Arrête de me trouver des excuses.

— Je t'aime.

Au lieu de s'en aller comme l'aurait fait toute personne saine d'esprit, elle fit un pas en avant.

— Tu ne devrais pas ! Je viens de te donner une autre raison de ne pas le faire.

Parce que peu importe qu'elle soit l'air même de mes poumons – à un moment ou à un autre, j'allais la briser, même si j'avais les meilleures intentions.

— Mais je t'aime ! Je t'ai toujours aimé, et tu le sais. Tu ne peux pas changer mes sentiments parce que tu es mal à l'aise. Je ne vais pas rester les bras croisés et te regarder t'autodétruire. Je l'ai fait une fois et je ne me le suis jamais pardonné. Ne me demande pas de le refaire.

Le bois sous ses pieds craqua alors qu'elle faisait un pas de plus vers moi.

— Il ne t'est jamais venu à l'esprit que je ne peux pas être sauvé ? Ce bateau a coulé il y a une dizaine d'années. Probablement avant même, si tu demandes à mon père. Tu devrais peut-être écouter Oscar et opter pour Xander. Il ne commet jamais d'erreur. Il ne blesse jamais quelqu'un qu'il aime. Je vais forcément te faire de la peine. Tu le sais, pas vrai ? Et si la prochaine fois… Mon Dieu, et si je te faisais du mal ?

— Ça n'arrivera pas.

Elle s'avança quand même.

Je levai la main, lui montrant le sang qui remplissait les fissures de mes articulations.

— C'est tout ce que j'ai à te donner, Willow. Des mains faites pour mettre en pièces le monde et tachées de plus de sang que tu ne le sauras jamais, parce que je ne te dirai jamais toute l'étendue de ce que j'ai fait pendant ces années. C'était un fardeau que je ne lui ferais jamais porter.

— Ces mêmes mains me tiennent. Elles construisent des ponts et des barrages et restaurent de vieilles mines. Je n'ai pas peur de tes mains, Cam. Je sais ce qu'il y a dans ton cœur.

Mais elle n'en savait rien. Parce que je ne lui avais pas dit, je ne lui avais pas montré la violence dont j'étais capable, et je ne le ferais jamais. Ce petit esclandre avec Oscar ?

Ce n'était rien. Et ce qu'il avait dit d'elle ? Ce n'était que le début si elle restait avec moi.

C'était le dernier cadeau que je pouvais lui faire – mon silence et la liberté de s'éloigner.

— Tu sais ce que je t'ai laissé voir. Le type avec qui tu es depuis six semaines…

— Je sais qui tu es ! Ne t'avise pas de m'insulter de la sorte.

Elle s'approcha de moi et me regarda fixement à près de trente centimètres en dessous de moi.

— Pour une fois dans ta vie, Pika, fais preuve d'instinct de conservation. Arrête de te tenir devant des armes chargées.

Je lui tendis l'eau et elle la prit, en me regardant toujours fixement.

— Je ne veux pas effrayer Rose avec le sang. Tu peux l'apporter à mon père, s'il te plaît ?

— Camden, me supplia-t-elle, mais je n'avais plus rien à lui donner.

Je sortis mes clés de ma poche et les posai sur la bouteille d'eau pour qu'elle ne soit pas bloquée.

Puis je passai à côté d'elle sans m'arrêter. Elle ne m'appela pas.

Peut-être qu'elle apprenait enfin.

20

Willow

Je tendis la bouteille à May, puis m'assis sur la chaise vide à côté d'Art, qui était en train de parler de la mine à Rose.

Engourdie. Je me sentais… engourdie. C'était mieux que la douleur atroce que j'avais ressentie en regardant Cam se déchirer pour quelque chose que n'importe qui à sa place aurait fait.

Je doutai que mon propre père serait resté là à écouter tranquillement quelqu'un dire une chose pareille à propos de ma mère. Il n'aurait peut-être pas été aussi précis dans son attaque, mais il n'avait pas été formé par les forces spéciales.

— Monsieur Daniels, il est temps de prendre vos médicaments, tenta May.

— Non.

Elle soupira.

— C'est un jour sans, aujourd'hui, expliqua-t-elle avec un sourire contrit.

Xander se retourna et ses yeux s'adoucirent en signe d'inquiétude.

— Tout va bien, Willow ?

Je secouai lentement la tête.

Sa bouche se crispa.

— Camden ?

Je n'eus pas à confirmer ce que nous savions déjà tous les deux. Il soupira et demanda à la femme qu'il aidait si elle pouvait attendre une minute avant de s'approcher de moi.

— Il est… Je ne sais même pas quoi dire.

— C'est Cam, dis-je en guise d'explication.

— C'est Cam, acquiesça Xander. Écoute, il n'a jamais été facile. Mais je ne me suis jamais inquiété à son sujet, pas comme les autres. Je n'ai jamais pensé que c'était une cause perdue ou quoi que ce soit d'autre.

Il se baissa et me prit la main.

— Je ne vais pas te mentir. J'étais assez énervé quand j'ai appris que vous étiez ensemble. Je t'aime comme une petite sœur, et tu as déjà traversé tant d'épreuves. Il me semble injuste que tu signes pour en vivre d'autres.

— Il ne me fera pas de mal.

Si seulement je pouvais l'en convaincre. Mais comment le pourrais-je, alors que le reste du monde lui disait le contraire ?

— Pas intentionnellement, convint-il. J'ai toujours su que Cam aimait le plus profondément de nous tous. Il est prêt à se battre pour ce qu'il pense être juste afin que je n'aie pas à faire ce que je risquerai de ne pas me pardonner. Il aurait tué pour Sullivan, c'est dire à quel point il aimait notre frère.

Xander me serra la main doucement.

— Et il a toujours été prêt à mourir pour toi, Willow. La mine, l'incendie… toujours.

Mes yeux se portèrent sur les siens. Ils étaient de la même couleur et de la même forme que ceux de Sullivan, mais cette prise de conscience ne me frappa pas aux tripes comme avant.

— Je suis partagé, admit-il. Parce que je t'aime assez pour te supplier de t'éloigner de lui. Mais je l'aime assez pour te supplier de ne pas le quitter. De ne pas l'abandonner. Parce que je pense sincèrement que tu es la seule personne qui peut le reconstruire – ou le briser. Il ne m'écoute plus depuis longtemps.

— Je ne l'abandonnerai jamais, Xander. Je l'aime. J'ai toujours aimé Camden.

Je laissai mes émotions imprégner chaque mot pour qu'il comprenne toute la valeur de ce que je lui disais.

Il ferma les yeux et inspira profondément. La façon dont il hocha lentement la tête m'indiqua qu'il avait compris le message. Lorsqu'il ouvrit les yeux, ils étaient exempts de la condamnation à laquelle je m'attendais. Après tout, il avait aimé Sullivan plus que Cam, et nous le savions tous les deux.

Il se contenta de me serrer la main et de pincer les lèvres en hochant à nouveau la tête.

— Je suis tellement désolé, et égoïstement, je suis tellement content. Il est son pire ennemi. Tu le sais, n'est-ce pas ?

— Oui.

— Très bien.

Il se releva et lâcha ma main.

— Rose, pourquoi ne viendrais-tu pas t'asseoir avec moi une seconde pour que mon père prenne ses médicaments ? Je pense que tu es peut-être trop intelligente pour qu'il s'éloigne de toi.

Il tendit la main à Rose, qui fit le tour de la table pour la prendre.

— Allez. Je t'apprendrai à évaluer du minerai.

Je restai assise face à la carte de la mine, mais sans vraiment la voir, pendant que May réussissait à convaincre Arthur de prendre ses médicaments. L'intoxication au monoxyde de carbone avait affaibli son cœur, donnant à ses fils une raison supplémentaire de s'inquiéter pour sa santé. Finalement, il s'assit à côté de moi, son doigt traçant les chemins de la mine. Je voyais des morceaux de Cam en lui, mais seulement des petits. La forme de son nez. Sa façon de plisser les yeux pour se concentrer.

Cam avait davantage tiré de sa mère. Surtout son cœur. Art leva les yeux et sourit en regardant Xander assis avec Rose.

— C'est un bon garçon, Alexander. Toujours le premier à aider.

— Cam aussi, dis-je doucement.

Art fronça les sourcils en me jetant un coup d'œil, puis retourna à la mine.

— Pourquoi ?

La question m'échappa avant que je ne puisse m'en empêcher.

La main d'Art s'arrêta sur la carte, mais il ne regarda pas dans ma direction.

— Pourquoi vous ne pouviez pas l'aimer comme vous aimez Xander ? Comme vous aimiez Sullivan ? Il en était tout aussi digne, même s'il n'était pas parfait.

La boutique derrière nous était bondée de touristes, et Art était si silencieux que je me demandais s'il m'avait entendue.

— Il y a un équilibre, dit-il enfin, la voix basse.

— Quoi ?

— Le bien. Le mal. La vérité. Le mensonge. Le karma. Ça remonte aux premiers frères de la Bible. Quel que soit le nom qu'on lui donne, l'univers maintient un équilibre.

Il fit glisser son doigt le long du plus vieux tunnel de la mine, à la recherche de quelque chose que je ne pouvais pas voir.

— Et vous pensez que Cam…

Je secouai la tête. Qu'est-ce qui m'avait pris de poser cette question à un homme dont l'esprit avait depuis longtemps cessé d'être fiable ?

— Xander est né au milieu des sourires. Il était parfait. Lillian était si heureuse. Et je savais que si nous en avions un autre, l'équilibre ne serait peut-être pas de notre côté. En tout cas, c'était ce qui s'était passé pour mes parents.

Il se pencha sur la table, suivant le tunnel de 1880 jusqu'aux niveaux inférieurs, où les tunnels se repliaient les uns sur les autres.

— Cal ?

Il était de notoriété publique que ce n'était pas l'amour fou entre les deux frères.

Il acquiesça.

— Cal. Mais Camden est né. Et il était beau. Bruyant, exigeant et plein de vie. Toujours à regarder autour de lui, même lorsqu'il était un nouveau-né. Et Lillian… Elle… est devenue si malheureuse. Elle pleurait tout le temps. Elle ne voulait pas sortir du lit. Elle ne supportait pas de le voir. De nous voir. Et je savais que Cam était l'équilibre. Il était le prix du bonheur apporté par Xander.

Un poids se logea dans ma poitrine alors que mon estomac s'enfonçait.

— La dépression, murmurai-je si doucement que je savais qu'il ne pouvait pas m'entendre.

— Elle s'est totalement renfermée sur elle-même pendant que Cam braillait à tue-tête. Il a fallu une éternité pour qu'elle me revienne, et quand elle l'a fait, et que Sullivan est né…

Il marqua une pause, plissant à nouveau les yeux sur un conduit d'aération avant de secouer la tête et de continuer à tracer le tunnel de 1880.

— Lorsque Sullivan est né, j'ai su que l'équilibre avait de nouveau basculé. Que nous devrions payer. On ne peut pas avoir autant de bonnes choses dans sa vie et ne pas payer pour ça. Ce n'est pas ainsi que ça fonctionne. Tout a un prix, Hope, tu le sais. Tu l'as vu, toi aussi.

Je clignai rapidement des yeux. Il pensait que j'étais ma mère.

— Et Lillian l'a vu aussi. L'équilibre. La façon dont Cam…

Il secoua la tête.

— C'est pour ça qu'elle l'aimait plus que les autres. Elle s'est sentie obligée de se racheter auprès de lui.

— Elle a essayé de compenser le fait que vous ne l'aimiez pas, rétorquai-je.

— Ce garçon est mauvais. Trop de violence.

— Il ne l'était pas, tentai-je de le raisonner dans un murmure étouffé. Pas quand il était enfant. J'étais là.

— Puis l'équilibre s'est rétabli. Il m'a enlevé Lillian. Mais j'avais toujours ces deux bons garçons.

Une larme glissa sur sa joue et la culpabilité me donna la nausée. Quel genre de monstre étais-je pour malmener un homme malade ?

— Cam a donc pris Sullivan.

La culpabilité disparut.

— Non, dis-je assez fermement pour qu'il me regarde. Cam aimait Sullivan. Il l'a protégé. Il ne lui aurait jamais fait de mal. Ce n'était pas sa faute. Cam. Aimait. Sullivan.

Il inclina la tête.

— Je n'ai jamais dit le contraire. Trop d'amour peut tuer quelqu'un aussi facilement que pas assez.

Il reporta son attention sur la carte.

— Il n'était qu'un enfant. Juste un petit garçon. Il n'était pas mauvais. Il ne l'est toujours pas.

Art suivit un autre puits de ventilation jusqu'à ce qu'il atteigne son extrémité, puis le remonta jusqu'à une autre section. Je pris sa main.

— Il n'est pas mauvais. Il n'est pas une sorte de poids envoyé par l'univers pour équilibrer vos bénédictions, Art. Il est la bénédiction. Il est gentil, loyal, protecteur et intelligent. Il porte des t-shirts à licorne pour faire plaisir aux petites filles, il en sauve de plus grandes de la neige et il tient tête au seul frère qui lui reste pour que vous puissiez avoir ce que vous voulez.

Art ne retira pas sa main de la mienne alors qu'il m'observait en coin.

— Il m'a portée hors de cette mine…

— Tu l'as laissé faire, dit-il en inclinant la tête.

— Sans hésitation.

— Il ne t'a pas cassé le nez, déclara-t-il.

— Bien sûr que non. C'est une bonne personne, monsieur Daniels. C'est le meilleur homme que je connaisse, et vous…

Je poussai une expiration tremblante.

— Vous l'avez brisé. Et je ne sais pas si je peux réparer les parties que vous avez cassées. Il rejette tout le monde. Et je dois lui faire comprendre, parce qu'il est tellement…

Les mots restèrent bloqués dans ma gorge, menaçant de m'étouffer.

— Il est tellement seul.

— Comme tout ce qui a une valeur.

Art se retourna et croisa mon regard. Je ne vis ni Sully ni Xander dans ses yeux, même s'ils étaient identiques. Je ne vis même pas M. Daniels.

Ma main se détacha de la sienne et il se remit à tracer les chemins de la mine, en marmonnant sur les passages qu'il avait condamnés pour empêcher les garçons de suffoquer dans l'air vicié.

Comme tout ce qui a une valeur.

J'avais déjà entendu ces mots. Quelques semaines plus tôt. Je m'approchai de Xander, me sentant plus vieille d'une dizaine d'années que quand je m'étais réveillée ce matin-là.

— Hé, Rosie, tu es prête à y aller ?

— Si le maire Daniels n'a pas besoin de mon aide, répondit-elle.

— Ça ira, Rose. Merci pour ton aide. Oh, attends, j'aurais bien besoin d'un autre crayon, si ça ne te dérange pas de m'en rapporter un ?

— Pas de problème !

Elle se leva de son siège à côté de lui et se dirigea vers le bac de fournitures, s'arrêtant pour attraper sa veste.

— Quoi que mon père t'ait dit, n'en tiens pas compte. Il n'est pas dans son assiette. Il pourrait être le lui d'il y a quarante ans comme Napoléon.

Il profita de l'accalmie des touristes et s'adossa à sa chaise, visiblement fatigué par la journée.

— Oui, je crois qu'il vient de me citer un livre.

Et c'était loin de se limiter à ça.

Xander sursauta.

— Vraiment ? Il est plutôt du genre à regarder la télévision. Il se moquait de Cam parce qu'il avait toujours des livres sur lui. Je pense que c'est pour ça qu'il a commencé à traîner chez Cal. Bizarre.

Il fronça les sourcils.

— Il n'est vraiment pas lui-même.

Au moins, malgré tous ses murmures sur l'équilibre, il n'avait pas pointé de fusil de chasse sur moi, donc ç'aurait pu être pire.

— Prends ce qu'il t'a dit avec des pincettes, répondit-il en haussant les épaules.

— Et voilà !

Rosie se glissa dans l'espace qui nous séparait et posa une poignée de crayons sur la table. Parmi les crayons à papier jaunes, elle avait ajouté deux de ses propres crayons licornes.

— Merci, Rose. J'apprécie vraiment.

Xander lui adressa un sourire tandis qu'un autre touriste s'avançait avec une poignée de minerai.

J'aidai Rosie à mettre sa veste et elle s'arrêta à la porte, observant Xander un instant avant que nous ne nous fondions dans la foule. Préoccupé par mes propres pensées, je ne remarquai pas qu'elle était devenue silencieuse jusqu'à ce que nous arrivions à l'hôtel de ville, où les touristes examinaient des documents originaux et des photographies.

— Alors, quoi de neuf ? demandai-je une fois la porte passée.

Elle pinça les lèvres, mais finit par secouer la tête.

— Rien d'important. J'ai fait une expérience. On a appris à faire des hypothèses la semaine dernière.

— Des hypothèses ? demandai-je.

Elle acquiesça.

— Mon expérience a échoué. Je dois trouver une nouvelle hypothèse.

Elle prononça soigneusement le dernier mot.

— Est-ce que tu veux me dire ce que c'était ?

Je ne voulais pas être indiscrète si les choses n'étaient pas encore claires dans sa tête. Je détestais que les gens me fassent ça.

— Pas encore. Je vais réessayer.

Elle releva le menton et me serra dans ses bras avant de retourner en courant vers sa mère.

Papa se tenait avec un groupe de voyageurs équipés de sacs à dos, montrant son bien le plus précieux : un mur entier de photos originales montrant des vues d'Alba depuis la montagne.

Il était au sommet de sa gloire ici, où l'histoire ne changeait pas et où le présent n'avait pas d'importance. La conversation ne s'arrêta pas lorsque papa souleva Rose dans ses bras pour qu'elle puisse voir la photo du haut. Puis Rose intervint, montrant au groupe où se trouvait l'école.

— Et c'est la mine Rose Rowan ! Je porte le même nom qu'elle, et le petit ami de ma tante va bientôt l'ouvrir à la visite ! Mais pas le dortoir. Il a brûlé.

Papa et moi nous regardâmes dans les yeux. Il détourna le regard le premier. Il ne m'avait pas parlé depuis le dîner, quand j'avais choisi Cam.

Rose tapota la poitrine de papa, qui lui sourit avant de hocher la tête et de la reposer. Elle se précipita vers Charity, et je me glissai dans l'espace que les touristes occupaient un instant plus tôt.

Sur le badge officiel gravé de papa, qui le désignait comme membre du conseil de la Société historique, un autocollant représentant une licorne scintillante recouvrait son titre.

Il le regarda quand il me surprit en train de le fixer et sourit en regardant Rose.

— Elle pense toujours que tout brille.

— Et tu ne la corriges pas, notai-je, me demandant à quand remontait la première fois qu'il avait fait de même avec moi.

Quand avais-je quitté la voie qu'il m'avait tracée pour suivre la mienne ?

— Pourquoi le ferais-je ? C'est un don rare que de voir la beauté cachée des choses. Ce genre d'optimisme est précieux. Tu as la même étincelle dans ton âme, Willow.

Il jeta un coup d'œil à Charity, puis ses yeux revinrent sur moi, avec une tristesse persistante qui me gagna à mon tour.

— Au moins, Rose me laisse encore la protéger.

— Peut-être que je vois encore la beauté cachée que tu as cessé de chercher.

Il pinça les lèvres et peina à avaler.

— J'aimerais que ce soit le cas, ma chérie. Vraiment.

Charity s'arrêta dans sa présentation de la charte originale de la ville, nous regardant avec inquiétude. À quel moment avaient-ils prononcé les mots ne permettant plus de retour en arrière ? Avaient-ils déjà été prononcés ? Ou bien le silence était-il le véritable coût de leur lâcheté mutuelle ? Le refus de voir le point de vue de l'autre ?

Étais-je au bord de ce précipice avec mon père ? Ou avais-je déjà basculé ?

Un autre groupe s'approcha de nous et je profitai de son aversion pour les scènes en public pour l'entourer de mes bras.

Il n'était pas parfait. Il était imparfait, têtu et trop coincé dans ses habitudes pour accepter le changement qui était inévitable. Mais jamais il ne m'avait aimée plus que Charity ou vice versa.

— Je t'aime, papa. Je suis vraiment désolée de ne pas pouvoir être ce que tu voudrais que je sois. Mais je t'aime.

Je me retirai avant qu'il n'ait eu le temps de réagir et je m'éloignai avant de pouvoir le juger pour ce qui pourrait apparaître sur son visage.

Alors que je passais la porte, je l'entendis rire.

— Oui, je suis la licorne en chef ici.

La journée d'ouverture battait son plein lorsque je partis. Une partie de moi se sentait un peu coupable de m'éclipser plus tôt, mais en fin de compte, j'avais quelque chose de plus important à faire, et après avoir demandé autour de moi, je m'aperçus que Cam n'était pas rentré.

Je ramenai sa Jeep chez moi et remontai dedans cinq minutes plus tard pour me rendre chez Cam, de l'autre côté de la ligne de crête.

Le soleil commençait à se coucher lorsque je me garai dans l'allée. J'entrai dans la maison et je l'appelai, mais je n'eus aucune réponse. Quelle était la bonne chose à faire ? Ramener sa Jeep chez moi ? La laisser ici et rentrer à pied ? Rester jusqu'à son retour ? Cela ne ferait-il pas plus de mal que de bien de me glisser là où il avait clairement dit qu'il ne voulait pas me voir ?

J'accrochai ses clés au crochet près de la porte et hésitai à l'appeler. Peut-être qu'il déclinerait l'appel, mais peut-être qu'il décrocherait. Mes pieds me portèrent jusqu'à la bibliothèque, où la lumière mourante de l'après-midi jetait des éclats de soleil et d'ombre sur l'un des murs et sur le terrain derrière les baies vitrées.

Je passai mes doigts sur l'échiquier vide, me rappelant toutes les fois où Xander avait essayé de nous apprendre à jouer, à Cam et à moi, nous sermonnant pendant des heures sur la logique du jeu, tandis que Cam soutenait qu'il n'y avait aucune logique – tout était question d'émotion, de protection d'une pièce que l'on estimait plus que les autres. Puis je souris, me rappelant le moment où nous avions décidé de voler les pièces pour que Xander arrête de nous harceler.

Quelque chose dans ce qu'avait dit Art me trottait dans la tête, et je pris l'exemplaire de Cam de À l'est *d'Éden* qu'il avait laissé sur la table d'appoint lorsqu'il avait fini de me le lire.

Je feuilletai les pages bien connues, écoutant la voix de Cam réciter l'histoire de générations de frères qui avaient été façonnés par les attentes et les préjugés de leurs pères. Il n'était pas étonnant qu'il ait tant aimé ce livre. Les pages étaient surlignées ou annotées, l'écriture passant par endroits du crayon au stylo, de l'écriture d'un enfant à celle d'un homme.

Là. Mon doigt parcourut les mots pendant que je les lisais à haute voix.

— *J'ai dit que ce mot grandissait l'homme qui savait le comprendre.*

— *Je me rappelle que Sam Hamilton en avait été heureux.*

— *Le mot l'avait libéré, dit Lee. Il lui avait donné le droit d'être un homme, avec un destin distinct de tous les autres hommes.*

— *C'est un destin solitaire.*

— *Comme tout ce qui a une valeur.*

Je levai les yeux alors que le soleil scintillait sur la serre que Cam m'avait dit construire, et je le vis franchir la porte vitrée, essuyant la sueur de son front avec la manche de son haut. Sa casquette était à l'envers, son t-shirt aussi sale et taché que son jean, et pourtant il ne m'avait jamais paru aussi beau qu'à ce moment-là, cet homme incroyable qui se battait pour faire pousser les choses sur le terrain le plus inhospitalier qui soit.

Tout comme sa mère.

Je lus la dernière partie du texte, puisque Cam n'avait surligné que cette portion.

— *Rappelez-moi ce mot.*

— *Timshel.*

Je fermai le livre et le serrai contre ma poitrine. Il avait estimé que cette partie était suffisamment importante pour s'en souvenir – l'idée que peut-être lui aussi pouvait choisir d'être ce qu'il voulait et non ce qu'on lui avait dit d'être.

Mais il avait omis les mots qui me déchiraient alors que je me tenais là, le regardant fixer un autre panneau au bâtiment, continuant à se battre pour rendre son monde un peu meilleur un jour où il ne pensait pas le mériter.

C'était peut-être un choix différent, celui de repousser tout le monde, mais c'était aussi mon choix de le laisser faire. Ou plutôt de ne pas le laisser faire.

Je l'observai pendant quelques minutes encore, planifiant la suite, élaborant les prochaines étapes, jusqu'à ce que je sache qu'il devrait bientôt rentrer à cause du manque de lumière. Puis je me dirigeai vers le bureau, pris une feuille de papier et la déchirai en bandes.

Et je commençai à me battre.

21

Camden

Le gravier crissa sous des pas tandis que je plaçais un nouveau panneau sur la serre. Je n'avais pas besoin de regarder pour savoir de qui il s'agissait, car il n'y avait qu'une seule personne assez courageuse pour venir me voir un jour comme aujourd'hui.

Je fixai le panneau et me retournai pour voir Willow à six mètres de moi, ses cheveux agités par la brise de la montagne. Comment allais-je trouver la force de la laisser partir ? Elle méritait tellement mieux que les rumeurs et les commentaires – que moi.

Elle ne dit pas un mot en s'avançant vers la table que j'utilisais pendant les travaux, et elle n'alla pas plus loin après avoir posé quelque chose sur les plans. Puis elle retourna à la maison.

Je fixai le petit objet qu'elle m'avait remis comme s'il s'agissait d'une bombe et que j'attendais qu'elle explose. Elle ne me l'avait pas refourgué de force ou forcé à participer à une conversation. Elle m'avait laissé le choix, et c'était ce qui m'avait poussé à l'attraper.

Je déroulai le long rouleau de papier et je rattrapai de justesse la tour en onyx blanc alors qu'elle tombait du centre de son emballage. C'était le pendant de la tour noire, que je lui avais offerte le soir où Charity lui avait annoncé sa grossesse. Je ne la lui avais pas remise en main propre, puisque je ne lui parlais pas à ce moment-là. Je l'avais laissée sur le rebord de sa fenêtre, lui indiquant silencieusement que peu importait ce que j'avais dit ou fait au cours de cet été de merde, elle pourrait toujours compter sur moi.

Même si personne d'autre ne le pouvait.

Elle ne comptait pas abandonner ni laisser mes paroles de cet après-midi mettre fin à ce que nous venions à peine de commencer. Mes épaules s'affaissèrent sous l'effet combiné du soulagement et du désespoir. Peu importait le nombre de fois où je lui avais dit que je finirais par la briser, elle ne me croyait pas – ou, pire, elle s'en fichait.

Elle me choisissait.

Contre mon gré, je déroulai le papier et lus ce qu'elle y avait indiqué.

« Je crois qu'une femme peut être plus forte qu'un homme si l'amour habite son cœur. Une femme qui aime est presque indestructible. »

Je savais que je la trouverais à la bibliothèque. Avec le livre. Là où nous avions passé d'innombrables heures quand nous étions enfants, compagnons silencieux pendant que nous fuyions tous les deux ce qui nous avait poussés là au départ. Son besoin de peindre, de créer dans une famille qui ne valorisait que l'esprit analytique, et mon besoin de vivre dans le monde de quelqu'un d'autre pendant quelques heures.

Dès l'âge de dix ans, je savais que le seul monde dans lequel je voulais vivre était le sien. Voir le monde en couleurs et en lumière comme elle, observer ses mains créer la beauté à partir du néant, sachant qu'il s'agissait d'une représentation directe de sa propre âme. Et quand elle avait choisi Sullivan… ou plutôt, quand j'avais pensé qu'elle l'avait fait, j'avais choisi de mélanger cette partie d'elle avec moi, de l'emmener avec moi de la seule façon possible. J'avais appris à construire de belles choses au milieu de la pauvreté et de la guerre. Je cédai à ma nature inévitable lorsque la mission l'exigeait et je n'avais jamais réfléchi à deux fois avant de mettre fin à la vie de quelqu'un qui pourrait éventuellement constituer une menace pour ce pays – pour Willow. Mais je vivais pour les mois où notre mission était axée sur le soutien plutôt que sur la destruction.

Je construisais des ponts temporaires pour transporter du matériel militaire. Mais aussi des ponts permanents pour transporter de la nourriture et des personnes. Je faisais exploser des bombes dans des bâtiments où se réunissaient des terroristes, puis je construisais une école pour éduquer la petite sœur qui avait vu son aînée se faire tuer pour avoir osé ouvrir un livre. J'aurais toujours une dette pour les vies que j'avais prises, mais je m'efforçai d'équilibrer le tout pour ne pas croupir en enfer.

Mais aujourd'hui, quand Oscar m'avait jeté Sullivan à la figure – à la figure de Willow –, j'avais compris que la balance ne pencherait peut-être jamais en ma faveur, et je n'étais pas sûr de pouvoir laisser Willow en payer le prix.

J'enroulai les plans de la serre et les plaçai dans le bac étanche sous la table, au cas où le temps tournerait. Puis, la tour mordant ma paume, je retournai à la maison, où je savais qu'elle m'attendrait, car j'étais tombé amoureux d'une femme qui pouvait être aussi têtue que moi.

D'un coup de pied rapide, je laissai tomber mes bottes boueuses dans la buanderie et me déshabillai, jetant tous mes vêtements, sauf mon caleçon, dans la machine à laver et appuyant sur « démarrer ». L'avantage d'avoir un chauffe-eau instantané ? Je pouvais me doucher en même temps et m'offrir encore quelques minutes de répit avant de partir au combat.

Je jetai un coup d'œil dans sa direction en passant devant la bibliothèque, et je la vis assise devant le chevalet, en train de dessiner quelque chose, visiblement totalement absorbée ou du moins faisant semblant de l'être.

Cinq minutes plus tard, je m'essuyai les cheveux, m'habillai et me dirigeai vers la bibliothèque, où elle était toujours assise devant le chevalet.

— C'est là que j'ai trouvé le croquis, dis-je, rompant le silence, mais faisant monter la tension.

Elle posa son crayon et pivota sur le tabouret pour me faire face. Elle avait accroché sa veste à côté de la mienne, près de la porte, et portait toujours la même chemise qu'elle avait enfilée à l'envers ce matin-là.

J'avais l'impression qu'une dizaine d'années s'étaient écoulées depuis.

— Je me suis posé la question, admit-elle. Je l'ai reconnu quand j'ai vu ton bras.

Je croisai les bras et m'appuyai contre le cadre de la porte.

— Tu n'as rien dit.

— Je ne sais pas si tu as remarqué, mais on a tendance à laisser beaucoup de choses en suspens. On devrait probablement travailler là-dessus.

Ma mâchoire se contracta alors que je cherchais les mots que je lui devais.

— Je suis désolé que tu aies vu ça aujourd'hui.

— Quelle partie ? Oscar qui faisait l'imbécile ou toi qui as perdu ton sang-froid ?

— Oui.

Un sourire ironique se dessina sur ses lèvres.

— Tu ne me dois pas d'excuses pour l'un ou pour l'autre.

— Willow, ce genre de commentaires ne va pas s'arrêter. Pas par ici. Pas si tu restes avec moi.

— Très bien.

Elle haussa les épaules et de petites graines de frustration prirent racine dans mon estomac.

— Non, pas « très bien ». Je sais combien cette ville compte pour toi…

— Ne fais pas comme si elle ne signifiait rien pour toi. Pas avec tous tes discours sur les serres et sur les systèmes électriques. Tu es tout aussi investi dans l'avenir que moi. Sinon, je suggérerais qu'on déménage dans un endroit où il serait facile d'être ensemble.

Elle appuya ses mains de chaque côté de ses hanches, s'agrippant au tabouret, mais elle ne se ferma pas à moi.

— Nous avons des racines ici. Nous avons tous les deux choisi de vivre ici, alors ne prétends pas que cette ville ne signifie rien pour toi.

— Je ne le nie pas, mais je ne me suis jamais soucié de ce qu'on disait de moi.

— Quelle est ta prochaine question ? Celle-ci est une impasse. Les gens vont parler, Cam. Il n'y a littéralement rien d'autre à faire ici que de préparer la saison et de faire des bébés. Je suis sortie avec Sully. Maintenant, je sors avec toi. Alors, fais la paix avec les commentaires désobligeants des gens, quels qu'ils soient, puisqu'on ne peut pas changer ce qu'ils pensent.

— Si, on peut. Tu peux échapper à tout ça. Ici. Maintenant.

Mon corps tout entier se tendit, attendant qu'elle le fasse.

— Non.

— Non ?

— Non. Tu sais pourquoi tu ne veux pas coucher avec moi ? demanda-t-elle en se penchant et en me fixant.

— Tu es sérieuse ? Tu veux parler de sexe ?

— En quelque sorte. Sois indulgent avec moi. Tu as peur qu'en nous embarquant là-dedans – elle fit un geste entre nous –, j'aie des regrets plus tard que tu n'es pas prêt à assumer.

— Étant donné que j'ai pratiquement dit que…

— Et si c'était la vérité, ce serait super attentionné, mais comme tu te mens à toi-même…

— Je me mens à moi-même ?

Je me détachai du cadre de la porte, mais je m'arrêtai devant le bureau.

— Chut, c'est mon tour. Tu pourras parler dans une minute.

Elle porta son doigt à ses lèvres.

Mes yeux s'écarquillèrent.

— Tu te dis que si tu ne couches pas avec moi, ça me donne moins de raisons de pleurer quand tu me briseras le cœur. Ce qui, logiquement, vu les conneries que tu as faites aujourd'hui…

— Je me suis excusé…

J'aplatis mes paumes sur la surface du bureau.

— Je ne parle pas du fait que tu as frappé Oscar. Je m'en moque éperdument. Mais chut. Ce n'est pas bien de m'interrompre.

Ma mâchoire se décrocha.

— Je parle de cette connerie de t'éloigner de moi. Quand tu es resté là à cracher toutes ces bêtises de dégoût de soi et qu'une fois de plus tu as pris la décision pour moi que j'étais mieux sans toi.

Je fermai la bouche.

— Alors, je suppose que ça pourrait filer à une fille un petit complexe d'insécurité si je ne te connaissais pas si bien. Mais devine quoi, Cam ? Je te connais. Si tu voulais quelqu'un qui s'enfuit à chaque fois que tu perds ton sang-froid ou que tu te disputes avec Oscar Hudgens, je peux te citer au moins trois filles en ville qui se feraient un plaisir d'accourir. Mais tu me veux, moi.

Elle haussa un sourcil et me mit au défi de le nier.

Je n'en fis rien.

Elle se leva du tabouret, pieds nus et totalement à l'aise dans ma maison, dans ma vie.

— Tu ne veux pas coucher avec moi parce que tu as peur. Pas moi. Toi.

J'étais à dix secondes de débarrasser ce bureau et de lui montrer à quel point je n'avais pas peur.

Elle s'arrêta pour que le bureau soit entre nous.

— Tu as peur de franchir le pas et de t'ouvrir, et non, je ne parle pas seulement d'ouverture physique.

Ma mâchoire se contracta, mais je gardai le silence alors que ces petites graines de frustration se transformaient en une boule de feu géante de… je ne savais même pas ce que c'était, mais ce n'était pas agréable.

— Tu as peur qu'un jour, je voie quelque chose que je n'aime pas chez toi et que je m'en aille. Ou que je ne puisse pas supporter les ragots et que je te quitte. La distance que tu mets entre nous est ta faute, Cam. Pas la mienne. Tu n'as pas peur de me faire du mal. Tu mourrais avant que ça n'arrive, et on le sait tous les deux. Tu as peur que *je* te fasse du mal.

Je sentis le sang s'écouler de mon visage.

— Voilà. C'est ce que je pensais.

— Tu devrais y aller, parvins-je à dire à travers la sciure de bois dans ma bouche.

— Et tu devrais vraiment arrêter de dire ça. Je suis juste là, Cam. Il n'y a rien que tu puisses dire pour me convaincre d'y aller. Ne me dis pas que tu vas me faire du mal, parce que tu ne le feras pas.

— Mon tempérament…

— N'a jamais été violent à l'égard d'aucune femme que j'ai connue. À moins que tu ne gardes un secret que je ne connais pas.

— Bien sûr que non, rétorquai-je.

— Tu as peur parce que tu es amoureux de moi.

Elle me regarda droit dans les yeux, sans fléchir et sans s'excuser.

— Je n'ai jamais dit ça.

Mes mains glissèrent pour s'agripper au bord du bureau.

— Tu n'as pas à le faire. Tu as toujours privilégié les actes aux paroles. Je n'ai pas besoin que tu le dises. Ce dont j'ai besoin, c'est que tu comprennes que mon amour ne va pas changer ou diminuer parce que quelqu'un fait un commentaire ou que tu passes une mauvaise journée. Je t'aime inconditionnellement, Camden. Le pire ? Je l'aime. Le meilleur ? Je l'aime aussi. Et jusqu'à ce que tu puisses l'accepter, je serai là pour te le prouver. Je te choisis.

L'émotion m'obstrua la gorge et je ne parvins pas à déglutir, malgré mes tentatives répétées.

— Je n'irai nulle part, promit-elle. Je suis à toi. Aujourd'hui. À jamais.

Ses mots n'entamèrent pas mes défenses. Ils ne les brisèrent pas. Ils s'infiltrèrent dans les murs que j'avais depuis… *toujours* et transformèrent le béton et le mortier en couleur et en lumière. Tout ce qu'elle était.

— Et si ça ne suffit pas, commença-t-elle avant de secouer la tête. Si tu décides de t'éloigner, je t'aimerai toujours, comme je l'ai fait la première fois, même si tu ne veux plus de moi…

J'ignorai quand je pris la décision, mais je la réduisis au silence avec ma bouche, déversant dans ce baiser tout ce que je ne pouvais pas dire. Un cri de soulagement s'échappa de ses lèvres, et je l'absorbai aussi, me penchant vers elle pour l'embrasser avec plus d'intensité, la serrer plus fort. J'avais besoin qu'elle soit aussi près de moi que les lois de la physique le permettaient, et je trouverais même le moyen d'en briser quelques-unes.

— Cam, soupira-t-elle.

— Chut. C'est à mon tour. Je ne m'éloignerai jamais, promis-je en tenant son visage entre mes mains. Je ne cesserai jamais de te désirer. Je te désire depuis toujours. Tu es dans mon sang, dans mes os, dans mon âme.

Mes mains se posèrent sur ses fesses et je la soulevai jusqu'à ce qu'elle soit au niveau de mes yeux.

— Il n'y a pas de moi sans toi. Je le sais depuis que notre enfance dans cette pièce.

Ses lèvres s'écartèrent en même temps qu'elle enroulait ses jambes autour de ma taille, bloquant ses chevilles.

— Nous ne sommes plus des enfants.

Elle passa ses doigts sur mon visage.

— Dieu merci.

J'en avais assez de me retenir. D'essayer de la convaincre qu'elle serait mieux avec quelqu'un d'autre. Pour le meilleur et pour le pire, elle était à moi.

Il ne me restait plus qu'à m'assurer qu'elle ne regrette jamais son choix.

Je l'embrassai, et elle se fondit contre moi, transformant le baiser en une spirale de chaleur et de désir pur, tandis que ses doigts s'entremêlaient derrière mon cou.

Heureusement que je connaissais cette maison comme ma poche, car je ne rompis pas notre baiser en nous sortant de la bibliothèque, puis en empruntant le couloir et en nous conduisant dans ma chambre. Je m'arrêtai après la porte pour allumer les lumières. Je ne voulais pas que l'obscurité gâche ce qui allait suivre.

Willow saisit l'ourlet de sa chemise et la fit passer par-dessus sa tête pour la deuxième fois de la journée. Cette fois, j'en pris plein les yeux, me délectant de la dentelle lavande épousant la douce courbe de ses seins et de la tache de rousseur qui les séparait.

— Magnifique, murmurai-je avant de poser mes lèvres à cet endroit et de remonter jusqu'à son cou.

Son gémissement passa directement dans mon sang comme une décharge d'adrénaline. Je la plaquai contre le mur pendant qu'elle enlevait mon t-shirt, qui rejoignit son haut par terre.

— Magnifique, répondit-elle alors que ses doigts traçaient les contours du tatouage sur ma poitrine.

Mon pouls battait la chamade, exigeant que je bouge, mais je restai immobile, la laissant explorer mon corps, à fleur de peau en sentant ses mains sur mes tatouages.

Enfin, elle posa ses yeux sur les miens et sourit. Je perdis le contrôle et j'enfouis une main dans ses cheveux tout en reprenant sa bouche. Le baiser devint primitif, et mon monde se réduisit à la sensation de ses lèvres contre les miennes, sa langue et ses dents me rendant fou.

Quand ses hanches se mirent à onduler, j'aspirai l'air entre mes dents et me frottai contre elle jusqu'à ce que les couches qui nous séparaient soient trop importantes pour que nous puissions les supporter.

Quatre pas et je l'allongeai sur mon lit, sa peau immaculée contrastant avec la literie sombre. Mes yeux croisèrent les siens lorsque j'attrapai le bouton de son jean, et devant son hochement de tête enthousiaste, je le défis et fis glisser le tissu le long de ses jambes.

— Toi aussi, ordonna-t-elle en s'appuyant sur ses coudes.

Je souris, trop heureux d'obéir.

Mon pantalon tomba par terre et je faillis perdre mon sang-froid quand elle se lécha les lèvres. J'allais la manger vivante, la dévorer si pleinement qu'elle ne me regarderait plus jamais sans se rappeler exactement ce que je pouvais lui faire – faire pour elle.

Sa peau était du satin en feu lorsque je glissai sur elle, et lorsqu'elle leva les genoux, je tombai dans le creux de ses cuisses avec un gémissement. Ses mains étaient dans mes cheveux, dans mon dos, touchant et caressant tout ce qu'elle pouvait atteindre alors que nos bouches se rencontraient dans un baiser plus torride encore que le précédent, qui s'intensifia lorsque nous nous séparâmes et nous rejoignîmes.

Son soutien-gorge tomba par terre et j'abandonnai sa bouche pour embrasser sa poitrine. Elle cria mon nom quand je pris son mamelon dans ma bouche et que je fis rouler l'autre entre mes doigts.

Je fis abstraction de toutes les demandes de mon corps, de tous mes besoins, et je me concentrai sur elle, faisant monter son plaisir tout en apprenant les courbes de son corps, les endroits qui la faisaient se tortiller de rire et ceux qui la faisaient haleter et gémir. Lorsque j'atteignis le creux de ses hanches, j'accrochai mes pouces aux bandes de dentelle de ses sous-vêtements et je levai la tête pour m'assurer qu'elle était d'accord.

— Oui.

Elle répondit à ma question informulée et souleva ses hanches pour que je puisse faire glisser le bout de dentelle le long de ses cuisses. Je marquai une pause pour y déposer un baiser qui me valut un doux gémissement et un mouvement de ses hanches.

Quand elle fut complètement nue, je parcourus son corps des yeux, m'émerveillant qu'elle soit à moi, que ce soit la première fois que je lui fasse l'amour, mais pas la dernière.

J'allais faire l'amour avec cette femme pour le reste de ma vie.

— Je n'ai pas de mots pour dire à quel point tu es exquise, lui dis-je en faisant remonter mes mains le long de ses cuisses.

Sa peau était si douce, si sensible.

— Je pense que ces mots conviennent parfaitement.

Sa respiration s'accéléra tandis que je montais plus haut, jusqu'à frôler le sommet de ses cuisses.

— Qu'est-ce que tu me fais ?

Ses hanches ondulaient, cherchant la friction, et je la lui offris avec mon pouce et mes doigts, me soulevant au-dessus d'elle pour capturer son prochain gémissement dans un baiser.

— Je n'ai pas encore commencé, promis-je contre ses lèvres. Je vais te garder dans ce lit tout le week-end, jusqu'à ce que j'aie embrassé chaque centimètre carré de ton corps. Jusqu'à ce que je sache exactement ce que tu aimes et combien tu peux supporter.

J'appuyai sur son clitoris et elle cria.

— Ouff.

Ses doigts tirèrent sur mon boxer.

Je roulai et fis ce qu'elle me demandait, puis j'ouvris la nouvelle boîte de préservatifs qui se trouvait dans ma table de nuit.

Elle me prit l'emballage des mains et me saisit la nuque pour attirer ma bouche vers la sienne. Cette fois, lorsque je m'installai entre ses cuisses, il n'y avait rien entre nous. La sensation était presque insoutenable, sachant que j'étais enfin là où j'avais toujours rêvé d'être. Mais c'était encore mieux que dans tous mes fantasmes. Sa peau était plus douce, ses baisers plus torrides, son désir nourrissant le mien jusqu'à ce que nous soyons perdus dans le genre de connexion que je n'aurais jamais cru possible.

Je la caressai jusqu'à ce qu'elle ondule sous mes doigts, jusqu'à ce que ses ongles tracent des demi-lunes sur mes épaules et que ses cuisses se verrouillent.

Elle était si près du but, sa respiration saccadée alors qu'elle me poussait à revenir vers sa bouche.

— Avec toi, exigea-t-elle. Pour la première fois, je veux…

Elle laissa échapper un petit cri, ses yeux écarquillés quand je l'étirai avec mes doigts.

Je gémis au contact de la soie et du velours, à l'idée de me glisser en elle. Si je ne faisais pas attention, je n'allais pas tenir jusque-là.

— Ce n'est pas l'un ou l'autre, réussis-je à dire. Tu n'as pas un nombre d'orgasmes limité.

En fait, j'avais l'intention de lui en donner autant qu'elle pourrait en supporter.

Sa main s'enroula autour de mon sexe et je me figeai lorsque le plaisir déferla le long de mon corps, si doux que j'en sentais presque le goût sur ma langue.

— Avec toi, répéta-t-elle, avant de déchirer l'emballage et de m'enfiler le préservatif.

Elle m'embrassa, mordillant ma lèvre inférieure, et je retirai mes doigts de son intimité uniquement pour la caresser avec toujours plus d'intensité, jusqu'à ce que ses hanches se pressent contre ma main et que son dos se cambre.

— Cam ! supplia-t-elle, ses yeux trouvant les miens.

Le désir pur que j'y vis fut ma perte. Elle avait l'air dans le même état que moi : désespérée et à bout.

— Je suis avec toi, promis-je et je m'installai entre ses cuisses.

— Vas-y.

Ses genoux se levèrent de part et d'autre de mes hanches, et je fis glisser mes doigts dans les cheveux de sa nuque pour englober sa tête.

Fixant ses yeux noisette, à l'affût du moindre signe d'inconfort, je m'enfonçai doucement, m'insinuant en elle, serrant les dents devant l'extase totale qui inondait chaque cellule de mon corps.

Nos respirations se mêlaient tandis que je rejoignais nos corps par mes coups de reins, glissant de plus en plus profondément jusqu'à ce qu'elle ait chaque centimètre de moi en elle, sans jamais détourner le regard. Sa lèvre inférieure frémit, et je la pris entre les miennes, l'embrassant tandis qu'elle s'ajustait à ma taille.

— Ça va ?

Mes muscles tremblaient de l'effort qu'il me fallait faire pour rester immobile alors que mon instinct me poussait à bouger.

— Oh oui, m'assura-t-elle, ses bras m'enserrant, ses mains plaquées sur mon dos. C'est parfait.

— Tu es parfaite.

Gardant mon poids sur mes avant-bras pour ne pas écraser sa frêle silhouette, je fis onduler mes hanches, et sa bouche s'ouvrit sur le gémissement le plus doux que j'aie jamais entendu de ma vie.

Tout en elle était le meilleur, le plus doux, le plus intense que j'aie jamais connu, et je savais que ce n'était pas seulement notre alchimie hors norme ou la réalisation d'un rêve.

C'était parce que mon corps et mon cœur appartenaient tous deux à cette femme, et l'émotion écrasante ne faisait qu'augmenter la sensation physique.

— Je t'aime.

L'aveu jaillit de mes lèvres, faisant fondre la dernière barrière entre nous.

Elle écarquilla les yeux de surprise, comme si elle ne me l'avait pas déjà dit ce soir-là.

— Je t'aime, Camden, répéta-t-elle, puis elle m'embrassa alors que je commençais à bouger, me balançant en elle à un rythme lent, tirant chaque parcelle de plaisir que je pouvais, utilisant mon corps pour l'aimer comme je ne l'avais jamais fait avec aucune autre femme.

Nos langues s'entremêlaient et nos corps fusionnaient, tandis que nous nous emmenions mutuellement au bord du gouffre. Lorsqu'elle arriva devant ce précipice, la sueur perlant sur ma peau et la sienne et mes muscles si contractés qu'ils risquaient de me lâcher, je glissai mon pouce entre nous et la caressai jusqu'au point de non-retour. Jusqu'à ce qu'elle crie et me fasse plonger à mon tour, avec son nom sur mes lèvres dans une explosion si bouleversante que je savais qu'elle m'avait changé à tout jamais.

Encore essoufflé, je la serrai contre moi et roulai sur le côté pendant que nous peinions à récupérer. Je fis glisser paresseusement mes doigts le long de son bras tandis qu'elle embrassait ma poitrine, puis ma mâchoire.

— Tu es sûr de ton amour, hein ? me taquina-t-elle. Parce que je suis presque sûre que, maintenant, je ne pourrai plus être avec un autre.

Je gloussai, me délectant encore une fois que le rire vienne si facilement avec Willow.

— Oui, j'en suis sûr. Et tant mieux, parce que je ne te laisserai jamais sortir de ce lit.

— Jamais ?

— Non.

— Ça me va.

Elle tourna la tête et trouva mon avant-bras, puis embrassa le tatouage de son croquis.

— Et pour ce qui est de manger ?

— Je suppose que je vais devoir cuisiner pour que tu puisses garder tes forces.

J'effleurai son front de mes lèvres. Comment avais-je pu vivre aussi longtemps sans ressentir ça ? Sans l'avoir dans mes bras ?

— Répète-le, murmura-t-elle.

Je levai la tête pour voir ses yeux.

— Je t'aime, Willow.

Son sourire était la chose la plus sexy que j'aie jamais vue.

— Oui ?

— Oui.

— C'est gentil, mais je voulais parler de la cuisine. Je veux dire, c'est suffisant pour exciter une fille.

Elle le dit avec un tel sérieux que je ne pus m'empêcher d'éclater de rire.

— Oublie la cuisine, dis-je contre sa bouche. Je vais te manger.

— C'est une promesse ?

Je ne pris pas la peine de répondre verbalement. Après tout, elle savait déjà que je préférais les actes aux paroles.

22

Willow

— Salut, Willow, dit Tillie en levant les yeux du bloc-notes qu'elle tenait. Salut, Thea.

Nous la saluâmes presque à l'unisson depuis notre box chez Bigg's :

— Bonjour, Tillie,.

— Vous savez ce que vous voulez pour le déjeuner ?

— En fait, on attend quelqu'un, répondit Thea.

Tillie me regarda.

— Oh ?

— Ah, il est là ! Salut, chéri.

Thea tendit la joue pour recevoir le baiser de son mari avant qu'il ne s'installe dans le box à côté d'elle.

Le sourire de Tillie s'assombrit et je faillis rire. Elle craquait pour Cam, mais Cam ne voulait que moi. Cette idée me fit sourire d'une oreille à l'autre. C'était presque criminel d'être aussi heureuse. Nous commandâmes rapidement – ce n'était pas comme si le menu changeait souvent – et Tillie alla transmettre nos commandes.

— Cam ne se joint pas à nous ? demanda Pat lentement, son bras entourant les épaules de Thea.

Danger, Will Robinson.

— Non, répondis-je avec un doux sourire, car je ne pouvais pas m'empêcher de sourire quand je pensais à lui.

Il a l'évaluation psychologique de son père, et ensuite il doit monter à la mine.

Et j'avais ce déjeuner, et peut-être seulement ce déjeuner, pour que Pat se range du côté de Cam et que nous puissions commencer à influencer l'opinion publique. « Nous » étant moi-même, Thea et Charity, puisque Cam refusait de tenir compte de ces considérations politiques.

Or cette année électorale à Alba, l'opinion publique était primordiale.

Le 20 juin était entouré sur mon calendrier depuis que Cam m'avait dit qu'il avait été convoqué au tribunal quelques semaines plus tôt. Nous étions à deux semaines de la date et la tension parmi les habitants était à son comble.

Les touristes, bien sûr, s'en moquaient éperdument. Ils arrivaient par vagues, au compte-goutte les jours de semaine comme celui-ci, pour nous frapper par milliers ou plus chaque jour du week-end. Les affaires se portaient bien.

— Comment ça se passe ? demanda Pat, le sourire crispé.

— L'affaire, la mine, ou Cam ?

Cette situation risquait de devenir rapidement très gênante.

— Euuuh…

Pat sembla soudain trouver sa serviette incroyablement intéressante.

— Oh, arrête, répliqua Thea en tirant sur sa cravate. Allez, Pat. C'est toujours Willow.

Pat leva les yeux au ciel, mais finit par rencontrer les miens.

— Je suis désolé. C'est juste… bizarre.

— L'affaire, la mine, ou Cam ? le taquinai-je en me répétant.

— Tout, répondit-il en toute sincérité, avant de laisser échapper un *aoutch* lorsque Thea lui donna un coup de coude.

— Quoi ? On est amis depuis assez longtemps pour lui dire la vérité, chérie.

— C'est vrai, acquiesçai-je lorsque Tillie apparut avec nos boissons.

Nous la remerciâmes tous, mais elle ne répondit directement qu'à Pat avant de se diriger vers une autre table.

— Eh bien, pour dire la vérité, j'ai du mal avec ce type. Tu le sais bien.

Il haussa les épaules en signe d'excuse.

— Il est encore furieux que Cam ne l'ait pas laissé entrer à la fête aux sources thermales en première année, plaisanta Thea.

Pat regarda sa femme de travers.

— N'importe quoi. Écoute, Willow, tu as déjà bien assez souffert, et je ne veux pas que tu sois blessée.

— Et j'apprécie tes préoccupations.

Je fis tourner ma paille contre les glaçons de ma limonade, les faisant s'entrechoquer.

— Mais Cam ne va pas me faire de mal.

Il haussa les sourcils et se pencha en avant.

— Vous n'êtes ensemble que depuis quoi ? Quelques mois ? Cam n'est pas connu pour être facile avec qui que ce soit ou quoi que ce soit.

Je croisai les mains sur la table et le regardai droit dans les yeux.

— Tu étais le meilleur ami de Sullivan, donc je comprends le côté protecteur, et je vais laisser passer ça. Mais seulement ça, Pat.

Il ouvrit la bouche comme s'il voulait en dire plus, mais la referma.

— J'aime Cam. Cam m'aime. Il ne m'a jamais fait de mal, à moins que tu ne penses à l'été où il a pu heurter mes sentiments.

La bouche de Pat se figea et je compris que c'était exactement ce à quoi il pensait.

— Crois-moi, je lui ai fait des bleus plus profonds. Il y a beaucoup de choses que tu ignores sur cette histoire, mais je ne vais pas te les dire, parce que ça ne te regarde pas.

— Il ne t'a jamais fait de mal ? Il t'a sauvée de l'incendie qu'il avait allumé.

Il le dit gentiment, pour que je ne lui donne pas un coup de pied sous la table.

— C'était un accident, rétorqua Thea.

— Bien sûr, comme lorsqu'il a accidentellement renversé une torche alors qu'il la tendait accidentellement à Olivia Maxfield, répliqua-t-il.

Je n'allais pas m'aventurer sur ce terrain.

— Peu importe comment le feu a pris, c'est Sullivan qui m'a laissée dans le dortoir et Cam qui a couru pour me sortir de là.

Pat sursauta et je faillis le faire aussi. Je n'avais jamais reproché à Sully de m'avoir laissée là-dedans.

— Je n'y avais jamais pensé comme ça.

Il détourna le regard.

— Mon Dieu, tu devais être tellement en colère contre Sully.

— Pas vraiment, répondis-je honnêtement. J'ai été terrifiée pendant une minute, et la fumée était si épaisse... dis-je, sentant encore la chaleur des flammes se répandre sur ma peau et assécher ma bouche. Et honnêtement, si on n'avait pas été endormis dans cette arrière-salle, on serait sortis plus tôt. Sullivan nous aurait fait sortir.

— Mais il est sorti tout seul.

Pat passa ses mains sur ses cheveux roux.

— Et tu ne lui as pas fait passer un sale quart d'heure après ? Je veux dire, je ne me souviens même pas que tu étais en colère. Tu as dit que vous aviez été séparés, pas qu'il t'avait laissée.

Je regardai Thea, qui haussa les sourcils. Il n'y avait qu'une seule personne qui était vraiment au courant de mes sentiments à l'époque, et, fidèle au code, elle ne s'était jamais confiée, même à son mari.

— Honnêtement, la poutre de soutien s'est effondrée entre nous, et quand il a vu que j'étais de l'autre côté, il a dit qu'il allait chercher de l'aide. Je me suis mise par terre pour respirer. J'ai vu les pieds de Sully arriver jusqu'à la porte, et oui, j'ai été un peu… déçue. Mais je savais aussi que Cam viendrait me chercher, même si ce n'était que pour Sully. Au fond de moi, je le savais.

Pat cligna des yeux.

— Willow, je t'aime. Tu le sais. Mais tu savais que le plus grand trou du cul d'Alba allait risquer sa vie pour venir t'aider ? Cam n'avait jamais aidé personne… à l'époque, modifia-t-il en inclinant la tête.

— Je le savais.

Mes épaules se soulevèrent en un haussement.

— Il y a trois choses sur lesquelles on peut compter quand il s'agit de Cam.

Je levai les doigts en commençant à les énumérer.

— Premièrement, sa famille passe avant tout. Il nettoyait toujours les dégâts causés par Sullivan, si bien que rien de mauvais ne lui est jamais arrivé.

— Hé, lança-t-il, puis il regarda dans le vague pendant une seconde, comme s'il était en train de réfléchir. Hum. OK, je te l'accorde.

— Deuxièmement, il se sabordera à la première occasion. Et troisièmement, il me défendra toujours. Je ne l'avais pas compris à l'époque, mais c'est la vérité. C'était obligé qu'il vienne me chercher en sachant que j'étais à l'intérieur.

Pat se pencha en arrière, absorbant ce que je disais.

— Cam m'a sauvé la vie quatre fois et a toujours été là quand j'avais besoin de lui.

— D'accord, mais réfléchis une seconde, s'il te plaît, et ne m'en veux pas de te le demander. Tu n'as jamais pensé que la seule raison pour laquelle tu étais en danger en premier lieu – au moins quand tu étais enfant – était parce que tu étais près de Cam ?

J'attendis la seconde qu'il avait demandée uniquement parce qu'il était marié à ma meilleure amie et que j'avais aimé son meilleur ami à lui.

— Non, Pat. Je comprends que tu ne puisses pas saisir, mais je suis à lui, il est à moi, et ça ne changera pas. Jamais. Et je suppose que tu dois choisir entre rejoindre le reste des vieilles commères d'Alba chez le coiffeur et ouvrir ton esprit à propos de Cam. Rappelle-toi à quel point Sullivan l'aimait. Et non, il n'a pas fait tuer Sully. Le temps que Cam arrive, on lui avait déjà tiré dessus. Ça – je levai deux doigts – fait deux choses qui ne te regardent normalement pas, mais je sais à quel point Sully te manque.

Pat déglutit, et après ce qui me parut être la plus longue minute de ma vie, il hocha finalement la tête.

— Comment ça se passe, à la mine ?

Thea se détendit visiblement.

Je pris le rameau d'olivier et m'enfuis avec.

— Bien. L'ouverture du tunnel 1880 jusqu'au troisième puits de ventilation est prévue pour le 4 Juillet. Cam s'est dit que c'était celui qui attirerait le plus de monde. Le reste de ce tunnel et les deux autres devront attendre la saison prochaine.

— C'est incroyable. Le conseil de la Société historique a été ravi d'apprendre qu'il y aurait une ouverture partielle cette année.

— Par ravi, il veut dire que les applaudissements dépassaient ceux qu'on voit au golf, ajouta Thea alors que Tillie arrivait avec nos plats.

Elle jongla avec les assiettes avec une dextérité que j'enviai, puis me regarda après avoir posé mon hamburger et mes frites devant moi.

— Tu aimes vraiment les hamburgers-frites, hein, Willow ?

— Oui.

Je pris le ketchup. Il n'y avait aucune chance que je la laisse m'atteindre.

— Je me disais qu'il devait être difficile de rester en forme, vu que tu restes assise toute la journée avec tes œuvres d'art ? (Son sourire était plus faux que ses cils.) Les kilos doivent s'additionner rapidement.

— Oh, ne t'inquiète pas pour Willow, s'esclaffa Thea. Elle fait beaucoup de sport. La nuit. Chez Cam. Tu sais... avec Cam.

Mes dents s'enfoncèrent dans ma lèvre inférieure pour garder un visage impassible, mais Pat ne se donna pas la peine de cacher son rire. Il y avait du progrès. Quelques semaines plus tôt, il aurait fulminé contre les sous-entendus de Thea.

Tillie lança à Thea un regard qui aurait pu faire cailler le lait.

— C'est vrai, ajoutai-je de peur que Tillie ne s'en prenne à mon amie, de l'autre côté de la table. Et en fait, je comptais aller le voir après le déjeuner. Ça te dérangerait de prendre une commande maintenant pour qu'elle soit chaude quand on partira ?

Regardant toujours Thea d'un air sombre, Tillie sortit son bloc-notes et son stylo.

— Qu'est-ce qu'il prendra ?

— Je vais dire un cheeseburger double bacon, à point, avec avocat, ketchup, laitue et tomate. Oh, et aussi un milk-shake au caramel salé. Ce serait formidable !

Je lui souris.

Elle fit claquer sa langue.

— Tu es sûre pour le dessert ? Je suis presque certaine que Cam aime les milk-shakes au chocolat.

— Oh, c'est vrai, lui assurai-je. Mais là, c'est pour moi. Je dois faire des réserves de calories pour pouvoir les brûler après, pas vrai ?

— OK.

Elle tourna les talons et s'éloigna.

— Et l'affaire ? demanda Pat, faisant manifestement un effort.

— Je ne sais pas trop. Art est assez catégorique sur le fait d'obtenir le NPR.

Je commençai à manger.

— Les jours où il est lucide ?

Pat ajouta de la moutarde à son hamburger, mais son ton m'indiquait qu'il avait certainement traîné chez le coiffeur.

— Oui, Pat. Les jours où il est lucide. Il a appelé Cam et lui a demandé son aide, raison pour laquelle Cam est rentré. Et après son hospitalisation, il est vraiment déterminé.

Pat mâcha lentement et acquiesça.

— Il a même demandé à Walt de l'accompagner pour se faire tatouer NPR sur la poitrine, ajouta Thea.

— Xander a pété les plombs.

Pat sembla réfléchir à la question.

— Il a dit que ce n'était pas légalement reconnu, admit-il. Que c'était plus son père qui avait du mal à supporter le fait de se retrouver sous respirateur qu'un vrai désir de ne pas être réanimé.

— Fais-moi confiance, chérie. Si un homme se fait tatouer ça sur la poitrine, c'est qu'il est sérieux.

Thea enfourna une frite dans sa bouche et acquiesça.

— Quand bien même, Xander s'occupe de lui depuis des années. Tout ce bazar donne l'impression que Cam veut…

Pat soupira devant son hamburger.

— Je ne peux même pas le dire.

— Veut quoi ? insistai-je.

— Veut que son père meure, termina-t-il dans un murmure. Tout le monde sait qu'ils ne s'entendent pas, et ça semble… mal. Il n'a que cinquante-huit ans.

Bon sang, c'était donc contre ce genre de ragots qu'il fallait lutter. Alba pensait sérieusement que Cam voulait se débarrasser d'Arthur parce qu'ils ne s'aimaient pas ?

— Tu as raison. Art n'a que cinquante-huit ans, Pat. Il n'a que trente ans de plus que nous, et il demande à pouvoir déterminer ce qu'il adviendra de son propre corps. Il demande à Cam d'aller à l'encontre de tout le monde dans cette ville, y compris de son propre frère, parce qu'il veut avoir son mot à dire sur le fait qu'il finisse ou non attaché à un lit d'hôpital sous respirateur à nouveau. Et s'il n'était pas atteint de la maladie d'Alzheimer, personne ne remettrait en question ses souhaits. Tu peux obtenir un NPR aujourd'hui si tu le souhaites, mais pas lui, comme cinquante pour cent du temps, il ne peut pas faire confiance à son cerveau. Alors quoi, les autres jours – quand il est lucide – ça n'a pas d'importance ?

— Ça devrait, marmonna-t-il.

— Oui, ça devrait. Mais tout le monde fait comme si c'était l'affaire de Cam et de Xander, pas d'Art. Et crois-moi, si Cam voulait qu'Arthur meure, mener une bataille juridique ne me semble pas vraiment être son style.

La clochette de l'entrée retentit, la porte s'ouvrit et je vis Simon entrer du coin de l'œil.

Je bondis hors du box et il soupira en me voyant. Oh non. C'était un soupir triste.

— Simon, tout va bien ? Je croyais que tu devais être avec Art et le médecin pour l'évaluation.

— Je suis content que tu sois là. Art n'est pas lucide aujourd'hui.

Il secoua lentement la tête.

Mon estomac s'enfonça.

— Comment ça, pas lucide ? Il pense qu'on est en 1998 ? Ou bien…

— Ou bien que le psychologue est un squatteur de mine qui veut s'approprier la Rose Rowan, rectifia-t-il en grimaçant.

— Oh.

— Oh, acquiesça-t-il.

— Mais il a fallu des semaines pour entrer en contact avec ce type. Quel va être l'impact sur l'affaire ?

Cam allait être dévasté.

— Il a dit qu'il avait un créneau la semaine juste avant le procès, alors on l'a réservé. Mais si la même chose se produit, Cam sera vraiment désavantagé.

Il perdrait le procès.

— D'accord. Merci pour les informations. Tu veux te joindre à nous ?

Je fis un signe vers la table et je vis Tillie déposer la nourriture de Cam.

— Non, je vais prendre un milk-shake à emporter. Merci quand même.

Nous lui dîmes au revoir et je me glissai dans le box pour prendre de l'argent dans mon sac.

— Tout va bien ? demanda Thea.

— Juste des choses en lien avec l'affaire d'Art.

Je sortis un billet de vingt et le posai sur la table.

— Je ferais mieux d'aller chercher Cam.

— D'accord, chérie.

— Attends, dit Pat alors que je me glissai hors du box.

Il prit une profonde inspiration, puis une autre, et me regarda.

— Hier, lors de la réunion du conseil de la Société historique, certaines personnes ont parlé.

Comme il n'y avait que neuf membres du conseil, cela permettait de réduire le nombre de « suspects ».

— Ils étaient tous en train de prendre un café. La réunion n'avait pas commencé. Et quelqu'un a parlé d'Art et de l'affaire, et bien sûr Xander est resté silencieux à ce sujet. Il ne dira jamais de mal de Cam devant d'autres personnes. Mais un membre a pu suggérer qu'il était impossible de ne pas prendre en compte l'histoire et le caractère de la personne qui intente le procès.

Je me figeai.

— Mon père ?

— Non.

Pat secoua énergiquement la tête.

— Mais ton père était d'accord. Et il a ajouté que ce n'est pas seulement le passé qu'un juge devrait prendre en compte dans cette situation hypothétique, mais aussi les décisions actuelles de cette personne.

Ma poitrine se serra.

— Et ensuite, quelqu'un a mentionné une certaine bagarre qui a eu lieu il y a quelques semaines le jour de l'ouverture...

Merde.

— Un autre membre a demandé...

— Oh mon Dieu, Pat, crache le morceau. On sait tous qui fait partie de ce maudit conseil, siffla Thea.

Pat se pencha en avant, les coudes appuyés sur la table.

— Hall a demandé à ton père s'il en voudrait à Cam de sortir avec toi. Sauf qu'il n'a pas utilisé le mot « sortir ».

Je grimaçai.

— Il a dit non, n'est-ce pas ? S'il te plaît, dits-moi qu'il a dit non.

— Il a dit que sortir avec toi n'était pas exactement une preuve de jugement sain dont il aurait besoin pour gagner l'affaire. D'autant plus que Cam est enclin à la violence en ta présence.

Mon sang se transforma en glace, puis se mit à bouillir.

— Il a dit quoi ?

— Chut !

Pat regarda autour de nous pour s'assurer que personne ne m'entendait.

— Ils ne doivent pas savoir que je te l'ai dit. On a une politique de non-divulgation du genre « Ce qui se passe à Vegas reste à Vegas ». Je perdrais mon siège au conseil.

Cam allait perdre son procès... à cause de moi.

— Je dois y aller.

Je pris le hamburger de Cam et mon milk-shake, puis m'arrêtai au pied de la table.

— Merci, Pat. Merci à tous les deux.

La rage et l'incrédulité tourbillonnaient dans mon cerveau comme une toupie, les émotions se chevauchant les unes les autres. Je mis le déjeuner de Cam sur le siège passager et mon milk-shake dans le porte-gobelet. Puis je regardai par le pare-brise, les mains sur le volant.

Je pourrais rompre avec Cam. C'était manifestement ce que voulait papa. Mais c'était peut-être plus profond que ça. Peut-être pensait-il honnêtement que le fait d'être avec moi dénotait un problème de personnalité. Pourquoi ? Parce que j'étais l'ex-copine de son frère décédé ? Ç'aurait été l'étiquette la plus simple à nous coller.

L'idée de perdre Cam me déchirait.

Il n'y avait aucune chance qu'il me laisse partir, de toute façon. Ou alors… ? Si être avec moi signifiait voir son père sous respirateur, me laisserait-il partir ? Est-ce que je voudrais qu'il le fasse ? Il s'agissait d'Art, pas d'un dilemme hypothétique. Cam m'aimait.

Je n'irai nulle part. Je le lui avais promis. Je m'étais frayé un chemin dans son cœur, et maintenant cela allait lui coûter la chose précise pour laquelle il était revenu.

Je sortis mon téléphone de mon sac à main.

Willow : Où es-tu ?

Je retins mon souffle lorsque les trois points apparurent à l'écran.

Cam : Je suis retourné à la mine. Le rendez-vous de papa a tourné court parce que son cerveau n'était pas coopératif.

Willow : Je suis en route.

Cam : Tout va bien ?

Willow : Physiquement, oui. Je serai là dans quinze minutes.

J'y arrivai en dix minutes, mon 4Runner s'arrêtant en dérapant sur le gravier fraîchement aménagé devant les algecos de chantier. Je pris tout ce dont j'avais besoin et contournai l'équipe qui déplaçait des poutres d'acier destinées aux tunnels. Je franchis la porte de l'algeco de Cam alors qu'un petit groupe d'ouvriers sortait. Je n'en reconnus que deux ou trois, car je travaillais surtout avec les contremaîtres en matière de préservation.

Voir Cam pour la première fois chaque jour me coupait toujours le souffle. Il se tenait à sa table à dessin, tourné de manière que je ne puisse apercevoir qu'une partie de son profil, ses manches de chemise relevées et son pantalon tombant sur des hanches sculptées, mais malgré toute cette beauté, ce fut sa concentration qui me captiva. Je l'aimais tellement que je n'étais pas sûre qu'il y ait assez de place dans cet algeco – dans le monde entier – pour ça. Comment pouvais-je l'abandonner ? Comment pourrais-je vivre avec moi-même si je ne le faisais pas ? Il avait fallu des années, des guerres et un bon coup de pouce du destin pour que nous en arrivions là. Ce n'était pas juste.

— Vous devrez déplacer cette poutre ici, disait Cam à deux des contremaîtres en montrant les plans. Ici, ce sont les anciennes poutres porteuses. Nous devons voir s'il est possible d'alléger la charge à cet endroit et à celui-ci, afin de maintenir l'intégrité structurelle du tunnel sans perdre cette pièce historique.

— Et si nous ne pouvons pas garder cette poutre ?

Le contremaître pointa du doigt l'originale, et mon estomac se serra. Il y avait tant de sacrifices à faire, et chaque morceau d'histoire qui disparaissait blessait mon cœur un peu plus.

— La sécurité avant tout. Mais je sais que nous pouvons le garder, alors ne prenez pas de raccourcis par facilité.

Cam leva les yeux et s'arrêta en me voyant.

— Tout le monde dehors.

Les contremaîtres nous regardèrent successivement et s'exécutèrent.

— Tu veux déjeuner ? demandai-je en soulevant le repas d'une main tremblante.

— Qu'est-ce qui ne va pas ?

Il ne jeta même pas un coup d'œil à la nourriture.

Comment allais-je lui dire ça ? Comment pourrais-je lui expliquer ce qui lui en coûterait de m'aimer ? Je ne pouvais pas imaginer ne pas avoir Cam, pas après toutes ces années perdues. Mais je ne pouvais pas non plus condamner Arthur à des traitements dont il ne voulait pas.

— Mange, je vais t'expliquer.

Je posai la nourriture sur la petite table et désignai l'une des deux chaises pliantes.

Il plissa les yeux, mais s'assit. Je lui tendis le hamburger et il ouvrit la boîte en carton. Ce ne fut qu'à ce moment-là qu'il regarda ce que je lui avais apporté.

— Tu as pris à emporter chez Bigg's ?

Un sourire se dessina sur ses lèvres.

— Je t'ai pris ce que tu aimes.

Mon cœur battait la chamade lorsque je m'assis sur le siège en face du sien et rapprochai le milk-shake de lui.

— Le milk-shake est plutôt dans mes goûts.

— Willow, tu me tues.

Il déglutit, me regardant avec suffisamment d'intensité pour que mon rythme cardiaque s'accélère encore plus.

— Dis-moi ce qui ne va pas.

— Oui. Donne-moi juste une seconde.

Les mots que je savais devoir être dits remplissaient ma bouche, lourds sur ma langue, et mon estomac se tordait – comme juste avant que ma voiture ne s'écrase – pour essayer de les retenir.

— Tu es enceinte ? demanda-t-il en se penchant vers moi avec tant d'amour et d'inquiétude dans les yeux que j'aurais presque aimé l'être. Parce que si c'est le cas, ne t'en fais pas.

Je ne connais pas grand-chose aux bébés, mais j'apprendrai. Et Rose semble m'apprécier assez, alors il y a de l'espoir que notre enfant puisse…

— Mon père a dit à Tim Hall que tu perdrais l'affaire de ton père si tu sortais avec moi.

Je vomis ces mots dans toute la pièce. Formidable. Mes ongles se plantèrent dans mes paumes posées sur mes genoux. Cam cligna deux fois des yeux, puis se renfonça dans sa chaise.

— Donc tu n'es pas enceinte ? Parce que j'avais planifié le reste de ce discours. Enfin, pas trop planifié, puisque je n'ai eu qu'une dizaine de minutes pour que mon cerveau en folie se prépare, mais quand même, c'était pas mal.

Le coin de sa bouche se souleva.

— Non. Je prends la pilule, tu te souviens ?

— Ah oui. Oui, c'est vrai. Bizarre, c'est la première chose qui m'est venue à l'esprit quand tu m'as envoyé ce texto.

Il souleva le hamburger et en prit une bouchée, gémissant d'appréciation tandis que je le regardais bouche bée. Après avoir avalé, il regarda l'énorme chose qu'il m'aurait fallu au moins trois repas pour dévorer.

— C'est incroyable. Merci.

Il reprit une bouchée.

— Cam, tu as entendu ce que je viens de te dire ?

Comme il mâchait encore, je continuai.

— Tu vas perdre le procès de ton père parce que le mien est furieux que tu sortes avec moi.

Il remit le hamburger dans sa boîte.

— Pika, je vais perdre le procès de mon père parce que le juge Bradley ne me croit pas capable de m'occuper d'un chiot, et encore moins de mon père. Le fait que je t'aime est la cerise sur un gâteau déjà brûlé.

Peu importait qu'il m'ait dit tous les jours depuis quelques semaines qu'il m'aimait – ses mots me frappèrent encore en plein cœur comme si c'était la première fois.

— Je… Je…

J'avais beau essayer, les mots ne venaient pas.

— Tu sais que je suis capable de m'occuper d'un chiot. Je pensais peut-être à un de ces bouledogues anglais avec toutes les rides, mais je me suis dit que je devais d'abord te demander ce que tu en pensais.

Il prit une gorgée de son milk-shake et sourit.

— Ce que j'en pense ?

Était-il complètement fou ? Je venais de lâcher une bombe, et il pensait à des bébés et des chiots ?

— J'ai pensé que tu apprécierais l'information.

Il haussa les épaules.

— Après tout, je me suis dit qu'on finirait par vivre ensemble et par se marier – quand tu seras prête, bien sûr, si c'est quelque chose qui t'intéresse.

Il fit un signe de la main comme si c'était une évidence. Comme si nous n'étions pas maudits.

— Si tu détestes les bouledogues, on devra choisir une autre race. Mais ils ont très bon caractère. Ils sont formidables avec les enfants. Quand on en aura.

Il inclina la tête.

— Si tu veux en avoir, du moins. Le mariage n'est peut-être pas ton truc non plus. Je suis à ta merci à ce niveau-là.

Il reprit une bouchée de son hamburger.

Je parcourus la pièce des yeux pour m'assurer que je n'étais pas entrée dans la quatrième dimension. Une fois que je fus certaine qu'il ne s'agissait pas d'un rêve vraiment foireux, je le fixai.

— Alors tu ne penses pas qu'on devrait se séparer pour que tu aies une chance de gagner cette affaire ? Parce que c'est là que je voulais en venir.

Je terminai cette dernière partie si lentement que j'eus presque l'impression que c'était une phrase complètement différente.

Il s'arrêta au milieu de sa bouchée.

— Je veux dire, il aurait plus de chances, non ? Si on se sépare ? Si mon père voit que tu fais passer les intérêts d'Art avant les tiens ? C'est ce qui est le plus logique.

Les mots sortaient à présent assez vite pour établir leur propre record de vitesse.

Cam finit de mâcher et avala, abandonnant le reste du hamburger dans sa boîte.

— C'est ce que tu veux ?

Il secoua la tête.

— Non, admis-je dans un murmure. Mais n'est-ce pas là que je suis censée partir pour ton bien ? Prendre la voie du martyre pour aider ton père et espérer que plus tard, une fois que tout sera réglé, on pourra être ensemble ?

— Viens ici.

Il se déplaça et repoussa sa chaise de la table.

Je me levai, mes genoux et ma résolution tremblant alors que je franchissais les quelques pas qui nous séparaient pour me tenir entre ses genoux.

— Est-ce que tu m'aimes ? me demanda-t-il en me regardant à travers ses cils noirs.

— Plus que tout au monde.

Je passai mes doigts dans ses cheveux, plus pour mon confort que pour le sien.

— Très bien.

Il me prit par les hanches et me guida jusqu'à ce que je sois assise sur ses cuisses, face à lui.

— Alors, c'est ici que tu le feras. Là où tu m'aimes. C'est tout ce dont j'ai besoin.

Je fondis, me dégonflai, mes muscles se détendirent et la peur disparut, mais l'inquiétude s'installa.

— Mais qu'en est-il de ton père ?

Il passa ses doigts sur ma joue.

— Je ne peux m'attaquer qu'à un seul problème à la fois, Pika. Ma priorité est et sera toujours toi. Ce que nous avons, ce n'est pas quelque chose que je suis prêt à risquer.

J'appuyai ma joue contre ses doigts.

— Je ne veux pas te perdre.

— Alors, ne le fais pas.

Sa voix était si grave que je la sentais vibrer sous ma paume, posée sur sa poitrine.

— Tu me détesteras si tu perds cette affaire ?

Ma peur la plus sombre s'échappa de mes lèvres dans un murmure.

— Je t'aimerai pour le restant de mes jours, quoi qu'il arrive. Rien de tout ça n'est ta faute. Tu comprends ?

Je ne hochai la tête parce que je ne pouvais pas mentir. C'était à cause de moi que mon père le détestait. Le fait d'être avec Cam ne pouvait que lui nuire à la fin.

— Je suis trop égoïste pour te laisser partir.

— Dieu merci, car je ne suis pas sûr que je saurais comment te laisser faire. Je suis tellement content que tu sois venu me voir au lieu de prendre la décision toute seule.

Le soulagement dans ses yeux me fit l'effet d'un coup de poing dans l'estomac. J'avais failli le faire. J'avais failli m'en aller.

— On est partenaires, pas vrai ?

— Oui.

— Tu ne vas pas aller crier sur mon père maintenant, hein ? Parce que tu n'es pas censé le savoir, et si tu lui dis, Pat perdra son siège au conseil… s'ils découvrent que c'est lui qui me l'a dit, puisqu'ils ont une politique de confidentialité pour les réunions du conseil ou quelque chose comme ça.

Cam se raidit sous moi, et pas dans le bon sens du terme.

— Ça s'est passé pendant une réunion du conseil ? grogna-t-il.

J'acquiesçai.

— Tu plaisantes ?

— Promets-moi de ne pas aller crier sur mon père. Tu sais que ça lui donnerait plus de munitions contre toi, et j'ai travaillé très dur pour que Pat soit de ton côté.

Sa mâchoire se contracta, il inspira trois bouffées d'air qu'il expira lentement avant de se détendre.

— Pat Lambert est de mon côté ?

— Je suis une vraie politicienne.

Je haussai les épaules.

Ses lèvres se soulevèrent dans ce qui était presque un sourire.

— D'accord. Je vais être sage. Je promets de ne pas crier sur ton père.

— Merci.

Mon front se posa sur le sien.

— Je n'ai jamais voulu te compliquer la vie, Cam.

Il m'embrassa lentement, avec minutie. Mes mains serrèrent sa chemise avant qu'il n'ait fini.

— Tu n'es pas une complication dans mon existence, Willow. Tu es ma raison de vivre.

23
Camden

J'attendis une semaine entière pour me rendre chez le coiffeur. Mes cheveux avaient poussé depuis que j'avais déménagé trois mois plus tôt, et il était temps de faire quelque chose.

C'était du moins mon excuse.

Earl McGinty tenait ses ciseaux suffisamment près de mon oreille pour que j'entende chaque mèche de cheveux être coupée. Je savais que je ne devais pas bouger le petit doigt.

Ses mains s'affairaient rapidement, fruit de décennies d'expérience et d'expertise. Quand je ne l'observais pas dans les miroirs géants qui bordaient le mur, j'avais les yeux rivés sur les quatre hommes assis dans les fauteuils noirs derrière moi, sirotant leur café et me lançant des regards qui indiquaient qu'ils n'étaient pas certains de ce qu'ils ressentaient à mon égard.

— Ne fais pas attention à eux, dit Earl en me voyant les regarder. Tu sais que les vieillards aiment les ragots.

Je réprimai un petit rire.

— Tu as soixante ans, Earl. Je ne suis pas sûr que l'on puisse qualifier ça de vieux.

— Tyler est né vieux, et Nick doit avoir plus de quatre-vingt-cinq ans.

— Quatre-vingt-quatre ! rétorqua Nick.

— Et il n'y a pas de problème d'audition, dit Earl un peu plus fort par-dessus son épaule.

Les hommes gloussèrent. Je n'étais pas stupide. Le pouvoir d'Alba reposait sur ces sièges, et ce depuis cinquante ans. Peut-être pas Xander à cette heure matinale, mais deux membres du conseil municipal étaient déjà là, et il ne faisait guère de doute dans mon esprit que les trois autres les rejoindraient dans l'heure qui suivait.

— Depuis quand John Royal s'est-il retiré du conseil municipal ? demandai-je assez fort pour que les hommes à l'arrière m'entendent.

— Depuis qu'il a été élu au conseil de la Société historique, répondit Nick. Tu sais qu'on essaie de ne pas mélanger les deux. Les entreprises et les gouvernements ne devraient pas se serrer la main.

— Xander siège aux deux.

Earl se déplaça de l'autre côté et poussa un petit sifflement.

— Eh bien, c'était inévitable.

Tyler Williamson posa son café sur la petite table à côté de lui et me dévisagea ouvertement.

— Il est maire de plein droit.

Les hommes hochèrent la tête en signe de soutien.

— Et il siège au conseil de la Société historique en tant que mandataire de ton père, termina-t-il.

Les hochements de tête se poursuivirent.

— Tu es en lice pour le siège au conseil de la Société historique ? demanda Paul Warten, assis à côté de Tyler.

Tous les hommes se penchèrent en avant, et Earl leva ses ciseaux de ma tête.

— Non, monsieur. Je n'ai pas la prétention d'en savoir assez sur le fonctionnement du quartier historique pour y penser. J'ai déjà bien assez à faire avec la remise en service de la Rose Rowan, puis avec le bâtiment de la compagnie minière.

L'un après l'autre, ils se détendirent, satisfaits de ma réponse.

Earl recommença à me couper les cheveux, me lançant un regard qui sous-entendait que je venais d'échapper à la guillotine.

— Ce n'est donc pas la raison de toute cette histoire avec Art ? demanda Nick d'un ton négligent en buvant son café.

La prise sur sa tasse indiquait que ce n'était pas une question si anodine que ça.

— Non, monsieur. Mon père m'a appelé et m'a demandé de l'aider à reprendre un peu le contrôle de ses directives anticipées. Je suis ici pour protéger ses droits en matière de santé, pas pour son siège au conseil. Xander peut le garder.

Earl eut un léger sourire et continua à me couper les cheveux.

— Et Willow ? Es-tu revenu pour elle aussi ? demanda Tyler.

Je me crispai, et Earl écarta immédiatement les ciseaux à nouveau.

— Eh bien, dit-il, puis il jeta un coup d'œil à l'horloge. J'ai le sentiment que la réponse à cette question arrivera dans cinq minutes.

Il croisa mon regard dans le miroir et baissa la voix.

— Tu es sûr de savoir dans quoi tu t'engages, Cam ?

— J'en suis sûr.

Je l'étais, et tant que je garderai mon sang-froid, tout irait bien.

— Bonjour, messieurs, dit Owen McGinty en entrant par l'arrière du salon de coiffure. Je prends le prochain.

Son sourire s'éteignit quand aucun d'entre eux n'accepta l'offre.

— Ils attendent que le spectacle commence, Owen, lui dit Earl en haussant les sourcils.

— Le spectacle ?

Il pâlit en m'apercevant.

— Salut, Camden, comment ça va ?

— Je ne peux pas me plaindre, répondis-je en prenant soin de ne pas bouger pendant qu'Earl terminait ma coupe. Comment vont Lisa et les enfants ?

— Bien, bien, répond-il prudemment.

L'héritier de l'empire du salon de coiffure avait une dizaine d'années de plus que moi et comprit rapidement ce qui allait se passer en jetant un coup d'œil à l'horloge.

— Attrape-moi une serviette, tu veux bien, Owen ? demanda Earl à son fils.

Deux minutes plus tard, ma coupe était terminée et Owen tendit la serviette chaude à Earl avec un regard d'avertissement.

— Je sais ce que je fais, fiston, promit Earl, puis il inclina mon fauteuil pour que je sois presque à l'horizontale.

— Trois minutes, nota Nick, et les autres marmonnèrent leur approbation.

— Ce que tu fais n'est pas facile, dit Earl assez fort pour que tout le monde dans le salon l'entende. Tenir tête à un frère n'est pas une chose que je voudrais que mes garçons aient à faire.

Il lança un regard à Owen.

— Mais j'espère que mes garçons accepteraient de me respecter en choisissant ma propre voie. Personne ne devrait être contraint de renoncer au contrôle de son corps.

Les hommes marmonnèrent leur accord, et ma poitrine s'alourdit d'une émotion que j'avais peur d'appeler fierté.

— J'ai vu ce tatouage, Cam. Tu fais ce qu'il faut.

Earl rendit son jugement avec un sourire.

— Maintenant, on va voir si tu survis aux prochaines minutes.

Il enroula la serviette autour de mon visage, ce qui eut pour effet d'adoucir la barbe d'une semaine et de dissimuler mon visage.

— Ne prononce pas un mot jusqu'à ce que je tape du pied. Compris ?

J'acquiesçai, puis je me résignai à respirer l'air chaud et humide pendant les prochaines minutes.

Juste à temps. La cloche retentit et la porte d'entrée s'ouvrit.

— Bonjour, monsieur le Juge, dit Earl en guise de salut.

— Bonjour, Earl. Comme d'habitude, s'il te plaît. Oh, vous n'êtes pas encore passés, messieurs ?

La voix de Noah Bradley était étouffée par la serviette si proche de mes oreilles, mais j'arrivais à comprendre ce qu'il disait.

— Oh, non, vous d'abord, insista Tyler.

Je ne pus qu'imaginer les hochements de tête des autres hommes.

— Allons-y, monsieur le Juge. On va vous rafraîchir. Ne vous en faites pas, Owen s'occupera des garçons après les touristes, ajouta Earl, et je sus qu'il venait de me donner une couverture sans mentir techniquement.

« Les touristes d'abord » était la règle à Alba, et bien que la plupart des établissements commerciaux fréquentés par les locaux ne soient pas souvent recherchés par les touristes, nous nous en remettions à eux – et à leur argent – lorsqu'ils visitaient des sites non historiques.

— Il va faire beau aujourd'hui, monsieur le Juge, dit Nick en rompant le silence.

— C'est ce que j'ai entendu dire. On annonce des températures jusqu'à vingt degrés. Un temps agréable et chaud pour cette période de l'année.

La serviette que j'avais sur le visage était froide lorsque j'entendis Earl s'adresser au juge.

— Attendez, monsieur le Juge. Je n'aime pas cette lame. Laissez-moi aller en chercher une autre, dit Earl, puis il me heurta le pied en passant.

C'était l'heure.

Je me redressai, puis tendis ma serviette à Owen, qui marmonna :

— Les fenêtres sont vraiment chères.

— Relax, chuchotai-je.

Faites passer un gars par la fenêtre une fois, et on vous en reparlera toujours six ans après.

Puis je me levai, remarquant que le père de Willow était incliné de la même façon que moi, et je m'appuyai contre le comptoir juste en face de son fauteuil.

— Bonjour, monsieur Bradley, dis-je d'une voix onctueuse.

Il ouvrit grand les yeux et se redressa lentement, me regardant avec la moitié de son visage rasé et l'autre moitié couverte d'une mousse épaisse.

— Camden.

— Il faut que je vous parle.

— C'est tout à fait déplacé.

Il fit basculer ses pieds sur le côté du fauteuil.

— Vous ne pouvez pas tendre une embuscade au juge qui s'apprête à statuer sur votre affaire la semaine prochaine.

— Oh, vous avez tout à fait raison. Je ne veux pas parler de l'affaire. C'est une limite que je ne franchirai pas.

Je rentrai mes pouces dans les poches avant de mon jean, ma chemise Henley décontractée à l'effigie de la Rose Rowan contrastant avec sa chemise et sa cravate amidonnées.

— Je dois parler à Noah Bradley, le père de ma petite amie, pas au juge Bradley. Je me suis dit que vous préféreriez avoir des témoins pour confirmer que vous n'avez rien fait d'illégal. Je sais à quel point l'opinion publique est importante lors d'une année électorale.

Son visage pâlit jusqu'à prendre une teinte à peine plus foncée que celle de la mousse à raser, et il commença à se lever du fauteuil, avant de se voir dans le miroir et de se raviser. Dieu seul savait quand il s'était rasé seul pour la dernière fois.

— Qu'est-ce que tu veux, Camden ?

— Je suis amoureux de votre fille.

Un tel silence s'abattit sur le salon que je pouvais entendre les battements de mon propre cœur.

— Je le suis depuis que j'ai environ onze ans, mais pour être honnête, j'avais probablement seize ans quand j'ai compris.

— C'est comme ça que vous appelez ça ? De l'amour ?

Sa mâchoire se contracta.

— Parce que si je me souviens bien, tu avais onze ans quand tu lui as cassé le nez et que tu as essayé de faire passer ça pour une chute.

La rage glaçait mes terminaisons nerveuses. C'étaient les prémices d'une bataille que je ne pouvais pas laisser se dérouler. Au lieu de sombrer dans cet espace calme et mortel, je me forçai à sourire.

— Vous voyez, monsieur Bradley, j'ai promis à la femme que j'aime de ne pas crier après son père. Je n'ai jamais rompu une promesse faite à Willow, et je ne vais pas vous laisser me pousser à en rompre une maintenant. Je dirai donc simplement que Xander est sorti du tunnel ce jour-là avec Charity, en criant qu'il avait perdu Willow. J'ai pris sa lampe frontale et je suis allé à sa recherche, comme je l'ai toujours fait et comme je le ferai toujours.

Il fulminait, mais ne bougea pas.

— Je l'ai trouvée, par la grâce de Dieu. Ou, puisque vous pensez que je suis mauvais, peut-être que c'était grâce au diable. Je m'en moque. Mon âme en échange de sa vie, c'est un échange que je ferais n'importe quand.

Il plissa les yeux.

— Quand je l'ai trouvée au fond d'un puits de ventilation que je n'arrive toujours pas à situer sur une carte, elle avait le nez éclaté, la lèvre ensanglantée et la peau écorchée… Je lui ai mis la lampe frontale pour qu'elle puisse voir au cas où il m'arriverait quelque chose, puis je l'ai poussée sur les dix mètres de ce puits, si mes souvenirs d'enfant de moins de douze ans sont bons. Elle a pleuré pendant tout le trajet, et plusieurs fois elle a prononcé votre nom.

Il tressaillit.

— Une fois qu'on est arrivés en haut du puits, j'ai repris la lampe frontale pour ne pas trébucher. Puis je l'ai prise dans mes bras, et je ne l'ai pas reposée jusqu'à ce que je vous trouve.

Deux lignes apparurent verticalement sur son front.

— Xander a dit que tu ne l'avais pas laissé t'aider. Que tu as ralenti tout le monde, les empêchant de lui apporter l'aide dont elle avait besoin.

— Il a raison. Et comme il venait d'avoir quatorze ans, il aurait probablement pu la faire sortir de la mine plus rapidement une fois qu'on aurait remonté le puits. Mais il n'était pas dans la mine, monsieur Bradley. Il attendait à l'entrée avec Charity et Sullivan, et comme il l'avait déjà perdue une fois ce jour-là, je n'allais pas la confier à quelqu'un d'autre que vous.

Il me regarda fixement, ne me croyant toujours pas.

— Vous avez emmené Sullivan à l'hôpital et vous m'avez renvoyé chez moi.

— Ils étaient amis. Tu étais…

— Son âme sœur. Mais ce n'est pas grave. Je vous ai pardonné pour ça il y a longtemps.

Deux silhouettes s'approchèrent de la porte et Owen fit basculer le panneau de *Ouvert* à *Fermé*. Il y avait un début à tout.

— Comment peux-tu dire ça ? Elle était à Sullivan. Elle n'est avec toi que parce qu'elle retrouve quelque chose de lui en toi. Tu penses qu'elle est amoureuse de toi ? Elle ne l'est pas. Elle est amoureuse de cette partie de Sullivan que tu représentes, et ça finira par la détruire.

Si je n'avais pas été aussi sûr de l'amour de Willow, j'aurais perdu les pédales à ce moment-là. Au lieu de ça, je me concentrai sur la chaleur dans ma poitrine qui augmentait chaque fois que je pensais à elle.

— Vous avez tort, mais ce n'est pas à moi de parler des sentiments de Willow. Je ne peux parler que de ce qu'elle m'a dit et de ce que je ressens pour votre fille. Je ne suis pas ici pour discuter de Sullivan. Je l'aimais bien plus que vous et je porterai sa perte avec moi tous les jours jusqu'à la fin de ma vie.

— Au moins, il la méritait, me lança-t-il au visage, en haussant le ton. Il ne l'a jamais blessée. Il n'a jamais participé à des bagarres. Il ne s'est jamais couvert de tatouages et n'a jamais mis le feu à un maudit bâtiment ! Et il m'a demandé la permission quand il a voulu sortir avec Willow. Il est venu me voir comme un homme, avec des intentions claires et un cœur honnête, parce qu'il savait qu'elle était le genre de fille qui respectait cette tradition !

Il pointa son doigt dans ma direction.

J'appuyai mes mains sur le plan de travail et fis basculer mon poids dessus.

— Je ne sais même pas par où commencer. Par le début, je suppose. Je n'ai jamais blessé Willow intentionnellement, et les seules blessures que je lui ai infligées étaient émotionnelles et dues à mon idiotie suprême quand j'avais dix-neuf ans.

Ses yeux s'écarquillèrent de surprise pendant une milliseconde, mais je le vis.

— J'ai pris part à mon lot de bagarres, et je dirais que la moitié d'entre elles étaient pour défendre Willow. Scott Malone était un connard, et quand il en a eu assez de l'intimider, Oscar a pris le relais. Ceci – je montrai le tatouage des sources thermales sur mon bras – est un croquis que Willow a fait l'été avant que je parte pour l'entraînement de base. Je l'ai fait faire la semaine avant mon départ pour l'armée, et oui, j'ai eu très mal jusqu'à la cicatrisation. Pour ce qui est de l'incendie ? Les accidents arrivent, et vous n'imaginez pas à quel point j'ai été terrifié quand j'ai appris qu'elle était encore à l'intérieur. Je ne me pardonnerai jamais le temps qu'il m'a fallu pour la retrouver.

On en revenait toujours à ce putain de feu.

— Quoi, tu ne vas pas ajouter que tu l'as aussi sortie de là ? me défia-t-il.

— Vous le savez déjà, dis-je en haussant les épaules. Pour ce qui est de la dernière partie ? Je ne suis pas Sullivan. C'était un meilleur garçon que moi, et il n'a jamais pu devenir un homme, mais je parie que s'il n'était pas mort ce jour-là…

Je marquai une pause, prenant une seconde pour avaler les souvenirs.

— Il aurait été un bien meilleur homme que moi. Il n'y a pas de doute là-dessus.

— Nous sommes au moins d'accord sur ce point, rétorqua-t-il. Tu as fini ?

— Non. Parce qu'il y a une chose que je veux ajouter. C'est que Sullivan avait tort. Il n'aurait jamais dû vous demander la permission.

Un murmure collectif en arrière-plan me rappela que nous avions un public.

— Je te demande pardon ? demanda M. Bradley, les sourcils froncés.

— Je ne vous ai pas demandé la permission de sortir avec votre fille parce que cela ne dépend pas de vous. Ce qui se passe entre Willow et moi nécessite le consentement de deux personnes : Willow – je levai un doigt, puis le second – et moi. Vous ne faites pas partie de cette équation.

— Je suis son père !

— Oui, c'est vrai, et c'est pourquoi nous avons cette conversation. Elle vous aime, et le fossé qui vous sépare est en train de la déchirer.

— Elle sait comment le combler.

Sa voix devint un sifflement.

— En vous choisissant vous plutôt que moi.

Il haussa un sourcil, confirmant mon affirmation.

— Si vous maintenez cet ultimatum, vous la perdrez, dis-je doucement, et les hommes à l'arrière se penchèrent pour entendre.

— Aucun risque. Elle sait que je ferais n'importe quoi pour la protéger, même aller à l'encontre de ce qu'elle veut s'il le faut.

— Elle me choisira, M. Bradley. Et c'est en partie parce qu'elle m'aime autant que je l'aime. Mais surtout, c'est parce que je ne l'obligerai jamais à choisir.

Ses traits se détendirent.

— Je n'ai pas besoin de la contrôler pour l'aimer. Je ne maîtrise pas mes peurs de cette façon, et je suis désolé si c'est votre cas. Je suis seulement venu vous dire qu'elle vous aime et que vous lui manquez. Et j'espère que vous reviendrez vite à la raison, parce qu'il n'y a rien sur terre qui me ferait m'éloigner de Willow. Je suis à elle jusqu'à ce qu'*elle* en décide autrement, pas vous.

La colère jaillit dans ses yeux, et la couleur ne revint pas seulement sur ses joues, mais elle s'enflamma.

— Je suis heureux que nous ayons pu avoir cette conversation.

Je me détachai du comptoir et me dirigeai vers la porte, avant de faire une pause et de me retourner vers lui, mon cerveau s'arrêtant sur quelque chose qu'il avait dit.

— Si vous voulez connaître mes intentions, les voici. Je vais épouser votre fille. Ensuite, je vais passer chaque jour de ma vie à la rendre aussi heureuse que possible. Mais quand je lui demanderai de devenir ma femme, vous n'en saurez rien. Je ne vous demanderai pas votre permission parce qu'elle n'est pas votre propriété, et je ne respecterai pas vos traditions parce que vous ne respectez pas le fait que c'est son choix. Et si elle dit oui, vous ne le saurez que si elle vous le dit. Vous ne saurez si nous nous marions que si elle choisit de vous inviter. Vous ne saurez si nous aurons un enfant que si elle vous juge digne de le savoir, digne d'être dans sa vie.

Son teint devint rouge tacheté. Je savais que j'avais dépassé la limite depuis un moment, mais je ne pouvais pas m'en empêcher.

— Vous avez élevé deux femmes étonnantes, indépendantes et intelligentes, dont l'une possède mon âme. Deux femmes dont vous pouvez être incroyablement fier. J'aimerais juste que vous le soyez.

Owen me tint la porte pour que je sorte du salon de coiffure. Il me sourit et me fit un signe de tête en guise d'au revoir.

Puis je me rendis directement chez Willow, j'interrompis son travail comme le salaud égoïste que j'étais, et je lui fis l'amour jusqu'à ce que la laideur de la matinée s'estompe pour ne laisser place qu'à la beauté et au bonheur.

24

Willow

Le petit bâtiment en briques qui servait à la fois d'hôtel de ville et de tribunal municipal d'Alba était rempli à ras bord de tous les habitants qui ne tenaient pas leur boutique dans le quartier historique.

Xander avait déjà l'avantage du terrain, puisque son bureau se trouvait juste en face, et il avait l'air très à l'aise dans son costume de l'autre côté de l'allée, assis avec Milton Sanders, son avocat.

J'étais assise sur le banc derrière Cam et Simon, qui se faisaient des messes basses que je ne pouvais pas entendre, à plus d'un mètre de là.

— Je n'ai jamais vu autant de monde ici, remarqua Charity en se glissant à côté de moi. Elle était habillée de la même façon que moi, avec une simple robe fourreau et un collier en perles, tout comme notre mère, qui se glissa à côté de Charity.

— Ni entendu autant de gens, ajouta maman. Ils ont placé Scott Malone pour refouler les gens à la porte.

Nous n'étions pas vraiment préparés ou dotés en personnel pour une affaire aussi publique, étant donné que nous n'avions un tribunal actif que parce que papa était prêt à partager son temps entre ici et Salida. Aucun autre juge ne se portait volontaire pour remonter le col.

— Bien sûr, Genevieve est assise derrière Xander, dit Charity en secouant la tête.

— Mais Pat, Gideon et John sont derrière nous, signala maman après un rapide coup d'œil par-dessus son épaule.

— Bonjour, mesdames.

Walt se glissa derrière nous avec Dorothy Powers.

— Ils ne t'ont pas isolée ? demanda maman en haussant les sourcils.

— Non. La déposition a eu lieu hier, répondit Dorothy. Art est en train de terminer avec son psychologue, et ensuite il se joindra à nous.

— Encore ? demanda Charity.

— Ils espèrent qu'il sera assez lucide pour témoigner.

Je gardai les yeux braqués vers l'avant et je vis Simon secouer la tête. Cam n'avait pas l'air satisfait de la réponse à cette question.

— Il n'était pas tout à fait là la première fois que le médecin l'a interrogé, mais il était assez lucide lors du rendez-vous de la semaine dernière. Pourquoi vous ne venez pas ici ?

Je regardai par-dessus mon épaule pour la première fois et je vis qu'ils fermaient les portes.

— Je le rends nerveux.

Walt fit un signe de tête vers son fils, la fierté brillant dans ses yeux.

Scott Malone fit entrer Art, et Dorothy se leva pour le guider dans l'allée, où il s'assit finalement à côté de Cam, au grand dam de l'autre côté de la salle d'audience. Je gravai cette image dans ma mémoire, sachant que je ne verrais peut-être jamais plus Art prendre le parti de Cam face à Xander.

Les portes se rouvrirent et Julie Hall se précipita dans l'allée avec une enveloppe kraft. Elle la tendit à Cam, qui se crispa en la remerciant, puis la rangea dans le dossier qu'il avait devant lui sans l'ouvrir.

Cela piqua ma curiosité.

Peter Mayville, notre huissier, pénétra dans la salle d'audience, et Mary Murphy entra immédiatement après pour prendre sa place au bureau du greffier. Nous étions prêts à commencer.

Mon cœur tambourinait contre mes côtes à l'idée de ce qui allait se passer. Comment pourrais-je jamais pardonner à mon père de se prononcer contre Cam dans cette affaire ? Contre Art ?

Cam me regarda et m'adressa un clin d'œil.

Je t'aime, murmurai-je.

Je t'aime, répéta-t-il avant de se retourner.

— Vous êtes écœurants, marmonna Charity. Même si je suis contente que vous vous soyez enfin sorti la tête du cul, parce que ç'a dû être la combustion la plus lente que j'ai jamais vue de ma vie.

— Charity ! Ton vocabulaire ! se fâcha maman.

Elle se contenta de lever les yeux au ciel.

— Tu agis comme si tu étais la seule personne à avoir su ce qui se passait, marmonna maman. Qui, à ton avis, a distrait ton père pendant que Willow se faufilait pour récupérer toutes les affaires de Cam cette nuit-là ? Hein ?

Nous tournâmes lentement la tête pour la regarder avec des yeux écarquillés.

— Tu as fait quoi ? demanda papa en se glissant à côté de moi.

— Rien dont tu aies à t'inquiéter, lui dit-elle avec un sourire indiquant qu'il était préférable qu'il ne le sache pas.

— Tu parles de ces cartons remplis des affaires de Cam qu'elle a entreposés dans son placard pendant des années ?

Nous le regardâmes tous avec stupéfaction.

— Tu savais ? demandai-je.

Il contracta la mâchoire deux fois.

— Je suis têtu, Willow. Pas stupide.

Je clignai des yeux, puis quelque chose me frappa.

— Attends, qu'est-ce que tu fais… ?

— Veuillez vous lever, lança Peter Mayville et nous nous exécutâmes. L'audience du tribunal municipal d'Alba est ouverte, sous la présidence de l'honorable juge Deborah Wilson.

Mon regard se porta sur mon père, qui se tenait debout, le menton relevé sur une cravate nouée d'une main experte, tout en regardant quelqu'un d'autre occuper sa place.

— Vous pouvez vous asseoir, déclara une voix féminine.

J'étais trop heureuse de le faire, vu que j'avais déjà l'impression d'être sur les fesses.

Peter annonça l'affaire, mais tout ce que j'entendis fut un bourdonnement dans ma tête.

— Papa ? chuchotai-je, incapable de regarder ailleurs.

Il m'adressa un sourire crispé, mais ne dit rien.

— Bonjour à tous les trois Daniels, dit la juge Wilson aux hommes qui lui faisaient face.

Je la regardai attentivement. Elle avait à peu près le même âge que papa, des traits coréens d'une beauté classique et des cheveux torsadés à la française tout aussi classiques.

— Votre Honneur, si je peux me permettre.

Milton Sanders se leva.

— On nous avait dit que cette affaire serait entendue par le juge Bradley.

Sa voix était plus aiguë que d'habitude sur la fin.

Je sentis le poids d'un millier de regards converger dans notre direction.

— Oui, répondit la juge Wilson en souriant. Je m'excuse pour la confusion et le changement de dernière minute. Le juge Bradley m'a informé qu'il devait se récuser et m'a demandé si cela me dérangerait de venir plutôt que d'avoir à reporter l'audience si près de la date. Comme j'avais un créneau libre, j'ai accepté.

Milton pâlit.

— Merci pour l'explication, Votre Honneur. Pouvez-vous nous dire quand la demande a été faite ?

— La nuit dernière. Apparemment, sa fille a une relation avec l'une des parties, et il a estimé qu'il ne pouvait pas être impartial.

Elle ajusta ses lunettes à monture fine.

— Tout a été mis à jour en ligne, naturellement.

— Bien sûr, Votre Honneur.

Il se pencha et s'entretint avec Xander alors que la salle d'audience bourdonnait de commentaires étouffés.

— Votre Honneur, mon client aimerait demander un report.

— Pour quels motifs ? demande-t-elle.

— Au motif que ce changement de dernière minute nous désavantage et que nous aurons besoin de plus de temps pour nous préparer.

Milton avait l'air d'être plus agité que son raisonnement.

— Demande rejetée. Un juge impartial est un juge impartial, et je vous assure que je me fiche éperdument de savoir où siège le juge Bradley. Par ailleurs, le psychologue du tribunal m'a assuré qu'Arthur Daniels était capable de témoigner aujourd'hui, et nous ne pouvons pas prendre le risque de reporter l'audience, compte tenu de son diagnostic. Nous procéderons comme prévu.

Les épaules de Milton s'affaissèrent lorsqu'il s'assit.

— Monsieur Robinson, puisque votre client a demandé le changement de la tutelle d'Arthur Daniels, la parole est à vous, déclara la juge Wilson.

Lorsque Simon se leva pour faire sa déclaration liminaire, je regardai papa.

— Tu t'es récusé ?

L'émotion rendit lourde ma langue et obstrua ma gorge.

Ses yeux rencontrèrent les miens, s'adoucissant soudain.

— Je suis têtu, Willow. Pas stupide, répéta-t-il avec un sourire en coin. J'ai présidé des milliers d'affaires, et aucune d'entre elles, y compris celle-ci, ne vaut la peine que je perde ma fille.

Il regarda de l'autre côté de ma tête.

— L'une ou l'autre de mes filles.

— Merci, murmurai-je.

— N'oublie pas que je suis assis avec toi, Willow. Toi, Charity et ta mère. Pas lui.

Il fit un signe de tête en direction de Cam.

— Toi.

— C'est plus que suffisant.

Je souris lentement, et quand je me retournai pour regarder Simon commencer son discours, je vis Charity faire un signe de tête à papa.

Les deux parties présentèrent leurs arguments pour expliquer pourquoi le tuteur d'Art devrait être leur client. Tous deux défendirent fermement leur position vis-à-vis du NPR.

Cam fut le premier à se présenter à la barre.

Il répondit naturellement aux questions de Simon, expliquant à la juge le message vocal qui l'avait ramené à la maison et le choc de voir Art sous respirateur après avoir été empoisonné au monoxyde de carbone.

— Il s'est bien débrouillé, murmura papa alors que Milton se levait pour interroger Cam. Une voix forte et claire, un raisonnement solide et aucune mauvaise volonté à l'égard de Xander. Très bien.

— Si tu décides un jour d'abandonner la magistrature, tu pourras toujours faire carrière dans le commentaire de salle d'audience, murmurai-je.

Il me lança un regard qui disait qu'il préférait mourir.

Milton n'y alla pas de mainmorte avec Cam, l'interrogeant sur son éloignement d'Art au cours de la dernière décennie. Il revint ensuite sur son retour à Alba et dépeignit Cam comme un vagabond instable dont on ne pouvait pas attendre qu'il reste dans les parages.

— Au contraire, affirma Cam. Je possède une propriété à Alba, je suis membre votant de la Société historique et j'ai deux propriétés incluses dans le quartier historique, dont l'une devrait augmenter les revenus de la ville de cinquante pour cent. Je vis une relation sérieuse et j'ai récemment mis mes compétences d'ingénieur civil au service de la compagnie d'électricité de la ville pour améliorer l'approvisionnement en énergie d'Alba. Le fait que j'aie servi dans l'armée – comme mes deux frères – ne fait pas de moi un nomade.

Milton rougit et je faillis brandir le poing en l'air.

— Quel est le gain financier que vous pouvez espérer en cas de décès d'Arthur Daniels ? demanda Milton en feuilletant son dossier.

— Je ne comprends pas la question, déclara Cam, la posture droite et le visage détendu.

— Je veux dire que vous faites pression pour obtenir une ordonnance de non-réanimation pour un homme de cinquante-huit ans. N'est-il pas vrai que vous devriez obtenir cinquante pour cent des terres et des avoirs financiers considérables d'Arthur lorsqu'il décédera ?

L'insinuation de Milton provoqua un murmure dans la foule.

La juge Wilson regarda Cam par-dessus ses lunettes.

— Je n'ai rien à y gagner, affirma Cam.

— Je suis désolé, mais ce n'est pas vrai. Son testament stipule que vous recevrez tous les trois des parts égales, et comme Sullivan est décédé, cela vous laisse, à vous et à Xander, cinquante pour cent.

Cam cligna des yeux et regarda Simon.

— Votre Honneur, il semble que M. Sanders travaille à partir d'une ancienne copie du testament de M. Daniels. Si je pouvais lui fournir, ainsi qu'au tribunal, la copie valide ? proposa Simon.

— Je vous en prie, répondit-elle.

Simon distribua les testaments.

— Comme vous pouvez le constater, ce testament est daté d'il y a cinq ans, ce qui le rend plus récent et donc valide.

— Vous aviez tout prévu ! s'agaça Milton. Comme c'est pratique.

— C'est une petite ville, Votre Honneur.

Simon n'accorda pas un regard à Milton.

— Il s'agit en fait du premier document que j'ai rédigé à la sortie de l'école de droit et il a été accepté par le juge Bradley.

La juge Wilson feuilleta le document.

— Ceci semble être le testament valide, monsieur Sanders.

— Comme vous le voyez, après la mort de mon jeune frère, mon père m'a exclu de son testament. Tout va à Xander.

Cam fixa son frère.

Alexander était visiblement ébranlé, son regard se portant successivement sur Art, Cam et sur le document qu'il tenait dans ses mains.

— Il ne savait pas ? demandai-je.

— Non, confirma papa.

Milton se reprit rapidement et s'entretint avec Xander. Puis il se retourna vers Cam.

— Pouvez-vous me parler de l'incendie du dortoir ?

— Objection ! intervint Simon. Non pertinent !

Les murmures de la foule explosèrent.

— Silence ! ordonna la juge Wilson. Encore un mot et je fais évacuer la salle.

— Votre Honneur, cela touche au cœur même de sa personnalité.

— Comment un événement datant de presque dix ans pourrait-il refléter sa personnalité ?

— C'est votre client qui a parlé des propriétés à la Société historique. Le fait qu'il y en ait une troisième, potentiellement rentable, est important pour évaluer son avenir.

— J'autorise la question, trancha la juge Wilson.

— Que pouvez-vous me dire sur l'incendie du dortoir ? insista Milton.

Les yeux de Cam brillèrent d'indignation.

— Notre famille est propriétaire de l'ancien dortoir de la Rose Rowan. Il a brûlé il y a neuf ans. L'été de mes dix-neuf ans.

— Étiez-vous responsable de la perte catastrophique d'un site historique inestimable ?

— L'incendie a été jugé accidentel.

La voix de Cam se durcit.

— Et il n'est pas fait mention de vous dans ce rapport ? Parce que je l'ai ici même si vous voulez le lire.

Milton feuilleta son dossier.

Cam croisa le regard de Xander.

— Monsieur Daniels ? demanda Milton.

Un air de trahison totale traversa les traits de Cam, et mon cœur s'enfonça dans ma poitrine.

— Monsieur Daniels.

La voix de la juge Wilson ramena l'attention de Cam sur Milton.

— Le rapport indique que, bien que l'incendie ait été jugé accidentel, il a été causé par ma négligence.

La mâchoire de Cam se contracta.

— Et êtes-vous d'accord avec ce rapport ? demanda Milton.

— Puisque c'est moi qui l'ai admis, il serait difficile d'affirmer le contraire, n'est-ce pas ? rétorqua Cam.

— Si vous pouviez simplement répondre à la question.

Milton inclina légèrement la tête.

— Je suis d'accord.

Milton indiqua qu'il n'avait pas d'autres questions, et Simon saisit l'occasion de changer de sujet.

— Camden, combien d'années avez-vous servi dans l'armée américaine ?

— Neuf ans.

— Et pendant ce temps, vous avez servi dans les forces spéciales et vous avez réussi à obtenir votre diplôme d'ingénieur ?

— En effet.

— Diriez-vous que vous avez un potentiel d'évolution en termes de revenus et de carrière ?

— Oui. J'ai déjà reçu quatre offres d'emploi à plus de six chiffres par an.

— Et pourtant, vous avez renoncé à tout cela pour un revenu bien inférieur. Pourquoi ? demanda Simon.

— Parce que mon père m'a demandé de l'aide.

— Et pour mémoire, pourriez-vous dire à la Cour quelles médailles vous avez obtenues au cours de votre service ?

Cam se crispa et jeta un coup d'œil à Xander.

— J'en ai quelques-unes.

— Permettez-moi d'être précis. Est-il exact que vous avez non seulement reçu la Purple Heart, mais aussi la Bronze Star pour des actes héroïques au combat, qui non seulement ont sauvé des vies, mais vous ont aussi valu une balle dans le bras ?

Ma mâchoire se décrocha d'un centimètre. Une balle dans le bras ? Ses bras étaient couverts de tatouages. Il avait été blessé ? Il avait reçu l'une des plus hautes distinctions de l'armée ?

— Mon dossier le confirmera, dit lentement Cam en détournant le regard.

— Mais vous ne l'avez jamais dit à personne ? demanda Simon.

— J'ai reçu une égratignure parce que j'ai fait ce qu'il fallait lors d'un échange de tirs. Il n'y a pas lieu de s'en vanter. On devrait simplement supposer que n'importe qui ferait ce qu'il faut dans cette situation, et non le récompenser.

— Je comprends. Dernière question. Quand avez-vous reçu cette citation ?

Les yeux de Cam revinrent dans la salle.

— Il y a deux ans et trois mois.

— On dirait que c'est un bien meilleur exemple de votre personnalité qu'un accident survenu il y a dix ans.

Simon haussa les épaules.

— Objection ! cria Milton.

— Retiré.

Cam rejoignit sa place. Ses yeux cherchèrent les miens alors qu'il s'asseyait. Il y avait des excuses écrites sur ses lèvres pincées, et je lui souris doucement, pardonnant ce qui n'avait pas besoin d'explication.

— Comment il s'en sort ? demandai-je à papa quand Cam s'assit.

— Une bonne conclusion, murmura-t-il, mais l'incendie ? Ça les met à égalité.

Je n'étais pas sûre qu'un match nul suffise pour battre Xander. Il était difficile de rivaliser avec la perfection.

25

Camden

Je ne pouvais me résoudre à regarder Xander. Pas pendant son témoignage parfait de sa vie parfaite avec ses choix parfaits et son avenir parfaitement planifié. Pas quand il venait de me jeter l'incendie à la figure.

Il s'en était servi contre moi, puis avait déclaré que j'étais un bon frère et un bon fils, mais que je ne savais pas ce qui était le mieux pour papa. Après tout, j'étais parti pendant une décennie, entre ma première année d'université et mes années dans l'armée, alors comment pouvais-je vraiment comprendre les soins dont il avait besoin ? Être rentré depuis trois mois et demi ne pouvait pas me permettre de jauger les intentions de mon père, même si les miennes étaient bonnes.

Je n'avais jamais détesté mon frère. J'avais peut-être été un peu jaloux qu'il soit l'ange assigné de la famille, mais je ne lui avais jamais souhaité du mal.

En ce moment, j'avais envie de le jeter à nouveau par la fenêtre de la station-service, d'autant plus qu'il avait aussi évoqué ce moment. Même avec la mise en contexte ajoutée par Simon, je passais pour un connard.

Le médecin passa ensuite en revue le diagnostic d'Alzheimer de papa, son niveau de démence et sa capacité de décisions. Selon lui, bien qu'il soit capable de prendre des décisions concernant sa routine quotidienne et ses soins, il était incapable de comprendre l'impact des décisions à long terme la moitié du temps.

Plus le médecin parlait, plus papa s'agitait, se déplaçant sur son siège et secouant la tête.

— Tu es sûr de vouloir que ton père monte là-haut ? me demanda Simon à voix basse.

Je n'étais pas sûr, évidemment. Plus nous avancions, moins j'étais sûr de quoi que ce soit, y compris de la moralité de mon frère.

— Le médecin dit qu'il est suffisamment lucide aujourd'hui, ou du moins, qu'il l'était lors de l'entretien de ce matin. C'est sa vie. Demande-lui.

Si Xander voulait absolument empêcher papa de prendre des décisions sur sa vie, je pouvais au moins lui laisser ce choix.

Quelques minutes plus tard, Simon se pencha vers moi.

— Il dit qu'il veut le faire.

— Alors, laisse-le faire. Au moins, lui n'a jamais mis le feu à quoi que ce soit.

C'était peut-être la seule chance qu'il avait de dire exactement ce qu'il voulait à Xander, et ce devant témoins.

Quand le médecin se retira et que papa se dirigea vers la barre, je regardai Willow.

Elle m'adressa un sourire rassurant, m'affirmant non pas que tout irait bien, mais qu'elle serait là même si ce n'était pas le cas.

Je ne pus lui rendre son expression, et la sienne s'adoucit en signe de compréhension.

Le fait d'être à la barre, de voir mon dossier militaire étalé de la sorte, ne faisait que me rappeler que même si nous nous connaissions bien, nous n'avions pas rattrapé tous les détails des années que nous avions passées éloignés. Mais nous aurions le temps de le faire… du moins si l'enveloppe que Julie m'avait remise en décidait ainsi.

Je ne voulais pas regarder. Pas avant que ce soit terminé.

Simon interrogea papa, et il s'en sortit étonnamment bien. Ses réponses étaient claires et concises, et il apparut parfaitement lucide. Nous n'aurions pas pu espérer un meilleur jour pour cette audience.

— Art, dites-moi : êtes-vous certain de vouloir un ordre de ne pas réanimer ? demanda Simon.

— Puisque je l'ai fait tatouer sur ma poitrine, je dirais que j'en suis vraiment sûr, insista papa. Ce n'est pas ton choix, Alexander.

Papa se retourna pour regarder mon frère, et mon estomac se serra.

— Je ne suis pas un enfant. Je suis un homme qui mérite la dignité de contrôler ce qu'il advient de son corps.

— Objection, déclara Milton.

— Tu sais que ce n'est pas bien, poursuivit papa, et j'eus la nausée. Je t'ai appris à ne pas contraindre une autre personne et à ne pas lui imposer des choses qu'elle ne veut pas. C'est ce que tu m'as fait !

La foule qui se trouvait derrière se mit à parler en même temps.

— Objection ! cria Milton.

Merde. Il était en train de dérailler.

— Pas d'autres questions, conclut Simon, avant de s'asseoir à côté de moi. La ville entière va en parler pendant un certain temps.

Mes muscles se contractèrent alors que Milton s'approchait de papa. Il commença doucement, en posant les bases : dans tous les autres domaines que celui de son NPR, Xander était à son avis un excellent tuteur. Et le NPR n'était pas une question de malveillance ou de négligence, mais d'opinion.

Ce fut là qu'il perdit papa.

— Je trouve qu'il est malveillant d'ignorer les souhaits de quelqu'un concernant son propre corps, expliqua papa.

— Je suis d'accord, déclara Milton. Mais êtes-vous sûr qu'il s'agit de vos souhaits ?

— Oui, acquiesça papa.

— Aujourd'hui, vous l'êtes. Mais qu'en sera-t-il demain ? Après-demain ? Votre mémoire vous fait parfois défaut, n'est-ce pas, Art ?

Le front de papa se plissa.

— Certains jours, elle est… lacunaire.

— Comme le jour où vous avez tiré sur Camden ?

Mes yeux se fermèrent tandis que les murmures de la foule déferlaient sur moi.

— Je…

Il secoua la tête.

— Je ne me souviens pas de grand-chose à ce sujet.

Il fit cet aveu à voix basse.

— C'est Alexander qui vous a arraché l'arme des mains pour que vous ne tuiez pas son petit frère il y a quelques mois. Est-ce vrai ?

Papa baissa les yeux, son regard allant et venant, tandis qu'il s'efforçait de se souvenir.

— C'est ce qu'on m'a dit.

— Vous ne vous souvenez pas de ce moment ?

— Pas aussi clairement que je l'aurais voulu, admit papa.

— Très bien, pour établir le degré de votre perte de mémoire, pouvez-vous me dire comment votre fils, Sullivan, est mort ?

Je faillis sortir de mes gonds.

— Objection ! s'écria Simon. Hors sujet. Nous avons déjà son diagnostic dans nos dossiers.

— Il s'agit de déterminer l'aptitude du tuteur, Votre Honneur.

Milton regarda la juge comme s'il demandait un relevé de notes de sa dernière université, et non comme s'il mettait papa en pièces.

— Vous êtes sur la sellette, monsieur Sanders, avertit la juge Wilson.

— Bien, Votre Honneur. Art, vous rappelez-vous comment Sully est mort ?

Je serrai les poings sous la table, et je savourai la douleur que m'infligeaient mes ongles, l'utilisant pour m'ancrer et pour me concentrer.

— Sully…

Papa détourna le regard.

Je connaissais ce regard. Nous étions sur le point de le perdre.

— Il faut arrêter ça, murmurai-je.

— Je ne peux pas, soupira Simon. Je suis vraiment désolé. Je n'aurais jamais pensé que Xander utiliserait Sully.

— Sullivan est mort en Afghanistan, n'est-ce pas ? insista Milton.

— C'est exact, confirma papa en hochant la tête, mais en restant concentré sur le sol. En Afghanistan. On lui a tiré dessus.

— Dans le cou, c'est ça ?

J'allais arracher la tête de Milton de ses putains d'épaules.

— Oui. Dans le cou.

Papa commença à se balancer subtilement.

— Un autre de vos fils était avec lui. Est-ce que vous vous en souvenez ?

Papa se tourna lentement vers moi, les yeux pleins d'une douleur atroce, et ma gorge se serra.

— Cam. Cam était avec lui.

— Est-il vrai que Camden a ordonné à l'escouade de Sullivan de prendre part à la fusillade qui lui a coûté la vie ?

— Oui.

Gauche. J'avais choisi l'homme qui se tenait à ma gauche plutôt qu'à ma droite. Un choix fait en l'espace d'une seconde. C'était le battement d'ailes du papillon qui avait déclenché l'ouragan.

Et nous étions tous emportés.

— Cela doit être difficile de savoir que Cam n'a pas ramené votre Sully sain et sauf.

La voix de Milton était empreinte de pitié.

Le visage de papa se défit et j'eus du mal à respirer.

— Objection !

— N'est-il pas vrai que vous blâmez Cam pour la mort de Sullivan ?

— L'avocat suggère la réponse au témoin !

— Je… Oui. Il a donné l'ordre. Tu as donné l'ordre.

Papa regarda dans ma direction, les yeux vitreux.

Comment pourrais-je contester la vérité ?

— Je retire ma question.

Milton tendit immédiatement la main vers Simon, comme si c'était lui qui devait se calmer.

— Art, pouvez-vous me dire ce que vous avez mangé au petit déjeuner ce matin ?

— Quoi ?

Mon cœur s'enfonça dans ma poitrine.

— Au petit déjeuner ? Ou au dîner, hier soir ? Ou peut-être ce que vous avez regardé à la télévision ? Pouvez-vous nous en parler ? demanda Milton doucement, comme s'il s'en souciait vraiment.

— Je… des œufs ? devina-t-il.

— C'était du pain perdu, d'après votre personnel infirmier. Pouvez-vous me donner la date du jour ?

Papa se balança.

— Nous sommes en juin. Je sais que nous sommes en juin.

— Quel jour en juin ? Le 15 ? Le 7 ? Le 28 ?

— On est en juin ! s'écria papa.

Les larmes me montèrent aux yeux, mais je les refoulai en regardant mon père disparaître.

— Mais quel jour en juin ?

— Je ne sais pas !

— Je comprends, Art. Pouvez-vous me donner les noms de votre personnel soignant à domicile ?

Milton ne laissa même pas une chance à papa de souffler.

— Il y en a plusieurs, répondit papa, l'air si perdu que mon instinct me criait de l'arracher à la barre.

— Mais qui sont-ils ?

— Je ne… je ne sais pas.

— Vous ne connaissez pas les personnes qui sont actuellement responsables de vos soins vingt-quatre heures sur vingt-quatre ? demanda Milton.

— Non ! Je ne sais pas ! Ce sont des personnes dans ma maison. Elles sont toujours là. Elles ne me laissent jamais tranquille !

Sa voix se brisa et mon esprit avec.

— Ce n'est rien, Art. Essayons une dernière chose. Camden affirme qu'il est rentré en raison d'un message vocal que vous lui avez laissé. Vous en souvenez-vous ?

Les yeux de papa s'illuminèrent.

— Oui. Je me souviens du message vocal. Je lui ai demandé de rentrer à la maison et de m'aider. Xander ne voulait pas me permettre de demander un NPR.

— C'est vrai. Savez-vous quand vous avez laissé le message vocal ?

Et merde. Je sentis le sang quitter mon visage.

— Je…

Papa me regarda d'un air impuissant.

J'aurais voulu remonter les vingt dernières minutes. Pouvoir dire à Simon : *Non, ne le mets pas à la barre.* Non pas parce qu'il ne méritait pas de dire ce qu'il avait à dire, mais parce qu'il ne méritait pas ce que Milton lui faisait subir en ce moment.

— Regardez-moi, monsieur Daniels, ordonna doucement Milton, comme s'il s'adressait à un enfant et non à un adulte qui avait élevé trois fils et enterré l'un d'entre eux, en plus de sa femme et de son frère. Vous souvenez-vous du moment où vous avez laissé le message ?

— C'était cette année. Je le sais, acquiesça papa. Je le sais. Je le sais. Cette année. Cette année. Je le sais.

— Monsieur Daniels, vous souvenez-vous réellement d'avoir laissé ce message ?

— Cette année. Forcément.

— Monsieur Daniels ?

— Objection. Votre Honneur, c'est…

Simon secoua la tête. Cruel. C'était cruel.

— C'est votre dernière question, monsieur Sanders. Nous ne sommes pas là pour torturer ceux qui ont besoin de notre protection, prévint la juge Wilson.

— Bien, Votre Honneur. Art ?

— Quoi ? chuchota papa.

— Vous souvenez-vous d'avoir laissé ce message vocal à Cam ?

— Non.

— Tout ce que nous avons fait ici, depuis l'abandon de la carrière de Cam jusqu'à cette audience, a commencé par quelque chose dont vous ne vous souvenez même pas ?

— Monsieur Sanders, cela suffit, ordonna la juge Wilson.

— J'ai terminé, promit Milton, avant de s'asseoir.

Le regard de papa faisait le tour de la pièce, du sol au plafond, sans jamais s'arrêter sur une personne ou sur une chose en particulier.

— Votre Honneur, puis-je aider mon père à descendre ? demandai-je, sachant que ce n'était pas à moi de parler, mais prenant quand même le risque de le faire.

— Oui, monsieur Daniels, acquiesça-t-elle, la voix plus douce qu'auparavant.

La salle resta silencieuse jusqu'à ce que ma chaise crisse sur le sol poli lorsque je reculai de la table. Je m'approchai de mon père, les genoux tremblants, les yeux remplis de larmes que je ne pouvais pas verser. Pas ici. Pas comme ça.

— Papa, laisse-moi t'aider, dis-je alors que je me tenais à côté de la barre des témoins.

— Je ne… Pourquoi… ?

Il me regarda enfin.

— Qu'est-ce que je fais là ? Je veux rentrer chez moi.

— Oui, papa, on va t'y emmener, je te le promets. Descends de là.

Je lui tendis la main, mais il refusa de la prendre et s'éloigna de la barre en trébuchant.

— Non, je vais bien. Ne me touche pas. Je vais bien !

Il passa devant moi, reprenant son équilibre au fur et à mesure.

— Walt ? criai-je alors que Simon ouvrait la porte qui séparait les spectateurs de cet enfer.

— Je m'en charge, promit Walt tandis que Nikki l'accompagnait pour aider.

— Toi, murmura papa en se tournant vers moi.

— C'est moi, papa. Cam. Je suis là.

Ses yeux devinrent froids.

— Tu as tué mon Sullivan.

Le murmure était à peine assez fort pour que je l'entende, mais je l'entendis, et il me transperça jusqu'à la moelle.

— Viens, Art. On rentre à la maison.

Walt passa son bras autour de son meilleur ami et le raccompagna hors de la salle d'audience. Je me laissai tomber sur mon siège alors que la clameur de la foule atteignait de nouveaux sommets.

La logique me disait le contraire, mais le déchirement de ma poitrine l'emportait. J'avais perdu tous les membres de ma famille. La mort m'avait pris Sullivan et maman. Alzheimer m'avait pris papa. Alexander avait son propre sens déformé du bien et du mal.

La juge rappela la salle à l'ordre et je sentis des mains sur mes épaules. Je me retournai et vis Willow penchée sur la rambarde.

— Je t'aime, promit-elle, les yeux noisette rougis et les joues tachetées.

— Je t'aime.

Ses pouces balayèrent mon visage.

— Tu me comprends, Camden Daniels ? Je connais ta vérité. Je t'aime et je t'ai toujours aimé. Pour toujours. Toi.

— Silence ! exigea à nouveau le juge, et le bruit commença à décroître.

Je me concentrai sur Willow. Ses yeux m'aidaient à m'ancrer, ramenant lentement mes émotions bouillonnantes à un doux frémissement.

— Willow, chuchotai-je.

Elle lâcha mon visage pour me glisser quelque chose dans la main.

— J'arrive tout de suite. Je ne vais nulle part.

Puis elle se rassit, et son père l'entoura de son bras. Son père, qui s'était récusé parce que j'étais à elle. Il me regarda avec les lèvres pincées et des yeux tristes.

La foule se calma et j'ouvris la paume pour voir ce qu'elle m'avait donné.

C'était la reine en onyx blanc. La pièce la plus polyvalente de l'échiquier. La protectrice du roi. Je forçai mes poumons à respirer profondément et régulièrement.

Un doux sanglot parvint à mes oreilles, et je me retournai pour voir Xander la tête entre ses mains, ses épaules tremblant sous l'effet des pleurs. Tandis que Simon et Milton prononçaient leur plaidoirie finale, je fixais Xander. Il fallut attendre la fin du discours de Milton pour que mon frère me regarde.

Quand il le fit, il tressaillit.

Je laissai transparaître ma colère, mon dégoût et ma répugnance totale. Lorsque la juge Wilson nous fit sortir le temps de prendre sa décision, la foule se déversa dans le couloir.

— J'arrive dans une seconde, promis-je à Willow.

Elle acquiesça et me serra la main alors qu'elle se dirigeait vers l'endroit où sa famille l'attendait.

J'ouvris finalement l'enveloppe laissée par Julie.

Les mains tremblantes, je lus les trois feuillets qu'elle avait joints et ressentis à la fois du soulagement et de la tristesse. Un chagrin profond et déchirant.

— Tout va bien ? demanda Simon.

— Non. Rien ne va.

Je glissai les papiers dans leur enveloppe, puis me dirigeai vers mon frère aîné, mon idole, l'exemple parfait de l'amour et du pardon, et je le fixai ouvertement alors qu'il se levait pour partir.

— Cam, m'avertit Simon.

— J'ai besoin d'une minute avec mon frère.

Je ne quittai pas Xander des yeux.

— Alexander ? demanda Milton.

— Ça ira. Je te rejoins, répondit Xander.

La salle d'audience se vida jusqu'à ce qu'il n'y ait plus que nous, debout entre les tables où nous avions fait la guerre.

— Peu importe ce qui se passe, ce qu'elle décide, je ne te pardonnerai jamais ce qui vient de se passer. J'ai honte de toi, et Sullivan aurait eu honte aussi. Comment tu as pu l'utiliser comme ça ? Utiliser l'incendie ?

Xander secoua la tête en signe de confusion.

— Me pardonner ? C'est toi qui continues à essayer de tuer papa alors que les médecins ont dit qu'il n'était pas mentalement capable de faire ce choix. Et tu veux me faire porter le chapeau ? Je n'ai pas d'autre solution que de m'en tenir aux décisions qu'il a prises avant de perdre la raison, car l'homme que nous avons vu à la barre n'est plus notre père !

— C'est toujours papa ! Il ne veut pas de tubes ni de respirateurs ! Il veut avoir la dignité de faire ce choix, et tu ne peux même pas lui offrir ça ? Tu devais détruire ce qu'il reste de sa fierté devant toute la ville ?

Ma voix s'éleva.

— Tu m'as forcé à le faire ! cria Xander. Tu crois que c'est ce que je voulais ? Tout ça ? Je n'en voulais rien ! Je lui ai dit : « Papa, tu as besoin d'une procuration médicale, juste au cas où tu aurais besoin de quelqu'un pour signer pour une opération ou quelque chose comme ça. » Tu sais quand c'était ?

Il tremblait de colère.

— C'était il y a cinq ans, après la mort de Sully ! Je n'ai jamais vu ça venir ! Je n'ai jamais voulu ça !

Il fit signe vers la salle d'audience.

— Je n'ai jamais voulu être responsable de ses soins, prendre des décisions de vie ou de mort, encore et encore. Mais c'est ce qui s'est passé, parce que tu étais trop occupé à jouer les héros pour ramener ton cul à la maison ! Mais on ne vous donne pas de médailles quand vous restez à la maison, pas vrai ?

Sa voix résonna dans la pièce vide et je commençai à comprendre. J'étais tellement concentré sur le château de cartes qui s'écroulait au sommet que je ne m'étais pas arrêté pour regarder les fondations. Xander n'allait jamais me laisser gagner, parce que c'était comme ça qu'il voyait les choses.

— Tu penses honnêtement qu'il ne mérite pas de choisir ce qui lui arrive, déclarai-je doucement.

— Il n'est pas capable de choisir. Je dois choisir pour lui. Je dois avancer, comme toujours, parce que tu veux prendre la voie de la facilité. Alors très bien, je l'ai fait et je le ferai toujours, et chaque choix que je ferai pour lui sera fait en pensant à sa vie et à sa santé. Je garderai notre père en vie aussi longtemps que possible, Cam. C'est ce qu'un fils fait pour son père.

— Ah oui ? Et que fait frère pour un frère ?

— Qu'est-ce que tu veux dire ? demanda Xander. Je me battrais pour toi aussi.

Bon sang, j'espérais bien que non.

— Je m'en souviendrai, lui dis-je avant de quitter la salle d'audience sans un regard en arrière.

Simon me conduisit dans une pièce calme, où je m'assis avec Willow, sa main dans la mienne, sa tête sur mon épaule.

— J'ai dit à ton père, le jour de l'ouverture, que tu étais seul, me dit-elle.

Je tournai la tête et elle leva la sienne.

— Il a répondu « comme tout ce qui a une valeur ».

Je fronçai les sourcils et elle acquiesça. Cette phrase… Putain de merde. Le même homme qui s'était moqué de moi parce que j'avais toujours le nez dans un livre lorsque j'étais enfant avait pris le temps de lire celui que j'avais affirmé être mon préféré, et pas seulement une fois, mais suffisamment pour se souvenir de cette phrase.

J'embrassai son front avec gratitude et je la serrai contre moi en attendant que la juge décide du sort de papa.

***

— Cette affaire n'est certainement pas facile, déclara la juge Wilson quatre heures plus tard.

La salle retint son souffle.

— Monsieur Daniels, me dit-elle. Votre amour pour votre père est évident. Le dévouement dont vous avez fait preuve en déménageant et en vous occupant de tout cela est admirable. Je pense vraiment que vous agissez dans ce que vous estimez être son meilleur intérêt, et j'aurais fait exactement la même chose si c'était mon père qui m'avait appelée.

J'acquiesçai alors que la nausée transformait mon estomac en un cloaque de bile et d'espoir.

— Mais pour que je modifie la tutelle actuelle, il faut que la négligence de votre frère soit prouvée, ce qui n'est pas le cas. Il est stable et a toujours pris soin de votre père. Je ne peux pas trouver de base légale pour vous accorder la tutelle, même si je le souhaite.

Le creux de mon estomac se remplit d'effroi et de défaite, tandis que le goût amer du désespoir s'emparait de ma langue.

— Monsieur Daniels, dit-elle en s'adressant à mon frère. Vous avez fait un excellent travail pour le corps de votre père. Je comprends la pression que vous devez subir. Il n'est pas facile d'être un parent aidant. Vous méritez de conserver votre tutelle compte tenu de vos antécédents. Cependant, je vous invite à écouter votre père. Bien que légalement, il ne puisse pas être considéré comme suffisamment lucide pour que j'ordonne un NPR en son nom, j'espère sincèrement que vous changerez d'avis. La capacité de contrôler ce qui arrive à notre chair et de choisir notre avenir est au cœur de notre personnalité. Le libre arbitre est le plus précieux de nos biens, et le perdre est une tragédie sans pareille. Mais la compassion dont nous faisons preuve à l'égard de ceux qui n'ont pas ce contrôle – à la fois les très jeunes qui doivent encore le revendiquer et les très vieux qui sont confrontés à sa perte – est l'essence même de notre humanité. Je ne pense pas que vous manquiez de compassion, mais je trouve que vous manquez d'empathie pour le sort de votre père, et j'espère que vous en trouverez avant qu'il ne souffre à nouveau. Je me prononce en faveur du défendeur, qui conservera la tutelle d'Arthur Daniels.

Le marteau s'abattit.

Papa n'avait plus son mot à dire sur le reste de sa vie.

26

Willow

— Alors, comment tu as choisi ? demandai-je à Rose, qui venait de me raconter le triangle amoureux dans lequel elle s'était retrouvée.

Apparemment, l'endroit où l'on s'asseyait à la table du déjeuner de son école était l'étape juste avant les fiançailles. Alors qu'elle s'asseyait toujours à côté d'Addison, sa meilleure amie, la place de l'autre côté était la denrée la plus convoitée de l'école primaire d'Alba.

— Je n'ai pas encore choisi, mais j'ai un plan, m'apprit-elle alors que nous nous frayions un chemin à travers la foule qui s'était rassemblée pour l'inauguration de la mine.

Il était difficile de croire que nous étions déjà le 4 Juillet, et encore plus incroyable que Cam ait fait suffisamment de progrès pour cette ouverture partielle. Il restait encore quelques heures, mais de nombreux habitants et touristes étaient déjà agglutinés devant la Rose Rowan.

— Quel est ce plan ? demanda Cam en se faufilant derrière nous.

— Salut, Cam !

Le sourire de Rose fut instantané et lumineux.

— Salut, Rosie.

Cam la prit dans ses bras avant de m'embrasser rapidement.

— Rose doit apparemment choisir entre deux garçons, lui dis-je alors qu'il prenait ma main dans la sienne.

— Quoi ? Je pensais qu'à ton âge, les garçons avaient des microbes et des choses comme ça.

Rose leva carrément les yeux au ciel.

— Les voilà.

Elle désigna, sans grande discrétion, deux garçons qui se tenaient près de la table du punch.

— Attends, la confrontation va se dérouler ici ?

Où était sa mère quand j'avais besoin d'elle ? Je me hissai sur la pointe des pieds pour voir si Charity apparaissait dans la foule, mais il y avait trop de monde pour trouver quelqu'un qui n'ait pas la taille de Cam.

En parlant de grande taille, Alexander se faisait photographier près de l'estrade. Ce fut à mon tour de lever les yeux.

— Ce n'est pas une confrontation. Ce sera facile.

Elle fit glisser son sac à dos Rose Rowan de son épaule et en sortit deux pin's licorne pailletés.

— J'ai prévu une expérience, et maintenant il est temps de tester mon hypo…

Son front se plissa.

— Hypothèse, dis-je.

— Oui !

Elle sourit et remit son sac en place.

— Tu veux m'expliquer ? demandai-je, en remarquant que l'un des garçons était plus petit, avec des lunettes et une coupe de cheveux classique, tandis que l'autre aurait pu être mannequin dans un magazine de l'école primaire.

— Plus tard, promit-elle.

— Tu as besoin de gros bras ? proposa Cam en regardant les garçons.

— Je peux me débrouiller toute seule, mais merci ! lança-t-elle par-dessus son épaule en se dirigeant vers les garçons.

— Je ne sais pas ce que j'en pense, murmurai-je.

— Idem, ajouta-t-il en me serrant la main.

Nous regardâmes Rose remettre les pin's aux garçons.

— J'aimerais entendre ce qu'ils disent.

— Si j'avais su, je lui aurais mis un micro.

Il plissa les yeux et se pencha en avant comme s'il pouvait déclencher son ouïe supersonique.

Le plus grand garçon prit le pin's et s'efforça de sourire, puis le glissa dans la poche avant de son jean. Le plus petit adressa un grand sourire à Rose et le plaça sur le devant de son t-shirt *Star Wars*.

Rose sourit au petit garçon, dit quelque chose qui le fit sourire encore plus, puis courut vers nous.

Mon cœur fondit en une flaque de glu lorsque je compris ce qu'elle avait fait et ce que l'homme que j'aimais avait involontairement fait pour elle.

— Ç'a marché, dit-elle, les yeux brillants de la sagesse de l'enfance.

— Qu'est-ce qui a marché ? demanda Cam, son regard se portant à nouveau sur les garçons.

— Mon expérience !

Elle leva les mains en signe de victoire.

— Je pense que ça va devenir intéressant, déclarai-je en apercevant le plus grand des garçons qui s'approchait.

Il tâtonna avec le pin's, mais finit par passer le dos dans son polo et le ferma.

— Rose ! lança-t-il en lui adressant un signe de la main enthousiaste. Regarde !

Il désigna le pin's.

Elle soupira et secoua la tête.

— Je suis désolée, Drake, mais c'est trop tard.

— Et bien trop tôt, grommela Cam, ce qui lui valut un coup de coude.

— Mais je l'aime ! Je l'aime vraiment ! proclama-t-il avec ses grands yeux bleus.

— C'est faux.

Elle secoua la tête avec insistance.

— Tu veux juste que je pense que tu l'aimes. Il y a une différence.

— Grillé, dit Cam.

— Personne ne dit plus ça, le rabroua Rose, mais en souriant.

— Très bien, s'emporta Drake en arrachant le pin's à son haut, laissant un trou dans le tissu. Garde ta stupide licorne. J'en veux pas de toute façon.

Il la tendit à Rose, et comme elle ne la reprit pas, Cam s'approcha et la prit pour elle.

Le garçon leva la tête, encore et encore, et quand il croisa enfin les yeux de Cam, les siens s'écarquillèrent. Puis il prit ses jambes à son cou.

— Merci d'avoir prouvé mon hypothèse ! lui cria Rose.

— Beau travail ! la félicitai-je.

Cam avait déjà fixé le pin's au-dessus du logo Rose Rowan sur la chemise boutonnée qu'il portait. Je ne doutais pas que le tissu blanc serait maculé de saleté à la fin du premier trajet dans la mine, mais j'adorais le fait qu'il ait relevé ses manches, sans se soucier de ce que les gens pensaient de ses tatouages.

— Camden, des journalistes se sont déplacés depuis Denver. Ils espèrent obtenir un entretien avec toi, Xander et peut-être ton père, précisa Walt d'un ton hésitant. On comprendra si tu dis non ou si tu veux utiliser son appareil photo pour frapper violemment ton frère à la tête.

Un sourire se dessina sur les lèvres de Cam, qui soupira.

— C'est d'accord, Walt. C'est bon pour la mine, et vu le coût des soins à domicile, je prends toute la publicité gratuite que je peux avoir.

— Ne t'amuse pas trop, lui dis-je.

Il m'embrassa en guise de réponse. Il m'embrassait plus souvent en public, ignorant ce que les autres pensaient de lui ou de nous. Ce n'était pas un acte de rébellion comme cela aurait été le cas lorsqu'il était plus jeune. C'était parce qu'il se fichait vraiment de ce que les autres pensaient et qu'il savait que je m'en fichais aussi.

Nous étions heureux, et c'était ce qui faisait toute la différence.

— J'aurais dû en apporter un pour toi aussi, marmonna Rose.

— Je n'en ai pas besoin, lui assurai-je, espionnant Charity debout avec son petit ami. Tu sais déjà que je me fiche de ce que les gens pensent de moi.

Ses yeux s'écarquillèrent.

— Tu as compris.

— Cam ? La poche de glace ? demandai-je.

— D'abord, tu dois répondre à une question.

Elle me fixa intensément pendant que les autres se dirigeaient vers le buffet ou les photos historiques.

— D'accord ?

— Ton pin's licorne. Qui te l'a donné ? Tu sais, celui que tu as perdu dans la mine ?

Elle inclina la tête vers la Rose Rowan.

— Cam. Il en a acheté deux à la boutique de la Fête des mères à l'école cette année-là. Un pour moi et un pour sa mère.

Lillian avait été enterrée avec le sien.

Elle fronça les sourcils.

— Je parie qu'il te manque vraiment.

— Le pin's ? Bien sûr, j'aurais aimé l'avoir, mais il y a longtemps que j'ai accepté sa perte.

Voyant à quel point cela semblait la rendre triste, j'ajoutai :

— Mais tu sais, la mine ouvre aujourd'hui ! Il y a toujours une chance que quelqu'un le retrouve. Qui sait ? Je ne me souviens plus où j'étais, mais Cam a rendu le tunnel de 1880 accessible, alors n'importe lequel de ces milliers de touristes pourrait tomber dessus.

— Mais si l'un d'entre eux pense que c'est un trésor et le garde ? demanda-t-elle.

— Je n'ai pas vraiment de contrôle là-dessus.

Je gardai une voix douce, essayant de l'apaiser.

— Pourquoi tu ne l'as pas cherché ?

— J'avais trop peur, admis-je. Aujourd'hui encore, la mine me fait parfois peur. Ça me rappelle quand j'ai été piégée, perdue et blessée.

— Encore ? murmura-t-elle.

— Oui. Parfois, les peurs ne disparaissent pas quand on devient plus grand. Elles deviennent de plus en plus grandes aussi.

Je haussai les épaules.

Elle acquiesça, comme si elle réfléchissait à quelque chose.

— Je vais voir maman, d'accord ?

— Pas de souci. Elle est juste là.

Je lui indiquai le bosquet de trembles et elle me serra dans ses bras avant de s'éloigner.

Je fis mon tour, m'arrêtant pour parler avec papa et John Royal avant d'être appelée par maman et de me rapprocher du personnel d'Ivy. Ils voulaient tous savoir comment allait Cam après l'horrible démonstration de Milton Sanders.

Aucun d'entre eux ne mentionna qu'il l'avait fait à la demande de Xander. À cet égard, il était sorti de l'audience du mois précédent avec une réputation irréprochable. Bien sûr, c'était triste qu'il n'accorde pas à Art le NPR, mais si les médecins et le juge avaient estimé qu'Art ne savait pas ce qu'il demandait, alors il n'était qu'un fils qui défendait la vie de son père.

Après environ vingt-cinq minutes de ces conneries, je m'excusai et fuis les griffes de ces commères. Je vis les lèvres de ma mère former les mots : *Cours.*

Je bavardai avec Julie Hall et fis un doigt d'honneur à Oscar Hudgens lorsqu'il passa, puis j'emmenai Julie et ses garçons avec Thea et Jacob voir les trains, en leur racontant toute l'histoire des chariots de minerai.

— Willow, tu peux demander à Rose si elle veut déjeuner maintenant ou après la cérémonie ? demanda Charity en s'approchant de son petit ami.

Je notai en souriant qu'elle l'avait enfin sorti en public et que l'habitant de Salida portait un pin's de licorne.

— Quoi ? Demande-lui, dis-je en la taquinant. Bonjour, je suis Willow, me présentai-je.

— Travis.

Il sourit en me serrant la main.

— C'est un plaisir de te rencontrer enfin.

— Pareillement.

— Formidable, maintenant vous avez fait connaissance. Willow, sérieusement, attrape Rose pour moi.

Elle regarda le train et salua Thea et Julie.

Je clignai des yeux, confuse.

— Rose est avec toi.

Charity remonta ses lunettes de soleil sur le sommet de sa tête.

— Non. Elle était avec moi. Elle a dit que tu avais besoin d'elle pour une sorte de chasse au minerai avec les enfants et elle est partie à ta recherche.

L'effroi emplit chaque cellule de mon corps, et le bruit de la foule s'estompa dans ma tête, pour être remplacé par un rugissement dans mes oreilles.

— Quand ça ?

— Ça doit faire une heure.

Ses yeux devinrent incroyablement grands.

— Willow, où est Rose ?

— Je ne sais pas, murmurai-je, ma tête pivotant de gauche à droite, à la recherche de sa tresse familière.

— Quand est-ce que la chasse au minerai a lieu ? Peut-être qu'elle s'y prépare ? demanda Travis.

— Il n'y a pas de chasse au minerai.

Je regardai Charity droit dans les yeux.

— Je ne lui ai jamais demandé de m'aider pour cette chasse, car elle n'existe pas.

— Oh mon Dieu.

Elle me dépassa et courut jusqu'à la guérite reconstruite qui servait de guichet et de rampe de lancement du train.

— Elle ne ment jamais, dis-je à Travis. Quelque chose ne va pas.

— Excusez-moi, dit Charity dans le micro, et sa voix retentit dans la foule grâce aux haut-parleurs que Cam et son équipe avaient installés pour l'événement. Quelqu'un a-t-il vu Rose Maylard ?

La foule murmura, mais personne ne leva la main ni ne répondit.

— Rose ? cria Charity dans le micro, la panique dans sa voix lacérant mon cœur comme des ongles sur un tableau noir.

Je scrutai de nouveau la foule, puis regardai les trains… et au-delà.

— Oh non.

Mon cœur s'enfonça dans ma poitrine.

— Dis à Charity d'attendre ici, ordonnai-je à Travis.

Je courus ensuite dans la foule, me frayant un chemin à travers les parties les plus denses jusqu'à ce que j'atteigne les algecos qu'on avait déplacés pour accueillir les visiteurs.

Je montai les marches deux à deux et j'ouvris la porte. À première vue, rien n'avait changé. Mais là, sur le bureau de Cam… Il y avait le casque de Cam et le mien, mais il manquait celui de Rose.

Je sentis à peine le sol sous mes pieds lorsque je m'élançai de l'algeco, dévalant les marches et fonçant à travers la foule, devenue très dense sur les marches du guichet.

— Bouge, ordonnai-je alors que quelqu'un me barrait la route.

— Je suis désolé, madame, mais seuls…

— Tais-toi et bouge, Scott ! criai-je à l'homme qui avait été le plus grand tyran de ma classe.

— Willow, désolé, je ne t'avais pas reconnue.

Je le dépassai et courus jusqu'à l'escalier, où Charity se tenait sous le bras de mon père. Maman et Travis regardaient nerveusement Cam et Gideon s'entretenir avec Xander et Tim Hall.

— Cam !

Il leva la tête et s'approcha immédiatement de moi.

— Je sais où elle est.

— Où ça ? exigea Tim Hall, mais Cam se contenta de me regarder, immobile et calme.

— Son casque n'est plus là, lui dis-je.

Ses yeux s'écarquillèrent et il pivota pour regarder le long tunnel noir de la mine.

— Pourquoi elle aurait fait ça ?

— Elle a dit quelque chose sur ce pin's. Celui que j'ai perdu ce jour-là. Et elle était vraiment bouleversée à l'idée que quelqu'un puisse le trouver avant moi.

Mes genoux faiblirent.

— Cam, je pense qu'elle cherche le conduit d'aération dans lequel je suis tombée.

Il jeta un coup d'œil vers la mine, et lorsque tout le monde se mit à poser des questions, il était déjà parti, déjà mentalement au fond du puits.

— Qu'est-ce qu'on fait ? demanda papa à Tim Hall.

— On lance des équipes à sa recherche, répondit Tim.

— À quelle distance était le puits, Willow ?

Charity m'attrapa les bras.

— De quoi tu te souviens ?

— Tu étais là !

Ma voix monta dans les aigus.

— Tu étais avec moi jusqu'à ce que tu ne le sois plus !

— J'avais onze ans, chuchota-t-elle. Tout ce dont je me souviens, c'est d'avoir marché si loin, et puis… il faisait noir, les piles de la lampe étaient mortes – du moins c'était ce qu'on pensait – alors on a posé nos mains sur la paroi du tunnel et on a commencé à marcher vers l'extérieur. Quand la lampe frontale s'est rallumée, tu avais disparu. Il n'y avait que nous. J'avais onze ans, Willow. Je ne me souviens pas de la suite, jusqu'à ce que Cam nous retrouve près de l'entrée.

— J'avais neuf ans, murmurai-je.

Le même âge que Rose.

— Tout le monde dans l'algeco, ordonna Cam. Gideon, rassemble des volontaires pour les recherches.

— Ce puits était profond ? demanda papa à Cam alors que nous marchions vers l'algeco, la foule s'écartant devant nous. Le puits que tu as fait remonter à Willow ?

— Au moins quinze mètres, répondit-il. Je ne sais pas comment elle a survécu.

— Tu l'as fait aussi, lui dis-je en lui prenant la main.

— J'avais une lampe frontale et je pouvais plus ou moins me frayer un chemin jusqu'au fond. C'est un miracle que tu ne te sois cassé que le nez.

Nous entrâmes dans l'alego et Cam posa les plans de la Rose Rowan sur la table à dessin.

— On pense que le puits devait être l'un de ces deux-là.

Il montra les plus longs puits de ventilation de la mine. Ils traversaient trois niveaux.

— Xander, de quoi tu te rappelles ?

Xander secoua la tête en étudiant les plans.

— Mon Dieu, c'était il y a si longtemps.

— Tu avais quatorze ans ! s'écria Charity. Tu étais le plus vieux de nous tous. Tu dois t'en souvenir !

— Je peux la retrouver, dit Art en entrant dans l'algeco, Walt et Nikki sur les talons.

— Papa, pas maintenant, dit Xander avec douceur.

— Tim, rassemble dix équipes de recherche de cinq personnes si possible. C'est le nombre de casques et de lampes que nous avons en stock.

Cam regarda le capitaine de police.

— Maintenant, Tim !

Tim acquiesça et partit.

— Je peux la retrouver ! affirma nouveau Art.

— Papa, qu'est-ce que tu veux dire ? demanda Cam en déplaçant Travis pour qu'Art puisse s'approcher.

— Personne ne connaît cette mine comme moi. Je pense savoir où elle est.

Art regarda les plans.

— Ce n'est pas sur la carte. Pas sur celle-là, en tout cas.

— Papa, on n'a pas le temps pour ça. Pourquoi tu n'irais pas avec Nikki ? insista Xander.

Art l'ignora et désigna les plans.

— Ce devrait être juste là. Je sais que je l'ai déjà vu sur une autre carte.

Son front se plissa.

— C'est la partie où les tunnels des années 1880 rencontrent ceux des années 1930.

— Papa, ces tunnels ne se croisent pas, rétorqua Xander.

— Tais-toi. Tu n'as jamais voulu m'écouter te parler de la mine quand tu étais plus jeune. Je ne vois pas pourquoi tu commencerais maintenant.

Il pivota pour regarder Cam.

— Je peux la retrouver. Emmène-moi.

— Pas question ! cria Xander.

— Emmène-moi, demanda Art, sans même prendre la peine de regarder Xander.

— Tu sais ce que ça fait de le mettre sous pression ! Il va perdre la tête en bas, et vous allez mourir tous les deux.

Xander croisa les bras sur sa poitrine.

— Camden, je suis son meilleur espoir. Il n'y a que quatre personnes qui y sont allées.

Il fronça les sourcils.

— Cinq, si l'on compte Willow.

Moi. Xander. Charity. Cam. Qui était le cinquième ?

— J'y vais, annonçai-je, me préparant déjà à attraper mon casque et celui de Cam.

— Tu es terrifiée par la mine, rétorqua Charity, les larmes coulant silencieusement sur son visage.

— C'est moi qui suis tombée dedans à l'origine, lui dis-je. Cam et moi sommes les seuls à y être réellement allés.

— J'y suis allé, moi aussi. C'est ce que je dis, intervint Art.

— Oui. Et Art.

Ce qui était logique, puisqu'il était l'expert de cette maudite mine.

— Charity, tu dois rester ici au cas où un autre groupe la ramènerait, au cas où ils la trouveraient avant nous.

— Tu es sûre, Pika ? demanda Cam.

— Certaine.

Je lui tendis son casque, puis posai le mien sur le bureau et commençai à me tresser les cheveux.

— Emmène-moi, Cam. Je suis la meilleure chance que vous ayez de retrouver cette petite fille vivante.

Art se plaça directement devant Cam.

— Vous n'êtes même pas sûrs que Rose puisse trouver ce conduit d'aération ! Si vous n'avez pas pu le retrouver, comment pourrait-elle le faire ? C'est un miracle que tu sois tombé sur Willow à l'époque ! rétorqua Xander.

— Je lui ai dit comment s'y rendre, admit Art. Il n'était pas non plus sur la carte que j'avais, mais je lui ai montré l'endroit où il devrait se trouver.

— Il n'était pas sur la carte parce qu'il n'existe pas. Il n'ira pas. Je l'interdis. Je suis son tuteur.

La voix de Xander augmentait à chaque mot.

— Tu ne peux pas le faire aller là-bas !

Cam regarda son père pendant une longue minute, puis hocha la tête avant de s'approcher de Xander. Son frère ne pouvait pas rivaliser physiquement avec lui, et Xander le savait, mais Cam n'avait jamais utilisé cette supériorité à son avantage jusqu'à présent.

— Essaie de m'en empêcher.

***

Dix minutes plus tard, Cam, Art, Gideon, papa et moi montâmes dans le train. Cam nous guida dans la mine, allant plus vite que lorsque Rose était avec nous. Je gardai l'œil ouvert, cherchant à repérer sa veste rose pâle et son casque jaune, en vain.

Nous traversâmes l'air vicié du tunnel, et j'admirai la différence à présent qu'il était éclairé. Nous dépassâmes la première antichambre où nous nous étions arrêtés, puis nous passâmes devant deux puits de ventilation et plusieurs vitrines que Cam avait mises en place pour présenter des outils miniers historiques.

Nous nous arrêtâmes finalement, et je m'étonnai que nous ayons réussi à marcher aussi profondément toutes ces années plus tôt, si c'était vraiment là que j'étais tombée.

Cam montra à papa comment faire fonctionner le train afin qu'il puisse le reprendre pour d'autres recherches.

— Tu es sûre ? me demanda Cam en me prenant le visage entre ses mains.

— Tu ne laisseras rien m'arriver, répondis-je. Et je ne laisserai rien t'arriver.

Il appuya son casque contre le mien et prit une profonde inspiration.

— Promets-moi juste que tu resteras près de moi. J'ai failli te perdre une fois ici, et ça ne se reproduira pas.

— Je te le promets.

Il acquiesça, mais je savais qu'il n'était pas content que je descende. Nous étions donc trois, à en croire la façon dont mon père me regardait.

— C'est bon, papa. Vas-y.

— Je t'aime. Ton manteau est trop grand. Tu vas avoir assez chaud ?

— Je t'aime aussi. Et tout va bien. C'est celui de Cam.

Je ne pris pas la peine de contester la logique de sa déclaration. Il se tourna vers Camden.

— Tu l'as déjà sortie de cette mine une fois, et j'attends de toi que tu le fasses à nouveau. C'est compris ? Tu les fais sortir, Rose et elle.

— Qu'est-ce qui vous a fait changer d'avis ? demanda Cam, en mettant son sac sur ses épaules.

— Quand est-ce que j'ai compris que tu ne lui avais pas cassé le nez ? demanda papa.

Cam acquiesça.

— D'abord, j'ai ressorti ses radios quand vous avez commencé à sortir ensemble. La fracture était trop symétrique. Comme si elle était littéralement tombée à plat ventre ou avait foncé dans le mur. Puis j'ai songé que je n'avais pas besoin de ces satanées radiographies. Willow est une fille intelligente, et elle t'aurait botté le cul si tu lui avais fait du mal. Cam acquiesça à nouveau, mais un sourire se dessina sur ses lèvres. Il ne demanda pas d'excuses pour les vingt dernières années pendant lesquelles mon père avait été un con avec lui ; il accepta simplement que papa ait compris qu'il avait eu tort.

Je lui pris la main et nous saluâmes papa qui prenait l'aiguillage et retournait à l'entrée de la mine.

Les lumières étaient allumées, mais les odeurs, les sons… étaient tous les mêmes.

— Inspirez par le nez et expirez par la bouche, suggéra doucement Cam alors que nous commencions à marcher.

— Par ici, dit Art en se dirigeant vers une ramification aléatoire.

— Papa… dit Cam. Je ne me souviens pas d'être venu par ici ou d'avoir pris un chemin descendant jusqu'à ce que je trouve ce puits.

— C'est parce que tu as pris le chemin le plus long. J'ai dit à ta petite Rose comment trouver le raccourci.

Il semblait être en train de sombrer dans une crise, mais ses yeux étaient clairs et déterminés.

— Quel raccourci ?

— C'était un puits de ventilation. Qu'est-ce que tu penses qu'il ventilait ? Écoute, tu peux me faire confiance ou non. Je te dis que c'est par là.

Art se retourna et commença à marcher.

— Ça fera une belle histoire à raconter à mon enterrement, murmura Gideon.

— D'accord, on va te faire confiance, dit Cam, puis il me prit la main et suivit son père.

— À quelle distance tu penses qu'il se trouve ? demanda Gideon.

— Probablement dix minutes si tu arrêtes de te plaindre et que tu commences à marcher, répliqua Art.

Cam sourit et jeta un regard complice à Gid par-dessus son épaule.

Le tunnel se rétrécit et nous passâmes la ligne de démarcation de l'endroit où il avait été renforcé. L'éclairage s'arrêtait là, nous laissant avec nos seules lampes frontales alors que le tunnel entamait une descente abrupte dans la montagne. Les poutres qui soutenaient les côtés et le toit étaient pour la plupart intactes, mais je dus en enjamber quelques-unes.

— C'est là que ça commence à devenir sportif, dit Art en souriant.

Commence ? J'inspirai profondément par le nez et j'expirai par la bouche, puis je continuai à avancer dans mon enfer personnel, en priant pour que nous retrouvions Rose à temps… ou que nous la retrouvions tout court.

27

Camden

Nous nous enfonçâmes dans un tunnel si étroit que j'aurais pu en toucher les deux côtés en étirant les bras. La pente était raide et des morceaux de gravier glissaient sous nos pas, mais au moins le sol était sec.

— Papa, tu es sûr que c'est le bon chemin ? demandai-je, craignant à chaque instant qu'il ne perde la tête.

— Aussi sûr que possible. Je sais qu'on est le 4 Juillet, que tu es Camden et que tu t'accroches très fort à Willow Bradley, donc je suis lucide, si c'est ce que tu veux savoir.

Il ne se retourna même pas et continua à avancer sur le sol couvert de terre.

Willow resserra sa prise sur ma main, mais le tunnel devint trop étroit pour marcher côte à côte, et elle dut me laisser passer devant. Je détestais ne pas pouvoir la voir, mais je n'allais pas la laisser marcher sur un sol qui n'avait pas été éprouvé par mon poids, aussi loin dans la mine.

L'air remua au-dessus de notre tête, et la lumière de papa rebondit tandis qu'il hochait la tête.

— Vous voyez ?

Il nous indiqua le tunnel qui apparaissait sur notre droite. Le chemin s'aplanissait et s'élargissait pour déboucher sur une autre grande salle.

— C'est une ramification d'un des tunnels des années 1930.

— Il ne figure sur aucune carte, me dis-je en découvrant le vaste tunnel et ses solides poutres.

Sur la gauche, des dizaines de cavités plus petites, certaines avec des demi-murs en bois, garnis et surmontés de barres de fer verticales et de portes battantes du même matériau, et d'autres vides, laissées par des explosions exploratoires.

— Je sais qu'il figure sur au moins une carte, répondit papa. Mais je n'arrive pas à me rappeler où elle se trouve.

Il se toucha le front.

— Je pensais te l'avoir donnée, mais j'ai dû me tromper.

L'appréhension me tomba au creux de l'estomac comme une brique.

— Papa, tu vas bien ?

— Oui. Bien sûr. Je vais bien.

Mais les rides de son front me disaient le contraire.

— À quelle profondeur on peut bien être ? demanda Gideon.

— Sous-niveau trois, déclara papa.

Sa lampe frontale éclairait l'étendue du mur parsemé d'alcôves minées s'étendant aussi loin que la lumière pouvait atteindre de chaque côté, tandis que la cavité se rétrécissait en deux tunnels qui couraient de part et d'autre.

— Ils ont trouvé un filon qui ne valait pas grand-chose, mais c'était mieux que rien. Mais les mineurs avaient besoin d'air.

Sa lampe frontale éclaira à droite, puis à gauche. Où diable pouvions-nous aller à partir de là ?

— Ce n'étaient pas les seuls, dit Gideon en passant devant mon père et en suivant la courbe du tunnel.

— Ça va ? demandai-je à Willow.

J'avais remarqué qu'elle respirait plus rapidement.

— J'ai juste envie de crier son nom.

— J'attendrais un peu avant de le faire, à ta place, dit Gideon en éclairant un tas de décombres au fond de la cavité. Tout s'est effondré là-bas.

— C'est comme ça depuis des années, marmonna papa. Ne restez pas là, commencez à chercher. Ne déplacez pas les rochers et ne provoquez pas un autre éboulement.

— Gauche ou droite ? demanda Gideon.

Ma gorge se serra.

— Ça n'a pas d'importance, déclara papa, dont la lampe frontale oscillait tandis qu'il secouait la tête. C'est une chance sur deux. Choisissez une direction et commencez à chercher.

— C'est important, répondis-je alors que Willow glissait sa main dans la mienne.

— Séparons-nous, mais restons dans cette section, ordonna papa. Nous pourrons chercher deux fois plus vite.

Gauche ou droite ? Je regardai de part et d'autre. Il n'y avait pas de choix évident. Il fallait trancher à pile ou face.

— Gauche, dit Willow, sa lampe éclairant les galeries grillagées.

— Tu es sûre ? demandai-je.

— Gauche, répéta-t-elle, plus doucement cette fois.

— On prend la galerie de droite, annonça papa et il s'en alla, Gideon sur les talons.

La première alcôve était vide, à l'exception d'un bureau en bois et d'une surface plane et surélevée qui avait dû servir de lit.

— Cam, murmura Willow en passant ses mains sur les barres de fer. Je me souviens de ça.

— Tu en es sûre ? demandai-je, mais à la façon dont son visage se vida de tout son sang, je sus qu'elle en était certaine.

Elle acquiesça.

— Les ombres des barreaux, puis l'obscurité. Les hurlements de Charity. Xander qui me disait de rester calme… puis je suis tombée…

Sa voix se tut alors qu'elle quittait la cavité, et je la suivis dans la prochaine, bordée d'étagères et d'un assortiment de conserves couvertes de poussière.

— Je me suis fait si mal. Mon Dieu, ça sent toujours pareil ici. Ce n'est pas là, déclara Willow, et je me dégageai de son chemin alors qu'elle me dépassait. Ni là, dit-elle en vérifiant la cavité suivante, puis la prochaine.

— On a trouvé le puits ! s'écria Gideon assez fort pour me faire grimacer.

Pensais-je que le fait de crier entraînerait un effondrement ? Non. En étais-je sûr ? Non plus.

Pourtant, le soulagement m'envahit. Mais quelque chose clochait. Rose n'aurait-elle pas crié si elle les avait entendus ? Bon sang, et si elle n'était même pas là ? Il y avait des kilomètres et des kilomètres de tunnels dans cet endroit. Et si elle était tombée sur de l'air vicié ?

— Stop, murmura Willow en s'avançant dans la cavité.

— Willow, ils l'ont trouvé.

Je tendis la main, déjà concentré sur la direction à prendre pour rejoindre Gid et Papa.

— C'est une porte.

Elle regarda par-dessus son épaule.

— Cam, c'est une porte !

Ignorant mon cerveau qui me criait de retrouver papa au puits, j'avançai dans la cavité pour voir Willow tirer sur une porte en fer rouillée. La porte s'écarta du sol, et mon cœur s'arrêta lorsque Willow franchit le seuil.

— Rose ! s'écria Willow.

Je sautai par-dessus une poutre à terre et j'attrapai la lourde porte avant qu'elle ne se referme.

— Elle ne s'ouvre pas de ce côté ! pleura Rose et je faillis lâcher prise sous l'effet de la surprise et d'un soulagement qui me scia les genoux.

Elle se tenait sur le rebord, dos au puits de ventilation, et nous regardait avec des yeux écarquillés et des joues tachées de larmes. Elle était vivante. Elle allait bien.

— Rose, éloigne-toi du bord, dit Willow doucement. Viens ici.

Elle tendit les bras. Mon cœur manquait un battement à chaque pas que Rose faisait pour s'éloigner du puits.

— Je suis tellement désolée, s'écria Rose en rejoignant Willow et en s'effondrant contre sa tante. Je voulais juste retrouver ton pin's.

— Ce n'est rien, promit Willow en la serrant contre elle, posant son menton sur le sommet du crâne de Rose. Ce n'est rien.

— Je ne l'ai pas trouvé. J'ai fait tout ça, mais il n'est pas là.

— Rose ? lança Gideon de l'autre côté du puits. Il y avait une autre entrée à ce niveau ?

— On l'a ! confirmai-je. Venez, mesdames. Sortons d'ici.

Le besoin de les éloigner le plus possible de ce maudit puits me tiraillait.

Willow saisit la main de Rose et la poussa doucement vers l'avant, vers l'endroit où le tunnel se rétrécissait jusqu'à la porte.

— Salut, Cam, dit doucement Rose en se glissant près de moi.

— Salut, Rosie.

Je voulais la prendre dans mes bras, mais je n'allais pas lâcher la porte et la laisser se refermer sur Willow.

Un sourire tremblant se dessina sur ses lèvres lorsqu'elle passa devant moi et m'embrassa sur la joue.

— Merci, chuchota-t-elle.

— Pas besoin de me remercier, répondis-je, puis je laissai la porte se refermer une fois qu'elle fut passée.

Elle le fit dans un violent claquement métallique.

Puis j'attrapai Rose et la serrai dans mes bras.

— Tu nous as fait peur.

Ses petites épaules se soulevèrent.

— Je suis vraiment désolée.

La porte s'est refermée derrière moi, et il n'y avait pas de poignée.

J'avais envie de l'engueuler de trente façons différentes pour nous avoir fait peur, pour être venue ici, pour avoir écouté les divagations d'un homme qui avait déjà perdu la tête – même s'il avait su de quoi il parlait en l'occurrence. Mais sa mère pourrait le faire dès que nous l'aurions ramenée à la surface. J'avais juste besoin de la sentir respirer pendant une seconde.

— Tu vas bien, promis-je, sans savoir si c'était à la petite fille que je tenais dans mes bras ou à moi-même.

Elle hocha la tête contre mon cou.

Je regardai Willow, mais ses yeux étaient fixés sur la porte, deux plis se formant entre ses sourcils.

— Pika ?

— Je ne m'en souviens pas, mais je sais que je suis venue ici.

Elle avait la même taille que Rose, mais elle était restée seule pendant bien plus longtemps. Brisée, saignante et si gelée que sa peau m'avait semblé être de la glace contre la mienne.

— Donne-moi une seconde, lui dis-je et je portai Rose jusqu'à l'endroit où Gideon et papa venaient d'arriver dans la cavité.

— Garde-la, dis-je à Gid en lui remettant Rose, puis je retournai voir Willow.

Elle resta debout, la porte ouverte, sa lampe frontale éclairant le tunnel au-delà.

— Je veux aller voir. Est-ce que c'est bizarre ?

— C'est compréhensible.

Il y avait un crochet au mur, et quand je pris la porte des mains de Willow et l'ouvris grand, le fer glissa dans l'anneau de la porte et la maintint ouverte.

— Je viens avec toi.

— Merci.

Je lui pris la main et franchis la porte en premier, tout en gardant le contact avec elle. Le tunnel s'élargit et déboucha sur un petit rebord qui donnait sur le puits de ventilation de trois mètres de large, et Willow s'avança à côté de moi.

— Tu sais, quand tu retournes quelque part à l'âge adulte et que tu te dis « C'était tellement plus grand quand j'étais enfant » ? demanda-t-elle.

— Ce n'est pas le cas, dis-je en regardant les quinze mètres qui nous séparaient du niveau inférieur.

La pente n'était pas verticale, Dieu merci, sinon nous serions morts tous les deux, mais elle était suffisamment raide pour que je m'interroge sur ma propre bravoure à l'époque.

— Non, c'est aussi horrible que dans mes souvenirs.

Elle s'approcha du bord et regarda en bas, se concentrant sur le rocher escarpé sur lequel je l'avais trouvée, à environ trois mètres en dessous de nous.

— Cam, je ne suis pas tombée tout en bas.

Elle regarda vers le haut du puits, vers le petit point de lumière qui marquait la surface.

— C'est pour ça que je ne me suis pas cassé autre chose.

Comme son cou.

— Tu es tombée d'ici, compris-je.

Je vis l'un des petits cailloux situés juste à côté de mes pieds céder à la gravité et tomber. Il heurta l'affleurement, puis tomba dans le noir. Je tirai la main de Willow et la fis reculer d'un pas. Cette chose était tout sauf stable.

— Mais toi non. Tu es descendu tout le long.

Elle leva à nouveau les yeux et secoua la tête.

— Comment tu as fait ? Pour descendre ici et nous faire sortir tous les deux ?

— La volonté à l'état pur.

Je serrai sa main encore plus fort.

— Tu es incroyable. Tu le sais ?

Je relevai légèrement son casque pour que le faisceau ne me frappe pas en pleine face.

— Pas vraiment.

— Le désespoir et l'amour poussent les gens ordinaires à faire des choses héroïques, dit papa derrière nous, se plaçant à côté de Willow au bord de la corniche instable. Tu n'as jamais été ordinaire, et tu as connu les deux.

Il l'énonça comme un fait, et non comme un compliment, puis il me jeta un coup d'œil avant d'examiner l'espace.

— Je n'avais pas vu cette corniche, admis-je. Ni celle qui se trouve de l'autre côté. Nous avons fait toute l'ascension pour rien.

— Vous auriez quand même été bloqués, comme la porte ne s'ouvre pas de ce côté.

Papa fit un geste de la main en direction de la porte.

— Et l'autre ouverture est également petite. Avec toute cette obscurité, tu ne l'aurais pas vue. Nous avons trois lampes frontales, Camden, dont l'une est plus lumineuse que vingt de celles que nous avions à l'époque.

Je me reprochai de ne pas avoir été plus observateur, de lui avoir fait subir plus de choses que nécessaire alors qu'elle était déjà si mal en point.

— Arrête, dit papa en voyant ma culpabilité. Tu t'es concentré sur la lumière et tu as commencé à grimper, comme n'importe qui d'autre l'aurait fait.

— Tu m'as sauvée.

Willow me sourit.

— Hé, ce n'est pas… ?

La corniche céda sous le poids de papa.

— Art ! hurla Willow, s'agrippant à papa tandis que des pierres s'écrasaient à une profondeur inconnue en contrebas.

— Non !

Le son s'échappa de ma gorge.

Elle tomba sur le côté, se cognant la hanche contre le sol, et glissa vers le bord, entraînée par son poids. Je m'élançai derrière elle, atterrissant sur mes mains et mes pieds, puis je passai mon bras autour de sa taille pour la retenir. Je fis pivoter ses jambes, ramenant ses pieds vers la porte et la partie la plus stable du rebord.

— Cam ! s'écria-t-elle. Il est trop lourd !

Je rampai et vis qu'elle tenait la main de papa et qu'elle lui tordait le bras à un angle qui allait la forcer à lâcher rapidement.

— Papa !

Je tendis la main vers lui, suivant la ligne du bras de Willow.

— Laisse-moi tomber. Ne me laisse pas l'emporter ! lança-t-il.

Willow cria.

Je sentis le calme mortel m'envahir et je l'accueillis comme un vieil ami.

— Je te tiens.

Je saisis son poignet de ma main gauche et je sentis immédiatement que le bras de Willow était moins tendu. Puis je passai le long de la main de Willow, dont les jointures étaient blanches à force de retenir papa.

— Lâche-le, Pika, pour que je puisse le tenir à deux mains. Tu ne pourras pas le soulever à cet angle. Lâche prise.

Je gardai une voix douce malgré mon cœur qui battait la chamade dans ma poitrine.

— Cam ? demanda-t-elle, toujours accrochée à lui.

— Je te promets que je le tiens.

Elle lâcha sa main, et papa pivota vers la gauche avant que je puisse attraper sa main avec ma droite.

— Je te tiens ! Willow, va chercher Gid.

Elle se précipita vers la porte.

— Laisse-moi, ordonna papa.

— Tu ne sais pas à quel point c'est profond, papa. Tiens bon.

Des pierres s'effritèrent à l'endroit que Willow venait de quitter.

— Camden.

Mes yeux rencontrèrent les siens et je fus frappé par son calme. J'avais maudit les parties de moi qui lui ressemblaient, pour mieux m'en féliciter par la suite.

— Gideon arrive, et on va te remonter. Je n'ai juste pas assez de prise, lui dis-je. Tu ne glisses pas, et je suis assez fort pour te tenir.

Dieu merci, il portait une veste polaire. Mes mains auraient glissé sur sa peau.

— La corniche va s'effriter. Ne fais pas ça.

— La corniche va bien, criai-je. Gideon !

Où était-il ?

— Je t'aime, Camden. Et je sais que je n'ai pas été doué pour te le montrer. Mais tu étais tellement comme moi. Sully et Xander, ils étaient comme ta mère, mais toi… pour tout sauf ton physique, tu étais comme moi. Et Cal… c'était le gentil. Le bon fils.

Un autre pan de rocher céda, et j'entendis des pas se précipiter vers nous.

— Papa, tu me diras tout ça plus tard.

— Laisse-moi partir.

J'aspirai une bouffée d'air, comprenant enfin ce qu'il disait.

— Non, papa. Non.

— Je refuse de t'entraîner dans ma chute.

— Putain de merde, cria Gideon se mettant à plat ventre et en se glissant à côté de moi.

— Gid est là, papa. On va te sortir de là.

Il resta silencieux, mais son expression changea si vite que je ne sus dire ce qu'il ressentait ou pensait. Tristesse ? Colère ? Acceptation ? Ou même joie ?

— Tu dois tendre ton autre main.

Gideon se pencha en avant autant qu'il l'osait et baissa la main.

— Papa ? suppliai-je. Je ne peux pas faire ça pour toi. C'est ton choix.

Le regard de Gideon se porta sur moi, puis sur papa, avant d'abaisser sa main d'un nouveau centimètre.

— Tu dois choisir, papa.

Nous y étions : le moment qu'il attendait. Cette décision lui appartenait. Un nouveau pan de la corniche s'effondra, juste avant mon bras, mais je ne détournai pas le regard de ces yeux. Les yeux de Sullivan.

Il pinça les lèvres et fronça les sourcils. Puis il rugit et lança sa main gauche. Gideon l'attrapa et nous le soulevâmes immédiatement, éraflant les bras de papa, puis sa poitrine et son ventre sur le bord de la corniche en le tirant sur la surface solide. Une fois à genoux, il tomba en avant et nous nous précipitâmes vers la porte, où Willow attendait.

Papa se retourna vers moi et m'adressa un signe de tête singulier et complice, et je sus que c'était tout ce qu'il aurait à dire sur ce qui venait de se passer.

— Je crois que ceci t'appartient, jeune fille, dit-il en pressant quelque chose dans la paume de Willow avant de franchir la porte.

— J'ai besoin d'une bière, marmonna Gideon en suivant papa.

Je ramenai Willow contre moi, la serrant contre ma poitrine, sans me soucier du fait que son casque s'enfonçait dans les couches de ma veste et pressait la peau en dessous.

— Je t'aime.

— Je t'aime, répéta-t-elle, ses mains s'agrippant au tissu dans mon dos.

— Sortons d'ici.

Je pourrais passer le reste de ma vie sans jamais revoir cette partie de la mine. Cela me conviendrait parfaitement.

Elle acquiesça et nous retournâmes dans la cavité.

— Regarde ce que ton père a trouvé.

Elle brandit son pin's licorne. Il était minuscule, à peine de la taille d'une pièce de 25 cents.

— Regarde ça.

Je passai mon pouce sur sa paume, mais quand je levai les yeux, elle était concentrée sur quelque chose à sa droite. La porte.

— Qu'est-ce que c'est ?

Elle rangea le pin's dans sa poche et se retourna pour faire face à la lourde masse de fer. Elle baissa ensuite sa main de son menton, comme si elle mesurait quelque chose, et lorsqu'elle atteignit la moitié de sa poitrine, elle déplaça sa main au même niveau sur la porte.

— Cam, murmura-t-elle.

Il y avait deux taches plus sombres dans la rouille. Du sang.

La rage m'envahit, m'offrant une information que j'aurais préféré ne jamais avoir. Tout prit alors son sens. Toute cette journée, les précédentes et les suivantes.

Nos yeux se croisèrent, les siens écarquillés par le choc, et je fermai la porte, la laissant se refermer dans un claquement satisfaisant.

Je savais où se trouvait cette putain de carte.

28

Willow

Cam conserva le silence sur tout le trajet retour. Il me faisait penser à un tigre en cage, rôdant aux abords de ses barreaux, attendant d'être libéré. Je gardai la main de Rose dans la mienne et essayai de ne pas penser à ce que nous avions trouvé et à ce que nous avions failli perdre.

Gideon vérifiait le réseau de nos portables à mesure que nous remontions les sous-niveaux, et je ne fus pas étonnée de constater qu'il n'y en avait pas, si loin sous terre.

Art montrait des signes d'épuisement et je savais que nous devions le faire sortir de la mine avant qu'il ne se souvienne plus de la raison de sa présence là-dessous. Il fallait que je sorte de cette mine avant de ne plus pouvoir oublier.

Nous atteignîmes le tunnel principal de 1880, et je me détendis presque. Même si nous nous effondrions tous ici, quelqu'un nous retrouverait. Il nous fallut vingt minutes pour parcourir à pied la distance couverte par le train en cinq minutes. Nous atteignîmes la première cavité, où les tunnels se divisaient en trois directions, et j'entendis mon père crier, courant vers nous avec une équipe de recherche sur ses talons.

— Grand-père !

Rose lâcha ma main et se précipita vers lui. Il tomba à genoux et l'entoura de ses bras, les épaules tremblantes.

— Je vais bien, promit-elle.

L'épuisement me frappa de plein fouet et mes pas ralentirent à mesure que je m'approchais d'eux.

— On l'a trouvée…

Papa agrippa mon manteau et se hissa. Je glissai par terre et il passa son bras autour de mon dos. Sa respiration était saccadée et je posai ma tête sur son épaule pendant qu'il reprenait ses esprits.

— Merci.

Je n'eus pas besoin de lever les yeux pour savoir qu'il s'adressait à Cam.

— Je n'ai pas eu à la porter cette fois-ci, répondit Cam, et je souris malgré la fatigue qui s'insinuait en moi.

Lorsque papa se sentit suffisamment en forme pour se lever, nous nous entassâmes dans le train. Art prit les commandes après avoir dit à Cam qu'il savait très bien ce qu'il faisait. Papa s'assit en face de moi, Rose sous son bras, et je posai ma tête sur la poitrine de Cam.

— Je suis tellement fatiguée, lui dis-je lorsque le train partit.

— C'est le contrecoup de l'adrénaline.

Il déposa un baiser sur mon front.

— C'est pareil pour toi ? demandai-je alors que le train filait vers la lumière et l'air frais et pur.

— Pas encore.

Ses muscles étaient tendus, mais il me tenait encore doucement lorsque nous nous arrêtâmes à la guérite.

Xander se tenait devant la structure, interviewé par une chaîne d'information, et je me demandais combien de temps s'était écoulé. La foule explosa de joie lorsqu'elle nous vit, et Charity s'élança du côté du tunnel, sanglotant sans mot dire en courant pour retrouver sa fille.

Papa souleva Rose sur le côté du wagon et Charity l'enveloppa dans ses bras.

— Merci ! s'écria-t-elle en s'adressant à papa, avant d'éloigner Rose le temps d'examiner son visage.

— Remercie Cam, répondit papa.

Mais Cam ne regardait pas les retrouvailles. Ses yeux étaient braqués sur Xander, la fureur se déversant sur lui par vagues.

— Cam, chuchotai-je.

Il baissa les yeux sur les miens et ils ne s'adoucirent pas, mais il caressa doucement l'arête de mon nez du bout du doigt, puis regarda mon père.

— Je n'ai pas d'excuses pour ce qui va se passer.

Ce fut notre seul avertissement. Il descendit du train sur le quai et fonça sur Xander.

— Te voilà, Cam ! Je donnais justement des nouvelles !

J'entendis la voix de Xander malgré les dix mètres qui nous séparaient. Puis j'entendis son souffle se couper lorsque Cam le plaqua contre le mur du bâtiment.

— Cam ! s'écria Gideon, s'élançant derrière lui.

Je me précipitai vers eux.

— Comment ? s'écria Cam. Comment tu as pu lui faire ça ? Elle avait neuf ans, connard ! Neuf ! Tu l'as poussée dans ce tunnel et tu lui as claqué la porte au nez !

Je m'arrêtai net en découvrant que Cam avait compris lui aussi. Il avait été tellement silencieux pendant le trajet de retour que je m'étais demandé s'il était arrivé à la même conclusion que moi lorsque j'avais vu les taches de sang. Mes taches de sang.

— Quoi ? demanda Gideon, exprimant à peu près la pensée de chacun.

— Je ne sais pas de quoi tu parles, rétorqua Xander en posant ses mains contre le rocher en un geste censé prouver qu'il n'était pas l'agresseur.

— Je parle du fait que tu as éteint ta frontale et que tu as poussé Willow dans ce maudit tunnel. C'est toi qui lui as cassé le nez ! Pourquoi ? Pourquoi tu as fait ça ? Pourquoi tu l'as laissée là ?

— Tu n'as aucune preuve ! On croirait entendre papa !

Les yeux de Xander sortaient de leurs orbites.

— Je me souviens, dis-je assez fort pour que Xander l'entende.

Ses yeux se rivèrent sur les miens.

— La lampe frontale s'est éteinte et tu as dit de garder les mains sur le mur. Mais il y a eu un souffle d'air et tu m'as poussée. J'ai trébuché en arrière, et quand j'ai essayé de courir pour revenir là où on était, tu as claqué la porte. Je me suis réveillée par terre, et quand j'ai reculé, je n'ai pas vu la corniche dans l'obscurité et j'ai basculé. Je suis restée allongée pendant des heures jusqu'à ce que Cam me trouve, sans me souvenir exactement de ce qui m'avait amenée là.

Xander secoua la tête.

— Non, Willow, tu dois être confuse.

Cam pressa son avant-bras sur la gorge de Xander.

— Vraiment ?

Gideon fit un pas en avant, mais son père l'arrêta en posant une main sur son épaule.

— Je ne suis pas confuse, m'énervai-je. Je ne m'en souvenais pas jusqu'à ce que je voie le sang. Il est toujours sur la porte, Xander.

Il blêmit.

— J'allais revenir te chercher !

Ses yeux se tournèrent vers ceux de Cam.

— J'allais retourner la chercher. Je me disais que si elle disparaissait pendant quelques heures et que je la retrouvais…

Il secoua la tête.

— J'avais quatorze ans ! J'étais stupide !

— Elle avait neuf ans ! hurla Cam, poussant Xander plus fort contre le cadre. Neuf ans ! Et tu l'as laissée là, blessée, pour pouvoir retourner la sauver ? Tu te fous de ma gueule ?

— Elle allait bien ! Tu vois bien que ça va !

— Parce que je l'ai retrouvée ! Parce que j'ai glissé sur quinze mètres dans un puits de mine et que je l'ai poussée sur chaque mètre dans l'autre sens pour la sortir de là. Elle va bien grâce à moi !

Les veines palpitaient sur le cou de Cam et, pour la première fois, j'eus peur qu'il ne tue vraiment Xander.

— Je l'aurais retrouvée si tu ne m'avais pas arraché la lampe frontale et si tu ne t'étais pas enfui ! cria Xander. Tu as tout gâché. Tu gâches toujours tout.

Cam poussa Xander, mettant trente centimètres entre eux, et Gideon se détendit à côté de moi.

— C'est ça que tu es vraiment ? Sous le vernis et les relations publiques, tu n'es qu'un tas de merde.

Cam secoua la tête.

— Je pensais que tu étais le meilleur d'entre nous. Tu étais l'enfant chéri. Tu allais changer le monde, Xander. C'est pour ça que j'ai porté le chapeau pour toi cette nuit-là, quand tu as mis le feu au dortoir.

Il y eut un hoquet de stupeur collectif et mon cœur se brisa. La raison pour laquelle la ville l'avait condamné n'était même pas de son fait. Il avait porté le chapeau pour son frère.

— Ce n'est pas…

— Tais-toi ! Je t'ai vu ! Je n'arrivais pas à comprendre ce que tu faisais avec le tuyau du réservoir d'eau de la mine jusqu'à ce que je te voie lancer la torche.

Ma tête se mit à tourner et je me balançais sur mes pieds.

— Il n'y avait personne à l'intérieur ! Tout le monde était dehors autour du feu de joie. (Ses yeux se tournèrent vers moi.) Du moins, ils étaient censés l'être.

— Alors, quoi ? Tu comptais éteindre l'incendie et te voir octroyer le titre de héros ? cria Cam. Au lieu de ça, tu n'as pas bougé ton cul. Putain de merde. Tu as regardé Sully sortir en rampant. Tu m'as regardé entrer. Tu es resté là tout le temps, pas vrai ?

Xander déglutit.

— Le feu a pris beaucoup plus vite que prévu.

— Tu m'as laissé porter le chapeau ! Tu les as regardés me mettre ça sur le dos, et ensuite tu l'as utilisé contre moi dans l'affaire de papa.

Cam secoua la tête.

— Qu'est-ce qui ne va pas chez toi ?

Ne le frappe pas. Ne le frappe pas. Il ne s'en sortirait pas, pas avec la foule et les caméras.

— Comme si tu comprenais ! s'écria Xander. Toi, qui ne sais pas éviter les ennuis. Toi, qui te bats pour la défendre !

Il me montra du doigt.

— Et qui réussis à la sortir d'une mine couverte de sang. Et qui déchire toute la ville pour s'amuser, mais qui émerge d'une grange en flammes avec Willow dans les bras. C'était tellement simple pour toi de te distinguer ! Et j'ai fait tout ce que j'ai pu pour être un bon garçon. C'était ce que j'étais censé être, mais ce n'était jamais assez. Je n'ai jamais été assez bien. Et tu rentres dix ans plus tard, couvert de tes médailles de l'armée, et tu penses pouvoir la sauver à nouveau, sauver papa, et maintenant sauver Rose ? Bon sang, sauver toute cette maudite ville !

La prise de conscience qui était née ce jour-là au tribunal se confirma. Pour lui, tout était une question d'apparences. Il était tellement occupé à essayer de ressembler à un héros qu'il avait oublié d'en être un.

Cam secoua la tête et recula d'un pas.

— *Breaking news*, Xander. Je ne voulais rien de tout ça. Je ne voulais qu'elle.

— Je ne voulais qu'une médaille. Un instant.

— J'échangerais toutes les médailles de cet uniforme pour retrouver Sullivan.

La tête de Xander bascula sur le côté lorsqu'un coup de poing l'atteignit, mais ce n'était pas Cam qui se tenait au-dessus de lui alors qu'il glissait contre le mur. C'était mon père.

Gideon et Tim entrèrent en action, l'un menottant Xander et l'autre papa.

— Alexander Daniels, vous êtes en état d'arrestation pour incendie criminel, grogna Gideon en guidant Xander par le cou vers les marches.

— Gid ! m'écriai-je et il se retourna. Tu devrais peut-être lui enlever son micro.

Xander releva la tête d'un bond et vit la foule d'un millier de personnes qui avaient tout entendu dans les haut-parleurs. Gid détacha le petit micro du devant de la chemise de Xander et le lança au journaliste après m'avoir remercié d'un signe de tête.

— Je ne veux pas faire ça, Noah, dit Tim Hall à voix basse. Mais les maudites caméras sont braquées sur nous.

— La loi est la loi, répondit papa à Tim en me regardant. Et ça en valait la peine.

— Noah Bradley, vous êtes en état d'arrestation pour agression.

Il lui lut ses droits pendant que maman le suivait à la trace.

— Je vais réunir l'argent de la caution !

Cam m'entoura de son bras et je me fondis contre sa poitrine.

— Tu me ramènes à la maison ?

— Volontiers.

Il m'embrassa sur le dessus de la tête.

— Je suppose qu'on a offert un sacré spectacle aux touristes, dit Dorothy Powers, son bras passé dans celui d'Art. Rentrons à la maison, Arthur.

Art regarda Cam et je sus que la lucidité qu'il avait manifestée dans la mine déclinait rapidement.

— La carte, dit-il à voix basse.

— Elle est encadrée au-dessus du lit de Xander, expliqua Cam.

Ses yeux se dirigèrent vers les miens.

— Une question d'équilibre.

Puis il partit avec Dorothy, donnant l'impression d'avoir vieilli de dix ans en une heure.

— Est-ce qu'on inaugure la mine ? demanda John Royal en faisant un geste vers les touristes.

Cam gémit.

— Les touristes d'abord, murmurai-je en regardant la foule.

C'était grâce à lui – il avait fait en sorte qu'Alba puisse non seulement survivre, mais prospérer. Tout ça parce qu'il n'avait pas peur d'être seul et de se battre pour ce qu'il savait être juste, même si tout le monde criait que c'était mal.

— Je suppose qu'il est temps de l'inaugurer.

Puis il m'embrassa devant tout le monde et la foule rugit.

— Nous n'avons pas besoin de nous donner autant en spectacle, marmonna Dorothy.

— C'était juste pour le plaisir, répondit Cam en me souriant.

Il n'avait jamais été du genre à se soucier des apparences, et c'était aussi pour ça que je l'aimais.

29

Camden

Les feuilles des trembles faisaient danser les ombres sur les pierres tombales alors que je me tenais face à mon petit frère pour la première fois depuis six ans.

— Ce n'est pas comme si j'avais besoin de te mettre au courant, lui dis-je en balayant les feuilles mortes sur le marbre gris. J'ai toujours eu l'impression que tu traînais dans le coin. Je te parle assez comme ça. Bien sûr, j'espère que tu ne resteras pas trop souvent dans les parages, étant donné que…

Étant donné que j'avais Willow dans mon lit tous les soirs.

— Mais j'espère que tu seras heureux pour nous, et même si tu ne l'es pas, je vais faire comme si tu l'étais, parce que même si tu m'en veux, je ne pourrai pas m'éloigner d'elle.

— Nikki m'a dit que tu étais là.

Je jetai un coup d'œil par-dessus mon épaule. Papa remontait la légère pente, son infirmière restant en retrait de quelques mètres pour nous laisser un peu d'intimité.

— Tu as l'air en forme, lui dis-je alors qu'il venait se placer à côté de moi, juste en face de la pierre tombale de maman.

— C'est mon esprit qui fout le camp, fiston, pas mon corps.

Il sourit avant de s'avancer pour effleurer le nom de maman.

— Je suis content qu'elle n'ait pas été là pour voir ça. On ne devrait jamais avoir à voir la personne qu'on aime disparaître sous ses yeux.

Je le regardai, effectuant une évaluation rapide. Il portait le nouveau t-shirt Rose Rowan que je lui avais déposé la semaine précédente, ses cheveux étaient peignés et il avait l'air d'être lui-même.

— Nikki m'a aussi dit que les dernières fois que tu es passé, je ne t'ai pas reconnu.

Papa s'accroupit et balaya les feuilles de la tombe de maman.

— Mais c'est le cas aujourd'hui ? demandai-je lentement.

Il soupira et se releva, s'essuya les mains sur son jean et jeta un coup d'œil vers la pierre tombale de l'oncle Cal, un peu après celle de maman.

— Je suis suffisamment moi-même pour reconnaître que je ne suis pas toujours moi-même.

— Et tout ce qui s'est passé ces dernières semaines ? le questionnai-je.

— Je sais que ton frère a été libéré sous caution, si c'est ce que tu veux savoir, grommela-t-il. Il a vraiment laissé Willow dans la mine quand vous étiez enfants ?

— Oui.

Je repoussai la colère qui montait à chaque fois que j'y pensais.

— Et il a mis le feu au dortoir ?

— Oui.

Papa se tourna vers moi.

— Et tu as porté le chapeau.

— Mes raisons me semblaient valables à l'époque.

Je détournai le regard.

Nous avions fait du chemin depuis que j'étais rentré à la maison, mais c'était toujours aussi gênant.

— Tu t'es toujours trop peu soucié de ce que les autres pensaient, et Xander s'en souciait trop.

Il secoua la tête.

— Il y avait une fille dans la mine…

— Rose, précisai-je.

— Oui. Elle va bien ?

— Oui. Secouée, *a priori*, mais elle va bien physiquement. Tu l'as sauvée. On n'aurait jamais pu la retrouver sans toi.

Il grogna une réponse que je ne pus interpréter.

— Je suis désolé de ne pas avoir pu faire plus pour toi, dis-je doucement, crachant le morceau avant de perdre le peu de temps qu'il me restait à passer avec lui.

Son regard se dirigea vers le mien.

— Comment ça ?

Merde.

— Le NPR, lui rappelai-je. La juge nous a opposé une fin de non-recevoir. Tu t'en souviens ?

Il fronça les sourcils.

— Je me souviens que Walt m'a annoncé la décision de la juge. Mais je sais que tu as fait ce que tu pouvais. Tu as rouvert la mine, bon sang. Tu as confronté le juge Bradley et tu l'as convaincu, si je me souviens bien.

— Ça n'a pas été suffisant.

Je déplaçai mon poids et croisai les bras sur ma poitrine.

— Cam, tu ne peux pas contrôler les choix des autres. Tu fais de ton mieux, mais ensuite ça n'est plus de ton ressort.

Mon regard se porta sur la tombe de Sullivan.

— Et que se passe-t-il quand on fait le mauvais choix ?

Je tendis légèrement le cou pour atténuer la sensation de resserrement dans ma gorge.

— Que se passe-t-il lorsque tu te trouves dans la mine et que tu dois choisir entre la gauche et la droite en une fraction de seconde, sans pouvoir justifier ton choix ?

— Tu es parti à gauche et tu as retrouvé la fille. Pourquoi t'acharnes-tu sur toi-même ? Tout s'est bien passé en fin de compte.

Willow avait choisi la gauche. Je l'avais suivie.

— J'ai pris une décision une fois, comme ça. Deux hommes se sont avancés, j'ai désigné celui de gauche et Sullivan est mort.

Papa aspira une bouffée d'air.

— Camden…

— Je veux que tu saches ce qui s'est passé ce jour-là, mais pas pour les raisons que tu penses. Je commence à comprendre que tu ne peux pas me donner l'absolution, si c'est ce qui t'inquiète. Ce qu'il faut que tu saches, c'est que si je suis responsable de la mort de Sully, je ne savais pas que c'était son escouade que j'avais choisie.

Je fermai les yeux pour lutter contre le flot d'images. Le sourire de Sullivan, son rire, ses yeux morts alors qu'il se vidait de son sang.

— Je ne savais pas.

Ma voix devint un murmure.

Pendant un long moment, les seuls sons furent le bruissement des feuilles au-dessus de nous et le faible tourbillon du vent.

— Nous avons conclu un marché quand tu es revenu.

Mes yeux s'ouvrirent à la remarque de papa et mon estomac se serra.

— Mais je ne t'en tiendrai pas rigueur. Je veux que tu écoutes, mais je ne te forcerai pas. Même si je savais que je méritais d'être entendu, mon père méritait de faire son propre choix en la matière. Sullivan était son fils.

— Dis-moi ce qui s'est passé.

Avec Sullivan à quelques mètres, je me livrai.

— On a reçu un appel nous informant qu'un avant-poste risquait d'être envahi, et on y est allés. On a débarqué sous un feu nourri. C'était le chaos sur le terrain. Une nouvelle compagnie venait d'arriver le mois précédent, et d'après ce qu'on avait vu du ciel, elle était largement dépassée en nombre. Notre équipe s'est divisée pour atteindre différents objectifs. Une fois que mon commandant a transmis ce qu'on avait vu au commandant de cette compagnie, on m'a ordonné de prendre une escouade avec un autre agent – ils ne pouvaient pas se passer d'un peloton entier – pour renforcer la section du périmètre que nous risquions de perdre. C'était une question de minutes, pas d'heures.

L'odeur des coups de feu envahit mon nez, et même si je me rappelai que c'était dans ma tête, mon rythme cardiaque s'accéléra.

— Deux chefs d'équipe ont répondu à la demande de leur capitaine. Ils se sont avancés, et j'ai désigné le gars de gauche en lui disant que nous devions bouger.

J'avais revu ce souvenir tant de fois dans ma tête, et pourtant je me retrouvais encore à chercher un signe qui m'aurait permis d'épargner Sullivan à ce moment-là.

— Il a fait sortir ses gars de ses rangs et on a couru.

Je jetai un coup d'œil du côté de papa. Il était concentré sur la tombe de Sullivan, mais semblait écouter, alors je poursuivis.

— J'y repense souvent, admis-je. Plus que ce que les psychologues voudraient, en tout cas. À ce moment-là, si j'avais choisi le sergent de droite, Sullivan n'aurait pas été abattu.

Papa tressaillit.

— L'occasion suivante que j'ai eue, c'est quand on a couru. J'ai laissé leur sergent ouvrir la voie parce qu'il connaissait mieux l'avant-poste, bien sûr, mais je l'ai suivi pas à pas tandis que ses hommes étaient derrière lui et que Vasquez fermait la marche. Si on avait échangé nos places, j'aurais peut-être reconnu sa façon de courir.

Je me raclai la gorge alors qu'elle se resserrait à nouveau.

— On s'est répartis le long du mur et on a commencé à riposter.

Je passai les détails sous silence.

— Quelques minutes plus tard, j'ai entendu Vasquez appeler un médecin. Pour être tout à fait honnête, je l'entends encore appeler. Je ne sais même pas pourquoi j'ai regardé dans sa direction, mais je l'ai fait.

Je tournai la tête et j'attendis que les yeux de mon père rencontrent les miens.

— C'était Sullivan. Il se tenait là, les yeux écarquillés, se tenant le cou tandis que le sang…

Je fermai les yeux et pris une nouvelle inspiration.

— J'ai crié son nom et j'ai couru aussi vite que j'ai pu, mais je suis arrivé juste à temps pour le rattraper alors qu'il tombait. Trois mètres. C'était tout ce qui nous séparait. Trois putains de mètres.

— Ç'a été rapide ? demanda papa, la voix épaisse.

— Juste quelques minutes.

— Et il n'était pas seul ?

Le dernier mot se brisa.

— Je suis resté avec lui tout le temps. Il savait que c'était moi. Je n'ai rien pu faire.

Je le sus au moment où ces mots m'échappèrent.

— J'ai passé six ans à revivre ces moments, et une fois qu'il a été abattu, je n'ai rien pu faire d'autre que de rester avec lui. Et je l'ai fait. Je suis resté avec lui pendant le transport et à Douvres et je ne l'ai pas quitté jusqu'à ce qu'on l'allonge à côté de maman.

Les larmes brouillèrent ma vision, mais je vis papa s'essuyer le visage.

— J'aimais Sullivan, papa. J'aurais tout donné pour échanger ma place avec lui. Dieu sait que j'ai fait de mon mieux pour le rejoindre dans les années qui ont suivi. Je n'aurais jamais choisi sa section si j'avais su. Et merde, je l'aurais forcé à rester là, en plein milieu de cet avant-poste, loin du mur. J'ai fait les choix qui l'ont tué, mais je ne savais pas. Je ne savais pas.

Je ne saurais dire combien de temps nous restâmes là, mais le soleil de l'après-midi avait décliné lorsque papa prit la parole.

— Tu ne veux peut-être pas de mon absolution, Camden, mais tu l'as.

Mes genoux faiblirent et je tanguai.

— Est-ce que tu as quelque chose à voir avec sa mort ? Oui, mais seulement de la manière dont un rouage fait bouger les aiguilles de l'horloge.

Sa mâchoire se contracta et son regard croisa brièvement le mien.

— La vérité, c'est que même s'il était plus facile de te faire porter le chapeau, nous avons tous fait des choix qui ont conduit à sa mort. Je l'ai laissé s'enrôler, même si je n'aurais pas pu l'en empêcher. J'y pense tous les jours. Ce garçon vénérait le sol sur lequel tu marches. Il voulait être comme toi. Il est même tombé amoureux de la même fille.

— Il aurait été mieux pour elle, admis-je.

— Peut-être, reconnut papa en hochant la tête. Mais peut-être pas. Et tu seras mieux pour elle. Tu as tendance à protéger les choses quand tu comprends à quel point elles sont précieuses.

— C'est vrai.

Perdre Willow n'était pas une option, et peut-être que je ne la méritais pas, mais j'allais certainement m'efforcer de la mériter chaque jour.

— Ta mère m'a dit un jour : « Tu es libre de faire tes propres choix, mais tu n'es pas libre des conséquences de ces choix. »

Ses lèvres s'incurvèrent légèrement avant de retomber.

— Sullivan a fait son choix. Xander aussi. Nous faisons tous nos choix. Tous les jours. Toi aussi. Tu dois chérir tes choix, Camden, quels qu'ils soient, parce que tu as la liberté de choisir.

Il me regarda droit dans les yeux.

— Ne gâche pas tes choix, car tu ne sais jamais si c'est le dernier que tu auras l'occasion de faire. Ça va plus vite qu'on ne le pense.

Il se retourna et descendit la colline.

— Papa ! lançai-je. Il y a une chose qui me tracasse.

— Qu'est-ce que c'est ?

Il s'arrêta, mais ne se retourna pas.

— La porte de la mine. Pourquoi elle était là ?

Il haussa les épaules.

— Qui sait ? Votre arrière-grand-père n'avait pas toute sa tête.

Je poussai un petit rire et le regardai s'éloigner. Nous n'étions peut-être pas une famille digne d'une sitcom, mais au moins il ne me tirait plus dessus.

Mon téléphone vibra alors que je me dirigeais vers ma Jeep, et je le consultai l'écran en souriant.

Willow : Je termine un design et je viens chez toi.

Cam : Parfait. Je dois juste faire une course. À tout à l'heure.

Willow : Je t'aime.

Je souris. Voilà ce que mes choix – les bons comme les mauvais – m'avaient valu.

Cam : Je t'aime.

Je remis mon téléphone dans ma poche et montai dans la Jeep. Il restait encore un choix à faire aujourd'hui, et c'était celui de Xander.

Dix minutes plus tard, je sonnai à la porte de la maison de mon frère. C'était l'un des bâtiments les plus récents d'Alba, allez savoir pourquoi, tout neuf et étincelant, et le soleil couchant rebondissait sur les fenêtres étincelantes. L'image même de la perfection.

— Cam.

Il ouvrit la porte, comme si de rien n'était. Comme s'il n'avait pas été libéré sous caution ou qu'il ne risquait pas dix ans de prison s'il ne plaidait pas la relaxe.

— Tu es venu jubiler ? Je viens de voir le suivi du sauvetage de Rose sur CNN si tu veux te délecter de ta gloire.

— Tu ne comprends toujours pas.

L'enveloppe se froissa dans mes mains et je me réjouis de n'avoir apporté que des copies.

— Qu'est-ce que tu veux ?

— À propos de papa…

Je dansai d'un pied sur l'autre, ne sachant pas comment aborder le sujet.

— Je suis toujours son tuteur, à moins que tu ne veuilles encore me traîner devant le tribunal. Mais maintenant que tout ça m'est arrivé, peut-être que tu obtiendras la tutelle cette fois-ci.

Je me gardai bien de préciser qu'il s'était infligé ça à lui-même.

— Papa ne veut pas mourir. Tu le sais, pas vrai ? Il veut juste avoir le choix. Pour lui, c'est ce qui fait que la vie vaut la peine d'être vécue. Avoir le choix.

Xander croisa les bras sur sa poitrine.

— Eh bien, je choisis qu'il vive. Et si tu penses que c'est égoïste, je m'en fiche. Je ne veux pas perdre mon père. Je ne vais pas être le fils qui laissera faire.

— Et si c'était toi ? demandai-je calmement.

Il plissa les yeux et je poursuivis.

— Et si c'était toi qui ne pouvais pas faire tes propres choix ?

— Je n'ai pas besoin d'y penser. J'ai trente et un ans.

Il haussa les épaules.

— Mais si c'était le cas, insistai-je. Qu'est-ce que tu voudrais ?

— Tu me demandes si je veux un NPR ?

— Je te demande d'y réfléchir, dis-je lentement, en serrant l'enveloppe, parce qu'un jour, tu n'auras peut-être plus le choix. Ce qui est ironique dans le fait que tu te sois battu contre papa pour son droit à disposer de son propre corps, c'est que tu ne t'es jamais questionné sur la génétique.

Xander se figea.

— En effet.

Je haussai les épaules.

— Quand j'ai compris que Willow était faite pour moi, que je voulais me marier, avoir des enfants et tout le reste, j'ai commencé à me renseigner. Devine quoi, Xander ? La forme de la maladie d'Alzheimer de papa est génétique. C'est une mutation du gène préséniline 1.

Tout son sang quitta son visage.

— Ce qui signifie qu'on pourrait l'avoir.

— Sullivan l'avait, annonçai-je en lui tendant l'enveloppe.

Il refusa de la prendre.

— J'ai reçu nos résultats à tous les trois le jour de l'audience.

— Comment ?

Il regarda l'enveloppe comme si des dents allaient lui pousser et qu'elle allait le mordre, ce qui était la réaction la plus logique que je lui aie vue depuis longtemps.

— Maman a gardé toutes nos dents de lait dans ces petites boîtes dans son placard. Dégueulasse, mais utile.

— Tu as fait ça sans ma permission.

Il me regarda fixement, mais il y avait de la peur dans son regard brutal et tranchant.

— Oui. Mais le laboratoire ne le sait pas. Les résultats sont là. Patients S, C et A. Totalement anonyme.

J'agitai à nouveau les résultats.

— Tu ne veux pas savoir ?

— Je ne sais pas.

Il fixa l'enveloppe.

— Je pourrais te le dire. Je l'ai lu.

Ses yeux revinrent sur les miens, écarquillés et furieux.

— Non.

— Pourquoi ? Tu n'aimes pas qu'on t'ôte tes décisions ? demandai-je. Je peux t'aider à te sentir mieux. Je ne l'ai pas.

Il pinça les lèvres.

— En quoi c'est censé me rassurer ?

— À part le fait de savoir que ton petit frère ne te sera pas enlevé par un Alzheimer précoce ? le réprimandai-je. Ça devrait te réconforter parce que peu importe ce que dit cette enveloppe, je ne serai pas toi. Je t'écouterai. Je t'offrirai le choix que tu refuses à papa, parce que je me fiche de ce que les gens disent ou de l'image que je renvoie. Je sais qui je suis. J'ai fait la paix avec mes choix.

Je poussai l'enveloppe contre sa poitrine, et il la prit lentement.

— Fais la paix avec les tiens, Xander.

Son corps se tendit.

J'acquiesçai, puis je fis demi-tour et je retournai à ma Jeep.

— Tu ne vas pas me le dire, comme une sorte de punition ? me demanda-t-il.

— Ce n'est pas à moi de te punir, Xander. Pas par colère. Pas par jalousie. Jamais. Lis-le. Ne le lis pas. C'est ton choix, pas le mien.

Je connaissais déjà les résultats.

***

Une semaine plus tard, les documents pour la tutelle de papa arrivèrent à la mine. Xander y avait renoncé, et il ne nous restait plus qu'à prendre rendez-vous avec la juge pour officialiser la chose.

Au bas de la pile se trouvait un ordre de ne pas réanimer signé. Trente minutes après l'avoir annoncé à papa, qui me remercia et raccrocha, je me garai dans mon allée, souriant en voyant les lumières allumées, ce qui signifiait que Willow était déjà là.

— Chérie, je suis rentré, dis-je en entrant.

— Je suis dans la bibliothèque ! me répondit-elle.

Je laissai la pizza que j'avais apportée pour le dîner sur la table de la cuisine et j'entrai pour la voir dessiner derrière son chevalet. Ses mains se déplaçaient gracieusement sur le visage de Rose, ajoutant des détails en inclinant la tête dans un sens ou dans l'autre.

— Comment s'est passée ta journée ? demanda-t-elle en posant son crayon et en s'approchant de moi pour me passer les bras autour du cou.

— Je n'ai pas le gène de la maladie d'Alzheimer.

— D'accord ?

Elle fronça les sourcils en signe de confusion.

— J'ai fait le test parce que la maladie de mon père est génétique. Je ne l'ai pas.

J'enroulai mes bras autour de sa taille, toujours surpris, tous ces mois plus tard, de pouvoir le faire.

— Oh, tant mieux.

Elle se pencha et m'embrassa.

— C'est un poids en moins.

— Attends, tu y avais pensé ?

Je reculai juste assez pour la regarder dans les yeux.

— Je me suis dit que si tu voulais faire le test, tu le ferais, et que si tu ne voulais pas, ce n'était pas grave non plus.

Elle haussa les épaules.

— Et si je l'avais eue ?

Mon cœur se serra à l'idée de ne pas la reconnaître un jour.

— Alors, on aurait tiré le meilleur parti des années devant nous.

Je la pris dans mes bras et marchai jusqu'au fauteuil, la déplaçant pour qu'elle soit à califourchon sur mes genoux.

— Mais maintenant tu m'as pour de nombreuses années.

— Il semblerait bien, approuva-t-elle avec un sourire, me renvoyant mes propres mots.

— Est-ce que je t'ai dit que Walt a appelé pour que tu prennes le siège de ton père au conseil de la Société historique ? demanda-t-elle en fronçant le nez.

— Non.

Je secouai la tête.

— Non, je ne te l'ai pas dit, ou non, tu n'en veux pas ?

Je gémis, laissant ma tête retomber contre le canapé.

— Le non peut-il être la réponse universelle ?

— Pas si tu veux faire le bien.

Elle m'embrassa sur le nez.

— Tu es mon bien.

Je posai mes mains sur ses hanches et la rapprochai.

La vie se bâtissait sur nos choix. Les miens n'avaient pas toujours été bons, mais tous n'avaient pas été mauvais. Et je ne pouvais pas me résoudre à regretter un seul d'entre eux, surtout pas celui qui était dans mes bras.

Je l'embrassai passionnément, me promettant de faire en sorte que chacune de ces années vaille tout ce qui nous avait menés jusque-là.

Remerciements

Avant tout, merci à mon Père céleste de m'avoir bénie au-delà de toute mesure.

Merci à mon mari, Jason, d'être mon pilier. De nous faire toujours passer d'abord. Tu es le meilleur choix que j'aie jamais fait, et je t'aime plus que tout. Merci à mes enfants, qui doivent compter avec les délais, les séances de dédicaces et les imprévus. À ma sœur Kate, parce que nous allons enfin pouvoir élever nos enfants ensemble. À ma mère pour m'avoir appris que la place d'une femme est là où elle le souhaite. À ma meilleure amie, Emily Byer, pour avoir été mon roc pendant plus de vingt ans.

Merci à mon père, qui a inspiré une grande partie de ce livre, et de ma vie. Pour ton amour et ta grâce infinie alors que tu prenais soin de grand-père, lentement emporté par la maladie d'Alzheimer. Pour m'avoir élevée en tant qu'enfant de militaire puis fille de mineur. Pour ton incroyable amour de l'histoire minière et pour ton envie de partager ta bibliothèque. Pour avoir installé ton bureau dans ma salle de jeux, et pour avoir glissé tes propres intrigues quand tu pensais que mes poupées allaient finir avec les mauvais garçons. Merci d'avoir élevé une rêveuse. Tu es le modèle auquel je compare tous les hommes.

Merci à mon équipe chez Entangled et Macmillan. À Liz Pelletier, non seulement pour avoir édité ce livre, mais aussi pour m'avoir poussée à l'écrire. Je te suis incroyablement reconnaissante pour ton soutien indéfectible. À Heather et

Jessica pour avoir répondu à des flots incessants d'e-mails. À ma formidable agente, Louise Fury, pour avoir hoché la tête lorsque je lui ai dit que j'aimerais être une fée des bois et pour avoir fait en sorte que cela se produise. À Karen, pour avoir toujours décroché le téléphone.
Merci à mes nanas, notre trinité impie, Gina Maxwell et Cindi Madsen, qui tiennent ma santé mentale entre leurs mains expertes et me poussent à continuer. À Jay Crownover pour avoir été mon refuge, et pour notre complémentarité. À Shelby et Mel pour avoir supporté mon imagination débordante. Merci à Linda Russell d'avoir suivi mes idées farfelues, trouvé des solutions à tout, et gardé la tête froide quand j'étais à deux doigts de perdre la mienne. À Jen Wolfel et Cassie Schlenk pour avoir lu ce livre au fur et à mesure que je l'écrivais et m'avoir encouragée avec assez d'enthousiasme pour faire briller une petite ville. À tous les blogueurs et lecteurs qui ont cru en moi au fil des ans. À mon groupe de lectrices, les Flygirls, qui m'apportent de la joie chaque jour.
Et pour finir, parce que tu es mon début et ma fin, merci encore à mon Jason. Tu es la raison pour laquelle mes héros font tant rêver. À la retraite… et aux guim-o-choco dans le salon.

À propos de l'autrice

Rebecca Yarros est une éternelle romantique, passionnée de café, de chocolat et du mode de vie paléo. Elle est l'autrice de *Fourth Wing*, de la série *The Empyrean*, ainsi que de la série *Hors limites*. Grande amoureuse des héros militaires, elle est mariée depuis plus de vingt ans au sien.

Quand elle n'écrit pas, elle lace les patins de hockey de ses fils, plaque quelques accords de guitare ou regarde des films du Brat Pack avec ses filles. Elle vit dans le Colorado avec le plus séduisant des pilotes d'Apache, leur joyeuse tribu et un bouledogue anglais aussi têtu qu'attachant. Après avoir accueilli puis adopté sa plus jeune fille, Rebecca s'engage activement pour les enfants en familles d'accueil à travers son association caritative, One October.

Envie de découvrir la prochaine sortie de Rebecca ?

Inscrivez-vous à sa newsletter (en anglais) ou rendez-vous sur son site : www. rebeccayarros.com

REBECCA YARROS
Toutes nos histoires infinies
ROMAN
City

REBECCA YARROS
PAR L'AUTRICE DE FOURTH WING
FIRE & ICE
HORS LIMITES T1
EDEN EDITIONS

REBECCA YARROS
PAR L'AUTRICE DE FOURTH WING
HOT WINGS
HORS LIMITES T2
EDEN EDITIONS

REBECCA YARROS

Toutes nos histoires infinies

À 28 ans, après un divorce douloureux, Georgia doit repartir de zéro. Elle retourne vivre dans la maison de Scarlett, sa grand-mère décédée, autrefois romancière. Là, elle se retrouve à devoir cohabiter avec un auteur à succès qui a été chargé par son éditeur de terminer le dernier roman de Scarlett.

Un amour impossible. Un secret venu du passé.
Un magnifique roman.

Fire & ice
(Hors limites T1)

Il suffit de trois coups frappés à la porte pour que le monde d'Ember s'effondre. Des militaires sont venus annoncer la nouvelle tant redoutée, celle qui hante ses jours et ses nuits depuis sa naissance : son père adoré vient de mourir au combat.

La nouvelle série de la star
de la romance et de la romantasy.

Hot Wings
(Hors limites T2)

Le cœur de Paisley pourrait s'arrêter de battre à tout instant. La jeune femme est atteinte d'une maladie cardiaque et chaque jour pourrait être le dernier. Mais rien ne l'empêchera d'aller au bout de la liste des choses qu'elle veut faire, même si cela doit la tuer…

Elle peut mourir à chaque instant. Il fait battre
son cœur dangereusement fort…

city-editions.com

Retrouvez-nous sur les réseaux sociaux :

City Éditions

www.city-editions.com

@cityeditions

www.facebook.com/cityeditions/

@CityEditions

@cityeditions

Achevé d'imprimer en juin 2025
sur les presses de la Nouvelle Imprimerie Laballery
58500 Clamecy

Numéro d'impression : 505210

Imprimé en France

La Nouvelle Imprimerie Laballery est titulaire de la marque Imprim'Vert®